빛이
있는 곳에
있어줘

光のとこにいてね

# 빛이 있는 곳에 있어줘

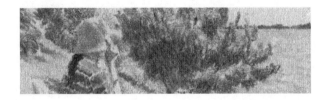

이치호 미치 장편소설
최혜수 옮김

알에이치코리아

'운명'이라는 말을 들으면 무엇이 떠오르시나요? 달콤한 로맨스일까요, 파란만장한 인생일까요. 무엇이든 간에 그 말은 어떤 상황의 한가운데가 아니라 어딘가에 도달한 이후에 있었던 일을 되돌아보는 과거형의 말인 것 같습니다. 아아, 그건 정말 운명이었구나 하는.

이 이야기의 주인공인 두 사람도 한 방울의 파문으로 생겨난 물결에 휩쓸리며 세월을 보내지만, 튀어 오르는 물보라에 '운명'이라는 이름을 붙일 새도 없이 발버둥 치다가 어쨌든 어딘가 물가를 향해 헤엄쳐 가려 합니다. 어떻게든 서로의 손을 잡고서. 그러니 아무쪼록 그 구불구불한 자취를 마지막까지 지켜보고 흠뻑 젖은 그들에게 말해주세요. "운명 아니었을까?" 하고. 그럼 두 사람은 나란히 "그런가? 뭐가 됐든 상관없지만"이라고 대답하겠지요.

우리는 책을 읽을 때 이야기 속에서 어떻게든 '정답'을 찾으려 합니다. 내 상황과 등장인물을 중첩시키고 페이지를 넘기기만 해도 자신의 고민과 고통에 피드백이 될 수 있는 해결책, 인생의 처방전 같은 것을 찾을 수 있지 않을까 기대합니다. 하지만 대부분 그런 일은 일어나지 않고, 큰 길잡이처럼 반짝이는 구절이 하나 있다고 해도 그건 뛰어난 광고 문구와 마찬가지로 '마음에 와닿는 좋은 말'—물론 쉽게 지을 수 있는 문구는 아니겠지만 단순히 '좋은 말'입니다. 마음에 '와닿는'이 아니라, 마음을 '울리는' 혹은 마음에 '박히는'이라고 해도 똑같습니다. '정답'을 찾으려 하면 헛수고로 끝나고, 도리어 현실은 픽션처럼 물 흐르듯 흘러가지 않음을 깨닫게 합니다.

저는 이야기가 품고 있는 것은 '정답'이 아닌 '물음'이라고 생각합니다. 어떻게 살 것인가. 어떻게 사랑하고 또 미워하면서 하루하루를 보낼 것인가. 현실 세계와 똑같은 물음에 픽션 속 사람들은 어떤 대답을 할 것인가. 그들의 결단과 선택은 때때로 '좋은 사람'이 하는 행동이 아닐지도 모릅니다. 사회 규범이나 도덕을 벗어나 우리에게 반발심을 일으킬지도 모릅니다. 그래도 그런 이야기가 심장 안쪽에 화상을 입히듯 잊을 수 없는 여운을 주는 일도 있습니다. 『빛이 있는 곳에 있어줘』가 당신에게 그런 한 편이 되기를 간절히, 간절히 빕니다.

　마지막으로 한국어판 출판에 힘써주신 여러분께 이 자리를
빌려 진심으로 감사의 인사를 드립니다. 멋진 기회를 주셔서
감사합니다.

이치호 미치

# 차례

일러두기

본문의 주석은 모두 옮긴이 주입니다.

# 제1장

# 깃털이 있는 곳

월요일은 피아노, 화요일은 수영, 목요일은 서예와 영어 회화, 금요일은 발레. 학원에 가지 않는 수요일은 집에서 숙제를 하고, 온라인 수업 텍스트를 읽고 피아노 복습. 초등학교에 들어오고 나서 내 달력은 그 반복으로 채워져 있었다.

그런데 2학년이 되고 골든 위크*가 지난 수요일 방과 후, 엄마가 갑자기 "같이 가자"면서 나를 교복 차림 그대로 차에 태웠다. 삼십 분 정도 가서 코인 주차장에 차를 세우고 거기서 다시 이십 분 정도 내 손을 끌고 간다.

---

• 일본에서 4월 말에서 5월 초에 걸쳐 있는 약 일주일간의 황금연휴.

주차장 근처에는 공장이나 창고 같은 웅장하고 네모난 건물이 많았지만, 얼마 안 있어 경치가 오그라든 듯한 작은 아파트와 단독 주택이 빼곡히 들어찬 길로 들어섰다. 누구네 집에 가는 걸까 하고 두리번거렸지만 엄마는 멈추지 않았고, 마침내 시들시들한 풀들이 나 있는(내가 읽을 수 없는 한자와 어딘가의 전화번호가 커다랗게 적힌 간판이 있는) 쓸쓸한 공터에 이르렀다. 눈앞에는 같은 모양의 건물이 일렬로 쭉 늘어서 있고, 그 주위는 펜스가 둘러싸고 있다. 저것도 집인가? 벽이 반질반질한 하늘색인 것도, 옆에 숫자가 적혀 있는 것도 어쩐지 무섭다. 우리 집은 정원이 있는 단독 주택이고, 같은 반 아이들도 대체로 비슷한 집에 살고 있었다.

"여기, 어디야? 저건 뭐야?"

내가 멈춰 선 것에 짜증이 났는지 엄마는 손을 꼭 쥐고 "단지團地라고 하는 거야. 엄마가 아는 사람네 집"이라고 하며 세게 잡아끌었다.

"엄마가 봉사 활동 하는 거 알지? 오늘도 그 활동 중 하나야."

엄마는 노인 시설과 아빠가 일하는 병원에서 글 읽어주기 활동을 하고 있었다.

"책 읽어주는 거야?"

"맞아."

짧은 대답을 끝으로 엄마는 내 얼굴을 보지 않는다. 더 이상 무슨 말을 하거나 뭘 물어보지 말아줘, 라는 신호. 단지의 건물은 '1'부터 '10'까지로 '5'와 '6' 건물 사이에는 펜스로 구분된 모래밭과 철봉과 시계만 있는 작은 놀이터가 있고, 시곗바늘은 4시 몇 분 전을 가리키고 있었다. 자세히 쳐다볼 새도 없이 엄마에게 이끌려 '5' 건물로 들어간다. 엘리베이터는 없고 좁고 어스름한 계단을 사이에 두고서 두 집 현관문이 마주 보고 있는데, 문패와 귀여운 팻말이 달린 집도 있는가 하면 우편함이 넘쳐서 꽃다발처럼 된 집도 있었다. 옅은 파랑과 초록이 섞인 듯한 이상한 색의 문에 차가워 보이는 은색 손잡이.

엄마는 지그재그로 된 계단을 5층까지 단숨에 올라 '504'라는 표찰 말고는 아무것도 없는 문 앞에서 잠시 숨을 골랐다. 잡은 손에는 땀이 흥건하다. 엄마의 손가락이 문 옆의 버튼을 누르자 딩동, 하고 귀 따가운 소리가 울려 퍼졌다. 우리 집 인터폰보다 훨씬 더 크게 귀를 찌르는 듯한 소리에 여기저기에서 사람들이 나오지 않을까 걱정됐다.

손잡이가 끽 하는 소리를 내며 돌아가고, 문이 살짝 열리자 모르는 남자가 얼굴을 내밀어서 나는 깜짝 놀라 엄마 뒤로 숨었다. 교복 모자의 둥근 챙을 두 손으로 꼭 잡는다.

"그래도 문은 잠가 두지 그래? 조심성 없기는."

엄마는 그런 나를 쳐다보지도 않고 태연히 말을 건다. 아빠와 오빠와 이야기할 때나 수영장 코치님이나 택배 아저씨와 이야기할 때와는 다른, 스푼이나 나이프에 들러붙은 딸기잼 같은 목소리였다. 딱 들러붙어서 남아 버리는 달콤함.

"이런 집에서 뭘 훔쳐 가겠어."

"아무것도 없어도 말이야. 어차피 또 아침까지 술 마셨지? 안색이 안 좋네. 옛날처럼 구급차에 실려가도 괜찮겠어?"

"시끄러."

남자는 몹시 난폭하게 대답했다. 엄마에게 그런 식으로 말하는 사람을 본 것은 처음이었고 부스스한 머리와 아무렇게나 기른 수염과 충혈된 눈동자, 집 안에서 흘러나오는 숨 막히게 갑갑한 공기, 모든 게 무서워서 다리가 움츠러들었다. 그런데 엄마는 나를 억지로 끌어내어 '이 아이'라고 남자에게 내밀 듯 세웠다.

"인사해."

나는 가느다란 목소리로 이름을 말했다.

"고타키 유즈입니다."

남자는 나를 내려다보더니 빤히 살펴보고는 "헷" 하고 코웃음을 친다.

"목소리 작은 거 봐라. 제대로 먹이고 있는 거야?"

"낯가리는 거거든."

아무렇지 않게 대답하는 엄마는 남자가 조금도 무섭지 않은지, "거거든"이라는 말이 "거거덩"으로 들렸다. 평소에 엄마가 절대 안 쓰는 말. 내 불안은 조금도 전해지지 않은 듯했다.

"여자애니까 응석을 받아주거든. 애, 인사 다시 해."

엄마가 내 등을 손바닥으로 탁 쳐도 말은 나오지 않았다. 남자는 내게 그렇게까지 흥미가 없는지 바로 고개를 들며 말했다.

"괜찮아. 됐어."

턱 아래로 길게 삐져나온 수염 몇 가닥과 콧구멍이 검다.

"유즈."

남자가 갑자기 말했다. 딱히 이야기하고 싶은 게 아니라 그저 이름을 불러본 것뿐. 그런 말투였기에 대답은 하지 않았다.

"좋은 추억 많이 만들면서 커라."

어떻게 대답하면 좋을지 망설이는데, 엄마는 다시 나를 뒤로 돌려놓고 손잡이에 손을 뻗더니 문을 활짝 열어 집 안으로 한 걸음 들어갔다. 놀라는 내게 "유즈" 하고 돌아보지도 않고 말한다.

"엄마는 여기서 할 일이 있으니까, 계단 내려가서 기다리고 있어. 삼십 분쯤 이따 갈 테니까. 1층에 있는 거야, 움직이지 말고. 놀이터에 시계 있었으니까, 시간은 알지? 누가 말 걸어도 대답하지 마. 만약에 귀찮게 구는 사람 있으면 방범 버저 울리고."

"봉사 활동?"

"맞아."

남자가 "봉사 활동?" 하고 내 흉내를 내고는 갑자기 요란하게 웃어댔다. 어떤 얼굴을 하고 있었는지는 엄마 등에 가려져 안 보였다. "목소리 좀 낮춰"라고 말하는 엄마의 뾰족한 목소리 뒤로 문이 닷샹 하고 들어본 적 없는 요란한 소리를 내면서 닫히자 웃음소리는 조금 멀어졌다. 하지만 아직도 들린다. 엄마가 딸깍하고 문고리를 잠근 뒤로도.

나는 계단을 훌쩍 뛰어 내려가 입구의 우편함에서 1층 집으로 이어지는 몇 단의 단차에 주저앉았다. 교복이 더러워지면 나중에 엄마한테 혼날지도 모르지만 옷 갈아입을 시간을 주지 않은 사람은 엄마고, 어딘지도 모르는 이상한 데서 삼십 분이나 기다리는 건 벌서는 아이 같아서 부끄럽다. 그런 아저씨한테 『백만 번 산 고양이』랑 『빨강 머리 앤』을 읽어줘서 어쩌자는 걸까.

가만히 무릎을 끌어안고 앉아있는데 치마 주머니에 들어있던 달걀 모양 방범 버저의 무게가 느껴진다. 초등학교에 들어오자마자 받은 것인데 이런 흐리멍덩한 느낌의 핑크색은 좋아하지 않는다. 줄을 당기면 큰 소리가 난다는 것 같지만 쓴 적은 한 번도 없었다. 만약에 모르는 사람이 말을 걸어오면, 모르는 사람이 따라오면, 모르는 사람이 나를 만지면… 그런 '만일'은 무섭다. 하지만 '만일'의 경우 어떤 소리가 울려도 엄마가 내게 와주지 않을지도 모른다고 생각하는 건 더욱 무서웠다.

눈앞의 놀이터에는 아무도 없었다. 그네도 미끄럼틀도 없으니 인기가 없어서 그럴지도 모른다. 귀를 기울이니 어딘가에서 아이들이 노는 목소리, 어른들이 수다 떠는 소리, 폐품 회수를 호소하는 스피커 소리가 들리는데, 내가 있는 곳 근처에서는 아무 소리도 들리지 않았다.

하늘색 벽에 귀를 가져다 대니 딱딱하고 귓불이 서늘해진다. 어스름한 계단의, 다 닳은 미끄럼 방지대의 홈과 갈라진 콘크리트 틈새를 보고 있으려니까 점점 쓸쓸해져서 밝은 곳으로 뛰어나가고 싶어졌다. 포근하고 따뜻한 양달의 공기를 마시고 싶다. 여기 가만히 있으면 몸이 오그라들어서 돌이 될 것 같아. 모르는 놀이터는 남의 집 아이들의 관할 영역 같아서 긴장되지만, 지금이라면 아무도 없으니 철봉에서 다리 걸어 오르기 연습을 할 수 있다. 괜찮다, 엄마가 올 때까지 여기로 돌아오면 된다. 나는 자신을 그렇게 타이르고는, 일어나 뛰기 시작했다.

그때였다. 맞은편 동의 베란다가 눈에 들어왔다.

5층 끝 집. 난간에 몸을 많이 내밀고 있는 아이가 있다. 나와 나이 차이가 그리 많이 나지 않는 여자아이로 보였다. 철봉에서 앞 돌기를 할 때처럼 팔을 난간 밖으로 대고 버티면서 몸을 띄우고 있는 게 눈에 확 들어와서, 나는 숨을 삼켰다. 좌우를 둘러봐도 다른 사람은 없고, 주머니의 방범 버저에 손을 뻗었지만 진짜로 울리면 이 조용한 단지에 어떤 식으로 울려 퍼질지, 엄마 말을 어기고 빨빨거리고 다닌 걸 엄마가 알면 어떻게 될지를 상상하니 무서워서 줄을 당길 수가 없었다. 게다가 저 아이를 깜짝 놀라게 하면 오히려 위험할지도 모르고. 나는 아무것도 할 수 없는 채로 조심조심 베란다 아래로 다가갔다. 자세히 보니 그 아이는 옆집 베란다를 들여다보듯 고개만 옆으로 돌리고 있다.

뭘 하려는 거야? 눈을 못 떼고 있는데, 획 하고 강한 바람이 불어서 그 여자아이의 긴 머리카락이 고이노보리* 깃발처럼 부스스하게 바람에 흩날려, 그 기세에 하늘로 날아가 버리지 않을까 싶어 조마조마했다. 내가 위를 올려다보고 있다는 걸, 여자아이가 알아챘다. 나를 보고 있다.

어째서 그런 행동을 했는지 나중에 생각해도 알 수 없었다. 확실히 눈이 마주친 순간, 나는 5층 베란다를 향해 두 손을 힘껏 뻗었다. 마치 뛰어내리라고 말하듯이. 아플 만큼 펼친 손가락보다 더 먼 데 있는 그 아이를 향해 망설임 없이. 뚝 하고 부러질 듯한 미덥지 않은 팔로 몸을 지탱한 채, 여자아이는 나를 내려다보고 있다.

무언가가 떨어지는 느낌이, 있었다. 아니면 무언가 올라가고 있는 건가? 눈 내리는 걸 가만히 올려다볼 때 위아래가 분간이 안 되는 것처럼. 어지러워서 눈을 꼭 감은 순간, 이마에 툭 하고 무언가 부딪힌다. 이렇게 맑은데 비? 눈을 뜨고 손가락으로 닦으니 빗방울과는 다른 끈적한 감촉이 있었다. 손끝이 빨개져 있다. 퍼뜩 베란다를 올려다보아도 그곳에는 이미 아무도 없었다. 열려있는 새시 안쪽에서 레이스 커튼이 흔들리고 아까 들은 것과 똑같은, 닷샹° 하는 요란한 소리가 났다. 이윽고 내 앞에 숨을 헐떡이는 여자아이가 나타났다. 허리까지 닿는 부스스한 긴 머리. 커다란 천 주머니에 구멍만 뚫은 것 같은, 무늬도 단추도 리

---

• 어린이날 종이나 천 등으로 잉어 모양을 만들어 깃발처럼 장대에 높이 다는 일본의 풍습.

본도 없는 옷. 발에는 헐떡이는 어른용 샌들을 신고 있었다.

"미안해."

어깨를 들썩일 때마다 그 아이의 턱에서 빨간 게 뚝뚝 떨어졌다.

"깜짝 놀라서 코피가 터져버렸어."

그렇게 말하고 손등으로 쓱쓱 문지르자 코밑부터 입가에 걸쳐 립스틱을 칠한 듯 빨간색이 퍼져서, 나는 당황하며 말했다.

"안 돼. 비비면 안 돼, 저기…"

"카논."

그 아이가 말했다.

"아제쿠라 카논."

나의 유일한 친구는 옆집의 '황록이'였다. 새장에 사는 앵무새 황록이. 진짜 이름은 '피이짱'이지만 황록색 날개가 예뻐서 나는 멋대로 '황록이'라고 불렀다.

옆집에는 여자 혼자 살고 있다. 나는 어린이집과 초등학교에 가려고 나갈 때, 집에 들어오는 언니와 자주 스쳐 지나갔다. 편의점 비닐봉지에서는 늘 캔맥주의 금색이 비쳐 보였다. 그리고 대체로 저녁 식사 시간에 문이 열리고, 힐을 신고서 계단을 또

각또각 내려가는 발소리가 울린다. 아침에 집에 들어오고 밤에 나가는 일이 있다는 걸 그 언니를 보고서 알았다. 볏짚처럼 부스스한 금발에 양쪽 귀에 치렁치렁 피어스를 하고, 여름이 되면 끊어질 듯 얇은 어깨끈 원피스를 입으며 훤히 나온 등에는 파란 공작 그림이 그려져 있었다. 나는 예쁘다고 생각했지만, 엄마는 어째서인지 보면 안 된다고 한다.

언니는 대체로 새침한 얼굴로 나를 쳐다보지도 않으면서 가끔 "이제 학교 가?"라든가 "차 조심해" 같은 말을 걸고, 얇은 벽 너머에서 "피이짱" 하고 상냥한 목소리로 황록이를 불렀다. 황록이가 "피이짱"이라든가 "좋은 아침"이라고 말하는 소리를 들으면 마음이 놓였다. 하지만 기분이 안 좋으면 집 안의 물건을 뒤엎거나 자주 놀러 오는 남자와 고함을 지르며 다투기도 하고, 황록이가 울면 "시끄러!" 하고 새장째로 베란다로 내쫓아버린다. 황록이는 좁은 새장 안에서 "피이짱" "시끄러"라고 하면서 파닥파닥 날갯짓을 하고, 나는 황록이가 더 이상 심한 일을 당하지 않기를 기도하는 수밖에 없었다.

하지만 언니가 그렇게 황록이를 귀찮아할 때만 베란다 칸막이 너머로 황록이를 만날 수 있었다. 난간 밖으로 몸을 내밀고 옆집을 들여다보며 "황록아" 하고 작은 목소리로 말을 걸면 황록이는 홰에 올라 가만히 멈춰 고개를 갸웃하고, 나를 향해 짹짹 지저귀면서 "피이짱"이라고 답했다. '황록이'라는 이름은 기억하지 못했다.

언니는 가끔 집 안에서 "피이짱 미안해"라고 하며 울었다. 등에 작은 공작새를 품은 여자가 홀로 새장을 끌어안고 사과하는 장면을 상상하면 불쌍해서, 나는 언니가 황록이를 괴롭혀도 미워할 수 없었다.

내 보물은 황록이의 깃털. 베란다 칸막이 아래로 슬쩍 미끄러져 들어온 아름다운 분실물. 단지의 다른 아이들은 '다마고치'●라는 장난감에 푹 빠져 있었지만, 나는 그게 뭐 하는 물건인지도 잘 몰랐기에 갖고 싶지도, 부럽지도 않았다. 그보다도 탐스러운 황록이의 깃털을 보거나, 내 손등과 볼을 문지르면서 간지러움에 웃는 게 좋았다. 그림책에서 읽은 깃털 펜을 동경해서 깃뿌리에 검은색 크레파스를 슥슥 바르고 달력 뒷장을 긁어보았지만 색은 잘 나오지 않았다. 하지만 내겐 편지를 보내고 싶은 사람 따위 없었으니 딱히 상관없다. 학교와 단지와 황록이가 내 세계의 전부였다.

그래서 그날도 집으로 돌아와 가장 먼저 베란다를 들여다보고는, 옆집에서 새장을 발견하자마자 책가방을 던지고 "황록아" 하고 말을 걸었다.

"다녀왔어."

"피이짱."

---

● 1996년 일본의 반다이와 주식회사 위즈에서 만든 장난감으로, 가상의 애완동물을 키우는 게임기.

"황록아, 잘 있었어?"

"안녕, 피이짜, 피이짱."

황록이는 내 말을 이해하지 못한다. 그저 목소리에 반응해서 울고 있을 뿐. 하지만 무시하거나 불쾌한 말을 하지 않으니, 그걸로 충분했다.

"황록이, 착해라."

나는 칸막이 끝 아슬아슬한 지점에서 두 손으로 난간을 붙잡고 영차 하고 뛰어올라 황록이를 관찰한다. 발돋움하는 것보다 이렇게 하는 게 더 잘 보인다. 황록이는 작은 우리 안에서 날개를 파닥이는데 기뻐하는 것 같기도, 싫어하는 것 같기도 했다.

"피이짱, 보고 싶어, 보고 싶어."

"누굴?"

"보고 싶어."

"황록아, 친구를 보고 싶은 거야?"

나는 황록이와 놀고 싶지만 황록이는 새끼리 놀고 싶을지도 모른다. 분명 이런 새장에서 나와, 밖을 날아다니고 싶은 것이다.

시선을 돌려 하늘을 보았다. 강한 바람에 머리카락이 부스스 흩날렸다. 이게 날개였다면 나도 날 수 있을 텐데, 하고 생각하며 아래를 봤을 때 홀로 오도카니 서 있는 사람의 모습이 눈에 들어왔다. 여자아이였다. 붉은 옷과 모자, 누굴까? 모르는 아이다. 여자아이도 나를 보고 있다. 그리고 나를 향해 두 손을 똑바로 뻗었다. 이리로 와, 라고 말하듯이.

황록이가 아까보다도 큰 소리로 울면서 말했다. "보고 싶어어." 난간을 붙잡은 손에 후두둑 하는 소리와 함께 피가 떨어졌다. 딱히 무섭지도 않고 긴장하지도 않았는데, 어째서일까.

콧속 깊숙한 데가 찡하고 차가워지더니 콧물과는 다른 맑은 것이 흘러서 헉, 했을 때는 붉은 점 몇 개인가가 떨어진 뒤였다. 큰일 났다, 코피다. 나는 놀라거나 불끈 화를 내면 곧바로 코피가 나온다. 아래에 있는 아이에게 피가 묻었을지도 모르겠네. 서둘러 집 안으로 들어와, 엄마의 샌들을 아무렇게나 신고서 밖으로 나간다. 어서, 어서 가야지, 그 아이가 가버릴지도 몰라. 어째서인지 마음이 몹시 초조했다.

코를 막지도 않고 계단을 두 단씩 뛰어 내려가니 여자아이는 아직 그곳에 있었고 놀란 얼굴로 나를 보았다. 그 이마에 피가 묻어있었기에 나는 우선 "미안해"라고 말했다.

"깜짝 놀라서, 코피가 났어."

아직 피가 멈추지 않은 코밑을 손등으로 비비자 여자아이는 안 된다며 주의를 주었다.

"안 돼. 비비면 안 돼. 저기…"

"카논."

내가 말했다.

"아제쿠라 카논."

어느 초등학교일까, 단지에서는 못 보던 교복이었다. 여자아이는 윗옷 주머니에서 티슈를 꺼내 내게 한 장 건네주었다.

"코 막아."

"응."

내가 티슈를 꽉 쥐고 둥글게 뭉쳐 콧속에 쑤셔 넣자, 그 아이는 안심한 듯 끄덕이고는 한 장 더 꺼내어 자기 이마를 깨끗이 닦고서 "고타키 유즈, 일곱 살, 초등학교 2학년입니다"라고 어른처럼 제대로 된 자기소개를 했다.

"카논은 몇 학년이야?"

엄마 말고 다른 사람에게서 성이 아닌 이름으로 불린 적이 거의 없어서 두근두근한 마음으로 나도, 하고 작은 목소리로 대답한다.

"유즈랑 똑같아."

"그렇구나."

다행이다, 불쾌한 표정을 짓지 않아서. 이름으로 불러도 화내지 않았다는 데 마음이 놓였다.

"유즈는, 단지에 안 살지? 어디에서 왔어?"

"꽤 먼 데서 차 타고 왔어. 지금은 엄마 볼일이 끝날 때까지 기다리고 있어."

저기, 하고 건너편 5동을 가리킨다.

"그럼, 우리 집에서 놀자."

긴장하면서 권해보았는데, 유즈는 "안 돼"라고 하면서 고개를 확실히 옆으로 저어서 나는 순식간에 스스로가 부끄러워진다. 어차피 집에 부른다 해도 주스도 내줄 수 없고 게임이나 인

형도 없는데. 하지만 유즈는 내가 허물없이 굴어서 거절한 것 같지는 않았다.

"엄마를 기다려야 하니까. 원래는 계단에서 움직이면 안 된다고 했어."

"언제 오는데?"

"아마도 이십 분쯤 이따가."

유즈는 안절부절못하는 듯 보였다. 5동 계단은 바로 코앞인데. 나는 유즈와 이야기를 더 나누고 싶었다.

"아직 한참 멀었어."

"으음. 그래도 엄마가 움직이지 말라고 했으니까, 갈게. 안녕."

이제 위험한 짓하면 안 돼, 하고 언니 같은 말투로 주의를 주고서 유즈는 등을 휙 돌렸다. 그리고 5동의 3, 4호 사이에 있는 계단 앞에 오도카니 쪼그려 앉는다. 예의 바른 아기 고양이 같았다.

나는 포기하고 집으로 돌아와 세면대 앞에서 코에 쑤셔 넣었던 티슈를 쏙 빼냈다. 콧구멍에 손가락을 집어넣고 빙글 돌리자 마른 피 가루가 우수수 떨어진다. 그걸 손으로 후다닥 털고, 베란다로 나가서 유즈의 모습을 찾아보았지만 여기서는 안 보였다. 그러다 딴생각에 빠져서 구름과 난간에 슨 녹에 정신이 팔리고 말았다. 유즈가 이십 분쯤 이따가, 라고 말하고 나서 몇 분이 지났을까? 유즈는 아무것도 안 하면서 얌전히 기다릴 수 있는 걸까?

밑에 있는 놀이터를 살펴보거나, 내 지문의 굴곡 수를 세거나, 난간에 슨 녹을 파삭파삭 긁으며 시간을 보내는데 계단 쪽에서 유즈가 나왔다. 어떤 여자와 손을 잡고 있다. 저 사람이 아마도 유즈의 '엄마'. 난간에 가로막혀 점프해서 몸을 내밀려다가 좀 전에 유즈가 주의를 준 게 떠올라서 틈새로 얼굴만 바짝 들이밀기로 했다.

유즈의 엄마는 손을 잡았다기보다는 유즈의 손을 쭉쭉 잡아 끌면서 걷는 듯 보였다. 종종걸음으로 따라가는 유즈가 넘어지지 않을까 싶어 조바심이 난다. 유즈의 엄마는 그냥 앞만 보고 걸어서 유즈가 넘어져도 그대로 끌고 가버릴 듯했다.

나는 아까 하지 못한 '안녕'이라는 말을 마음속으로만 외쳤다. 그러자 유즈가 분명 이쪽을 올려다보았다. 하지만 그것도 단 1초 정도였고, 바로 시선을 돌리고는 종종걸음 그대로 시야에서 사라져갔다.

돌아오는 차 안에서 엄마는 "오늘 일은 아무한테도 말하면 안 돼"라고 했고, 나는 "네" 하고 끄덕였다. 내가 앉은 뒷좌석에서는 엄마 얼굴이 보이지 않았고, 룸미러 안에서 눈이 한층 가늘어진 것만 알 수 있었다. 무슨 소리를 듣는 건 아닐까 긴장했지만, 엄마는 집에 도착할 때까지 한마디도 하지 않았다. 그러고 나서 하루, 이틀 시간이 지나면서 단지에 갔던 기억은 멀어져 갔다. 무서운 아저씨도 카논이라는 특이한 여자아이도, 다 그 냥 꿈이었는지도 모른다. 내 머릿속에만 있는 기억을 빵 생지처럼 늘이거나 반죽하고 있으면, 진짜 있었던 일인지 아닌지 자신이 없어진다.

그래서 그다음 주 수요일에 단지에 함께 갔을 때는 '또?' 하는 무서움과 동시에 약간 마음이 놓이는 걸 느꼈다. 꿈이 아니었구나. 엄마는 또 5동 5층까지 올라가서 초인종을 울렸고 안에서는 일전에 본 아저씨가 얼굴을 내밀었다.

"안녕하세요."

이번에는 엄마가 재촉하지 않도록 재빨리 인사했더니 아저씨는 입술 끝을 살짝 올리며 말했다. "똑똑이." 조금도 칭찬으로 들리지는 않았다. 역시 이 사람, 싫다. 그런 생각에 고개를 숙이자 정수리 위로 엄마 목소리가 내려온다.

"유즈. 요전처럼 밑에서 기다리고 있어."

"네." 나는 대답한 뒤 발소리가 나지 않게 조심하면서 계단을 내려갔다. 단지가 진짜로 있었구나, 아저씨도 진짜로 있었구나. 그러면 다음 주에도 여기에 와야 하는 걸까? 싫은데, 하고 생각했다. 그럴 바에야 학원을 더 많이 다니는 편이 낫다. 하지만 나는 아직 초등학교 2학년이라 집을 보고 있겠다고 해도 엄마가 그걸 허락해주지 않는다. 엄마와 상관없이 자기 혼자 무언가를 결정할 수 있다는 건 어떤 느낌일까? 즐거울까? 아니면 무서울까? 그런 생각을 하면서 1층까지 내려오자 카논이 웃는 얼굴로 서 있었다.

"유즈."

가볍게 숨을 헐떡이며, 너무 기대된다는 듯 두 발꿈치를 동동거리며 내 이름을 부른다. 이 아이도 꿈이 아니었다는 걸 깨닫고 기뻤다. 카논과 만난 건 엄마도 모르는 나만의 비밀이었으니까. 카논은 약간 부끄러운 듯 웃으며 "오는 게, 보였어"라고 하면서 5동을 가리켰다.

"또 베란다에 있었어?

"응, 그래도 위험한 짓은 안 했어. 유즈, 전에도 수요일에 왔잖아. 다음 주에도 수요일에 와?"

"글쎄."

우리는 계단에 나란히 쪼그려 앉았다.

"너희 엄마 볼일이라는 게 뭐야?

"봉사 활동이라고 했는데, 잘 모르겠어."

"엄마한테 안 물어봐?"

"못 물어봐."

"왜?"

"…무서우니까."

"혼나?"

"으음…"

엄마는 내게 소리를 지르지는 않는다. 때리거나 밥을 안 주는 것도 아니다. "유즈, 그건 아니잖아"라든가 "엄마 힘들게 하지 마"라는 단 한마디, 긴 한숨 한 번으로도 나는 심장이 두근거려서 손가락이 잘 움직이지 않는다.

"우리 엄마도 바로 화내."

카논이 어째서인지 밝게 말했다.

"'시끄러, 조용히 해!' 하고. 보나 마나 엄마 목소리가 더 시끄러운데."

천연덕스럽게 말하니 웃음이 나왔다. 카논의 긴 머리카락이 쪼그려 앉으면 땅에 닿을 것 같았기에 "그러다 더러워져"라고 알려주자, 두 손으로 머리카락을 둘로 뭉텅 나누어 어깨 앞으로 늘어뜨렸다.

"안 묶어?"

"방법을 몰라서."

내 머리는 매일 아침 엄마가 묶어준다. 피아노 발표회나 특별한 외출 시에(할머니 할아버지 댁에 가는 날, 아빠가 레스토랑에 데려다주는 날)는 빨간 리본도. 나는 엄마 화장대에 앉아 "움직이지 마"라는 말에 온몸을 긴장시킨다. 머리카락이 빗에 엉켜도, 핀끝에 머리가 찔려도 가만히 참는다.

"땋는 거라면 내가 해줄게. 집에 고무줄 없어?"

"노란 고무줄 말하는 거야?"

"노란 고무줄은 아프니까 안 돼. 머리 묶는 고무줄."

"없어. 엄마도 안 묶고."

카논의 머리는 여기저기 엉키거나 뻗쳐 있어서 평소에도 빗지 않는 듯했다. 우리 엄마는 "유즈가 밖에서 예의에 어긋나는 행동을 하면 엄마 아빠도 부끄러워"라고 하는데, 카논네 엄마는 그런 걸 신경 쓰지 않는 걸까? 만약 엄마가 카논을 본다면 뭐라고 할까? 곧바로 내 손을 잡고 걸어가면서 돌멩이처럼 무시할지도 모른다. 상상하니 의기소침해진다.

엄마가 카논에게 차갑게 대한다면, 나는 슬플 것이다. 왜냐하면 벌써 카논이 좋아졌으니까. 좀 전에 많이 웃어주었다. 일주일 동안 나를 계속 기다렸다는 것을, 꼬리를 흔들며 법석을 떠는 강아지 같은 카논을 본 순간 알 수 있었다. 엄마와 아빠와 오빠, 학교 선생님이나 친구가 나를 일주일 만에 만난다고 해도 그렇게 기뻐하지는 않겠지. 이 아이가 심심했을 뿐이라고 해도 기뻤다.

"카논, 지난주에는 베란다에서 뭐 하고 있었던 거야?"

"옆집 황록이 보고 있었어."

"황록이?"

"앵무새. 가끔 새장이 바깥에 나와 있거든."

앵무새구나, 아, 시시해, 라고 생각했다. 희귀한 새도 아니고, 새는 부리와 발톱이 날카로우니 아플 것 같아서 별로였다.

"그런 거, 학교에도 있잖아?

내가 다니는 초등학교에서는 앵무새와 토끼와 닭을 키운다.

"있어도, 그렇게 가까이에서는 못 보니까."

카논은 토라진 듯 대답했다.

"그래?"

"사육 위원은 고학년밖에 못하고… 내가 가까이 가면 모두들 싫어하니까."

두 무릎 사이로 얼굴을 묻은 카논은 길 잃은 강아지보다도 풀이 죽은 듯 보였다.

"선생님한테 말하지 그래?"

"선생님도 날 별로 안 좋아해. 엄마가 급식 필요 없다면서 나만 주먹밥 가져가고 그러니까."

"그거 알레르기 때문 아냐? 우리 반에도 있어, 몸이 안 좋아지니까 다른 아이들이 먹는 거랑 똑같은 음식은 못 먹는데."

"알레르기? 잘 모르겠어, 엄마는 '첨가물'이랑 고기랑 생선도 싫대. 독이니까 먹으면 안 된대."

"그럼, 함박스테이크나 새우튀김도 먹으면 안 돼?"

"응."

학교에 가져가는 것은 '잡곡쌀'이라는 갈색 주먹밥(솥밥과는 다르다는 것 같다), 간식은 비지 쿠키와 콩. 카논네 집은 이상하네, 하고 생각했다. 하지만 입 밖에 낼 수는 없었다. 우리는 아직 어린이니까, 내가 엄마 말을 듣는 것처럼 카논도 엄마 말을 들어야만 한다. 케첩을 뿌린 함박스테이크와 타르타르소스를 가득 뿌린 새우튀김이 더 맛있다는 식으로 쓸데없는 말을 해서는 안 된다.

"카논, 머리 땋는 법 가르쳐줄게."

"진짜?"

벌떡 일어나 나를 다시 쳐다보는 카논의 눈이 빛나고 있어서 마음이 놓였다.

"어, 일어서봐."

우리는 키가 거의 똑같았다. 배꼽 위까지 오는 긴 머리카락에 손을 뻗자, 카논이 불안한 듯 묻는다.

"냄새나지 않아?"

"어? 목욕 안 해?"

"해! 근데 소금이랑 식초로 씻으니까."

"소금이랑 식초는 요리에 쓰는 거지, 머리는 샴푸랑 트리트먼트로 감잖아?"

"근데 엄마가."

또 그 얘기. 카논의 머리에서는 정말로 코를 찌르는 냄새가 났지만, 나는 개의치 않고 손가락으로 머리를 가른다. 엉킨 머리가 걸려도 카논은 얼굴을 찡그릴 뿐 아무 말도 하지 않았다.

"이렇게 셋으로 나눠서 순서대로 겹쳐가기만 하면 돼… 이거 봐, 간단하지?"

"진짜다."

"계속 땋은 머리로 지내다 보면, 풀어도 꼬불꼬불해져서 재밌어."

오른쪽 머리의 반을 끝까지 땋아주자, 카논은 얼굴 앞으로 들어 올리면서 기뻐하며 말했다. "대단하다!"

머리 땋는 건 전혀 대단한 일이 아닌데. 카논의 미소를 보면, 내 가슴속에는 소나기가 내릴 때처럼 구름이 스멀스멀 퍼져갔다. 당장이라도 비가 내릴 듯한, 뭉게뭉게 퍼지는 잿빛 구름. 울고 싶은 느낌이지만 피아노를 잘 못 쳐서 선생님께 혼났을 때 '슬프다'는 것과도, 참 잘했어요를 받은 그림을 엄마가 본 척도 안 했을 때의 '슬프다'는 것과도 달라서 어떤 기분인지, 왜 이런 기분이 드는지 알 수 없었다. 카논은 웃고 있고, 나는 좋은 일을 한 걸 텐데.

"해볼게. 유즈, 잘 봐."

"응."

카논의 손가락은 헤매면서도 열심히 움직여 나머지 반을 땋아 간다. 그 진지한 모습을 보고 있으면 마음속 구름이 꽉 옥죄여서 배에 후드득 빗물이 떨어진 기분이 들었다. 카논은 머리를 다 땋고서 '어때?'라고 묻듯 나를 보았다. 울퉁불퉁하고 머리카락이 여기저기 삐죽삐죽 튀어나와 있어서 엉망이었다.

"잘하네."

카논은 내 거짓말을 곧이곧대로 받아들이고 두 손으로 소중하다는 듯 땋은 머리를 들어올린다.

위층에서 닷샹, 하는 소리가 들렸다. 두 다리가 순식간에 딱딱한 막대기처럼 굳는다. 뚜벅뚜벅 계단을 내려오는 발소리.

엄마다.

"카논, 저리로 가. 엄마한테 들킬라."

나는 카논의 어깨를 마구 밀었다. 어쨌든 엄마가 보면 안 된 다는 생각으로 머리가 가득 찼다. 다행히 카논은 대꾸도 않고 오른쪽으로 홱 돌아 뛰어나갔다. 아아, 그렇게 뛰면 땋은 머리 가 바로 풀릴 텐데. 내가 내쫓은 주제에 가슴이 아프다. 카논의 등이 멀어질수록, 엄마의 규칙적인 발소리가 가까워질수록 아 픔이 더해져, 심장의 고동과 딱 겹쳐졌다.

"유즈, 집에 가자."

"네, 엄마."

엄마는 아무것도 모른다. 엄마가 낚아채듯 잡은 내 손이 방 금 전에 카논의 어깨를 민 것도, 카논의 머리를 만졌던 것도.

유즈는 그다음 주 수요일에도 5동에 왔다. 나는 매주 만날 수 있다고 믿었기에 두 번째 만났을 때처럼 깜짝 놀라지도 않았 고, 그저 몹시 기뻤다.

그날 내가 땋은 머리는 바로 풀려버렸지만, 땋는 법을 알았 으니 괜찮다. 엄마에게 "머리 묶는 고무줄 사줘"라고 부탁했더 니 "그런 귀찮은 짓 할 거면 잘라"라고 했다.

― 지금 잘라줄 테니까 이리 와.

― 싫어!

모처럼 유즈가 가르쳐준 머리 땋기를 할 수 없게 된다. "어디에서 쓸데없는 걸 배워 온 거야?" 엄마가 투덜댔다. 늘 있는 일이니 신경 쓰지 않는다. 엄마는 항상 화를 내지만 딱히 무섭지 않다. 유즈는 유즈의 엄마가 무서운 모양이다. "엄마한테 들킬라"라면서 내 어깨를 밀었을 때의 겁먹은 목소리를 떠올리자 불쌍해졌다.

세 번째로 만난 유즈는 나를 보자마자 사과했다.

"미안해."

"왜?"

"지난번에, 밀어버려서."

"난 아무렇지도 않아."

유즈는 안심한 듯 끄덕이고 나서 웃음을 터뜨리며 말했다.

"뭐야, 그 머리."

"머리를 몇 가닥이나 땋을 수 있을지 도전하고 있었어."

머리카락을 연필보다 가느다랗게 여러 가닥으로 땋아 늘어뜨린 머리 모양을 본 유즈가 웃어도 부끄럽지는 않았다. 땋은 머리가 풀리듯 유즈의 표정이 풀어지자 가슴속이 멋쩍어졌다. 머리카락 끝을 땋은 머리 사이로 쏙 말아 넣으면 머리끈이 없어도 잘 풀리지 않는다는 걸 배웠다. 연습해야지.

모자 아래로 보이는 유즈의 머리카락은 정말 예쁘다. 땋은 머리가 단단히 정리되어있다. 옛날에 2동에 사는 사유미 언니네 엄마가 구워준 애플파이를 떠올렸다. 땋은 머리 모양의 생지로 덮여있는 반죽은, 오븐 안에서부터 부드럽고 좋은 냄새가 났다. 완성된 파이는 반지르르하고 반짝반짝해서 지금 떠올려도 배에서 꼬르륵 소리가 날 것 같다. 하지만 나는 결국 파이를 먹을 수 없었다. 사유미 언니네 엄마가 잘라주기 전에 엄마가 왔으니까.

— 우리 애한테 이상한 거 먹이지 마.

현관문을 연 채로 엄마는 '백설탕'과 '첨가물', 나아가 '예방접종'이 '인체'에 얼마나 '해악'을 끼치는지 엄청난 기세로 이야기했다. 그런 것들로부터 아이를 지키는 게 부모의 책임이며 그냥 놔두는 건 '학대'라고도. 사유미 언니네 엄마는 희미한 미소를 지으며 "네네" 하고 끄덕이면서 "아줌마가 아무것도 몰라서 미안해"라고 사과하더니 "안녕" 하고 나를 바깥으로 내쫓고는 문을 닫았다. 나보다 한 살 위인 사유미 언니는 계속 곤란하다는 얼굴로 있었다.

"유즈는 애플파이 먹은 적 있어?"

"응. 근데 초코케이크가 더 좋아."

"나는 그냥 사과밖에 못 먹어봤어. 케이크 같은 것도, 엄마가 싫어한대."

유즈는 고개를 갸웃하고는 "흐음" 하고 끄덕였다.

"엄마가 싫은 게 많은가 봐."

나는 엄마를 '마마'라고 부르는 아이가 별로였다.$^\bullet$ 끈적끈적한 느낌이 들어서 등골이 오싹해진다. 하지만 유즈가 말하는 '마마'는 소리가 확실히 구분되어 있어서, 다른 아이의 '마마'가 흐늘흐늘한 땅콩이라면 유즈가 말하는 마마는 탱탱한 포도 같고 기분 좋았다. 나는 유즈가 말하는 '마마'가 좋다. 둥근 모자와 깔끔한 초등학교 교복이 잘 어울리는 점도 좋다. 짓궂은 말을 하지 않고, 머리 땋는 법도 가르쳐주고, 상냥한 점도 좋다.

그리고 처음 만났을 때 날 향해 두 손을 뻗어준 점. 그때 유즈의, 찢어질 만큼 쫙 펼쳐졌던 열 손가락과 진지한 눈동자를 떠올릴 때마다 나는, 그때 떨어져도 괜찮았을지도 모른다고 생각했다. 유즈가 찰과상 하나 없이 받아줬을지도 모른다 — 그럴 리가 없는데.

"근데 유즈는, 베란다 아래에서 왜 손을 뻗은 거야?"

"으음, 잘 모르겠어. 깜짝 놀라서 그랬나?"

부끄러운 듯 빠르게 대답하고는 웃으며 말했다. "카논이 떨어지지 않아서 다행이야."

"유즈, 놀이터에서 놀자."

그네도 미끄럼틀도 없지만 음침한 그늘에 있는 계단보다 나을 것 같다. 유즈는 아래를 보더니 다시 고개를 들고, 반짝반짝

---

• 일본어에서 엄마를 부를 때 쓰는 말에는 ママ(마마), お母さん(오카아상), かあさん(카아상) 등이 있는데, 그중 '마마'는 주로 어린아이가 엄마를 부를 때 쓴다는 이미지가 있다.

한 검은 구두 끝과 놀이터를 번갈아 보았다.

"가고 싶지 않아?"

"그게 아니라, 엄마가…"

"처음 왔을 때처럼 쏜살같이 돌아오면 괜찮을 거야. 시계를 보고 있으면 괜찮아."

나는 포기하지 않고 말해보았다. 유즈가 날더러 그렇게 말해줬으면 하는 듯한 기분이 들었다. 이윽고 유즈가 "응" 하고 약간 긴장한 얼굴로 끄덕인다.

"그럼, 다음 주에 오면 그때 가자."

"지금이 아니고?"

1분이든 3분이든 좋으니 유즈와 놀이터에서 놀고 싶었기에 실망스러웠다. 단지 아이들은 나를 따돌리고, 혼자는 재미가 없으니 언젠가 친구가 생기면 놀이터에서 함께 놀고 싶었다.

"마음의 준비가 필요하니까."

유즈는 진지하게 말했다. '마음의 준비'가 뭔지, 나는 모른다. 소풍처럼 인쇄된 안내문을 받고, 준비물을 챙겨야 하는 건가? 모르겠지만, 어쨌든 유즈가 내 부탁을 들어준 것에 만족하며 "다음 주에 꼭이야" 하고 새끼손가락을 걸었다.

다음 주, 나는 5층에서 계단을 내려가서는 기다리고 있던 카논과 손을 잡고서 그대로 멈추지 않고 놀이터로 뛰어들었다. 멈추면 또다시 '다음 주'라고 말해버릴지도 모르니까. 카논의 손은 따뜻하고 촉촉해서, 여름에도 차가운 엄마의 손과 전혀 다르다. 우리는 철봉 위에 나란히 앉아 어른의 눈높이로 주위를 살폈다. 흐리고 약간 무덥지만 아무도 없는, 누군가의 '관할 영역'이 아닌 놀이터는 우리 둘만의 정원 같아서 기분 좋았다.

"유즈, 이것 봐."

카논이 두 손으로 무릎 뒤편을 안고서 빙글빙글 돌기 시작한다. 가만히 두면 언제까지고 계속할 것 같아 걱정돼서 말렸다.

"어지러워져."

"괜찮아. 유즈도 하자."

"지금은 치마 입었으니까 안 돼. 운동할 때는 운동복을 입어야지."

"유즈네 엄마한테 혼나?"

"엄마도 그렇고, 치마 입었을 때 점프 같은 거 하면 아빠도 '망측하다'고 해."

"'망측하다'니?"

"으음… 예의에 어긋난다는 거."

"유즈는 뭐든 아는구나."

"그렇지도 않아."

카논은 세 개 있는 철봉 가운데 가장 높은 봉을 점프해서 잡고, 두 다리를 크게 움직여 몸 전체를 앞뒤로 붕붕 흔든다. 그러다 손을 확 놓고 기세 좋게 날아올라 1미터 정도 앞 지면에 착지했다. 카논이 마구 움직인 탓에 머리끈으로 묶지 않은 양 갈래의 땋은 머리가 아래부터 풀리기 시작했다.

"근데, 아빠가 있다는 건 어떤 느낌이야?"

내 옆으로 돌아온 카논이 말했다.

"어?"

"우리 집엔 아빠가 없으니까."

"왜 없어?"

"모르겠어. 계속 없었어. 엄마한테 물어봐도 안 가르쳐주고."

"어머, 그럼 아빠 이름도 모르고 얼굴도 모르는 거야?"

"응."

선선히 이야기하는 카논의 말을 믿을 수 없었다. 나라면 그런 얘기는 아무한테도 못 한다. 우리 아빠도 늘 내가 잠든 후에 들어오고, 휴일에도 집에 없어서 거의 못 만나지만 '없다'는 건 전혀 다르다. 이유도 모르고 아빠가 없다니, 나라면 그런 게 부끄러울 것 같다. 하지만 카논은 다르다. 내가 부끄럽다고 생각하는 것을 부끄러워하지 않고, 내가 아는 것들을 모르고, 내가 먹는 것들도 안 먹고, 전부 다르다. 하지만 전부 다르니까 내가 카논을 좋아하는 걸까 싶었다. 모든 게 나랑 똑같다면 재미없을지도 모른다.

"우리 아빠는 의산데, 바빠서 집에 거의 없어. 있을 때는 학교 수업이랑 학원에서 어디까지 진도를 나갔는지, 어떤 책을 읽었는지, 그런 것만 물어봐."

"흐음. 그럼, 형제는 있어?"

"오빠가 있어. 지금 고등학교 3학년이라 시험을 앞두고 있으니까 항상 방에서 공부해."

"학교가 아닌 데서도 공부를 하다니 대단하네."

사실 오빠는 수험생이 되기 전부터 거의 방에만 있었다. 가끔 복도에서 만났을 때 내가 "안녕"이라든가 "왔어?"라고 말해도 무시하고 가버린다. 엄마는 오빠를 '겐토健人 씨'라고 부르고, 내게 늘 "겐토 씨를 방해하면 안 된다"고 했다. 오빠가 양말을 아무렇게나 벗어 놔둬도, 밥 먹은 뒤에 그릇을 정리하지 않아도 혼내지 않는다.

"그럼, 아빠랑 오빠가 있어도 별로 즐겁지는 않겠네."

"그렇진 않아."

나는 울컥했다.

"그래?"

"왜냐하면, 밥을 먹을 수 있는 것도, 학교에 다닐 수 있는 것도 아빠가 일하는 덕분이고, 오빠는 공부를 엄청 잘하고…"

"나도 밥 먹고 학교 다녀."

"카논이랑은 달라."

무심코 강하게 대답하고서 철봉에서 뛰어내렸다. 얼굴이 뜨거웠다. 나는, 화를 내고 있었다. 카논과 내가 비슷하다는 말을 들으니 싫었다. 샴푸도 없고, 햄버그나 케이크도 못 먹는 집 자식은 되기 싫다. 하지만 그건 너무 차가운 생각이다. 어쩌지.

"유즈?"

내가 두 손을 꼭 쥐고 있는데, 카논은 내 얼굴을 들여다보면서 "미안해"라고 말했다.

"화났어? 미안해. 이제 그런 말 안 할 테니까, 화내지 마."

미안하다고 해야 할 사람은 나, 하지만 내 생각을 그대로 말하면 카논은 분명 불쾌할 것이다. 그러니까 고개를 옆으로 저으며 "화 안 났어"라고만 대답했다.

"정말?"

"정말. 근데 카논, 아까 손 놓고 멀리 뛰는 거 다시 한번 해봐."

"좋아!"

카논은 기쁜 듯 높은 철봉에 뛰어올라 매달리더니 아까보다 더 기세 좋게 몸을 흔들기 시작했다. 부웅, 부웅 풀려가는 땋은 머리가 흔들리고, 더러운 운동화 발끝이 비행기 구름에 닿을 듯했다. 나는 카논을 본다, 하늘을 본다, 5동을 본다. 엄마가 있는, 504호 베란다를 본다. 쓰레기봉투가 잔뜩 쌓여 있어서 불안해진다.

"유즈, 이제 한다. 잘 봐!"

카논이 크게 소리치고 손을 뗀다. 카논의 몸은 한 바퀴 돌 것처럼 높은 데 있었기에 나는 깜짝 놀라 "위험해"라고 말했지만 이미 늦었다. 카논은 만세 자세로 공중에 내팽개쳐졌다. 한순간, 시간이 멈춘 듯한 기분이 들었다. 구름 사이로 햇빛이 눈부시게 비치고 그림자가 된 카논의, 느슨해진 땋은 머리끝까지 선명히 보였다. 하지만 다음 순간에는 아까보다도 멀리, 잽싸게 착지해서는 나를 보고 뽐내듯 웃었다.

"굉장하다."

나는 말했다.

"카논은, 굉장해."

가슴속 안개는 사라지지 않았어도, 카논 덕에 작은 구멍이 뚫려서 거기로 빛이 새어나온 기분이 들었다. 또다시 바로 막혀버릴지 모르지만 멀리 날아간 카논의 모습, 지금의 기뻐 보이는 미소를 잊지 말자고 생각했다.

유즈는 내게 화가 난 것 같다. 곧바로 "화 안 났어"라고 말했지만, 무서운 얼굴을 하고 있었다. 뭘 잘못했는지를 모르겠는 건 내가 바보인 탓일 거다. 엄마도 늘 "바보 아냐?"라면서 혼내고, 반 아이들과 단지 아이들에게도 "바보"라는 말을 들으니. 이젠 익숙하지만, 유즈가 나를 싫어해서 못 놀게 되면 슬프니까 다음에 만났을 때 "난 바보니까, 다시 유즈가 싫어할 말을 하게 된다면 미안해"라고 말했다. 유즈의 눈썹과 눈썹 사이에 깊은 주름이 진다.

"왜 그런 말을 해? 카논은 바보가 아냐."

"그래도 모두들 그렇게 말하는 걸."

"난 안 그래. 카논은 머리 땋는 것도 바로 능숙해졌잖아. 엄청 예쁘게 땋았어."

유즈가 만지자 내 머리가 반짝반짝 좋아하는 것처럼 보였다. 분명 내가 기쁘니까 머리카락도 한 가닥씩 기뻐하는 것이다. 나는 용기를 내어 털어놓았다.

"근데 말이야, 비웃지 말아줘… 나, 시계 못 읽어."

"어? 저걸?"

유즈는 놀이터에 서 있는 시계를 가리킨다.

"응, 아, 숫자는 알아! 세 시랑 여섯 시랑 아홉 시도 느낌으로 아는데, 다른 건 몰라."

1학년 때 산수 수업 중에 교정을 멍하니 내다보는데 어느샌가 선생님의 설명이 끝나 있었다. "다들 알았지?" 하는 물음에 주위 아이들은 "네에"라고 큰 소리로 대답하고, "세 살 때부터 알았는데?"라면서 자랑하는 아이도 있었다. 나는 '모르겠어요'라고 말할 수 없었다.

"그런 건 내가 가르쳐줄게."

유즈는 나무가 심어져 있는 데서 나뭇가지를 주워 땅에 숫자를 쓰면서 내게 시계 읽기를 가르쳐주었다. 하루는 24시간, 한 시간은 60분이고 일 분은 60초, 시계는 두 개의 바늘이 '12'를 가리키는 곳에서 하루가 시작되고 두 바퀴 돈다. 짧은 바늘이 '시'이고 긴 바늘이 '분'…. 선생님 이야기는 지루했는데, 유즈의 목소리는 귀에 술술 들어와서 엉켜 뭉쳐있던 '모르겠다'는 실을 눈 깜짝할 새 풀어주었다.

"카논, 알겠어?"

"응."

"그럼, 지금은 몇 시야?

나는 시계를 올려다보며 두근거리는 마음으로 대답한다.

"세 시 사십 분."

"네, 잘했습니다."

유즈가 진짜 선생님처럼 칭찬해 주었다.

"그럼, 앞으로 5분이 지나면 긴 바늘은 어디로 가지?

"9 있는 데."

"맞아, 카논, 이제 읽을 수 있네. 바보가 아니잖아?"

나는 대답도 안 하고 시계를 뚫어져라 쳐다보았다. 나는 시계를 읽을 수 있다. '정신이 들고 나니 움직이고 있는' 것이었다. 시곗바늘의 뜻을 이제 안다! 어쩌면 나는 바보가 아닐지도 모른다. 눈앞이 확 트여, 검고 뾰족하고 차가운 느낌이 들었던 두 개의 바늘이 갑자기 상냥한 물건처럼 느껴졌다. 왜냐하면 언제나 놀이터에 서서 쉼 없이 시간을 가르쳐주니까.

"해냈다! 해냈다!"

기뻐서 깡충깡충 뛰자, 유즈가 "쉿!" 하고 검지를 세웠다.

"큰 소리로 말하면 울리잖아."

나는 움직임을 멈추고 소곤거리는 목소리로 "고마워 유즈"라고 말했다. 이번에는 "너무 작아서 안 들려"라고 하면서 유즈가 웃으며 얼굴을 가까이 댄다. 유즈에게서는 다른 집 냄새가 났다. 나는 아까 유즈가 내 머리를 만져줬던 것처럼 유즈의 머리를 만지고 싶어졌다. 유즈도 기분 좋다고 생각해 줄지도 모른다.

"유즈, 머리 땋아도 돼?"

귀 가까이에 대고 묻자, 유즈는 확 물러서더니 손으로 귀를 막았다.

"어?"

"나, 유즈 머리 땋아보고 싶어."

"그건 안 돼."

"그래도 나, 이제 잘 하잖아?"

"머리끈 말고 핀도 꽂혀 있으니까, 카논은 못 해. 풀면 엄마한테 들켜."

유즈의 말투가 엄격해서 몇 번을 부탁해도 소용없을 것 같았다. 잎사귀 무늬의 와펜이 달린 모자 아래로 보이는 유즈의 뒷머리를 살짝 보니, 땋은 머리 여러 가닥이 핀으로 고정되어 있어서 유즈네 엄마는 단 한 가닥도 삐져나오게 하고 싶지 않구나, 싶었다.

단지 놀이터는 우리들만의 비밀기지가 되었다. 딱히 비밀은 아
니지만 누구에게도 방해받지 않는 비밀 놀이터. 밝은 오후의
햇빛을 카논과 함께 맞으면 정말 기분이 좋다. 철봉을 만져서
쇠 냄새가 나는 손바닥 냄새를 맡거나, 잔디에서 개미집을 찾
거나, 잡초를 뜯어서 세로로 쭉 찢거나. 게임기와 간식이 없어
도 즐거웠다. 천천히 흘러가는 구름, 바쁜 듯 고개를 흔들며 걷
는 비둘기, 모래밭의 모래에 가끔 섞여 있는 반짝이 가루. 함께
라면 뭘 봐도 설렜다. 낮이 부쩍 길어져 가는 이 계절이, 나는
좋다.

카논네 엄마는 슈퍼에서 일한다고 한다.

"'오가닉 식품'이라는 것만 팔아서, 우리 집 밥은 전부 거기
서 사 오는 거야. 다 갈색빛이 나는데, 그건 '착색료'를 안 쓴 증
거래."

"그럼, 학교 마치고 집에 가도 아무도 없어?"

"응."

"학원은?"

"안 다녀."

"학교 끝나면, 항상 집에서 뭐 해?"

"달력에 그림 그려."

카논이 말을 잇는다.

"매일 쭉 찢는 게 내 담당이라서. 우선은 숫자가 적힌 쪽에 그림을 그리는데 빈틈이 없어지면 뒤집어. 그럼 엄청 새하얀 느낌이 들어서 좋아."

월초에는 흰 부분이 많아서 좋다, 휴일은 숫자가 빨개서 예쁘니까 좋다, 가끔은 참았다가 두세 장을 모아 한꺼번에 낙서하면 사치했다는 기분이 든다… 카논의 이야기는 전혀 이해가 안 가지만 재밌다. 엄마라는 사람은 늘 집에 있고, 학원에 데려가고 마중을 나와 주며, 숙제와 알림장과 다음날 시간표를 체크하는 것이 당연한 줄 알았다. 나는 나 자신이 슈퍼마켓 과자 코너에 있는 가득 담기 봉투 같다고 생각했다. 입구만 봉할 수 있으면 엉망으로 겹쳐지고 울퉁불퉁해서 터질 것 같아도 상관없는, 작고 투명한 봉투. 엄마는 거기에 자신이 고른 것을 가득 쑤셔 넣는다.

하지만 지금 내게는 엄마가 모르는 카논이라는 비밀 친구가 있다. 엄마 안에는 엄마의 비밀, 내 안에는 내 비밀. 달걀처럼 안고 있기는 무섭지만, 무서움과 동시에 설렌다. 그네에서 다리를 힘껏 저어 내 몸을 높이 더 높이 들어 올릴 때의 감각과 닮았다. 여기 그네가 있으면 좋을 텐데.

"좋겠다."

카논이 내 교복 치마를 손끝으로 잡고 중얼거린다.

"나도 이런 옷을 입어보고 싶어. 유즈네 학교에 다니면 다 받을 수 있는 거야?"

"응."

대답은 그렇다고 했지만, 교복은 공짜가 아니고 내가 유치원에 들어갈 때 아빠와 엄마와 셋이서 면접을 본 희미한 기억이 있다. 카논네 집에는 아빠가 없고, 돈도 없을 것 같다. 하지만 "넌 힘들걸"이라고 말할 수는 없었기에 그 대신 "위에 옷만 입어 볼래?" 하고 물었다.

"아니, 괜찮아."

카논의 땋은 머리끝이 흔들린다. 오늘은 뒤로 하나로만 굵게 땋았다. 카논의 머리 땋기 실력이 점점 더 늘어가는 걸 보면 기쁘다.

"왜냐하면 그거, '화학섬유'일지도 모르잖아."

"화학섬유라는 게 뭐야?"

"잘 모르는데, 엄마는 '화학섬유' 싫어하니까. 바지랑 양말도 전부 '오가닉 코튼'이라는 거 아니면 안 된대."

"왜 안 되는 거야?"

"뭐라고 그랬는데 어려워서 모르겠더라."

이해가 가는 룰도 모르겠는 룰도 어쨌든 엄마가 정한 걸 지켜야만 하고, 늘 하는 말은 '싫어한다'라는 말. 엄마가 좋아하는 건 잘 모르고 싫어하는 것만 잘 안다는 점. 나와 카논은 전혀 다르면서도 무척 닮아 있었다.

유즈네 엄마가 하는 '봉사 활동'이라는 게 뭔지, 단지에 몇 번을 와도 유즈는 모르는 것 같았다.

— 504호에 가면 모르는 아저씨가 있는데, 매번 인사만 하는데도 어쩐지 무섭고 싫어. 아저씨는 나를 흘깃 보기만 하고. 왜 만나야 하는 걸까?

— 유즈네 엄마한테 물어보면 어때?

— 전에도 말했지만, 그런 거 못 물어보겠어.

— 왜?

— 못 물어보니까 못 물어보지.

내 얘기 따위 듣지 않는 건 우리 엄마도 그렇다. 바로 화내고, 화내는 방식이 과격할 때도 있다. 하지만 유즈가 유즈의 엄마에게 느끼는 '무섭다'는 내 느낌과는 다를지도 모른다.

우리 엄마라면 '봉사 활동'이 뭔지 알지 않을까? 밤에, 콩과 무를 삶은 반찬에 잡곡밥을 먹을 때 물어보았다.

"5동 504호에 사는 아저씨 알아?"

엄마가 테이블 맞은편에서 나를 쏘아본다.

"왜 그런 걸 물어?"

"그냥."

"그 아저씨가 너한테 뭔 짓 했어?"

"아니, 그냥 궁금해진 것뿐이야."

나는 당황해서 고개를 절레절레 저었다.

"근처에 가지 마. 그놈, 알코올 중독 같으니까. 허구한 날 술 냄새 풀풀 풍기면서 비틀비틀 걸어. 말도 안 되는 소리 떠들 때도 있고."

"알코올 중독이라는 게 뭐야?"

"몰라도 돼. 어쨌든 낮에 집에 혼자 있다는 거 절대 말하면 안 된다."

"근데 그럼, 봉사 활동이라는 건, 뭐야?"

"위선자의 시간 때우기."

엄마는 귀찮은 듯 대답했다.

"위선자라는 건 뭐야?"

"시끄러워, 크면 알게 될 테니까 얼른 목욕해."

우리 집 욕조는 따뜻한 물과 찬물의 수도꼭지를 둘 다 틀어 온도를 확인하고 나서 물을 받아야만 한다. 그냥 두면 넘쳐버리고, 들어가지 않고 꾸물대다 보면 미지근해져 버린다. 유즈네 집 욕조는 버튼 하나면 저절로 물이 적당히 채워진 후에 멈추고, 준비가 다 되면 음악이 나오며, 식어도 다시 데워져서 언제나 딱 적당히 따뜻한 물에 들어갈 수 있다고 한다. 심지어 발을 쭉 뻗어도 닿지 않을 정도로 욕조가 크고, 물살은 센 것이나 약한 것이나 안개처럼 자욱한 것 등 여러 가지 가운데 하나를 고를 수 있다고 한다. 유즈네 집은 마법의 집 같다고, 비좁고 깊은 욕조에 앉아 생각했다. 유즈는 마법 같은 집에 살고 있으니까 유즈네 엄마가 하고 있는 '봉사 활동'도 주문처럼 들린다.

위선자의 시간 때우기, 라고 조금 전 엄마가 한 말을 흉내 내면서 살짝 웃는다. 뜻은 모르지만 심술궂은 말이란 건 안다. 엄마는 입가를 약간 일그러뜨리며 심술궂은 말을 할 때 가장 예뻤다. 아마도 세 살인가 네 살 무렵, "왜 우리 집엔 아빠가 없는 거야?"라고 묻자, "쓸모없는 놈이니까"라고 대답했던 엄마의 표정이 아직도 좋다.

다른 집 엄마들처럼 화장을 하거나 머리 모양에 이리저리 힘을 주지 않는데도 엄마는 예뻤다. 주근깨가 많고, 머리 같은 건 늘 스스로 적당히 싹둑싹둑 자를 뿐. 그래도 나는 단지의 남자들이 엄마를 흘긋거리며 신경 쓰는 걸 알고 있었다. 단지 안을 어슬렁거리다 보면 다양한 소문이나 욕이 귀에 들어온다. 내게 들리건 말건 아무도 신경 쓰지 않는 듯했다. 분명 나를 바보라고 생각하니까. 여자들은 아제쿠라 씨는 정신이 이상하다거나 단지의 행사를 하나도 안 도와준다는 얘기를 나누고, 남자들은 묘하게 히죽거리면서 엄마를 두둔한다.

― 나쁜 사람 같지는 않은데.

― 여자 혼자 몸으로 아이를 키우니 여러모로 힘들 거야.

그중에는 엄마가 일하는 슈퍼까지 일부러 찾아가서 '유기농법'의 비싼 쌀을 샀다가 부부싸움을 한 사람도 있다는 것 같았다. 어른인데, 그런 짓을 하면 엄마가 더욱더 외톨이가 될 뿐이라는 걸 왜 모르는 걸까? '여기에는 싫은 사람밖에 없다'는 게 엄마의 말버릇이었고 가끔 욕실에서 우는 일도 있었다. 좋아하는 사람이 아무도 없으니 슬픈 건지도 모른다.

어른들은 무섭거나 기분 나쁘거나 둘 중 하나고, 남자애들은 "지독해"라면서 지우개 똥을 내게 던지고, 여자애들은 내 눈에 보일락 말락 한 곳에서 소곤대며 함께 웃는다. 모두 싫었다. 엄마는 그럭저럭 좋다. 엄마가 없으면 밥도 못 먹고 목욕도 못 하니까, 좋아하며 지내는 편이 편하다.

내가 정말로, 진심으로 아주 좋아하는 것은 황록이와 유즈뿐이라고, 목욕물 안에서 미역처럼 흔들리는 내 머리카락을 보며 생각했다. 황록이 전에는 '갈색이'가 있었지만 이젠 없다.

내게 두 손을 벌려준 유즈. 일주일에 한 번, 잠깐 동안만 수다를 떨 수 있는 유즈. '엄마'를 무서워하는 유즈. 유즈와 더 오래 함께 있고 싶다. 유즈와 같은 초등학교에 다니면 좋을 텐데. 하지만 그러면 유즈도 다른 아이들처럼 내 흉을 볼지도 모른다. 나를 바보라고 생각할지도 모른다. 내겐 유즈에게 나눠줄 수 있는 맛있는 간식도 없고, 유즈가 머리 땋는 법과 시계 읽기를 가르쳐준 것처럼 무언가를 가르쳐줄 수도 없다. 유즈는 곧 내게 질려서 나와 놀아주지 않을지도 모른다.

상상하니까 갑자기 슬퍼져서 목 안 저 깊숙한 데서 눈물이 울컥 쏟아져 나왔다. 곧바로 욕조 속으로 떨어져 섞인다. 이제껏 무슨 소리를 들어도, 어떤 짓을 당해도 운 적 따위 없었다. 그런데 어째서일까, 유즈가 날 싫어하면 어쩌지 하는 생각만으로 전부 다 끝나버릴 것 같은 느낌이 든다. 1학년 때 "1999년이 되면 지구가 멸망한대!"라고 반 남자애들이 떠들고 여자애들 몇 명이 울어서, 선생님이 그럴 일은 없다면서 화를 냈다. 나는 앞으로 일어날 일 따위 아무도 모르는데, 하고 생각했을 뿐이었다. 하지만 지금은 안다. 유즈가 없어지면 나는 분명 '멸망'할 것이다. 콧물을 훌쩍이는데, 천장에 달라붙은 물방울이 목 뒤로 똑 떨어져서 서늘함에 목을 움츠렸다.

"카논, 목욕을 언제까지 하는 거야!"

화난 엄마의 목소리에 나는 서둘러 대답했다. "지금 나가." 눈물이 그쳐서 다행이다.

"나, 504호에 가볼까 해."

놀이터 울타리에 기대어 카논이 갑자기 그런 말을 꺼내기에 나는 무심코 카논의 손을 꼭 잡았다.

"왜?"

"왜냐하면, 궁금하잖아. 아, 지금 말고 유즈가 안 오는 날에, 몰래 정찰하러 갈게."

정찰이라는 말을 하면서 약간 뽐내는 듯했다. 최근에 배운 말인지도 모른다. 하지만 그런 건 지금은 아무래도 상관없다.

"안 돼."

나는 강한 어조로 말했다.

"초인종을 누르지는 않을 거야, 밖에서 살짝 보러 갈 뿐이야."

"안 된다니까."

나는 두 손으로 카논의 손을 꼭 쥔다. 안 된다고 해도 가버릴 것 같아 불안했다. 옆집 앵무새를 엿보기 위해 베란다 난간 밖으로 몸을 내미는 아이니까. 철봉에서 손을 확 놓을 수 있는 아이니까. 카논에게는 그녀의 가장 높은 지점에서 태연히 뛰어내려 버릴 것 같은 무서움이 있었다.

"괜찮아."

"안 된다고 했잖아."

만약 카논이 그 아저씨를 만난다면 내 작은 비밀을 엄마에게 들켜버릴지도 모른다. 아니, 그게 아니다. 아저씨의 탁한 눈과 난폭한 목소리를 카논이 접하지 않았으면 했다. 식초로도 비누로도 지지 않는 때를 카논에게 묻혀버릴 것 같은 기분이 들어서, 허락할 수 없었다.

"그만해."

아래 눈꺼풀이 슬며시 뜨거워지는 것을 느꼈다. 내가 눈물을 띠자 카논은 당황하면서 "미안해"라고 거듭 말한다.

"안 갈게, 안 갈 테니까."

"진짜로?"

"응."

나는 그제야 카논의 손을 놓고 손수건으로 눈을 누른다. 눈물이 잠잠해지자 이번에는 갑자기 부끄러워져서, 분위기를 얼버무리려고 두 손으로 보이지 않는 피아노를 쳤다.

"뭐 하는 거야?"

"피아노 연습. 그저께 배운 거 복습."

"양손 손가락을 따로따로 움직일 수 있다니 굉장해."

조금 전의 일 따위 이미 잊은 듯 카논이 반짝이는 눈으로 손을 쳐다본다. "이런 거 별거 아냐"라고 하면서 나는 등으로 울타리를 밀며 삐걱이게 했다.

"맞다, 「캐논」*이라는 곡이 있어."

발표회에서 고학년이 쳤던 파헬벨의 「캐논」. 얕은 물속에 맨발로 살며시 걸음을 내딛는 듯한 시작 부분이 좋았다.

"내 이름이랑 똑같아? 진짜? 어떤 건데?"

허밍으로 해봤지만, 카논은 고개를 갸웃했다.

"잘 모르겠어. 유즈는 칠 수 있어?"

"전혀 못 쳐. 지금 바이엘 2권 시작한 참이니까."

"바이엘 2권이라니?"

"피아노 교과서 같은 책이야."

이제 복습도 뭣도 아니고, 엉망으로 움직일 뿐인 내 손가락을 카논은 아직도 눈부시다는 듯 쳐다보았다. 지금 여기에 건

---

* 일본어로는 '캐논'을 '카논'이라고 발음한다.

반이 있다면, 엄청난 불협화음이 나서 내 거짓말이 곧 탄로 날 것이다.

"연습해서 칠 수 있게 되면 카논 앞에서 쳐줄게."

그런데 나도 모르게 거짓말에 거짓말을 더했다. 카논네 집에는 피아노가 없고 우리 집에 초대할 수 있을 리도 없으며 다니는 학교도 다르다. 언젠가 내가 「캐논」을 배운다 해도 카논에게 들려줄 수 있는 날은 오지 않을 것이다.

학교 친구와도 기약 없는 약속을 할 때가 있다. 언젠가 우리 집에서 같이 자자, 라든가 같이 놀이동산에 가자, 라든가. 이룰 수 없더라도 이야기만 나눠도 즐겁다. 가게에 진열된 케이크를 구경할 때와 마찬가지였다. 하지만 지금 카논에게 거짓말을 한 순간, 얇은 종이나 풀에 손가락이 베였을 때와도 같은 아픔이 느껴졌다. 상처는 눈에 보이지 않을 정도로 가늘어서 반창고도 필요 없는데, 계속 욱신거리고 가렵다.

"응."

쳐줘, 하고 카논이 방긋방긋 웃어서 적당히 아무 말이나 한 것을 후회했다. 손가락을 꼭 접으니 땀이 나서 불쾌하다. 6월도 이제 곧 끝난다. 내 교복은 얇은 재질의 여름용으로 바뀌었지만, 카논의 옷은 소매 길이만 다르다. 7월이 되면 한 학기가 끝나고 여름방학이 다가온다. 엄마는 방학 동안에도 여기에 올까, 문득 생각했다.

유즈에게는 그렇게 말했지만, 그래도 5동 504호가 신경 쓰여서 어쩔 수가 없었다. 유즈가 왜 그렇게 필사적으로 제지했는지를 이해할 수 없었고, 504호 아저씨에 대해 무언가 알게 되면 유즈도 기뻐해 줄 거라고 생각했다. 점심시간에 학교 도서실에서 읽었던 탐정 책이 너무 재밌어서(특히 '정찰'이라는 어른스러운 말이 마음에 들었다) 나도 모험을 해보고 싶었고, 유즈를 위해 무언가를 하고 싶었다.

유즈에게 바로 이야기할 수 있도록 정찰은 화요일에 하기로 했다. 알아내는 게 아무것도 없다면 잠자코 있어야지. 나는 학교에서 집으로 돌아와서는, 때마침 옆집 베란다에 있었던 황록이에게만 "다녀올게" 하고 말을 건 뒤 집을 나섰다. 삼끈에 매달아 목에 건 우리 집 열쇠가 계단을 내려갈 때마다 튕겨서 피부에 딱 달라붙는다. 처음엔 차가워서 기분 좋았는데, 눈 깜짝할 새 체온으로 미지근해졌다.

1층까지 내려와서는, 근처에 사람이 없는 것을 확인하고 나서 놀이터 옆을 단숨에 내달려 5동 입구로 뛰어들었다. 우선 우편함을 살펴봤지만 '504'에는 명패가 없어서 아저씨의 이름은 알 수 없었다. 단지는 각 층이 1호부터 6호까지 있고 1호와 2호, 3호와 4호, 5호와 6호 집끼리 각각 계단을 사이에 두고 이웃하고 있다.

나는 발소리가 나지 않도록 조심하면서 5층까지 올라갔다. 504호 문 앞에도 역시 표찰이 없다. 철문에 한쪽 귀를 살며시 가져다 댄다. 딱딱하고 차가운 감촉과 땋지 않은 머리카락이 버석하고 스치는 소리. 다른 느낌은 전혀 없다. 나는 정찰을 계속했다. 문 아래쪽에 있는 우편 구멍을 슬쩍 미니까 덜컥 하고 작은 소리가 나면서 약간 열리고 방 안 공기가 새어 나온다. 기분 탓일지도 모르지만 끈적하고 미적지근하면서, 좀 지독하다. 그리고 기분 탓이 아닌, 목소리.

여자가 우는 소리. 아니, 우는 듯한 소리. 나는 황록이를 기르는 언니 집에서 그런 소리를 들은 적이 있었다. 그냥 우는 것과는 달리, 목소리가 높아지거나 낮아지면서 이따금 신음하는 듯 들리기도 한다. 그 소리를 들으면 늘 내 입속에는 침이 확 고이고, 어째서인지 동물원과 비슷한 냄새를 느낀다 — 지금처럼. 언니의 그 목소리는 아침이건 낮이건 밤이건 상관없이 들렸고, 엄마는 늘 벽을 노려보면서 "최악이네" 하고 짜증스럽게 중얼거렸다.

그 '최악'의 소리가 504호 아저씨 집에서 난다. 게다가 언니 집에서 들리는 것보다 훨씬 더 확실히 크게. 나는 한쪽 손으로 우편 구멍 뚜껑을 붙잡고 쪼그려 앉은 채 움직일 수가 없었다. 무섭다, 듣고 싶지 않다, 심장이 부풀고 오므라지면서 엄청나게 울려 대서, 몸 바깥까지 들릴 것 같아 초조했다. 내 심장 소리와 경쟁하듯 목소리는 점점 커지고, 비명에 가까워진다. 무섭다. 질끈 눈을 감자, 갑자기 목소리가 딱 멈췄다. 바로 지금이다. 도망가야지.

나는 벌떡 일어나 계단을 뛰어 내려가서 다시 놀이터 옆 6동으로 뛰어 들어갔고, 우리 집을 향해 뛰어 올라갔다. 땀이 나는데도 몹시 추운 날처럼 손이 생각대로 움직이지 않아 문이 잘 열리지 않아서 그 자리에서 발을 동동거렸다. 몸 전체를 써서 이상한 춤을 추는 것 같았다. 겨우 집 안으로 들어가 문을 잠그고 체인을 걸자 곧바로 무릎이 부들부들 떨려서, 엄마 샌들 위에 주저앉았다. 아저씨가 나를 알아채고 따라오면 어쩌지? 베란다에서 나를 감시하고 있으면 어쩌지? 땀 때문에 등에 들러붙은 옷이 불쾌하다.

오늘은 화요일, 유즈가 오는 날이 아니니까 집 안에 있었던 사람은 유즈네 엄마가 아니다. 옆집 언니일지도 모른다. 어쩌면 유즈네 엄마도 매주 수요일, 그 집에서 '최악'의 소리를 낼지도 모른다. 나는 유즈가 엄청나게 새까만 것에 잡아먹혀 버리는 것 아닐까 싶어 무서워졌다. 유즈는 그러지 말라고 했는데, 멋대로 정찰을 간 탓에 무언가 나쁜 일이 일어날 것 같은 기분이 들어 조마조마했다.

그리고 나쁜 일은 곧바로 일어났다. 어떻게 잠옷으로 갈아입었는지 기억은 안 나지만, 밥도 안 먹고 목욕도 안 한 채 이불 속에 파묻혀 있던 나는 다음 날 아침 열이 났다. 엄마는 "이거, 비싼 거야"라고 하면서 내 이마에 고약한 냄새가 나는 연고를 잔뜩 바르고, 수수께끼의 가루를 따뜻한 물에 녹여 벌꿀을 섞은, 흙 같은 맛의 음료를 먹인 뒤 일을 나갔다. 이상한 연고를 살 돈이 있으면 과일과 얼음을 사주면 좋을 텐데. 나는 머리의 통증과 열로 멍해서, 땀을 흠뻑 흘리고 자다 일어나 느릿느릿 부엌으로 가서 수돗물을 꿀꺽꿀꺽 마셨다. 입과 목을 통과하는 물은 놀라울 만큼 달고 맛있었다. 오늘은 수요일이니 유즈를 기다려야지. 밖에 나가지 못하더라도 베란다에서 손이라도 흔들 생각이었는데 점심에 냉장고의 죽(늘 먹는 잡곡밥을 묽게 해서 찐 것)을 먹고는 바로 잠들어버려서, 다음에 정신이 들었을 때는 엄마가 이마에 차가운 손을 얹고 있었다.

"응, 내렸네. 약이 잘 들었네."

아아, 엄마가 왔다. 밤이 되어버렸다. "밥 먹을래?" 하고 엄마가 물었지만, 유즈에게 인사도 못 했다는 게 속상했기에 "안 먹을래"라고 대답한 뒤 다시 잠들었다. 꿈속에서도 유즈를 만날 수 없었다.

배가 고파서 아침 일찍 눈이 뜨였다. 베갯머리의 시계는 아직 여섯 시 전이었다. 나는 잠옷 차림 그대로 몰래 밖으로 나가서 늘 가는 놀이터로 향한다. 이미 바깥은 밝았고, 신문배달원이 신문을 잔뜩 쌓은 자전거 페달을 밟으며 멀어져가는 게 보였다. 있을 리 없다는 건 알고 있었지만 그걸 내 눈으로 확인하지 않으면 다음 주에 새로운 기분으로 만날 수가 없다. 가볍게 숨을 헐떡이며 도착하고는 아무도 없는 놀이터를 돌아본다. 철봉, 모래 놀이터, 나무 몇 그루. 이 시간은 아직 시원하고, 햇빛은 낮보다 투명하면서 부드럽다. 몇 번인가 심호흡하니, 몸속에 남아있던 열의 파편이 싹 빠져나간 기분이 들었다.

시계 아래로 갔을 때 토끼풀 꽃다발이 땅에 놓여있는 게 보였다. 대여섯 송이를 줄기로 예쁘게 묶어 매듭지었다. 유즈다, 하고 생각했다. 사실은 유즈가 아닐지도 모른다. 하지만 유즈가 여기에 와서 두리번거리며 나를 기다리고, 우리 베란다를 흘끗흘끗 올려다보면서 꽃을 따는 모습이 머릿속에 순식간에 떠오른다. 분명해, 이건, 유즈가 날 위해 두고 간 꽃이다.

꼬르륵하고 배가 울려서, 나는 토끼풀꽃을 입안에 넣었다. 떫고 신 즙이 가느다란 줄기에서 배어나 침이 쫙 고인다. 온몸이 후들거려서 목과 어깨를 벌벌 떠는 나를, 시계만이 내려다보고 있었다.

그날 하늘은 이상하게 밝고 흐렸다. 해는 안 보이지만 흰 구름 너머로 빛이 비쳐서 어두침침하지는 않다. 평소처럼 단지로 향하는 차의 주니어 카시트에서 나는 약간 긴장하고 있었다. 지난주에 카논을 못 만났으니까.

'정찰'을 간다는 카논에게 엄하게 안 된다고 해서? 못 할 게 뻔한 피아노 얘기 같은 걸 해서? 카논은 화가 나서 이제 나와는 놀기 싫다고 생각했는지도 모른다. 홀로 이런저런 생각을 했지만, 카논네 집까지 달려가서 초인종을 누를 수는 없었다. 십 분도 안 걸리는데 그 자리를 떠나기가 무서웠다. 나는 왜 이리 겁쟁이일까?

카논에게 뭐라도 전하고 싶어서, 서둘러 공원에 나 있던 토끼풀을 따다가 다발로 만든 뒤 줄기로 묶어, 시계 아래 놓았다. 카논이 알아봐 주기를. 나한테 화가 나지 않았기를. 그런 식으로 기도하면서 홀로 보내는 삼십 분은 길고 지루했다. 카논이 없으면 쓸쓸하다. 재미없다.

오늘은 만날 수 있을까 하는 기대와, 오늘도 못 만나면 어쩌나 하는 불안 탓에 무심코 다리를 후들거리자 곧바로 엄마가 "예절에 어긋나는 행동은 하지 마" 하고 주의를 준다.

그래서 6동 베란다에 카논의 모습이 보인 순간 손을 크게 흔들고 싶을 정도로 기뻤다. 물론 엄마와 함께 있어서 참았지만, 할 수만 있다면 큰 소리로 '카아논' 하고 외치고 싶었다.

하지만 엄마와 헤어지고서 하고 싶은 말들(카논, 토끼풀 봤어? 지난주엔 뭐 했어? 토끼풀로 화관 엮을 수 있는 거 알아? 가르쳐줄게 같은 말)을 가슴속에 데우며 계단을 내려가 2주 만에 가까이에서 본 카논은, 평소와 다른 모습이었다.

"무슨 일이야?"

몸 옆으로 주먹을 꽉 쥐고, 어깨를 조금씩 들썩이며 울고 있다.

큰 눈물방울이 연이어 새빨간 볼을 타고 주르르 떨어져, 턱 끝
에서 하나가 된다. 유리에 묻은 빗방울 같은 카논의 눈물을, 예
쁘다고 생각했다. 뭐든 태연히 얘기했던 카논이 이렇게 울다니.

"카논."

"죽어버렸어."

카논은 악문 앞니 틈새로 짜내듯 말했다.

"황록이가, 죽어버렸어…."

"앵무새? 왜?"

"모르겠어. 아까 들여다보니까, 새장 안에서 쓰러져서 안 움
직였어… 불러도 안 울고."

"그렇구나…."

뭐라고 말하면 좋을지 알 수 없었다. 너희 집에서 길렀던 것
도 아니잖아, 하고 생각했다. 지난주에 만나지 못한 만큼 오늘
은 즐겁게 놀고 싶었는데. 하지만 카논은 어깨를 들썩이며, 틀
어둔 수도꼭지처럼 계속해서 눈물을 흘렸다. 그렇게 울면 속눈
썹이랑 눈알까지 흘러내릴 것 같다. 내가 손수건을 내밀어도
받으려 하지 않고 손바닥으로 쓱쓱 눈언저리를 비빈다.

"여기, 손수건 써."

"됐어… 황록이를, 묻고 싶어."

"뭐?"

"놀이터에 묻어주고 싶어. 나무 있는 데 근처라면 흙도 부드
러우니까."

"다른 집에서 키우는 거잖아? 부탁할 거야?"

"아마 그러긴 힘들 거야."

카논은 말한다.

"그러니까 베란다를 넘어서 황록이를 가지고 올 거야."

"엇, 안 돼, 그런 건."

죽은 새라도 멋대로 가져오면 도둑이 되는 걸까? 모르겠지만 혼날 테고, 무엇보다 위험하다.

"카논, 관두자. 절대 안 돼."

어깨를 가볍게 흔들어도 카논은 입술을 깨물며 고개를 젓는다. 눈물에 반짝반짝 젖은 눈동자가 빛난다. 모래 놀이터 모래 안에 있는 반짝이 가루가 카논의 눈에 들어간 것 같았다.

"황록이 전에는, 갈색이가 있었어."

"갈색이?"

"햄스터 갈색이. 걔도 어느 날 죽어 있어서 언니가 어떻게 할지 걱정했는데, 다음 날에 언니가 베란다로 나오는 소리가 났어. 그래서 나도 베란다에서 귀를 기울이는데, 언니가 휴우 하고 한숨을 쉬더니 케이스 뚜껑을 덜커덕 열고, 집 안으로 다시 들어가더니… 변기 물 내리는 소리가 났어."

우리 초등학교에서는 사육장 동물이나 교실 수조에서 기르던 물고기가 죽으면 학교 정원에 있는 애완동물 전용 무덤에 묻는다. 변기에 넣고 내려버리다니, 생각한 적도 없었다. 너무하다, 하는 생각과 동시에 또 한 명의 내가 '그게 어때서?'라고 묻는다. 죽었다는 건 이제 살아있지 않다는 것. 움직이지도 않고 말하지도 않고, 아프다거나 괴롭다고 생각하지도 않는다. 아빠가 그랬었다. 아빠는 의사니까 옳다. 땅에 묻는 건 좋고 변기에 내리면 안 된다는 건 누가 정했지?

하지만 카논 앞에서는 그런 얘기를 못 하겠다. 이 아이가 슬프다면, 그것만으로도 큰일이다, 하고 나는 생각했다. 엄마의 규칙보다도 더욱 강하고 확실한 '안 돼'가 거기에 있다는 기분이 들었다. 카논을 울리지 않기 위해서라면 무얼 해도 좋다, 뭐든 할 수 있다. 나는 "응" 하고 끄덕였다.

"묻어주자."

그러고 나서, 처음으로 카논네 집에 들어갔다. 나무와는 다른 반지르르한 마루방 하나랑, 다다미방이 두 개. 2인용 테이블, 벽 쪽에 개어져 있는 두 세트의 이불. 냉장고 문도 두 개뿐이었다. 소파도 침대도 공부 책상도 없다. 이렇게 살면 힘들지 않을까, 하고 생각했다. 카논은 벽에 귀를 딱 붙이고는 작은 목소리로 말한다.

"언니, 깨어 있는 것 같아. 텔레비전 소리가 들려."

"정말?"

나도 카논 흉내를 내자, 벽 너머에서 사람의 말소리가 들렸다. 아마도 드라마인지 무언지에서 나오는 대화. 그리고 냉장고를 열고 탁 닫는 소리, 발소리도. 이렇게 전부 다 들린다고? 베란다를 넘어 몰래 황록이를 훔쳐 오는 게 가능할까? 나는 갑자기 무서워졌지만, 이미 물러설 수는 없었다.

카논이 살며시 새시를 연다. 양말만 신은 채로 베란다로 나갔을 때 이런 일을 엄마한테 들키면 혼나겠구나 하고 불안해졌는데, 이상하게도 그와 비슷할 정도로 기분이 좋았다. 비밀인 '이런 일', 카논을 위해 하는 '이런 일'.

"다녀올게."

카논은 양말을 안 신고 있었기에 맨발로 발을 딱 내딛는다. 긴장되지만 무섭지는 않다, 그런 표정.

"황록이를 새장에서 꺼내면 건네줄 테니까, 받아."

"응, 아, 잠깐 기다려."

나는 치마 주머니에서 방범 버저를 꺼냈다.

"이거, 가지고 가."

"뭐야? 다마고치?"

"아냐, 방범 버저. 줄을 당기면 큰 소리가 나니까, 아, 지금은 안 돼!… 만약에 언니가 베란다로 나오면 이걸 울려서 깜짝 놀라게 하고 그 틈에 도망쳐."

"응."

카논은 스트랩에 손목을 넣어 버저를 걸고, 왜인지는 모르겠지만 집 안으로 다시 들어갔다. 잠시 후 바로 뛰어나와서 내게 새의 깃털을 내민다.

"황록이 깃털, 유즈한테 줄게. 나, 가진 게 아무것도 없으니까."

황록색에서 노랑, 그리고 흰색으로 점점 색이 바뀌어 가는 깃털, 이게 황록이의 색. 나는 딱히 가지고 싶지 않았고 버저는 빌려줬을 뿐 준 게 아니다. 하지만 카논의 소중한 물건을 받았다는 게 기뻤다. 누군가의 '마음'을 기쁘게 여긴 건 처음인지도 모른다.

"고마워, 카논."

나는 그것을 블라우스 가슴 주머니에 넣었다. 카논은 아직 눈물로 부은 듯한 눈으로 나를 보며 웃고는 두 손을 난간에 걸치고 몸을 훌쩍 들더니 우선 한쪽 발, 그리고 두 발로 난간 위에 서서 베란다 사이 벽을 잡고 균형을 유지한다. 가벼운 몸이라 오히려 조마조마했다. 더 천천히, 살며시, 하고 말을 걸고 싶었지만 카논의 집중력이 흐트러질지도 모른다.

카논은 손쉽게 난간을 건너 벽 너머로 깡충 뛰어내렸고, 나는 있는 힘껏 발돋움을 해서 웅크려 앉은 등을 지켜보았다. 오늘은 머리를 안 땋고 있어서 긴 머리가 쫙 펼쳐져 있다. 달그락하고 가벼운 소리가 난 뒤 카논이 일어나서 뒤돌아본다. 그릇 모양의 두 손 안에 꿈쩍도 않는 작은 새가 있었다.

"…유즈."

"응."

두 손을 내밀어 황록이를 받아 들자, 생물이라는 생각이 들지 않을 정도로 딱딱해서 소름이 쫙 끼친다. 카논을 위한 일이 아니었다면 비명을 지르며 내팽개쳤을 것이다. 하지만 나는 불쾌함을 얼굴에 드러내지 않기 위해 참았다. 카논은 재빨리 돌아왔고 우리의 작전은 깔끔히 성공했다. 집 안으로 다시 들어오니 옆집에서는 아직도 텔레비전 소리가 새어 나오고 있고, 언니는 아무것도 눈치채지 못한 듯했다.

"여기, 황록이 돌려줄게."

"응."

바로 손을 씻고 싶지만, 아직 할 일이 남아있다. 놀이터에 이 아이를 묻어줘야지. 계단을 내려가 건물 바깥까지 나갔을 때 카논이 "앗" 하고 멈춰 섰다.

"왜 그래?"

"삽, 가져와야지."

맞다, 손으로 흙을 파서 묻기는 힘들고 손이 더러워진다. 카논은 황록이를 든 채로 뛰다가 계단 앞에서 휙 돌아보면서 "유즈는 거기서 기다려"라고 말했다.

"거기, 빛이 있는 곳에 있어줘."

그때 마침 딱 내가 서 있는 근처만 구름이 걷혀서 작은 양지가 생겨나 있었다. 나는 대답했다.

"응, 기다릴게."

카논이 계단을 탁탁 뛰어올라가 집 안으로 들어간다. 나는 문이 닫히는 소리를 듣고, 그 다음 문이 열리는 소리를 놓치지 않으려고 귀를 기울였다.

문득 발치가 어두워진다. 아, 그늘이 되어버렸네, 해님이 구름에 숨었기 때문이다. 그렇게 생각함과 동시에 목소리가 들렸다.

"유즈."

바로 뒤에 엄마가 있었다. 목소리는 조용했지만 어쩐지 눈을 두리번거리고 있어서 평소의 엄마와는 달랐다. 왜지. 아직 늘 오던 시간이 아닌데. 얼어붙은 내 손을 잡고서, 엄마는 걷기 시작한다.

"멋대로 졸랑거리고 다니지 마."

기다려 엄마, 친구랑 약속했다고. 빛이 있는 데, 빛이 있는 곳에 있어야 돼. 하지만 빛은 이미 사라졌다. 엄마는 평소보다 더 빠른 걸음걸이로 걸어서 손을 놓으면 나를 그냥 두고 뛰어 가버릴 것만 같았다.

그래도 괜찮다, 마음속의 내가 말한다. 엄마가 나를 두고 간다면 카논이 있는 데로 돌아갈 수 있다. 함께 황록이를 묻고 카논과 놀아야지. 어두워져도, 내일이 돼도, 쭉. 하지만 엄마는 내 손을 세게 잡은 채 놓지 않았고 나는 엄마에게 반항하지 않았다 ─ 늘 그렇듯.

"뭐야 그거."

차에 타기 직전, 엄마는 내 가슴 주머니를 보고 멈춰 섰다. 카논이 준 황록이의 깃털이 삐져나와 있다.

"주운 거야? 더러우니까 여기서 버려."

엄마는 늘 그랬다. 빼앗지 않고 내 손으로 버리게 한다. 도토리와 민들레, 먼 데로 이사 간 친구가 준 편지와 종이로 접은 풍선. 나는 아무 말도 하지 못한 채 카논의 소중한 깃털을 길에 버렸다. 이제껏 없었던 분노를 느꼈다. 엄마가 아니라, 하라는 대로 하는 내게. 왜 나는 그 아이처럼 솔직하게 행동할 수 없을까?

"타."

주니어 카시트에 앉아 카논이 지금쯤 어떻게 하고 있을지 상상했다. 날 찾고 있을까? 포기하고 혼자 황록이를 묻고 있을까? 지난주처럼 토끼풀만이라도 놔둘 수 있었다면 좋았을 텐데. 맞다, 카논은 토끼풀을 알아봐 줬을까? 내가 놔둔 거라는 걸 알았을까?

다음 주에 사과하자. 창밖의 거리를 보면서 생각했다. 다음 주에 꼭, 많은 이야기를 하자. 비록 황록이의 깃털에 대해서는 털어놓지 못할지도 모르지만 빛이 있는 곳에 있지 못해서 미안했어, 하고.

집에서는 삽을 찾지 못해서, 나는 결국 커다란 나무 숟가락을 택했다. 한 손에는 황록이, 다른 한 손에는 숟가락을 가지고 서둘러 1층까지 내려갔지만, 유즈는 없었다. 유즈의 발치에 진지陣地처럼 펼쳐져 있던 빛도 사라져 있었다. 왜? 약속했는데. 아직 평소에 가는 시간이 아닌데. 놀이터 어디에도, 5동의 계단

쪽에도 없었다.

거기 말고 짚이는 데는 5동 504호뿐이었다. 나는 몹시 고민하다가 황록이와 숟가락을 나무뿌리가 울퉁불퉁한 곳에 숨기고 5동으로 들어갔다. 서둘러 5층까지 올라가 전과 마찬가지로 우편 구멍 틈새로 안을 정찰한다. 조용했다. 유즈의 목소리도, '최악'의 소리도 안 난다.

황록이를 손에 넣고서 나는 약간 우쭐해있었다. 발돋움을 해서 현관 초인종을 누르자 분명 울렸지만 아무도 나오지 않고, 문 너머는 쥐 죽은 듯 고요하다. 눈 딱 감고 문손잡이를 잡아 돌려보니 간단히 열렸다. 안에서는 아무런 반응도 없다. 나는 잽싸게 안으로 들어가, 문을 닫으면서 쭈뼛쭈뼛 말을 걸었다.

"안녕하세요. 작은 새를 묻고 싶은데요, 삽 좀 빌려주세요."

간신히 생각해 낸 '의심받지 않을 변명'이었다. 신발을 벗고 들어가 보니 집 안은 발 디딜 곳도 없을 만큼 쓰레기봉투와 페트병과 빈 술 캔으로 가득했다. 여자의 알몸이 표지인 잡지도 있었다. 유즈네 엄마는 이런 데서 '봉사 활동'을 하는 걸까 싶어 이상했다. 유즈는 심부름과 정리를 안 하면 혼난다던데 여기 사는 사람은 혼나지 않는 걸까?

두리번거리고 있는데 안쪽 방에서 으으 하고 이상한 소리가 들려와서 펄쩍 튀어 오를 것만 같다. 하지만 나는 그대로 들어갔다. 어딘가에 유즈가 있을지도 모르고, 목소리의 정체를 확인하고 싶은 마음이 무서움보다 더 컸다. 유즈가 빌려준 방범 버저가 있으니 무서운 사람을 만나더라도 줄을 당겨 깜짝 놀라게 하면 된다.

반쯤 열린 미닫이문으로 안을 들여다보니 모르는 아저씨가 이불 위에 누워 있었다. 발을 내 쪽으로 향하고, 무릎 아래부터는 바닥으로 삐져나와 있다. 아저씨는 누워있었지만 잠들어 있지는 않았다. 아주 무서운 얼굴로 손으로 가슴을 누르며 보이지 않는 무언가를 발로 차는 시늉을 해서, 그게 다다미에 닿아 벅벅 소리가 난다.

아저씨가 "으" 하고 목이 막힌 듯 눈을 번쩍 뜨더니 내 쪽을 보았다 ─ 내가 온 걸 알아차렸다. 나는 쏜살같이 그 집을 튀어나와 계단을 두 단씩 뛰어넘어 내려갔다. 전보다 더 무서웠다.

황록이가 있는 곳까지 와서 쪼그려 앉아 숨을 헐떡인다. 아저씨의 상태가 이상한 건 나도 알 수 있었다. 110, 119라는 번호*가 머릿속을 빙글빙글 돈다. 이럴 때는 '제대로 된 어른'을 불러야만 한다. 하지만 '제대로 된 어른'이 아저씨 집에 오면 유즈에게 안 좋은 일이 일어날 것 같은 기분이 들었다. 유즈네 엄마가 거기에 갔었는데 이젠 없고, 유즈도 없고, 모르는 아저씨는 거기서 아마도 괴로워하고 있고, 어쩐지 눈이 핑핑 돌 것 같다. 역시 나는 바보구나, 어쩌면 좋을지 모르겠다. 누가 가르쳐

---

• 일본에서 110번은 경찰, 119는 구급 및 화재 상황에 대한 긴급 신고 전화번호임.

주면 좋겠는데 유즈는 여기에 없다. 나는 숟가락을 꼭 쥐고서 땅을 쑤셨다. 내가 확실히 할 수 있는 일, 해야만 하는 일은 그것밖에 없었다. 몇 번이나 되풀이해서 부드럽게 무너진 흙을 손으로 파고 헤쳐서, 얕은 구멍에 황록이를 넣고 흙을 덮었다. 그러고 나서 그 근처의 토끼풀 몇 개를 따서 공물로 썼다.

더러워진 손과 숟가락을 집 세면대에서 철벅철벅 닦고서, 벽에 기대앉아 옆집 텔레비전 소리를 들었다. '인기 냉동식품 랭킹' 소개 프로그램에서는 저 아저씨를 어떻게 하면 좋을지, 같은 건 가르쳐주지 않았다. 황록이에 관한 것, 유즈에 관한 것, 504호에 관한 것. 오늘 있던 일들이 눈앞에 반짝반짝 나타났다 사라졌다 하면서 나를 멍하게 만들었다. 술에 취하면 이런 느낌일까 싶었다.

나는 방 안이 어스름해져서야 자리에서 일어나 베란다로 나갔다. 하늘에 온통 가늘고 긴 구름이 겹겹이 줄지어 있고 석양빛을 받아 붉게 빛나고 있었다. 하늘은 언제나 있는데, 태양은 매일 지는데, 이날은 특별히 예뻤다. 내 눈에는 그렇게 보였다. 어제는 이런 경치가 아니었다. 내일도 분명 이런 경치가 아닐 것이다. 오늘만 예쁘고 예뻐서, 그저 보고만 있어도 좋았다. 아무 생각 없이 있어도 괜찮아, 하고 저녁 하늘이 말해주는 듯한 기분이 들었다. 태양이 구름 사이로 언뜻언뜻 얼굴을 보이면서 저물어 간다. 유즈를 비춰준 바로 그 빛이 사라져간다. 나는 뒤쫓아 갈 수도, 멈추게 할 수도 없다.

유즈는 이제 여기에 오지 않을 것이다. 너무도 확실히 그런 생각이 들었다.

# 제 2 장

# 비가 있는 곳

S여학교의 교복은 고등부가 되는 순간 레벨이 떨어진다. 전신 거울 앞에서 차림새를 체크하며 그런 '세상 사람들의 말'을 곱씹었다. 초등부는 자주색 상의와 같은 색 플리츠스커트, 중등부는 흰 천에 회색 깃의 세일러복과 회색 플리츠스커트. 둘 다 교복이 예뻐서 이것 때문에 시험을 보는 아이가 있을 정도로 평판이 좋았고 나도 좋아했었다.

그런데 고등부는 짧은 기장의 남색 재킷에 희고 둥근 깃의 블라우스, 남색 점퍼스커트°로 절묘하게 촌스럽다. 스커트 부분

---

• 블라우스나 셔츠 위에 입는 소매 없는 원피스 형태의 스커트.

은 무릎이 가려지는 기장이어서 종아리가 두껍고 짧아 보였다. 그렇다고 기장을 줄이면 그건 또 쫙 퍼지는 실루엣 탓에 사이즈가 안 맞는 아동복을 입은 듯 보여서 어떻게 해도 별로다. 블라우스의 옷깃 언저리만 숨김 단추로 되어 있어서 그 위로 교표 배지를 다는 게 규칙인 것도 귀찮다. 2, 3학년생 중에는 배지를 달지 않은 채 버튼을 풀고 다니는 선배도 있는 것 같지만, 나쁜 의미로 귀여운 둥근 옷깃이 코디의 걸림돌이 된다. 교복 카탈로그에 실린 모델 착용 사진조차도 매력적으로 보이지 않았으니 입는 사람만의 문제는 아닌 것 같다.

— 갑자기 촌스러워졌네.

엄마는 카탈로그를 팔랑 넘기더니 곧 거실 테이블에 던져놓고 그런 말을 했었다. 촌스럽다, 정말 그렇다. '촌스럽다'는 말 자체의 케케묵음, 멋없음이 딱 들어맞는다.

— 남자 쫓기용이라는 소문이 있어.

오빠가 껴들었다.

— 맑고 순진한 아가씨를 지키기 위해서라고. 수녀님 옷처럼.

— 거짓말이지?

— 진짜야 진짜. 얼간이처럼 보이니까 그건 그거대로 나쁜 녀석이 꼬일 것 같지만.

엄마는 그때 부자연스러울 정도로 크게 웃었다. 손바닥으로 가린 입 끝은 조금도 올라가지 않았을지도 모른다고 생각하면서, 나도 어중간하게 실실 웃었다.

"유즈, 꾸물거리다간 지각한다."

1층에서 엄마가 불러서 나는 "지금 가요" 하고 대답하고는 배지를 제일 위 단추 위치에 가져다 댄다. 똑바로 달기가 의외로 어려워서 작은 바늘 끝에 엄지손가락 안쪽을 찔리고 말았다. 아야, 하고 중얼거리며 손가락을 문다. 피 맛은 적은 양만으로도 혀에 찌릿하게 느껴진다. 지금 다는 건 포기하고, 바늘을 캡으로 덮어 치마 주머니에 넣었다.

식당으로 내려가 보니 아빠와 내 앞에는 오믈렛과 샐러드와 토스트 그리고 과일 몇 조각과 요구르트가 놓여 있었다. 매일 변함없는 우리 집의 아침 메뉴. 아빠는 블랙커피, 나는 홍차. 엄마는 늘 과일과 요구르트뿐이지만 나는 내 메뉴가 엄마와 똑같아도 괜찮을 텐데, 라는 생각을 하면서 빵에 버터를 바른다.

"도시락은 내일부터 싸면 되는 거지?"

"네."

"이제 고등학생이니까, 도시락 정도는 유즈가 알아서 준비해도 괜찮지 않아?"

아빠의 말에 나는 끄덕이기 시작했지만, 엄마가 "안 돼"라는 말로 일축한다.

"옷만 입는 데도 시간이 이렇게 걸리잖아. 그러다 지각해."

수업 시작 시간까지는 꽤 여유가 있고, 이제 삼십 분 일찍 일어나는 것도 힘들지 않다. 하지만 나는 엄마에게 대꾸하지 않았다.

엄마는 사실 남이 냉장고의 식재료와 부엌의 도구를 멋대로 만지는 걸 싫어할 뿐이라는 걸 알고 있으니까. 엄마의 통치하에 있는 이 집 안에서도 부엌은 특히 민감한 구역이어서 달걀 하나, 젓가락 한 세트도 멋대로 쓰거나 움직이면 엄마의 심기가 언짢아진다.

아빠도 그렇고 오빠도 그런 걸 모르니까 멋대로 냉장고를 뒤지고 자기가 사 온 술과 간식을 넣어두는데, 그걸 볼 때마다 엄마의 눈썹이 옴찔 올라간다. 그래서 나는 부엌에는 가능한 한 얼씬도 않는다. 매일 아침 엄마가 바짝 긴장하는 걸 느끼면서 내 손으로 도시락을 싸갈 바에는 집안일 하나 안 돕는 응석받이 딸로 지내는 편이 낫다.

"…뭐, 공부도 바빠질 테고."

아빠가 판에 박은 듯한 말로 거들었지만 나는 그저 입을 움직이고 턱을 쓰면서 "꼭꼭 씹어"라는 주의를 간신히 받지 않을 속도로 아침 식사를 마치고는 "잘 먹었습니다" 하고 손을 모으며 일어난다. 테이블크로스에 빵 부스러기 하나 흘리지 않은 것을 확인하자 오늘의 미션 하나를 클리어한 기분에 마음이 놓였다.

오늘은 수업이 없으니 보조 가방은 필요 없다. 평소보다 훨씬 가벼운 책가방만 가지고 집을 나선다. 양말은 무릎 아래까지 오는 기장으로 무늬가 없는 흰색이나 검정이나 짙은 남색, 구두는 발등에 스트랩이 달린 학교 지정 로퍼, 이게 나의 새로운 유니폼.

JR*에서 사철로 갈아타는 역에서 아사코를 만나 함께 가게 되었다. 좋은 아침, 하고 인사를 주고받고서 거울을 보듯 서로의 새 교복 차림을 체크한 뒤 동시에 웃었다.

"너도 촌스럽네."

"어, 너무해. 그래도 유즈도 안 어울려서 안심했어."

"이걸 3년이나 입어야 한다니, 입다 보면 익숙해질까?"

"익숙해져서 촌스러운 걸 모르게 되면 더 큰일이잖아."

"맞아, 사복 센스까지 이상해진다거나 그러면."

아사코는 초등부부터 친구였는데, 오늘은 모르는 애처럼 낯설게 느껴진다. 그래도 불과 며칠이면 익숙해지겠지, 중등부에 올라가 교복이 바뀔 때도 그랬으니까. 봄의 분위기가 가슴속에서 빙글빙글 춤추듯 들뜨고 겸연쩍은 건 지금뿐이다. 아침의 전철은 만원이지만 대화도 못 할 만큼 꽉 차지는 않기 때문에 우리는 손잡이에 손목을 걸치고서 소곤소곤 수다를 떤다.

"유즈, 특별 활동 어떻게 할 거야? 고등부에서도 배드민턴?"

"글쎄, 새로 학원 다니기 시작하니까 운동부는 힘들 것 같아. 영어 회화부 할까?"

"유즈는 영어 잘하니까."

---

• 일본 철도. 일본 국유 철도의 분할과 민영화로 생겨난 6개의 여객 철도회사와 화물회사의 공통 약칭.

"아사코는? 또 배구부?"

"으음… 고민이야. 배구는 좋은데, 고등부 올라가면 또 마이카 선배 있잖아. 진짜 무서워, 나한테만 엄하니까."

"다른 선배한테 상담해 보면 어때?"

"이미 중등부 때 이야기해 봤는데 '아아, 으음…' 같은 반응이야. 그 사람 배구도 잘하고 미인이니까. 미인한테는 아무 말도 못 하는 거지."

"응."

남자들은 물론 미인을 좋아하니까 예쁜 사람에게는 강하게 화내거나 주의를 줄 수 없을 것이다. 하지만 우리가 미인을 거스를 수 없는 그 감각, 저항을 포기하고 입을 싹 닫는 '항복'의 느낌이 남자에게도 통할까? 가까이에 가족 말고 다른 이성이 없는 나는 잘 모른다.

남자아이와 함께 지낸 건 유치원까지였고 초등부로 올라가는 단계에서 같은 재단의 남학교와 여학교로 나뉘어 그때부터 계속 여자아이들만의 공간에서 지내 왔다. 수가 적은 남자 선생님은 쉰 살이 넘은 아저씨들뿐이고 신부님은 할아버지. 같은 학원에 다녔던 남자아이들은 의자를 당길 때도, 문을 여닫을 때도 하나하나가 다 시끄럽고 거칠어서 별로 가까이하고 싶지 않았다.

"나도 미인으로 태어나고 싶었는데."

자리에서 핸드폰을 만지고 있는 회사원 머리 너머로 창문을 내다보며, 아사코가 중얼거렸다.

"그건, 누구나 그래."

나는 장난스레 아사코와 어깨를 부딪친다.

"그치. 그래서 다들 미인이면 결국 그중에서 1등부터 꼴찌까지가 정해지잖아. 수준 높은 학교에도 뒤처지는 낙오자가 있으니까."

실은 딱히 미인이 아니어도 괜찮다. 미인으로 태어남으로써 어떤 좋은 일을 겪을 수 있을지 구체적으로 상상이 안 된다. 겨우 수십 명이 하는 특별 활동에서 으스대도 좋을 게 없고, 유독 편애를 받아도 거북하고 남자애들에게 인기가 많은 것도 싫다. 무엇보다, 내가 미인이어도 엄마는 딱히 달라지지 않을 테니까. 내가 어땠다면 엄마가 좋아했을까, 하고 생각하니, 빈혈이 날 때처럼 시야 여기저기에 검은 점이 나타난다. 그것이 눈앞을 뒤덮어버리기 전에 아사코가 "맞다" 하고 밝은 목소리를 낸다.

"어젯밤에 유리랑 전화했는데, 봄방학 동안 외부 신입생 대상 설명회 하는 날에 어쩌다 학교에 갔더니 엄청 예쁜 애가 있었나 봐. 완전 연예인 레벨이고 아우라가 느껴졌대."

"과연 그럴까? 유리, 비교적 아무한테나 귀엽다고 하니까."

"그 반대인 것보단 낫잖아."

"아니, 허들을 멋대로 높이면 그것도 좀 그렇지. 미묘해."

전철이 학교에서 가장 가까운 역에 이르러 좌우로 열린 문에서 초, 중, 고 세 종류의 교복이 일제히 쏟아져 나왔다. 학교 건

물은 여기에서 완만한 고개를 10분 정도 걸으면 나오는 언덕 위에 있다.

"아아, 반 배정 떨린다."

아사코가 쇄골 약간 아래에 손을 대고 가볍게 어루만진다.

"이미 다들 아는 사이잖아."

초등부는 90명, 중등부, 고등부는 외부에서 신입생이 15명씩 더해지니, 오늘부터 한 학년 120명, 1반에서 4반까지 30명씩으로 편성된다. 내부 학생끼리는 모두 낯익은 사이고, 전원이 모두의 풀 네임 정도는 파악하고 있었다. 편한 반면에 신선미가 없다.

"외부 신입생은 모르는 사람인걸."

"말은 그렇게 하면서, 아사코는 중등부 때도 외부 신입생한테 마구 말 걸어대다 금방 친해졌었잖아."

"아니, 내부 진학생들이 배타적으로 보일까 봐 그러지. 이래봬도 나름 배려하고 있는 거라고요."

아사코가 그런 식으로 인간관계에 힘쓰는 점은 참 존경스럽다. 나는 아사코라는 필터를 거쳐 상대를 가늠하고 그 아이의 반응으로 나도 가까이할지 적절한 거리를 유지할지를 결정했다. 특정한 누군가와 딱 붙어 다니는 일도 없으며, 붙지도 떨어지지도 않으면서 잘 지내고 있고(그렇게 보이도록 할 수 있다) 그 때문에 사실은 성격에 전혀 맞지 않는데도 학급 임원이나 학생회에 추천받는 일이 많았다. 고교 3년간도 그런 식으로 보내게 되겠지. 대학은 모른다. 여자들만 있는 작은 정원 밖으로 나가는 나를 상상할 수가 없다.

교문을 들어서자마자 바로 있는 게시판에는 많은 인파가 모여 있었다. "유즈 이름도 보고 올게!" 하고 달려간 아사코가 두 팔로 커다란 동그라미를 만들면서 곧바로 돌아온다.

"앗싸! 둘 다 1반!"

"진짜?"

같은 반이라는 것보다 아사코가 기뻐하는 모습이 좋아서 두 손으로 하이파이브를 했다. 아직 익숙지 않은 1학년 1반 교실로 들어가 조심스럽게 자리에 앉아있던 신입생을 제쳐두고 새로운 급우들과 한바탕 떠든다.

"아, 개학식 시작한다, 이제 가자."

계단을 내려가는 사이에도 여자아이들의 수다는 그칠 줄 모르고 수녀님으로부터 "조용" 하고 주의를 받는다. 하지만 그걸로 잠잠해지는 건 단 몇 초, 끊임없이 재잘거림이 이어지면서 강당으로 빨려 들어간다. 모두들 자기 반 위치를 대강 추측해서 출석번호 순서대로 줄을 만들고 있었다.

나와 아사코는 '고타키'와 '곤도'라서 앞뒤로 서게 된다. 처음에 이야기하게 된 계기도 성 덕분에 자리가 가까웠기 때문이다. 만일 아사코가 '무라카미'라든가 '야마다'라면 그렇게 친해지지는 않았을지도 모른다. 이름 따위 스스로 고를 수 없는데, 라는 생각이 들기도 하지만 모든 게 그랬다. 사람은 국적도 성별도 집도, 뭐 하나 선택권이 주어지지 않고 아무것도 할 수 없는 아기 상태로 이 세상에 태어난다.

내가 아기였던 시절은 이미 오래 전이고 열다섯의 여고생이 되었는데, 현시점에서 내가 택할 수 있는 건 뭘까? 택하고 싶은 일, 하고 싶은 일은 뭘까? 엄마의 눈치를 보지 않고… 어라, 한참 전에도 이런 생각을 했었던 기분이 든다. 언제였지? 기압이 달라져서 귀가 이상해졌을 때처럼 주위의 대화가 슝 하고 멀어진다. 그러다 아사코의 목소리가 나를 다시 현실로 되돌려주었다.

"유즈, 배지는?"

"아, 큰일 났다, 다는 걸 깜빡했네. 아사코, 달아줘."

전교생이 줄을 선 상태라면 사소한 차이가 오히려 눈에 잘 띄니까 주의해야 한다. 고등부에 올라오자마자 바로 선생님께 혼나고 싶지 않으니, 배지를 건네주며 아사코를 재촉했다.

"빨리빨리."

"아니 좀 기다려봐, 기다리라고. 손 있는 데가 약간 그늘져서 잘 안 보여, 저기로 가자."

우리는 거의 완성되어 있던 줄을 빠져나와 출입문 부근의 빈 공간에서 마주 선다. 벨이 울리자 간신히 시간을 맞춘 학생들이 속속 들어온다. 종종걸음 치는 사람은 1학년, 느긋하게 걸어오는 사람은 2, 3학년생. 이 교복을 진심으로 입고 싶은 사람은 한 명도 없을 텐데, 다 똑같이 촌스러운 교복을 입은 여자아이들이 같은 공간에 모인 것을 보니 웃음이 났다. 곁눈질로 보면서 무심코 큭 하고 어깨를 들썩여서 아사코에게 혼난다.

"잠깐 유즈, 움직이지 마, 위험하니까."

"미안."

자세를 바로하고 가볍게 고개를 돌리자 탁탁 하고 유달리 큰 발소리가 다가온다. 그 요란함에 무심코 시선을 향한 순간, 나는 몸을 움찔했다.

"앗."

목의, 쇄골 가까운 부분에 따끔 하고 날카로운 아픔이 느껴진다. 아사코의 초조한 목소리.

"미안 유즈, 아팠어?"

배지의 가느다란 바늘이 피부를 찔렀다. 하지만, 그런 것보다.

남자애처럼 아주 짧은 커트 머리였다. 배구부에도 이렇게까지 머리가 짧은 아이는 없다. 야무진 눈썹에 지지 않는, 박력마저 느껴지는 검고 커다란 눈, 거기서 방사상으로 터져 나온 듯 위로 올라간 속눈썹과 오똑한 코, 깨물면 과즙이 터질 듯 촉촉한 입술. 다 나와 있는 귀와 이마의 깨끗함이 예쁜 얼굴을 더욱 돋보이게 했다. 쇼트커트가 어울리는 사람은 진짜 미인이라고 잡지인가 어딘가에서 읽었다. 유리가 본 사람은 틀림없이 이 아이다.

이 아이.

눈이 마주친다. 순간, 내 오감이 뒤섞여 흐늘흐늘해져서 마블

무늬가 되는 것처럼 다양한 색과 소리와 냄새와 감촉이 드문드문 되살아났다. 어스름한 건물의 거친 벽 색, 문을 닫은 뒤의 울림, 손가락에 묻은 풀의 냄새, 손바닥 위에 있던 작은 새 시체의 무게. 내가 잊고 있던 — 잊었다고 치부했던 기억이 갑자기, 뚜껑이 열린 듯 힘차게 뿜어져 나와 현기증이 난다. 대체 나의 어디에, 이렇게 생생하고 극명한 기억이 보존되어 있었던 걸까?

"잠깐, 거기 너, 뛰면 안 되지. 1학년? 이름은?"

선생님의 목소리에 어지러운 리플레이가 멈춘다.

"1반 아제쿠라 카논입니다."

이 아이 — 카논은, 숨을 헐떡이며 그렇게 말했다.

이불 안에서 귀를 기울이고 있자니, 발소리가 계단을 올라와 옆집 문이 열리는 것을 알 수 있었다. 나는 슬쩍 바닥으로 기어나가 잠시 상황을 살피고서 얄팍한 벽을 두 번 노크했다. 곧바로 건너편에서 한 번 두드린다. OK 사인이다. 잠옷 위에 카디건을 걸치고 맨발 그대로 베란다로 나간다. 난간을 통해 옆집 베란다로 가는 건 예나 지금이나 전혀 무섭지 않다.

발바닥을 가볍게 털고서 늘 잠겨있지 않은 새시를 망설임 없이 열었다.

"치사 씨, 잘 다녀왔어?"

"어."

치사 씨는 편의점 봉투에서 맥주를 꺼내는 참이었다.

"마실래?"

"안 마셔."

"재미없는 여자 같으니."

평소처럼 대화를 주고받고서 바닥에 앉는다. 치사 씨의 안주
는 거의 늘 말린 소시지. 육류와 염분을 함께 먹을 수 있어 좋
다는 것 같다. 그리고 오이를 오독오독 먹고, 많은 영양제와 병
원 봉투에 들어있는 약을 손바닥에 좌르르 쏟아놓고 먹는다.
술과 약의 조합은 안 좋을 것 같지만 그런 건 치사 씨도 알고
있을 테고, 오히려 알고 있으니 그렇게 하겠지.

"개학식은 어땠어?"

맥주를 들고서 나머지 한 손으로는 클렌징티슈로 얼굴을 닦
아내며 치사 씨가 묻는다.

"만났어! 강당에 들어선 순간에! 게다가 같은 반이었고, 엄청
나지 않아?"

"걔도 너를 알아봤어? 레몬*이었나?"

"유즈!"

기억하면서도 농담을 하다니, 하지만 내 흥분은 그 정도로

---
* 일본어로 유자를 '유즈'라고 한다.

식지 않는다.

"8년이야, 8년! 그렇게 긴 시간이 얼굴 보니까 순식간에 싹 날아가 버렸어."

"아, 젠장, 속눈썹 떼야 하는데… 걔도 널 알아봤어?"

치사 씨는 돈벌레 같은 속눈썹을 빨강과 베이지와 검정이 배인 클렌징 티슈와 함께 쥐어뜯더니 편의점 봉지에 던져 넣는다.

"응. 눈앞에서 선생님이 이름 물어봐서 대답했으니까."

"좋아했어?"

"깜짝 놀랐…던 것 같아."

"꾀죄죄한 꼬마였던 너밖에 모르니까 말이지."

"목욕은 했었다고."

"무슨 얘기라도 했어?"

"아니."

"그럼, 의미 없잖아."

"아니, 개학식 끝나고는 교실에서 간단히 자기소개만 하고 해산이었거든… 유즈 근처에는 늘 누가 있어서, 다가갈 수 있는 느낌이 아니었어."

"하긴 그렇겠지."

고개를 젖혀 캔맥주를 단숨에 들이키더니, 말린 소시지 포장지를 손가락으로 구기적구기적 주무르면서 치사 씨가 말했다.

"에스컬레이터식의 아가씨 학교 같은 덴 친구들끼리 인간관계가 이미 형성돼 있으니까 말이지. 그쪽에서 먼저 말을 걸지 않는 한 너무 허물없이 굴면 안 돼."

"…응, 알고 있어."

내가 고개를 숙이자, 머리로 말린 소시지가 날아왔다.

"고기 줄 테니까 기죽지 마."

"안 먹을래."

"삐지지 마. 앞으로 가까워질 기회는 얼마든지 있잖아, 매일 얼굴 보니까."

유즈를 매일 만날 수 있다. 일주일에 한 번, 수요일 딱 30분이 아니라 평일 아침부터 방과 후까지 유즈와 같은 장소에서 같은 일을 하며 지낼 수 있다. 치사 씨의 말로 표현하자면, 꿈처럼 동경했던 미래가 드디어 찾아온 것이 실감 났다. 몸이 부르르 떨린다.

"그렇지, 힘낼게. 이젠 꾀죄죄하지 않으니."

나는 이제 어린애도 아니고, 옛날만큼 바보도 아니니까.

"내일도 일찍 가지? 얼른 자."

"응. 치사 씨도 잘 자, 고마워."

내가 뭘 했다고, 하면서 치사 씨가 내쫓듯 손을 흔든다. 치사 씨의 등에는 공작 문신이 있고, 창백하고 가느다란 두 팔 안쪽에는 손목부터 팔꿈치까지 칼로 그은 흉터가 자의 눈금처럼 빼곡히 있어서 술을 마시면 방금 생긴 상처처럼 어렴풋이 붉어진다. 치사 씨는 사실 술이 약하니까 너무 많이 마시지 말았으면 좋겠다. 하지만 약에 대해서 아무 말도 하지 않는 것처럼 술에 대해서도 잔소리하지 않는다. 내가 술이나 약을 대신할 다른 무언가를 줄 수 있는 건 아니니까.

나는 일어나서 다시 베란다로 나간다. 베란다에는 텅 빈 새장이 몇 년이나 방치된 채 그대로 있었다. 황록이의 집이었던 곳. 녹 투성이로 굴러다니고 있는 그것을 볼 때마다 "보고 싶어" 하고 말하는 황록이의 울음소리가 떠올라 가슴이 아프다. 그 시절 홀로 있던 집에서, 치사 씨는 누굴 만나고 싶어서 그런 말을 내뱉었을까. 황록이가 배울 만큼 여러 번을. 물어봐도 분명 "잊어버렸어" 하고 웃으며 말해주지 않겠지.

슬쩍 집으로 돌아와서 이불속으로 들어왔는데 아직 따뜻하다. 덧문 하나로 가로막힌 옆방은 쥐 죽은 듯 고요하다. 엄마가 눈치채지 못했을 리 없는데, 밤중에 치사 씨네 집에 가는 걸로 꾸짖은 적은 없었다.

알람 시계가 4시 30분에 맞춰져 있는 걸 확인하고서 눈을 감는다. 앞으로 두 시간 정도. 몸이 바닥과 수평이 되자 조금 전의 뜨거운 기분도 웅덩이처럼 얕고 완만하게 펼쳐진다. 조용히 냉정을 되찾은 나는 오늘 있었던 일을 돌이켜보았다. 눈꺼풀 속에는 아침에 본 그 애의 모습이 새겨져 있다.

턱을 번쩍 들고 있어서 옆얼굴에서 목으로 뻗은 라인이 무방비한 내 눈앞에 나타났다. 그 애의 윤곽은 높은 창문에서 쬐어들어온 빛을 받아 눈부시게 빛났고, 순간 내 마음은 8년간의 공백을 1초 만에 뛰어넘었다. 처음 만났을 때처럼 혈액이 혈관

속을 철철 흐르며 요동친다. 내 피는 계속 멈춰 있었던 것 아닐까 하는 생각마저 들었다.

유즈다. 갑자기 만나지 못하게 된 유즈가 내 눈앞에 있다. 헤어져 있던 사이에 둘 중 하나가 죽었다 해도, 더욱 먼 데로 가버렸다고 해도 이상하지 않은데. 이제껏 있었던 허들도, 앞으로의 허들도 머릿속에서 사라지고, 공백의 세월이 기쁨으로 변했다.

하지만 다음 순간에는 유즈 옆에 있는 여자아이에게로 의식이 향했다. 배지를 달아주는구나, 하고 이해하고서 여기가 단지의 놀이터와는 전혀 다른 환경이라는 걸 깨달았다. 나와 유즈만의 비밀의 시간, 공간이 아니다. 내가 유즈의 세계로 들어간 것뿐.

유즈가 나를 알아보고 가볍게 몸을 움직였기에, 그 아이의 손이 어긋나버려서 배지 바늘이 어딘가를 찔러버린 모양이다. "앗" 하는 작은 외침에 당황하고 있었다.

— 미안 유즈, 아팠어?

누군가 가슴을, 안쪽에서 세게 할퀸 것 같은 기분이 들었다. 치사 씨의 손목 상처처럼 가늘고 얕은 상처가 생겨서, 근질거리는 건지 아픈 건지 확실치 않다. 내가 모르는 곳에서 당연히 유즈 옆에 있고, 이름을 부르고, 피부에 바늘을 찌른 그 아이가 부러웠다. 이런 기분을 앞으로 몇 번이나 겪게 될까, 어쩌면 보이지 않는 내 몸 어딘가가 치사 씨의 팔과 똑같아질지도 모른다. 그래도 나는 여기에 왔다. 유즈를 다시 한번 만나고 싶었으니까.

빨리 뛴 탓에 선생님께 주의를 받고 건성으로 변명했다. 멍한 표정으로 나를 보고 있던 유즈는 배지를 달고서 슬쩍 1반 줄에 섞여 들었고, 이후로는 말을 걸어오는 일도 없었다.

손가락으로 머리를 더듬는다. 이제 머리를 땋을 수는 없다. 하지만 유즈에게 배운 방법은 잘 기억하고 있다. 시계 읽는 법도, 그리고 마지막으로 내가 "빛이 있는 곳에 있어줘"라고 말한 것도.

"유즈, 얼굴이 어쩐지 창백한데?"

등굣길 전철에서 아사코에게 그런 말을 듣고, 나는 애써 미소 지으며 말한다.

"그래?"

"몸 안 좋은 거 아냐? 아침은 먹었어? 살 좀 빠진 거 아냐?"

"엄마 같아, 상냥하네."

"진심으로 하는 말이거든?"

"먹었어, 먹었어."

엄마 같다고는 아사코에게 말했지만, 진짜 엄마는 내 몸 상태에 마음을 쓰지 않는다. 밥을 다 먹기 힘들어하고 있으면 엄마는 한숨을 쉬며 "뭔가 먹고 왔어? 입에 안 맞아?"라고 묻는다. 그리고 내 대답을 기다리지 않은 채 그릇을 정리하고, 곧바로 버려 버린다. 어쩌다 옆에 있던 아빠가 "아깝잖아"라고 넌지시 말한 적이 있지만, 엄마는 "그래도 잔반이잖아"라면서 손을 멈추지 않았다.

엄하게 꾸짖는 것도 아니고 다음 끼니를 주지 않는 것도 아니다. "못 먹으니까 어쩔 수 없잖아"라면서 태연히 있을 수 있는 아이도 있을 것이다. 하지만 나는 엄마의 노여움을 사고 싶지 않다. 엄마의 눈이 회색 필터를 내린 듯 싹 변하는 순간을 보는 게 무섭다. 그러니까 식욕이 없어도 기계적으로 손과 입을 움직여, 이제부터 나는 튜브가 된다고 생각하면서 음식을 삼킨다. 그저 위장으로 먹을 것을 보내기만 하는 관.

아사코의 눈에 살이 빠진 듯 보인다면, '씹어 삼켰을' 뿐이어서 음식의 영양소가 흡수되지 않은 걸지도 모른다. 그런 일이 가능한 걸까, 가능하다면 궁극의 다이어트 법 아닐까? 하고 농담처럼 아사코에게 털어놓으면 좋을 텐데.

그렇게 하지 않는 건, '엄마가 살짝 차갑다' 말하자면 그저 그뿐인데, 심각한 듯 이야기한다고 해서 무슨 소용이 있을까 싶으니까. 내가 겁쟁이인 걸 알리기 싫었고, 남들이 복잡한 집 아이라고 생각하는 것도 싫다. 우리는 고등부 선생님과 새로운 교과에 대한 잡담으로 등교 시간을 채우며 교실에 이르렀다.

수업 벨이 울리기 직전, 카논이 들어왔다. "좋은 아침" 하고 여기저기서 던져지는 인사에 "좋은 아침"이라고 한 번, 모두를 향해 대답하고서 자리에 앉는다. 나는 수다에 정신이 팔려 그 애를 알아채지 못한 척했다. 그리고 수업이 시작되자 다른 아이의 어깨와 머리 너머로 언뜻언뜻 보이는 카논의 뒷모습을 뚫어져라 쳐다본다. 카논의 성이 '아제쿠라'라 다행이다. 출석번호가 1번이니까 맨 앞줄에 있다.

개학식 날로부터 일주일이 지났지만, 카논과는 이야기를 한 마디도 나누지 않았다. 내가 먼저 말을 걸지도 않고, 카논도 다가오지 않는다. 복도와 교실에서 스쳐 지나갈 때도, 둘 다 말이 없다. 그 아이에 대해 전혀 알 수 없었다. 진짜로 8년 전에 함께 놀았던 아제쿠라 카논일까? 얼굴은 틀림없는 카논이다. 그 시절엔 어렸고, 부스스한 머리와 특이한 복장에 눈이 가서 카논이 예쁘다는 걸 의식하지 못했던 것뿐. 외모를 정리한 것만으로도 이렇게 몰라볼 만큼 달라지다니, 신데렐라 같다 — 진짜 그럴지도.

카논의 엄마가 부자 남자와 재혼해서 환경이 확 달라진 걸까? 그게 아니라면, 단지에 살면서 시계도 읽을 줄 몰랐던 카논이 우리 학교에 들어올 수 있을 리가 없다. 그럼, 재회한 건 우연이고, 내게 다가오지 않는 건 옛날이야기를 들춰낼까 봐?

그렇다면 다행이다. 그 단지에 다녔던 날들은 기억 저 바닥에 쑤셔 넣고 두 번 다시 떠올리지 않을 생각이었다. 더 어렸다면 완전히 잊어버렸을지도 모르는데, 버릴 수도 없고 냉동할수밖에 없었다. 이제 와서 꺼내어 해동한다고 해서, 나는 이제초등학교 2학년 여자아이가 아니다. 그 남자는 누구고 지금은어떻게 지내고 있을까, 무엇보다 엄마가 그 단지에서 뭘 했던걸까, 상상만 해도 무섭다.

카논이 옛일을 꺼내 들면 어쩔까 싶어 벌벌 떨려서 식욕까지없어져 버렸다. 강당에서 그 아이가 무서울 정도로 빛나는 눈으로 나를 알아본 순간부터, 그 아이가 두렵다. 8년 전 처음으로 그 단지에서 그 애를 봤을 때와 달리, 이번에는 손을 뻗지도않았는데.

칠판 필기와 선생님께 지명받는 타이밍에만 최소한의 주의를 기울이며 개운치 않은 생각을 계속하는 중에 오전 수업이끝난다. 선생님이 교실을 나감과 동시에 내부 출신 학생들로만구성된 '점심 멤버'가 모여 도시락을 펼쳤다.

"아제쿠라는 점심시간에 늘 없어지네."

그중 한 명이 나도 몰래 신경 쓰고 있었던 부분을 언급해서뜨끔하다.

"어디로 가서 혼자 먹는 걸까?"

"어, 근데 빈손으로 살그머니 나가잖아. 그러고 종 칠 때까지안 돌아오고."

우리 학교에는 식당이나 매점도 없고, 체육관과 본관을 잇는통로에 주스 팩 자판기만 있었다. 쉬는 시간에 교외로 나가는

건 금지되어 있으니 만약 다른 곳으로 가려고 한다면 수위 아
저씨에게 들킬 것이다.

"그런 걸 일일이 체크하고 있어? 스토커네."

아사코에게 놀림 받은 친구가 정색하며 "아니거든" 하고 부
정한다.

"자리 가까우니까, 나도 모르게… 그보다 그렇게 예쁘면 저
절로 눈이 가잖아!"

그건 그렇다, 하고 모두가 동의했다. 나는 방울토마토의 꼭지
를 따는 데 애먹는 척을 한다.

"내가 어딘가의 높은 사람이라면 포카리스웨트 광고에 추천
할 거야."

"어, 그럼 난 하겐다즈."

"화장품도 분명 어울릴 거야, 걔가 광고하면 사야지, 아니 근
데 어딘가의 높은 사람이라는 게 뭐야?"

"잘 모르겠지만, 그 업계 쪽."

"근데 이미 그 계통 일을 하고 있다고 해도 놀랍지 않아. 방과
후에도, 특별 활동 견학도 안 하고 잽싸게 집에 가는 것 같고."

"아아, 체중 관리하느라 점심 굶는 건가?"

"난 세 시간만 안 먹어도 배가 엄청나게 울려 대는데. 일반인
이라 다행이다."

"아, 저기, 봐봐."

아사코가 목소리를 낮추고 교실 앞쪽 출입구를 눈으로 가리

킨다. 2학년인지 3학년인지 모르겠지만, 상급생 무리가 교실 안을 들여다보고 있었다. 그리고 반 아이에게 무언가를 물어보더니, 실망한 듯 고개를 갸웃하며 멀어져 간다.

"아제쿠라를 보러 온 거야."

"안 그래도 외부 입학생이라 처음엔 눈에 띄니까."

"게다가 걔, 장학생이라는 것 같아. 직원실에서 선생님이랑 장학금 납입 구좌가 이러니저러니 하는 얘기했었으니까."

"몰래 엿듣다니, 헐."

"어쩌다 들린 거야!"

"어, 그럼 엄청 똑똑하다는 거잖아."

"체육 시간에도 발 빠르지 않았어? 운동 신경 좋을 것 같아."

"약점이 너무 없다."

외부 신입생 중에는 매년 한 명이나 두 명의 장학금 티오가 있다. 입학금과 수업료 모두 면제인데다 갚을 필요가 없는 장학금까지 받을 수 있지만, 성적이 어지간히 좋지 않으면 합격할 수 없다. 그냥도 경쟁이 치열한 외부 입학생 시험의, 그보다도 더 좁은 문을 카논이 통과했다는 말이 된다. 그 무렵의 그 애가 그럴 수 있었을 것 같지 않다. 하지만, 그렇다는 건 지금도 생활 형편은 나아지지 않았다는 건가? — 이런 식으로 억측하지 않아도 본인에게 물으면 분명 바로 대답해 줄 텐데, 나는 아무 말 없이 이런저런 생각을 하면서 맛이 안 나는 도시락을 쿡쿡 찔러댔다.

아제쿠라 카논은 이 좁은 세계에서 여자아이들의 호기심을 자극하는 존재였다. 적극적으로 남들과 엮이려 하지를 않으니, 다들 선뜻 말 걸기를 주저한다. 조심성 없이 다가가면 도망가거나 할퀼지도 모르는 아름다운 길고양이를, 멀리서 에워싸고 관찰하는 듯한 상태였다.

"와아, 정말 무서울 게 없다는 느낌이네."

"인생이 모든 면에서 한창때라, 뭐든 편안하게 손에 넣을 것 같아."

순식간에 '그렇지도 않아'라고 반론해 버릴 것 같은 자신의 입에 달걀말이를 쑤셔 넣는다.

모두들, 아무것도 모르니까 좋을 대로 말할 수 있다. 카논은 뭔가를 '손쉽게' 얻은 적이 없다. 나와 너희들이 당연히 받고 아무런 의심도 하지 않았던 것이, 그 아이에겐 없었다. 아주 약간 어른이 되었으니 그 무렵의 카논을 애처롭고 불쌍하다고 생각한다. 과거로 돌아간다면 더 상냥하게 대해줄 수 있는데.

나는 도시락을 다 먹고서 빈 도시락 통을 원래대로 손수건으로 싼 뒤 일어났다.

"이 닦고 올게."

"그래."

행동을 일일이 설명해야만 하는 건 집에서나 학교에서나 마찬가지지만, 집만큼 갑갑한 느낌은 없다. 팽팽히 당겨진 실이 아니라 느슨하게 늘어진 끈 정도의 연대라서 그런 것 같다. 땅에 닿지 않도록, 하지만 너무 많이 당기지 않도록, 우리는 말없이 호흡을 맞춘다. 어느 정도 자유를 유지하면서 진형陣形을 무너뜨리지 않는 물고기 떼 같은 것이다.

양치 세트를 넣은 파우치를 들고서 나는 4층 끝에 있는 도서실 앞 화장실로 향했다. 2층 교실에서는 멀지만, 요 일주일간 여기저기에 있는 화장실을 탐색해 본 결과 여기가 가장 한산하고 거리낌 없이 쓸 수 있다는 것을 알았다. 오후 수업 직전에는 대체로 세면대(랄까 거울) 쟁탈전을 하니까.

아무도 없는 화장실에 들어가 파우치에서 칫솔을 꺼내 이를 닦기 시작한 순간, 문이 열렸다. 아아, 벌써 누가 와 버렸구나, 오늘은 운이 없네. 곁눈으로 흘긋 확인하니 카논이 우두커니 서 있었다.

눈을 크게 뜬 카논의 얼굴에 '네가 왜 여기에?' 라고 쓰여 있는 듯했다. 나는 다시 거울을 보면서 모르는 척 이를 계속 닦았다. 이 타이밍에 나가기엔 너무 속이 보인다. 구태여 접근하지 않았을 뿐, 피했던 건 아니라는 것을 알아주었으면 했다. 그녀의 존재에 마음이 어지러워져서 불안한 한편, 상처를 주고 싶지는 않았다. 카논은 주저하듯 발을 움직여 안으로 들어간다. 물 내리는 녹음 소리를 등 뒤로 들으며 이를 싹싹 닦으면서 미소녀도 화장실에 가는구나, 하고 바보 같은 생각을 했다. 당연하잖아. 처음 만났을 때도 저 아이는 코피를 흘렸으니까. 코피를 아무렇게나 비벼서 더러워진 카논의 얼굴이 선명히 되살아난다.

입안에 가득 찬 치약을 살짝 뱉자, 거울 속의 나는 약간 웃고 있었다. 작은 플라스틱 컵으로 입을 헹구는 사이에 카논이 나와서, 한 칸 건너 옆 세면대에서 손을 씻는다. 그러고 나서 젖은 손끝으로 스커트 주머니를 뒤적뒤적했지만 도저히 손수건을 찾을 수가 없는지 안절부절못하기 시작했다. 나는 내 주머니에서 손수건을 꺼내어 입가를 닦고, 파우치에 늘 넣어두는 비상용 손수건을 카논에게 내밀었다.

"쓸래?"

카논은 어쩐지 울 것 같은 얼굴이었다.

"아냐."

"어? 혹시 휴지 필요해? 그것도 가지고 있어."

"그게 아니라."

고개를 절레절레 흔드는, 그 동작 때문에 흔들리는 긴 머리카락과 땋은 머리가 없는 걸 쓸쓸하게 느꼈다.

"원래는 늘 가지고 오거든, 오늘은 깜빡한 것뿐이고, 그러니까…."

이제 코피를 손으로 닦는 덜렁이 어린 시절과는 다르다고 주장하고 싶은 거라는 걸 드디어 깨달았다. 그렇게 당황하지 않아도 되잖아, 하고 다시 미소 지으니 카논이 한순간 숨을 죽이는 걸 알 수 있다.

"써. 이러는 사이에 자연히 다 마를 것 같지만."

일부러 가벼운 말투로 손수건을 5센티 더 들이밀자, 카논은 가느다란 목소리로 "고마워" 하고는 접혀있던 그것을 거의 펼치지도 않고 썼다. 손수건 사이로 손가락을 끼워 넣어 조심조심 물기를 흡수시킨다.

"빨아서 돌려줄게."

"아냐, 신경 쓰지 마."

다른 뜻은 전혀 없었는데 카논은 이번에도 "우리 집에, 세제 있으니까"라고 하면서 고집을 부렸다.

"평범한 세제로 빨래하니까. 정말로, 이젠 제대로 하고 있으니까."

역시 잽싸게 나가는 편이 좋았을지도 모른다. 카논의 필사적인 모습이 애처로웠다. 나와 비슷할 정도로 카논도 어른에 가까워져서, 자기 집이 '보통'이 아니라는 걸 확실히 알고 있다. 무서운 걸 모르고 태연했던 예전의 카논 그대로 살 수는 없었구나.

"그런 거 신경 안 써."

나는 거짓말을 했다. 카논이 다른 애들 앞에서 "오랜만이야" 같은 말을 걸어온다면 어쩌지 하고 애를 태우고 있었으면서, 카논이 '분별 있게' 있어 줘서 안심하고, 그러자마자 좋은 사람인 척하고 있다. 동시에, 마음 어딘가에서 카논의 성장을 안타깝게 생각하기도 한다. 그렇다, 이 아이와 있으면 나는 스스로의 뻔뻔함과 모순에 맞닥뜨릴 때가 있었다. "카논이랑은 달라"

라고 말해버렸을 때, "피아노 쳐줄게"라는 말을 하며 약속했을 때. 다른 누구도 아닌, 카논과 있을 때만.

손바닥을 내밀자 카논은 쭈뼛쭈뼛 손수건을 돌려주려다 갑자기 굳는다.

"왜 그래?"

이거, 하고 손가락으로 가리킨 것은 구석에 있던 작은 토끼풀 자수였다. 흰 천에 하얀 자수를 놓은 은근한 포인트가 마음에 든다.

"아아, 이거 봤어? 수수하고 귀엽지?"

그렇게 말하고서 카논을 위해 토끼풀을 뜯었던 일을 떠올렸다. 맞다, 어째서인지 한 번 카논이 안 나타나서 편지를 두고 가는 마음으로 놀이터에 놔뒀었지.

"옛날에 못 만나서 토끼풀 두고 간 거, 알고 있었어?

카논은 아까보다 더 울 것 같은 얼굴로 몇 번이고 끄덕였다. 입술을 꼭 다문 표정이, 마지막으로 만난 날의 그 아이와 겹쳐진다. 귀여워했던 옆집 앵무새가 죽어버려서 충격 받고 ― 그 앵무새 이름이 뭐였더라? 나는 이제 화관 엮는 법도 잊어버렸고, 길가의 잡초 같은 건 쳐다보지도 않는다.

카논은 두 손으로 손수건을 꼭 쥐고서 말했다.

"미안해. 그때, 열이 나서 밖에 나갈 수가 없었어."

"그렇구나, 힘들었겠다."

"토끼풀, 고마워. 잘 받았다고, 전부터 말하고 싶었어."

8년이나 된 이야기, 심지어 그냥 풀인데 진지하게 고맙다는 인사를 받아서, 나는 그 애의 흥분에 약간 겁이 났다. 옛날의 나라면 진심으로 기뻐했을 텐데, 지금은 고마운 마음이 부담스럽다. 그렇게, 이 세상에 나밖에 존재하지 않는다는 눈으로 보지 마.

"설마, 그 이야기를 하려고 일부러 이 학교에 온 건 아니지?"

"그것도 있어." 카논은 대답했다.

"근데 그것 때문만은 아니고 ― 목적이랄까, 전체적으로는, 음, 한 번 더 만나고 싶었어. 유즈가 입었던 교복밖에 실마리가 없어서 만날 수 있을지 어떨지 몰랐는데, 다행이야."

카논의 말이 끝나자마자 수업 시작 벨이 울린다. 그런 이유로 고등학교를 정하는 사람이 뭘 제대로 하고 있다는 걸까, 하고 생각했다.

드디어 유즈와 이야기했다고 보고하자 치사 씨가 말했다.

"이제야? 일주일이나 지났잖아. 너, 왕따 당하는 거 아냐?"

"아냐. 반 분위기 같은 거 파악하는 데 시간이 필요한 데다, 치사 씨가 먼저 허물없이 굴지 말라고 그랬으면서."

"그랬나? 보통 자고 오는 행사 같은 거 있지 않아? 청소년 자연의 집 같은 데 가서 말이야."

한쪽 무릎을 세우고 담배를 피우면서 너무 건전한 단어를 말하니 어이가 없다.

"치사 씨도 간 적 있어?"

"있지 있지. 재미없는 오리엔티어링* 같은 거 하고, 얇아도 엄청 얇은 담요 개는 법 배우고, 밤에는 묽은 카레 만들어서 2층 침대가 가득 찬 방에서 잤는데, 뭐가 재밌다는 건지."

"거의 내부 진학생들이니까, 그런 건 없는 것 같아. 그래도 행사는 많이 있어. 중간시험이 끝나면 구기대회고, 6월에는 합창대회 한대."

"귀찮겠구만."

"안 귀찮거든? …유즈가 나를 '아제쿠라'라고 불렀어."

예비 종이 울리자, 유즈는 양치 세트를 재빨리 파우치에 넣고서 "다음 시간, 비디오 보니까 시청각실이래"라고 말했다.

— 아제쿠라, 어딘지 알아?

— 응.

— 필기도구만 가지고 가면 된다는 것 같아.

같이 가자, 라고 말해주지는 않았다. 유즈가 종종걸음으로 화장실을 나가고 나서 천천히 열을 세고 교실로 돌아갔다. 역시

---

• 자연 그대로의 산이나 들판에서 지도와 나침반만 가지고 일정한 중간 지점을 통과하여 목적지에 빨리 도달하는 것을 겨루는 경기.

나를 싫어하는 건지도 모른다. 하지만 손수건이 없어서 초조해하는 나를 보고 웃어주었고, 손수건도 빌려주고 토끼풀 이야기도 해주었다.

"보통의 같은 반 친구처럼 대하라는 거지."

글쎄, 모르지 뭐, 라고 하면서 치사 씨는 담배를 버렸다. 치사 씨의 재떨이는 페트병을 반으로 자른 윗부분에 물을 넣은 것. 모아둔 꽁초가 겹겹이 쌓여 물은 댓진 성분 때문에 갈색빛이었다. 치사 씨가 농담인지 진심인지 모를 말투로 "이거 원샷하면 죽을 수 있을까?"라고 중얼거릴 때가 있어서 괴롭다.

"넌, 눈에 띄니까."

"점심시간에 선배들이 나를 보러 왔었대."

"바로 꼬투리 잡힐 것 같은 상황인 거야?"

"아니, 정말로 '보러 온 것' 뿐인 것 같아. 그걸 가르쳐준 아이도 딱히 불쾌한 느낌으로 말하진 않았고."

아가씨 학교로 유명한 S여고에 나 같은 사람이 들어가면 분명 잘 지낼 수 없을 거라고 각오하고 있었다. 따라다니는 남자애들이 없어지는 건 좋다 해도, 내 가정 환경이 어딘가에서 들통나서 놀림을 받을 게 분명하다고.

하지만 지금 시점에서 그럴 기척은 없고, 주위 여자애들은 모두 대범하고 좋은 아이들로 보인다. 예를 들어 보란 듯이 명품을 가지고 오거나 부모님 직업을 자랑하는 식으로 중학교에 몇 명인가 있었던 '기분 나쁜 부자'는 안 보이고, 핸드폰도 학교에 있는 동안에는 귀중품 주머니에 얌전히 맡겨둔다. 외부 사람인 내가 학교생활에서 헤매는 일이 있으면 누군가가 은근히 가르쳐주고 '너 이 녀석'이라든가 '짜증 나' 같은 말은 아무도 하지 않는다. 경계하고 있었던 만큼 맥이 빠졌고 며칠이 지나자 아아 그런가, 하고 납득이 되었다.

이 아이들은 철이 들었을 때부터 주변에 생활 수준이 똑같은 집밖에 없으니, 자기가 특별히 유복하다고 생각하지도 않는 것이다. 아래를 모르니까 '내려다보는' 감각 같은 게 생겨날 리가 없다. 유즈가 단지에 와서 내 처지에 관한 이야기에 일일이 놀랐던 걸 떠올렸다. 상당한 컬처쇼크를 받았을 텐데, 유즈는 나를 부정하는 듯한 말을 하지 않았다. 오히려 내가 유즈에게 눈치 없이 허물없는 태도로 다가갔었는지도 모른다.

"흐음, 어쨌든 누가 괴롭힐 것 같으면 말해. 군기 좀 잡아줄 테니까."

"중학교 때처럼?" 나는 웃으며 말한다.

"어."

중학교에 들어가서 곧바로 여자 선배와 얽히게 되었다. 초등학교까지의 무시와 놀림과는 달리, 점심시간에 화장실로 불려가 에워싸인다. 반 아이들은 모두 보고도 못 본 척을 했다.

― 왜 이렇게 건방져.

― 잘난 척하는 거 아냐?

어른처럼 머리를 말고 입술을 빨갛게 바른 선배들에게 그런 추궁을 당해도 짚이는 데가 하나도 없으니 곤란했다. "그렇지 않습니다"라고 대답하면 어깨를 살짝 맞거나 다리를 가볍게 차였다. 무섭지는 않았다. 나쁜 쪽으로 눈에 띄는 건 아주 익숙하고, 이런 사람들이 나를 미워한다 해도 아무렇지 않다.

하지만 3학년이 될 때까지 계속되면 귀찮을 것 같아서 치사 씨에게 푸념하자, 치사 씨는 "하아앙" 하고 웃더니 어느 날 밤 나를 데리고 밖으로 나갔다. 학교가 위치한 구내의 공원과 편의점을 몇 군데 돌면서 그 선배들이 모여 있는 것을 발견하고, "저 사람들"이라고 가르쳐주자 치사 씨는 내 손을 잡고서 뮬 뒤꿈치를 질질 끄는 듯한 나른한 걸음걸이로 다가갔다. 편의점 밖에서 웅크려 앉아 이야기에 열중하고 있는 여자들 무리에게 "저기" 하고 말을 건다.

— 내 동생한테 뭐 하고 싶은 말 있다면서?

선배들은 나를 에워쌌을 때와는 딴판으로 쭈뼛거리며 서로 시선을 주고받더니 "딱히…"라고 말하곤 눈을 내리깔았다.

— 그래? 그럼 됐어. 사이좋게 지내. 경계할 거 없어, 얘 다른 학교에 남자 친구 있으니까.

그 말만 하고는 재빨리 나를 데리고 집에 왔다.

— 동생도 아니고, 남자 친구 같은 거 없어.

— 설정이야, 바보. 이렇게 해뒀으니 이제 괜찮을 거야.

— 진짜? 치사 씨, 고마워. 있지, 보답으로 편의점에서 뭔가 사다 줄게.

— 필요 없거든.

치사 씨의 손가락은 뼈가 있는 곳이 확실히 느껴질 정도로
가늘고 차가웠다. 길고 뾰족한 손톱이 내 손을 가볍게 찔렀지
만 싫지 않았다. 다음 날부터 나를 불러내는 사람들의 발길이
딱 끊겨서 마음이 놓였고, 선배들의 끈기 없음에 화가 났다.

"학교는 괜찮아, 근데 밤에 아르바이트하는 데가 좀 짜증 나.
오늘부터 시작했는데, 다섯 명 정도가 연락처를 쓴 냅킨을 억
지로 떠안기고 갔어."

"인터넷 조건 만남 사이트 같은데 등록 시켜줘."

"우리 집에 인터넷 없어."

무심코 자세를 바꾼 순간, 아랫배가 욱신거려서 얼굴을 찡그
린다.

"왜 그래?"

"배가 좀 아파서. 곧 생리할 때니까."

"생리대 가져가."

"있으니까 괜찮아."

"됐어. 어차피 나는 거의 안 하니까."

치사 씨는 수납 서랍에서 새 생리대를 꺼내어 내게 던졌다.
아직 폐경이 올 나이가 아닌데, 치사 씨는 생리불순이 심하다
는 것 같았다.

"고마워."

"그리고, 내일부터 당분간 남자 오니까."

"알았어. 그럼 다음에 봐, 잘 자."

베란다에서 밖을 내려다보니 아무도 없는 놀이터에 가로등만이 빛을 안고 서 있었다. 철봉 그림자가 길게 뻗어, 유즈가 토끼풀을 놓았던 시계 주변은 그늘이 되어 아무것도 안 보인다.

카논과 학교 밖에서 만난 것은 4월 하순, 얼마 전부터 다니기 시작한 입시학원에 갔다가 집으로 돌아오는 길이었다. 서로 "앗" 하는 소리를 낸 후에, 카논은 내게 일행이 없다는 것을 확인하듯 두리번거리며 물었다.

"이런 데서 뭐해? 이런 늦은 시간에."

"학원. 아제쿠라는?"

"알바!"

내가 먼저 물어본 것이 기뻤는지 득달같이 대답한다.

"어, 교칙 위반 아냐?"

"앗."

장학생이니까 아르바이트를 해도 되는 걸까, 하고 가벼운 마음으로 말한 것뿐인데, 카논은 초조해하면서 얼굴 앞으로 손을 모으며 말했다.

"부탁이야. 아무한테도 말하지 말아줘. 들키면 장학금 취소될지도 몰라."

"말 안 할 건데… 어디서 일해?"

"십 분 정도 걸으면 나오는 국도 옆 패밀리레스토랑. 고등학교는 안 다닌다고 해놨고, 일단 집에서 옷 갈아입고서 들어가."

알바라니, 생각해 본 적도 없었다. 패스트푸드점과 편의점에서 나이가 비슷한 사람이 카운터 너머에 있어도 '노동'은 아직 내 생활에서 먼 데 있다. 하지만 카논은 고등학교에 들어오자마자 바로 일하는구나. 이력서를 가지고 면접을 본다는, 내가 모르는 과정을 거쳐서.

"대단하다."

"어, 뭐가?"

카논은 태연히 "전혀"라고 하면서 후드 티의 소매를 걷어붙였다. 팔꿈치 안쪽에 반창고 몇 개가 붙어 있다.

"스테이크 나르다가 기름이 튀어서 화상 입었거든. 그래도 이제 손을 후들거리지 않고 철판을 나를 수 있게 됐어. 네 장까지 들 수 있다?"

"거짓말."

"진짜야."

그녀의 천진난만한 행동력을 그립다고 느꼈다. 내가 할 수 없는, 위험하다고 생각하는 일을 태연히 해치우는 아이였다.

"역시 대단해… 근데, 잠깐 얘기 좀 할 수 있을까?"

그리움과 학교가 아니라는 점, 학원에 지인이 없다는 이유로 나는 조금 대담해졌다.

"응, 괜찮아."

나의 약삭빠른 계산을 아랑곳 않고 카논은 기쁜 듯 끄덕인다.

"저기, 그러니까…."

먼저 얘기하자고 했으면서 어디로 가면 좋을지 알 수 없었다. 벌써 밤 열 시, 가게에서 수다를 떨면 청소년들은 돌아가라는 식으로 주의를 받을 수도 있고, 카논은 아무래도 눈에 띄니까 공원이나 편의점도 위험하다. 어른이라면 조용한 카페나 바에 갈 수 있을 텐데…. 좋은 아이디어가 떠오르지 않던 차에 카논이 먼저 제안했다.

"걷자. 다음 역까지. 산책하기 딱 좋고, 고가도로 옆은 훨씬 밝고 사람도 많으니까."

"그래도, 조금 전까지 계속 서서 일했잖아? 힘들지 않아?"

"괜찮아."

엄마한테는 '모르는 부분이 있으니까 질문하고 갈게'라고 문자를 보내고, 우리는 밤길을 걷기 시작했다. 카논은 검은 후드 티와 청바지에 운동화를 신었고 옛날처럼 관두의貫頭衣● 같은 차림은 아니다.

"점심시간엔 뭐 해? 교실에 없으니까 다들 이상하게 생각해."

---

● 한 장의 천을 반으로 접어서 그 접은 선의 중앙에 구멍을 뚫어 머리가 들어가게 한 의복 형식. 판초가 이것의 일종.

"도서실. 점심시간에 열려 있잖아. 그래서 안쪽 자리에서 몰래 자."

"점심은?"

"안 먹어."

"맨날?"

"응."

다이어트일 것 같지는 않다. 내 질문이 끊기자, 카논은 당황하며 덧붙인다.

"딱히 아무렇지 않아. 아침에, 알바하면서 배불리 먹으니까. 밤에도 거기서 밥 주고, 점심 거르는 정도면 딱 좋아."

"잠깐만. 밤에는 패밀리레스토랑이고, 아침 아르바이트 밥이라는 건 뭐야?"

"아침엔 아침 알바. 새벽까지 여는 술집 뒷정리나 청소. 이건 중학교 때부터 계속하고 있어."

"중학생은 알바 같은 거 못 하잖아."

"개인 가게니까, 몰래. 알바라기보다 심부름하면서 용돈 받는 느낌이야. 어제 매상 안 좋았으니까 500엔만 줄게, 하는 날도 있고."

나는 체인점이 아닌 카페에 혼자 들어간 적조차 없는데, 카논이 술을 파는 곳에 드나들고 있다는 이야기를 듣고 충격을 받았다.

"그런 거 위험해."

"아줌마가 하는 가게고, 닫은 다음에 하는 작업이야. 근데, 한 번 길에서 주정뱅이가 꼬여서 머리 자른 거야. 모자 쓰고 헐렁헐렁한 옷 입으면 남자로 보이잖아?"

"그런 것 때문에?"

나는 무심코 걸음을 멈췄다.

"그런 것 때문에 자른 거야?"

"그런 거가 아냐. 아, 하지만 자른 머리카락을 버린 건 후회해. 얼마 전에 수녀님이 머리카락 기부라는 거 가르쳐줬잖아, 자른 머리를 기부할 수 있다고. 그러면 좋았을 텐데, 하고."

"그런 뜻이 아냐."

덥고 갑갑해서, 좋아하는 연예인 흉내를 내고 싶어서, 아니면 실연당했기 때문이어도 좋다. 보통의 여자아이처럼 사소한 이유였으면 했다. 그럴 필요가 있었다고 하는 카논의 얘기를 받아들일 수 없고, 형체가 없는 것이 목에 걸린 듯 괴롭다. 괴로움을 말로 표현할 수 없는 내 얼굴을 카논이 걱정스럽게 들여다본다.

"미안해. 아침 알바 관두면 다시 기를 테니까. 금방 머리 땋을 수 있을 거야."

머리 땋는 것 따위 아무래도 상관없다는 말을 할 뻔했지만, 내 안의 분노는 이 아이를 향한 게 아니다.

"왜 그렇게 알바만 해야 하는데? 학비 면제고, 장학금도 받고 있잖아."

스스로 1엔도 벌 수 없고 벌 필요가 없는 내가 추궁할 자격은 없는데, 묻지 않고서는 견딜 수 없었다. 몇 미터 앞 자판기에서 누군가가 음료를 사고, 거스름돈이 좌르륵 쏟아진다. 그 소리 때문에 화가 더 치밀어 올랐다.

"학비 말고도 이것저것 돈이 드니까. 교통비랑, 가정 시간에 원피스 만드는 데 쓰는 천 값도. 장학금에는 포함되어 있지 않으니까. 지금은 샴푸랑 옷도 내 돈으로 사. 그건 별로 힘들지 않고 즐거워. 처음 받은 아르바이트 월급으로 먹은 맥도날드 햄버거, 믿기지 않을 만큼 맛있었어."

"…엄마는?"

"있어, 근데 몇 년째 냉전 상태랄까, 얘기를 별로 안 해."

가자, 하고 나를 재촉하며 카논은 다시 걷기 시작했다. 전철이 머리 위로 앞질러 간다. 순간 보인 창문 안은 밝고 사람으로 가득 차 있었다. 언젠가 나와 카논도, 저 일부가 될까.

"초등학교 6학년에 생리가 시작됐거든."

카논은 말했다.

"학교에서 그랬으니까, 보건실 선생님한테 갈아입을 팬티랑 생리대 받고 엄마한테 털어놓은 순간 '일회용 생리대 같은 거 쓰지 마!' 하고 혼났어. 석유로 만들어졌다든가, 화학물질이 어쩌고 하고, 뭐 늘 그랬던 것처럼."

나도, 초경은 초등학교 6학년에 있었다. 엄마는 가볍게 끄덕이며 "생리용품 쓰는 법은 알지? 알아서 맘에 드는 거 골라 사"

라고 하며 천 엔짜리 지폐를 테이블에 두었다. 친구는 팥밥[•]과 케이크로 축하를 받았다는데 나는 그런 건 진짜 싫었고, 그때만큼은 엄마의 무관심이 감사했다.

"천 생리대 아니면 안 된다고 하면서 빨래 방법 같은 잔소리를 장황하게 들어서, 어쩐지 그 순간 다 싫어져서 '시끄러워!' 하고 소리 지르고, 난생처음으로 가출했어."

"어디로?"

카논이 폭발하면 엄청나게 멀리까지 뛰쳐나갈 것 같았다. 하지만 대답은 예상과 반대로 '단지 놀이터'였다.

"배 아프고, 돈도 없고. 엄마도 베란다에서 보이니까 찾으러 안 왔던 것 같아. 여름이라 다행이었지. 철봉에 앉아서 그냥 멍하니 있는데 치사 씨가 나한테 말 걸어왔어."

"치사 씨?"

"옆집에 사는 언니."

"어, 그, 앵무새 기르던?"

"맞아. 자기 집으로 부르더니 생리대 나눠줘서, 그때부터 꽤 친해졌어. 술집 알바 소개해 준 것도 치사 씨고."

카논의 태평한 미소에 기분이 석연치 않아졌다.

"앵무새 예뻐했었는데, 괜찮아? 그 언니가 아무렇게나 키웠었잖아."

---

• 일본에서는 경사스러운 날에 팥밥을 먹는다.

"황록이 말이야?"

맞다, 그런 이름이었다. 멋대로 이름을 붙이고 죽었을 때는 그렇게 어깨를 들썩이며 울고 도둑 같은 모험까지 했었는데, 그런 뒤에 맹랑하게 그 주인과 우호 관계를 쌓았다니. 황록이, 아니, 나에 대한 배신이다, 하고 짜증이 났다. 카논이 우니까, 기댈 데가 나밖에 없구나 하는 생각에 도와줬는데. 그리고 그와 동시에 그런 식으로 생각하는 스스로에게도 화가 난다. 겁먹고 딱히 도와주지도 못했으면서. 엄마가 하라는 대로 깃털을 버렸잖아. 카논을 기다리지 못했잖아.

빛이 있는 곳에 있어줘, 라고 카논이 그랬는데.

"황록이는 치사 씨가 죽인 게 아냐. 그렇게 엉성하게 키웠으니까 죽은 거라고 한다면 그 말이 맞을지도 모르지만…."

"알았어."

사납게 말을 막는다.

"고타키?"

카논이 나를 성으로 불렀다. 나한테 맞춰 주고 있구나, 하고 생각하니 마음이 놓이는 반면 괴롭기도 하다.

"이제 됐어."

"화났어?"

"화날 이유가 없어. 왜 내가 화나야 하는데?"

"모르겠지만."

우리는 잠자코 걸었다. 빨간 신호에 걸릴 때마다 거북해서,

경솔하게 먼저 이야기하자고 말한 것을 후회했다. 그 무렵처럼 즐겁게 놀 수 있을 리가 없으니까. 어린애도 어른도 아닌, 고등학생이라는 어중간하고 불안정한 입장이 우리를 불편하게 만들고 있는 듯한 기분이 들었다.

다음 역이 보이기 시작한 타이밍에, 엄마에게 문자메시지가 왔다. 연휴에 오빠가 친구를 데리고 올 거니까 약속을 잡지 말라는 내용이었다. 연휴는 중간고사 직전인데 왜 나까지 구속받아야만 하는 걸까? 소심하게 속으로만 투덜거리다 핸드폰을 닫고, 다시 시계를 본다. 열 시 이십 분. 짜증 나, 하고 무심코 목소리를 높인다.

"시간이 벌써 이렇게 됐네. 내일도 알바 있어? 몇 시에 일어나?"

"네 시 반."

"잠을 하나도 못 자잖아. 미안해, 쓸데없이 밤새우게 만들어 버렸네."

당황하는 나를, 카논은 어딘가 재미있다는 듯 보고 있었다. 입꼬리가 근질근질 벌어질 것 같다. 웃으면 화내겠다, 싶어서 참는 거겠지.

"나, 진지하게 말하는 거야."

"알아."

카논은 이윽고 활짝 웃었다. 만면에 웃음을 띠니까 무지개를 쫙 뿌린 것처럼 주위 공기까지 화려해진다. 철봉에서 포물선을 그리며 날았던 카논의 미소를 떠올렸다. 잊지 말아야지, 하고 생각한 것도.

"진지하게 걱정해 주니까 기뻐서 그래, 고마워. 그리고 괜찮아, 낮잠 자니까."

"그 정도로는 너무 부족해, 그보다 시험 전 같은 때는 괜찮아? 성적 떨어지면 큰일이잖아."

또 쓸데없는 참견을 한다. 나는 카논을 위해 아무것도 할 수 없고 책임을 질 수 없다. 걱정 따위 도움이 안 되며, 오히려 지금은 카논이 나보다 훨씬 더 야무지다. 나는 그 단지 주소를 찾아보지도 않았는데 이 아이는 교복만을 단서로 나와 같은 반 친구가 되었다.

카논은 "아마 괜찮을 거야" 하고 위기감 없이 대답했다.

"고타키랑 만나지 못하게 되고 나서 생각했거든. 앞으로 어떻게 살아갈지, 내 나름대로 머리를 써서. 그중 하나가 수업 중에 집중해서 선생님 얘기를 듣는 거였어. 시계 읽는 법을 배웠을 때처럼, 전부 유즈 — 고타키의 말이라고 생각했더니 점점 이해가 갔고, 고등학교에도 합격했어."

"말도 안 돼."

믿기지가 않는다.

"진짜야. 고타키가 나더러 바보가 아니라고 말해줬으니까, 바보 취급 받았던 내 모습 그대로 살기 싫다고 난생처음 생각했어. 이상한 집 애니까 별수 없다며 스스로를 포기하지 않기로

한 거지."

기쁘지 않았다. 아까처럼 '대단하다'는 칭찬도 못 하겠다. 성격이 무르고 미덥지 못한 나는 체면을 개의치 않는 올곧음이 무서웠다. "어째서?" 하고 물었다.

"어떻게 나 같은 사람 때문에, 그렇게 노력할 수 있는 거야?"

카논은 이를 보이지 않고 약간 쓸쓸한 듯 미소 지었다. 동갑이라는 게 믿기지 않을 정도로 어른스럽고 아름다웠다. 이런 걸 우수憂愁라고 하는 거겠지. 좀 전의 미소가 만개한 해바라기라면, 지금은 비에 젖어 고개를 숙인 창백한 백합 같다. 일곱 살의 카논에게는 없었던 다양한 감정 변화를, 나는 넋을 잃고 보았다.

"왜일까."

카논은 말했다.

"아마, 그걸 알고 싶어서 여기까지 온 거야."

여기까지 와서, 나랑 함께 있으면 알 수 있어? 그렇게 묻기 전에 역에 도착해버렸다. 카논은 개찰구 앞 드러그스토어를 눈여겨보더니 말한다.

"아, 선크림 싸다. 살 거 있어서 그거 좀 사고 갈게."

"응, 그럼 여기서 헤어지자… 집에 가는 길, 정말 조심해야 돼."

"괜찮아, 이거 있으니까."

생글생글 웃으면서 후드 티 주머니에서 꺼낸 것은 달걀 모양의 방범 버저였다.

"미안해, 빌리고서 못 돌려준 거… 기억 나?"

"기억 나."

엄마가 넣어주고, 카논에게 건네준 채 돌려받지 못했던 것. 파스텔 핑크의, 누가 봐도 어린이용인 싸구려 버저 따위 분명 아무런 도움도 안 된다. 널 지킬 수 없는데. 열다섯 살의 카논 안에 생생하게 살아있는 일곱 살의 카논이. 그 순수함과 어리석음이, 예리한 바늘이 되어 나를 찌른다.

내가 가만히 있으니, 카논이 당황하면서 "지금이라도 돌려줄까?"라는 말과 함께 버저를 내밀었다. 나는 고개를 젓고 잰걸음으로 개찰구를 향한다. 등 뒤로 그 아이의 시선을 느끼면서.

나 또한 알고 싶다. 카논이 왜 이렇게 일일이 내 가슴을 괴롭게 하는 건지.

벽 너머에서 치사 씨의 목소리가 들린다. 나와 있을 때와는 전혀 다른, 크게 흐느끼는 듯한 그 소리는 말이 아니라 신음 소리다. 남자와 뒤엉켜 동물이 되어있다. 이제 나는 소리와 행동의 의미를 제대로 이해한다. 미닫이문 너머에서는 엄마가 계속 뒤척이고 있는지, 끊임없이 나는 옷감 스치는 소리가 '최악'이라고 말하고 있었다. 최근에 생긴 남자 친구는 맨날 오고, 그리고 맨날 섹스한다.

— 365일 안전한 날이니까.

전에 치사 씨가 그렇게 말했었다.

— 생리는 거의 안 하고, 임신하고 싶어도 할 수 없는 몸이니까 가만히 있어도 입질이 와.

목적이 그것뿐이라면 그나마 낫다. 치사 씨 집에 오는 남자들은 언제나 몸뿐만 아니라 돈도 탐내서 치사 씨와 언쟁하고 폭력을 휘두르기도 한다. 치사 씨의 이름도 모를 때였다면 귀를 막고 내버려둘 수 있었겠지만, 이제는 옆집에서 들려오는 호통 소리와 비명이 괴롭다. 어째서 섹스만으로 만족해 주지 않는 걸까.

— 너, 이런 데서 뭐 하는 거야.

그날 밤 공원에서 치사 씨가 나를 발견해 준 것은 유즈와는 또 다른 큰 위안이었다.

— 생리가 시작됐어.

갑자기 그런 소리를 내뱉어도 치사 씨는 동요하지 않았다.

— 진짜? 벌써 그런 나이야? 바로 얼마 전까지 아장아장 걸었었는데.

말투는 거칠지만, 어딘가 상냥하게 들렸기에 나는 울컥해서 울고 말았다.

— 에잇, 뭐야. 모처럼 술 마시고 좋은 기분으로 집에 왔는데, 기운 빠지게.

지긋지긋하다는 얼굴이었지만 나를 두고 가지 않고, 내 어깨를 꼭 안고 질질 끌 듯이 해서 집으로 데려가 주었다. 내가 엄마와 싸운 것을 이야기 하자 "이상한 엄마"라면서 웃고는, 새 생리대 한 봉지를 주었다.

― 아까워라, 너희 엄마 말이야. 그렇게 원판이 예쁜데, 미인인 걸 전혀 활용하지 못하고 있달까?

하지만 그런 식으로 까다로운 여자가 싫진 않아, 라는 말을 들었을 때는 기뻤다. 아아, 나는 지금도 엄마를 싫어하지 않는구나, 라는 걸 알고 마음이 놓였다.

그러고서 치사 씨는 자신이 입던 옷과 남자가 두고 간 옷을 리폼해서 내게 주기 시작했다. 말도 안 되는 색깔과 무늬의 옷도 있었지만 고마웠다. 복식 디자인 학교를 나와서 그런지 미싱도 쓰지 않고 많은 옷을 만들어주었고, 어디까지나 낡은 옷이라는 거리감이 마음 편하고 좋았다. 내가 머리를 싹둑싹둑 잘라버렸을 때 어떻게든 그럴싸한 모양으로 정리해 준 것도, '이사 간 친구'라는 설정으로 유즈 이야기를 하자 "그런 교복이라면 S여학교 아냐?" 하고 가르쳐준 것도 치사 씨. "남자가 와 있을 때는 절대 오면 안 된다"고 내게 타이른 것도 치사 씨.

― 널 보면 남자가 너한테 가버릴 테니까. 그럼 나, 분명 널 원망할 테니까.

― 내가 그 사람을 좋아하지 않더라도?

― 응.

내 몸이 '어린이'에서 '여자'가 된 것을 계기로 친해졌지만, 나의 '여자'인 부분을 경계했던 치사 씨. 치사라는 이름이 본명인지 아닌지도 모른다.

벽 너머 목소리의 음정이 점점 더 심하게 높아지고, 그에 섞여 엄마가 혀 차는 소리도 들린다. 나는 익숙해서 그런지 치사씨의 신음 소리도 그냥 아무렇지 않았다. 두근거리거나 흥분되지도 않고, 언제나 5동 504호 아저씨를 떠올렸다. 그날 누가봐도 괴로워하고 있던 아저씨가 어떻게 되었는지, 나는 모른다. 그 아저씨의 정체를 지금의 유즈는 알고 있을까? 유즈 안에서 그 아저씨의 기억이 어떤 식으로 처리되었는지를 물어보기는 내키지 않았다. 그렇지 않아도 유즈는 나를 좀 무서워하고 있으니까.

어떻게 나 같은 것 때문에, 하는 유즈의 물음이 머릿속에서 메아리친다. '나 같은 것'이라고 말하지 말았으면 해서 슬펐다. 내가 유즈를 얼마나 의지하고, 희망으로 삼고, 유즈를 만나고싶어 했는지. 그 기분의 무게를 저울에 올렸을 때 반대쪽 접시에 '논리'와 '납득'을 쌓아 균형을 잡아야만 하는 걸까. 유즈에게 나는, 냅킨에 연락처를 써서 일방적으로 쥐여 주는 남자와다르지 않은 걸까.

소리가 갑자기 끊긴다. 끝난 것 같다.

치사 씨네 집에 가게 되었을 때 곧바로 황록이 얘기를 고백했다. 혼날 것을 각오했었지만, 치사 씨는 "배짱 있네" 하고 웃음으로 넘겨주었다.

— 몰랐어. 틀림없이 어딘가로 도망갔을 거라고 생각했었거든.

죽었구나, 하고 아주 조금 쓸쓸한 듯 말했다. 잠깐 동안 자유롭게 하늘을 나는 황록이를 상상했는지도 모른다. 진실 따위 말하지 않는 편이 나았을까 싶었다. 그리고 둘이서 한밤중의 놀이터로 내려갔다.

— 여기 묻었어.

— 꽃이 있네. 네가 놓은 거야?

— 응. 그 근처에 피어 있었던 거지만.

들꽃처럼 예쁜 이름의 식물이 아니라 아스팔트 틈새로 가늘고 길게 얼굴을 내민 잡초를, 내킬 때 뽑았을 뿐이었다. 하지만 치사 씨는 내 머리를 세게 쓰다듬으면서 끌어당겨 안았다. 술과 담배와 향수가 섞인, 전혀 좋은 냄새가 아닌데 마음이 놓이는 치사 씨의 냄새.

— 너 말이야, 미인이라는 점을 제대로 활용해 가면서 똑똑하게 살아가.

그게 구체적으로 어떻게 살라는 건지, 지금은 아직 모른다.

연휴 중 가장 우울한 행사가 다가왔다. 나는 거의 입지 않는, 엷은 라벤더 색 원피스를 입고서 거실로 내려가 오빠가 데리고 온다는 친구를 기다린다. 엄마는 잽싸게 눈을 움직이며 머리가 삐져나오지는 않았는지, 옷에 주름이 가 있지 않은지, 손톱은 제대로 잘 깎았는지, 기계처럼 내 온몸을 스캔하고 문제가 없다는 것을 확인하자 바로 부엌으로 돌아갔다.

"오오, 유즈 잘 어울리네."

아빠는 어쩐지 기분이 지나치게 좋아 보이고 싱글벙글하고 있다.

"고마워."

"평소에도 자주 입으면 좋을 텐데."

"외출복이니까, 더러워지면 아깝잖아."

"유즈는 예의 바른 애라서 더럽힐 일은 없을 텐데?"

현관문이 열리는 소리가 나자 아빠가 일어나서 나를 재촉한다. 대학에 입학한 후로 오빠가 친구를 데리고 오는 건 내 기억으로는 처음 있는 일이었다. 구태여 가족 모두가 모여 접대를 하다니, 혹시나 여자 친구나 결혼 상대가 아닐까 생각했지만, 오빠 뒤에 서 있는 사람은 남자였다.

6년 전 오빠는 재수를 하고 어려운 대학의 의학부에 합격한 뒤 집을 나가 자취를 시작했다. 우리 집에서도 다닐 수 있는 거리였지만 아빠가 합격하면 집을 얻어주겠다고 약속했었기 때문이다. 물론 학비, 생활비와 일주일에 두 번 방문하는 가사도우미 비용도 같이.

집을 나가기 전날 밤, 어쩌다 화장실에 가려고 일어났는데 복도에 오빠가 있었다. 잠자코 옆을 지나가려는데 갑자기 "유즈"하고 불러서, 귀신을 마주친 것보다 깜짝 놀랐다. 오빠가 내 이름을 부른 적 따위 없었으니까.

— 너 말이야, 나랑 피가 반만 같은 거 알고 있었어?

내가 잠자코 고개를 가로젓자 "그럴 거라고 생각했어"라고 하면서 웃었다. 약간 얼굴이 붉어져 있었으니, 미성년인데도 술을 마시고 들어왔던 건지도 모른다.

— 우리 엄마, 내가 아홉 살 때 병으로 죽었으니까 말이야. 너희 엄마는 그다음에 온 계모. 그러니까, 너희 엄마는 우리 엄마가 아니거든.

— 그 반대 아냐?

순식간에 그런 말을 입 밖에 냈다. 오빠는 충혈된 눈을 동그랗게 뜨면서 한순간 허를 찔린 듯 입을 다물고 있었지만, 곧바로 다시 싱긋 웃으며 내 머리를 가볍게 쓰다듬었다.

— 너도 고생이 많네.

오빠가 내게 배려 비슷한 것을 보여준 것도, 오빠에게 친근감을 느낀 것도 그때뿐이다. 나는 엄마가 낳은 자식이 아닐지도 모른다고 마음속 어딘가에서 느끼고 있었다. 하지만 그게 아니라는 걸 알고는 도망갈 수 없다고 생각했다. 엄마가 특별한 이유 없이, 그저 나를 좋아하지 않아서 냉담한 거라는 현실로부터. 나는 성장함에 따라 조금씩 엄마를 닮아갔다. 얼굴 윤

곽과 눈가, 입술 모양. 내가 어른이 되어 이 집을 나가도, 내가
일해서 번 돈으로 살아갈 수 있게 되어도, 엄마의 딸이라는 사
실로부터 도망갈 수는 없다.

"저 왔어요. 애가 전에 말했던 후배."

"후지노 소우입니다."

안경다리를 손가락으로 누르며 가늘고 긴 몸을 접는 듯한 인
사를 한다. 기린이 물을 마시려고 몸을 구부려 웅크리는 동작
이 떠올라 웃겨서, 진지한 얼굴을 무너뜨리지 않도록 애쓰며
인사했다.

"유즈입니다."

"자, 여기로 들어오세요."

엄마가 격식 차린 목소리로 후지노 씨를 불러들인다.

평소보다 딱딱한 점심 식사가 시작되자 엄마는 서빙과 다음
음식 준비로 바빴고, 후지노 씨는 입을 거의 열지 않았고 아빠
와 오빠만 활발히 이야기했다. 우리 집에 있을 때 오빠는 인사
도 제대로 안 했으면서 무슨 심경의 변화일까? 반항기를 지나
어른이 되었다는 걸까? 아빠도 그렇고 엄마도 전혀 달라진 게
없는데, 오빠의 마음속 변화만으로 모든 문제가 해결되다니 이
상했다.

"연수 갈 곳은 정했어?"

"고민 중. 외딴섬에서 서핑에 푹 빠져 지내는 것도 좋을지 모
르지."

"놀러 가는 게 아니잖아."

"요즘 레지던트는 다 널널해. 그렇지 않으면 관둬버리니까. 후지노, 대학병원도 그렇지?"

후지노 씨는 소곤소곤 대답했다.

"전 잘 모릅니다."

"다음에 물어봐 줘."

"네."

대화의 단편에서, 후지노 씨의 아버지는 대학병원에서 지위가 높은 선생님이라는 것을 알 수 있었다. 그래서 아빠가 친근하게 대하는구나.

"얘도 의대 가고 싶어 해."

도미와 바지락이 들어간 아쿠아파짜를 먹으면서 오빠가 나를 턱으로 가리켰다.

"네."

끄덕이며 말했지만, 그러고서 이야기를 어떻게 이어 가야 할지 모르겠다. 후지노 씨가 바로 맞은편에서 나를 뚫어져라 쳐다봐서 더 말하기가 힘들었다.

이 사람은 뭐가 재미있다고 우리 집에 온 걸까. 마음이 여려보이니, 오빠의 초대를 거절할 수 없었는지도 모른다. 모처럼 있는 연휴에 선배네 본가에서 밥을 먹다니 즐거울 리가 없다.

"입시학원 다니고 있던가?"

"네."

"뭐 나도 재수했고, 삼수까지는 괜찮지."

"농담이라도 그런 말 하는 거 아냐, 불길한 소리 하지 마."

엄마가 미소를 지은 채 부드럽게 타일렀다.

"유즈는 겐토보다 착실하니까 괜찮아."

아빠의 칭찬은 언제나 빈말로 들린다. 기분 탓이 아니다. 엄마와는 다른 의미로 아빠도 내게 무관심했다. 아빠는 내 생일조차 기억하지 못하고, 안아준 기억도 없다. 분명 나는, 품이 안드는 반려동물 정도의 존재인 거겠지.

"거 참 너무하네!"

연기처럼 과장된 항의에 힘껏 자연스런 웃음소리를 낸 나는, 계속되는 오빠의 말에 경직되었다.

"유즈, 후지노한테 과외받으면 어때?"

그 즉시 "어머, 괜찮다" 하고 찬성한 사람은 엄마였다.

"얘는 물론 현역이고, 머리가 장난 아니게 좋으니까."

문제는 이것밖에 없어, 하고 오빠가 손가락으로 돈 표시를 만들자 아빠는 "그건 큰 문제야"라면서 속 보이게 찡그렸기에 나는 분위기에 맞춰 웃을 수가 없었다. 모르는 남자에게 일대일로 공부를 배우다니, 그것도 오빠의 지인이라니 완전 싫다.

"하지만, 학원이…."

"매일 가는 거 아니잖아."

엄마는 최소한의 저항조차 깨부쉈다.

"수, 금, 일은 안 가지만 금요일에는 특별 활동이 있어. 특별 활동 안 하면 내신에 안 좋거든."

"그럼, 수금에. 금요일에는 특별 활동 끝나면 시간 있잖아. 일요일은 후지노 씨한테 미안하니까."

내 의사와 관계없이 이야기가 진전되었고, 마지막 희망은 후지노 씨가 거절해 주는 것이었다. 오빠가 "어때 후지노" 하고 물어보았을 때, 마음속으로 손깍지를 끼고 기도했다.

"아아, 네. 제가 도움이 된다면."

하지만 후지노 씨는 그 제안을 단번에 받아들였다. 표정이 거의 바뀌지 않았고, 속으로는 무슨 생각을 하는지 전혀 알 수 없다는 점이 꺼림칙했다. 진짜 크리스천이 아니라서 다행이다. 기도의 결과가 이거라면, 신이 미워질 것 같다.

그런 다음 고기와 파스타와 디저트를 필사적으로 입에 넣고 식후의 홍차로 어떻게든 소화시키려 하는데, 엄마가 "유즈 방으로 안내하지 그래" 하고 말을 꺼냈다.

"이제 곧 중간고사니까, 당장 모르는 부분을 가르쳐달라고 해."

"후지노, 오늘은 체험수업으로 치고 무료로 해줘도 될까?"

"아, 네, 그건."

"이제 돈 얘기는 그만 해."

언제 엄마가 들어올지 모르니까(내가 학교에 간 사이에 이것저것 체크하고 있는지도 모르니) 방은 깨끗하게 유지하고 있다. 그래도 남자를 들이는 것에는 몹시 저항감이 있었다. 일주일에 두 번이 사람이 오다니. 계단을 오르는 사이에 한숨이 나오지 않도록 참았다.

"여기예요."

"실례합니다."

후지노 씨는 다시 기린 인사를 하고 방에 들어오더니 내가 의자에 앉자마자, 한마디 양해도 구하지 않고 침대에 걸터앉았다. 러그 위에 쿠션이 있는데, 외출복 차림 그대로 침대에 앉다니 무슨 생각인 걸까? 물론 불평을 할 수는 없으니 얌전히 수1 교과서와 노트를 펼치고 "이 응용이 좀 어려워요"라고 하면서 자진 납세를 했다. 적당히 얼버무리다 마지막으로 "잘 알겠어요" 하면 나가주겠지.

"잠깐 괜찮겠어?"

노트를 내밀자 다른 페이지까지 팔랑팔랑 넘겨서, 남이 내 일기를 멋대로 읽는 것 같은 굴욕을 느꼈다. 이 사람은 어쩜 이렇게 행동 하나하나가 다 무신경한 걸까? 정말 싫다. 문득 얼굴에 나와 버린 것 같다. 후지노 씨는 거북한 듯 "실례했어"라고 말했다.

"뭔가를 모를 때는, 대체로 그 두어 걸음 앞에 쯤부터 삐끗하니까."

흥미 때문에 엿본 것만은 아니라고 말하고 싶은 것 같았다. 이유도 알고, 과외 선생으로 오는 거라면 당연하다. 그래도 나는 혐오감을 떨칠 수 없었다. 목소리가 나직하고 알아듣기 힘든데도 해설 내용은 정확하고 알기 쉬웠던 것도, 오히려 분했다.

"고맙습니다."

교과서와 노트를 되돌려 받고 그런 다음 무슨 얘기를 하면 좋을지 몰라 잠자코 있는데, 오빠가 10센티 정도 열어두었던 방문 틈으로 얼굴을 내밀었다.

"후지노, 이제 됐어? 슬슬 가자."

"네."

후지노 씨가 드디어 일어나서 말했다.

"화장실 써도 될까요?"

"손님용은 1층, 현관 바로 앞에 있어."

"고맙습니다."

후지노 씨가 방에서 나가 계단으로 내려가도 오빠는 그 자리에 멈춰 서서 히죽거리며 나를 내려다보았다.

"이제 축구 보러 갈 건데, 너도 같이 갈래?"

"공부해야 돼."

"후지노가 너 맘에 들어 했어?"

"몰라."

"걔네 아빠, K대 병원 외과 부장이니까. 효도라고 생각하고 사이좋게 지내."

나는 무릎 위에 놓은 내 손을 빤히 노려보고 있었다.

도서실의 막다른 곳. 책장과 책장 사이 벽에 사진이 들어간 액자가 걸려있다. 사진이 아니라 굉장히 사실적인 그림일지도 모르지만, 좋아하니까 어느 쪽이든 상관 없다. 그렇게 졸리지 않은 날은 그 벽 앞에서 사진을 쳐다보는 게 점심시간의 은밀한 낙이었다. 드디어 연휴와 시험이 끝나서 평소대로 정상수업을 하게 되어 오랜만에 봐서 기쁘다.

단지 하늘과 바다를 찍은 사진일 뿐인데 회색빛이 섞인 세피아색이니까 낡은 것일 수도 있고, 옛날 느낌으로 가공한 건지도 모른다. 앞쪽은 울퉁불퉁한 암석 지대로, 파도가 휘어지면서 밀려와 먼 방파제에도 흰 물마루가 튀고 있다. 화면 양 끝에는 구름이 껴 있지만 한가운데는 포근한 느낌이고 밝다. 날씨가 별로 좋지 않고 바람이 강한 날에 문득 내리쬔 빛, 흐린 하늘의 구름 틈새로 나온 푸른 하늘. 여긴 어디에 있는 바다일까? 계절은, 시간은. 하늘은 어떤 파랑, 바다는 어떤 파랑. 파도 소리의 울림은, 바닷가에서 맞는 바람 냄새는 어떨까? 그런 물음을 던지며 보다 보면 시간이 금세 지나간다. 아직 바다에 간 적은 없지만, 언젠가 가게 된다면 이런 바다가 좋겠다.

그래서 그날도 사진을 가까이에서 보고 있는데, "아제쿠라" 하고 누군가 말을 걸었다. 돌아보니 조심스레 웃는 수녀님이 있다. 아직 20대일지도 모르는 젊은 사람이었다. 대체 어떤 인생을 살았기에 수녀님이 되겠다는 생각을 하게 된 걸까? 물론 그런 실례가 되는 질문은 못 하고 얌전히 인사했다.

"안녕하세요, 수녀님."

"아제쿠라는, 점심시간에 도서실에 있을 때가 많은 것 같은데…."

흐린 말끝에서 '친구는 있어?' '괴롭힘 당하는 거 아냐?' 하고 걱정해 주는 것임을 알 수 있었다. 나는 수녀님 눈을 똑바로 보면서 대답한다.

"네, 여기가 마음이 편해서요."

"그렇구나, 그럼 됐어… 그 사진, 좋아해?"

"네."

"누구 작품일까?"

"모르겠어요."

액자에는 제목도 사진작가의 이름도 없었다.

"수녀님도 모르시나요?"

"나도, 이 학교에 온 지 아직 2년밖에 안 돼서 모르는 게 많아."

수녀님은 부끄러운 듯 대답했다.

"다음에, 다른 선생님께 물어볼게."

지식이나 정보가 생기면 상상의 폭이 좁아질 것 같아서 딱히 알고 싶지 않았지만, 나는 끄덕이며 대답한다.

"네."

"아제쿠라는, 특별 활동 안 해?"

"공부 따라가는 것만으로도 벅차요. 성적이 떨어지면 안 되니까요."

"그렇지, 공부를 열심히 하는 건 정말 훌륭해. 하지만 괜찮으면 성서 연구회에 와보지 않을래? 활동은 일주일에 한 번이니까 잠깐 쉬기에 딱 좋을 거고. 물론 억지로 세례를 받을 필요는 없고, 크리스마스 미사 준비를 돕는 일 같은 건 훌륭한 경험이 될 거야."

혹시 내가 나쁜 인간인 걸까. 무관심이나 놀림보다 선의가 더 귀찮다는 느낌이 든다. 하지만 치사 씨를 그런 식으로 생각한 적은 없으니, 진짜 나를 아는지 모르는지가 포인트인지도 모른다. 그래도 가능하면 내 사정을 제대로 알고서 다가오는 법을 생각해 주면 좋을 텐데 ─ 이런 건 단순히 나만의 생각이고, 나도 이 사람에 대해 아무것도 모르면서.

"생각 좀 해보겠습니다."

"응, 견학만 한다고 해도 대환영이야."

상냥한 수녀님의 등이 멀어지는 것을 보며 한숨 놓는데, 이번에는 유즈가 와서 놀랐다. 미용용품이 들어있는 파우치를 겨드랑이에 끼고서, 나와 눈이 마주치자 약간 곤란한 표정을 짓는다.

"자는 거 아니었어?"

사진과의 시간을 수녀님에게 방해받고, 내 생각보다 신경이 곤두서 있었던 것 같다. 유즈가 나를 비난한 것처럼 느껴서 되받아치고 말았다. "깨어 있으면 안 돼?" 나는 유즈를 만나면 기쁜데, 유즈는 그렇지도 않은 듯해서 분했다.

"그렇진 않지만."

유즈는 겁먹은 듯 목소리 톤을 낮췄다. 나는 곧바로 유즈의 손을 잡고 백 번이라도 사과하고 싶은 기분이 들었고, 그와 동시에 가슴속에 기쁨의 물결이 밀려드는 것을 억누를 수 없었다. 유즈가 내 말에 상처받고 있다, 나도 유즈에게 상처를 줄 수 있다는 어렴풋한 보람이 기뻐서 견딜 수 없었다. 상반되는 두 종류의 감정이 녹지 않고 뒤섞였다. 일곱 살의 내게는 존재하지 않았을 모순이 언제 어떻게 싹튼 걸까? 세월이란, 성장이란, 정체를 알 수 없다.

"미안해."

결국, 죄악감이 기쁨을 이겼다.

"아까 수녀님이 성서 연구회 가입을 권유하셔서, 귀찮아서 짜증이 나 있었어."

"아아…."

유즈는 애매하게 끄덕인다.

"크리스마스 미사를 돕는 게 재밌을 거래. 뭘 하는 걸까?"

"시설 아이들한테 크리스마스카드를 쓰거나, 바자회 운영하는 거 아닐까?"

"흐음."

그게 '훌륭한 경험'이라는 생각은 안 들었다.

"아, 그리고, 코코아."

"코코아?"

"응. 나도 초등학교 6학년 때랑 중3때 조금 도운 적이 있어. 최고 학년은 그런 역할을 맡게 되니까. 미사 끝나고서 사람들한테 나눠줄 코코아를 만들었던 게 생각 나. 커다란 냄비 가득 우유 끓이고 기침 날 정도로 코코아 가루를 많이 넣고, 설탕도 듬뿍 넣고. 휘휘 젓기만 해도 달콤한 냄새가 엄청나. 커다란 대접에 휘핑크림 거품도 내서, 마지막으로 똑 떨어뜨리면 완성."

어른스러운 유즈가 코코아에 대해 천진난만하고 즐거운 듯 이야기하는 건 의외였다.

"그렇게 맛있어?"

"크리스마스 분위기 같은 것도 세트로, 랄까? 그리고 커다란 냄비로 만든다는 게 좋은 것 같아. 진하고 달콤하고 따뜻하고… 코코아를 목적으로 크리스마스 미사에 참가하는 애들, 꽤 있어."

"나도 가도 되는 거야?"

"당연한 거 아냐?"

유즈의 미소에, 나는 조금 전에 했던 잔혹한 생각을 반성했다. 언제나 이런 식으로 웃어주면 좋겠다. 유즈가 달콤한 코코아 생각만 하며 지낼 수 있다면 좋을 텐데.

"이 닦고 올게."

"아, 응."

그러고 보니, 도서실에 볼일이 있었던 걸까? 궁금했는데 못 물어봤다.

후지노 씨의 수업은 도움이 되었다. 학원이 문제를 푸는 테크닉에 특화되어 정답에 이르는 최단 루트를 알려주는 데 비해, 후지노 씨는 내 사고의 흐름을 정성스레 좇고 옆길과 골목길에서 헤매는 이유를 알려주면서 "이럴 때, A보다 B로 하는 게 더 자연스럽지만, 문제 패턴이 이렇게 되면 A 방식이 효과적이니까"라는 식으로 틀린 것을 틀린 걸로 끝내지 않고 선택지와 가능성을 넓혀준다. 시험에 효율적인 것은 학원이고, 인간으로서 뇌를 단련시켜 주는 사람은 후지노 씨라는 게 내 느낌이었다. 후지노 씨는 모든 과목을 잘하면서 잘난 척하거나 실수를 질책하지도 않는, 과외 선생으로는 아마 '합격'인 사람.

하지만 그런 점과 단둘이 지내며 배우는 고통은 다른 문제다. 나는 수요일과 금요일이 다가오는 게 우울했다. 수업은 저녁 6시부터 8시까지, 그다음에는 저녁을 함께 먹는다. 후지노 씨는 처음에 신경 쓰지 말라고 하면서 사양했지만, 엄마가 밀어붙여서 더 이상 아무 말도 하지 않고 따랐다.

"요즘, 학교에서는 어떤 거 해?"

이것 봐, 이런 점이 싫어. 이렇게 막연한 질문이 제일 곤란하다. 저녁밥은 테이블에 혼자 앉아 먹는 일이 많으니 눈앞에 사람이 있다는 것만으로도 어쩐지 스트레스인데, 후지노 씨는 쓸데없이 마음을 써서 내게 서툰 잡담을 건넨다. 경박한 남자는 불쾌하지만, 후지노 씨의 불안한 서투름도 진저리가 난다. 집안, 학력, 키까지 인기의 조건을 모두 갖추고 있는데도 꺼져가는 솜사탕처럼 촌스러운 머리 모양과 음침한 말씨 탓에 여자가 얼씬도 안 할 것 같다.

남의 외모에 대해 이러쿵저러쿵 생각하다니 최악이라고 스스로를 타일러 봐도, 오빠의 '효도'라는 말이 끊임없이 내 신경을 곤두서게 했다.

"구기대회가 있었어요. 배드민턴에서 2등 했어요."

후지노 씨의 긴장이 옮았는지 내 대답도 영어 교과서에 실린 번역 문장 같아졌다. 나는 딱히 재미있는 사람이 아니지만, 이 사람과 얘기하다 보면 내가 한층 더 재미없는 아이로 여겨진다.

"대단하다."

"그렇지도 않아요."

"다음은 기말고사?"

"그 전에 합창 대회가 있어요."

"어떤 걸 하는데?"

"각반에서 과제곡과 자유곡을 불러요. 자유곡은 음악 선생님이 후보 몇 곡을 골라줘서, 오늘 막 다수결로 정한 참이에요."

"뭐 하게 됐어?"

"과제곡은 「마이 발라드」고, 자유곡은 「이별의 계절에」요."

"모르겠는걸."

후지노 씨가 면목이 없다는 표정을 짓는다. 내 마음은 그걸 봐도 조금도 움직이지 않는다.

"유즈는 노래 잘해?"

네, 하고 말하면 여기에서 한 곡 신청이라도 할 셈인가? 나는 대답했다.

"반주 담당이라서 노래 안 해요."

"아아, 그럼 피아노를 잘 치는구나, 대단하다. 그러고 보니, 방에 피아노가 있었지."

"소꿉장난 같은 연습 레벨이에요."

엄마가 끼어들었다. 엄마는 늘 무슨 일을 하는 것도 아니면서, 부엌 카운터 너머에서 우리를 감시하듯 쳐다보고 있다.

"이것저것 다 잘할 수 있는 아이가 아니라서, 중학교 2학년 때 관두게 했거든요. 본격적으로 공부할 시기이기도 하고."

"그렇군요."

거북한 저녁 식사가 끝나고, 현관을 나와 대문까지 후지노 씨를 배웅하는 것까지가 내 역할이었다.

"오늘도 감사했습니다."

머리를 숙였는데 후지노 씨는 할 말이 있다는 듯 그 자리를 뜨지 않는다. 내가 무언가 말해주었으면 하는 것 같기도 하고,

그렇게 꾸물거리는 것도 싫었다.

"…다음에, 피아노 쳐줄 수 있어?"

작정했다는 듯 꺼낸 말에 나는 당황했다.

"그렇게 남에게 들려줄 만큼 잘 치진 못해요. 반주 담당도 피아노 경험자 중에서 뽑기로 결정했을 뿐이고, 벌써 안 친 지 여러 해 됐어요."

"그래도 괜찮으니까."

그렇게 진지한 얼굴로 물고 늘어질 일인가? 후지노 씨의 의도를 알 수 없어서, 약간 무서워졌다.

"엄마가 괜찮다고 한다면."

"어머님?"

"공부 때문에 와주시는 거니까요."

물론 후지노 씨가 부탁한다면 엄마는 바로 OK할 것이다. 하지만 후지노 씨는 "그래?"라고 하면서 눈을 깔았다.

"그럼 됐어."

정말이지, 뭐야 이 사람. 나는 방으로 돌아온 뒤 몇 년 만에 피아노 뚜껑을 열었다. 이제는 조율조차 받지 않고 있다. 검지로 건반을 살짝 누르자 내 귀에는 딱히 이상하지 않은 미 소리가 들렸다.

「이별의 계절에」를 택한 건 카논이다. 다수결이라고 하면서 결정권을 쥐고 있었던 사람은 그 아이. 우리 반 모두가 그렇게 느꼈을 것이다.

음악 선생님이 자유곡 후보를 한 번 불러주고 나서 물었다. "어떤 곡이 좋아?" 지명이 없는 가벼운 질문에 우리는 눈짓으로 누가 처음으로 발언할지 서로 눈치만 봤지만, 그런 반 분위기를 아랑곳 않고 손을 든 사람은 카논 뿐이었다.

— 전 「이별의 계절에」가 좋습니다.

— 네, 「이별의 계절에」에 한 표. 다른 사람들은 어때?

누군가가 말했다. "저도요." 그 목소리는 차례차례 이어지고, 최면술에 걸리기라도 한 듯 모두가 찬성을 표명했다.

— 어머머, 압도적 다수네. 모두들 정말로 그게 좋아?

선생님도 미묘한 표정이었지만 결국 카논의 희망대로 되었다. 나는 아무 말도 하지 않았다. 카논을 거들어주지 않은 대신 다른 곡이 좋다고 하지도 않았다. 음악 수업이 끝나고 나서 친구가 약간 아쉬운 듯 털어놓았다.

— 나, 작년에 그 노래했었는데.

— 근데, 찬성하지 않았어?

— 으음. 아제쿠라가 딱 잘라 말했으니까 뭔가… 거스를 수 없다고 하면 좀 그렇지만, 아, 그럼 그렇게 해, 라는 느낌이었달까.

뭔지 알겠다, 하고 아사코가 수긍했다.

— 세게 말했지. 우린 합창 대회를 여러 번 했으니까 그러세요 하는 느낌이고.

— 역시 미인은 편하겠어.

그때 카논에게는 박력이 있었다. 그건 그녀가 예쁘다는 이유 뿐만 아니라 우리가 범접할 수 없는 헝그리 정신을 품고 있고, 우리가 모르는 세계를 알고 있다는 이질적인 기운을 다들 알아 챘기 때문이라는 생각이 든다. 근거는 없지만, 남자애라면 모를 것 같은 기분이 든다.

나는 지난주 도서실에서 카논을 만났다. 양치 시간을 앞당겨 내가 먼저 만나러 갔다 — 정확히는, 몰래 보러 갔다. 후지노 씨와 있었던 일을 불안하게 생각하면 그럴수록 카논의 얼굴을 보고 싶어졌다. 늘 잔다고 했으니, 살며시 들어가 그 아이가 편안히 숨 쉬며 자는 모습을 봤으면 조금은 기분이 밝아졌을 텐데.

— 깨어 있으면 안 돼?

그 날카로운 목소리를 떠올리면 아직도 심장이 마구 뛴다. 뜻밖에 깨어있던 카논을 보고 당황해서 트집 잡듯 말해버렸다. 카논은 조금 화냈지만, 곧바로 냉정을 되찾고 "미안해"라고 하며 사과했다. 옛날처럼 이유도 모르고 필사적으로 사죄하는 게 아니라 명확히, 나를 위해 꺾여 주었다. 나는 "미안해"라는 말을 하지 못 했는데. 카논은 점점 더 어른이 된다. 점점 더 강하고 똑똑하고 예뻐져서, 나 같은 건 놔두고 가버린다.

무의식적으로 힘을 세게 쳤는지, 라 소리가 너무 크게 울리는 바람에 스스로도 깜짝 놀라 당황해서 뚜껑을 닫았다. 합창 대회 때까지 반주 연습을 해둬야 한다.

알바를 마치고 집에 가다가 역 앞에서 유즈를 또 만났다. 가볍게 손을 흔들어줘서 달려갔더니, 유즈는 내 토트백에 달린 마스코트를 보면서 묻는다.

"그거 뭐야?"

"파트 타임 아주머니가, 오키나와 여행 기념품이라고 줬어."

유명한 캐릭터의 현지 버전인데, 나는 그게 좋지도 싫지도 않지만 모처럼 받은 거라 토트백 손잡이에 묶어 바깥으로 보이도록 달았다. 유즈는 아마도 내게 마음을 써서 "귀엽다"고 칭찬해 줬을 것이다. 우리는 평소에 늘 그렇게 해온 것처럼 다음 역으로 걷기 시작했고, 그 자연스러움이 무척 기뻤다.

5월 말의 밤은 공기가 희미하게 습기를 머금기 시작하는지 물비린내 같은 냄새가 났다. 딱 한 정거장, 딴 길로 새지도 않고 걷는 것뿐이라 해도 밤에 학교 밖에서 사복 차림으로 함께 지낼 수 있다는 게 무척 자유롭고 행복했다.

"중등부 수학여행으로 갔었어, 오키나와."

"재밌었어? 바다에서 수영했어?"

"아니, 히메유리 탑이라든가, 슈리 성이라든가… 추라우미 수족관은 멋있었어."

도서실 사진 속 바다는 분명 오키나와는 아닐 것 같다. 열대어가 있거나 다이빙해도 좋을 것 같은 바다 이미지가 아니다.

"아제쿠라네 학교는 수학여행 어디 갔었어?"

"어디였더라, 초등학교 때도 그렇고 중학교 때도 안 가서 기억이 안 나."

"왜?"

"으음… 딱히 가고 싶지 않았던 것도 있고, 엄마가 보내기 싫어하는 것 같았으니까."

사이가 안 좋은 사람들과 단체로 여행하는 것 따위 귀찮았으니 엄마의 비뚤어진 성격에 감사했을 정도였지만, 유즈의 "그렇구나"라는 반응은 어둡고 가라앉은 목소리로 들렸다.

"억지로 그런 건 아냐."

"아는데… 내년엔? 고등학교 수학여행은 어떻게 할 거야?"

전혀 생각해 본 적이 없다. 금전 면에서 무리일 거라고 생각하면서도 물어보았다.

"행선지 정해졌어?"

"홋카이도야."

"바다에 가?"

"아니, 스키장일 거야. 바다에 가고 싶은 거야?"

"응."

그 사진에 있는 바다에 가보고 싶다. 하지만 일본인지 어딘지 조차 모르고, 그 경치가 지금도 그대로라는 보장도 없다. 내가 말했다.

"쓸쓸한 느낌의 바다에. 파도가 치고 구름이 펼쳐져 있고 어렴풋이 해가 비치는, 그런 바다."

그러자 유즈가 작게 웃었다.

"그거, 장소가 아니라 상황이잖아."

"도서실에 바다 사진 있는 거 알아? 그런 경치가 보고 싶어."

"그, 낡은 느낌의 흐린 하늘 사진?"

"응. 그 사진, 좋아해."

"아제쿠라답다."

"무슨 뜻이야?"

"예쁜 물고기 보고 싶다거나, 수영하고 싶다는 게 아닌 점이."

"평범하지 않다는 건가?"

"글쎄… 나쁜 뜻은 아냐, 어쨌든 아제쿠라는 다른 애들이랑
은 전혀 달라."

유즈가 내게 특별한 것과 마찬가지인 걸까? 아마도 그건 아
닐 것이다. 나는 들떠있었다. 하지만 스스로도, 교복이라는 껍
질을 뒤집어쓰고 억지로 군중 속에 섞여 들었다는 자각은 있었
다. 하지만 그 원인이 내 성장환경에 있는지 나 자신에게 있는
지는 모르겠다.

차가 페트병이라도 쳤는지, 차도에서 퍼엉 하고 요란한 파열
음이 나서 유즈가 움찔하고 몸을 움츠렸다. 나는 무심코 팔을
잡고 묻는다.

"괜찮아?"

"응, 깜짝 놀랐네."

"자리 바꿀까? 내가 차도 쪽 걸을게."

"됐어."

유즈가 고개를 절레절레 젓는다.

"그런 남자 같은 행동 하지 마, 아제쿠라는 여자니까."

하지만 여기에 남자는 없고, 둘이서 있을 때 무슨 일이 생긴다면 내가 지키는 쪽이 되는 게 당연하다고 생각했다. 유즈가 똑똑하고 어른스러운 만큼 소심하고 성격이 무른 것을 안다. 나는 다른 아이보다 이 아이를 훨씬 더 잘 알고 있으니까. 얇은 니트 카디건 위로 만진 유즈의 팔은 나와 크게 다르지 않았지만 미덥지 않게 느껴졌다.

유즈는 차도 쪽을 양보하지 않고 걸으며 말했다.

"합창 대회 때 곡 「이별의 계절에」가 그렇게 마음에 들었어?"

"응, 멜로디가 좋다고 느꼈으니까."

선생님이 희망곡을 조사했을 때 아무도 말을 안 꺼내니까 제일 설쳐대고, 그대로 그걸로 결정된 건 조금 거북했다.

"꼭 그거여야만 한다는 건 아니었는데, 분위기가 이상해져 버렸지. 애들이 나를 눈치 없는 애라고 생각할까?"

"그렇지 않아. 다들 어떤 곡이든 상관없었고, 다툴 만한 일도 아니니까 아제쿠라한테 찬성한 것뿐이야."

"그렇구나, 다행이다."

내가 안심하는 것과 반대로 유즈는 납득이 안 간다는 얼굴이었다. 어쩐지 오늘은 계속 기운이 없어 보인다. 무슨 일이냐고 물어 확인하는 것과 눈치채지 못한 척하는 것, 어느 쪽이 유즈를 위한 일일지 나는 그것조차 모르겠다. 평범하지 않으니 틀릴지도 모른다고 생각하니 무서워졌다.

"근데 말이야."

그래서 유즈가 살며시 말을 꺼냈을 때는 뜨끔했다. 유즈의 기분이 들뜰지, 가라앉을지가 내 반응에 달려있다. 그런 긴장을 알아채지 못하게끔 최대한 태연히 대답하도록 애썼다.

"왜?"

"아까, 차도 쪽 걷는다고 그랬잖아. 그거 말이야… 아제쿠라한테, 그… 항상 남자애가 그렇게 해주니까 그런 거야?"

"뭐?"

조금 전의 유즈보다 더 놀랐는지도 모른다.

"무슨 소리야 그게."

"남자 친구 있어서 그런가 하고… 그렇게 깜짝 놀랄 일이야?"

"놀라지!"

내 놀람에는 분노도 포함되어 있었다. 이렇게 소중한 시간에 어쩜 이리 말도 안 되는 소리를 하는 걸까? 설탕 속에 모래가 섞인 것 같아 불쾌했다.

"아니 아제쿠라, 인기 많잖아?"

"인기 없어."

"왜 그런 거짓말을 해?"

이번에는 유즈가 뾰로통한 표정을 짓는다.

"거짓말 아냐. 왜냐하면, 인기가 많다는 건 좋은 거잖아, 반짝 반짝하고 즐거운 거 아냐? 이름도 모르는 사람이 갑자기 연락처 쥐어주거나, 알바 끝나는 시간 물어보거나, 몰래 사진 찍히거나, 누가 숨어서 기다리는 게 아니잖아. 전혀 즐겁지 않아."

그리고 또 용돈 줄까, 라든가 팬티 팔아줘 등등 여러 말들을 늘어놓으려 했지만, 유즈의 얼굴이 순식간에 굳어져서 관뒀다.

"아제쿠라, 무섭지 않아?"

"역겹고 짜증 나기만 해."

"아제쿠라는 강하네."

"바보인 것 뿐이야."

"왜 그런 말을 해?"

유즈가 나를 타박했다. 그 말투에 나는 배를 잡고 웃었다.

"좀, 진지하게 들어봐."

"그게 아니라, 그리워서."

그러자 유즈도 8년 전에도 자신이 같은 말을 했다는 걸 떠올렸는지 "아" 하고 작은 감탄사를 내뱉었다.

"8년이나 지났는데 똑같은 소리 또 하게 하지 마."

학교에서의 유즈는 침착하고 여러모로 믿음직한 타입이라, 이런 식으로 토라진 듯 화내는 모습은 신선했다. 느슨해질 것 같은 볼을 필사적으로 끌어당기며 내가 말했다.

"같은 말이 아냐. 바보가 아니면 안 돼서 그래. 왜냐하면, 무섭다고 생각하면 움직이지를 못할지도 모르잖아. 그게 훨씬 더 무서워. 그러니까 나한테 힘이 없다거나 아무도 도와주지 않는다는, 그런 생각은 하지 않으려고 애쓰고 있어."

큰일 났다. 이런 말을 하면 유즈가 더더욱 걱정할 텐데, 유즈가 예전 그대로라는 게 기뻐서 입을 잘못 놀렸다.

"…그래."

내 말이 뇌까지 스며드는 데 시간이 걸리는지 유즈는 한참 동안 눈을 깜빡인다. 눈을 떴을 때 옆을 달려간 차의 헤드라이트 빛이 속눈썹을 떨리게 한 듯 보였다. 유즈가 그대로라는 게, 나는 기쁘다. 괴롭다. 아까 일부러 과장해서 웃은 건 눈물이 나올 것 같았기 때문이다.

"그래도 그건, 강한 거라고 생각해."

그대로 역에 이르러 유즈와 말을 거의 하지 않고 헤어졌다. 왜 기운이 없는 건지 결국 알 수 없었다.

집으로 돌아가 이불 속으로 들어갔는데 옆집에서 싸우는 소리가 들려왔다. 치사 씨가 또 남자와 싸우고 있다. 그런데 오늘은 꽤나 익숙한 나도 가슴이 술렁일 정도로 양쪽 다 험악해서, "웃기고 있네"라든가 "뒈져버려" 같은 굵직한 욕설이 벽에 금이 갈 기세로 전해져왔다. 쨍그랑, 하고 무언가 깨지는 소리를 계기로 치사 씨네 집이 철커덩, 와당탕 흔들린다. 높은 비명 소리가 들려온다.

나는 이불을 젖히고 부엌에서 프라이팬을 꺼내어 베란다로 향했다.

"어디 가?"

돌아보니 엄마가 나를 험악한 얼굴로 보고 있었다.

"…옆집."

"뭔 소리야, 바보 아냐? 그런 프라이팬으로 뭘 할 수 있는데. 네가 건드리면 더 욱할 뿐이야."

"그럼, 110에 신고하고 올게."

밖에 있는 공중전화까지 가야겠다 생각하고 가방에서 지갑을 꺼내자, 이번에는 엄마가 현관 앞을 가로막는다.

"비켜."

"신고하면 몇 분 있다가 경찰이 오는데? 5분? 10분? 그때면 이미 끝나 있을걸. 그리고 경찰은 적당히 주의만 주고, 너는 애정 싸움에 소란 피우지 말라는 소리만 듣고 도리어 원한을 살 거라고. 쓸데없는 참견 안 해도 돼."

"엄마가 그걸 어떻게 알아?"

엄마가 짜증 난다는 듯 긴 머리를 벅벅 긁어대더니 턱 끝으로 옆집을 가리킨다. 얼굴을 찡그려도, 머리카락이 흐트러져도 엄마는 여전히 미인이었다.

"'살려주세요' 같은 말 하고 있어? 소리가 그대로 다 들린다는 걸 알고 있으니까 그렇게 해주길 바랐다면 벌써 그렇게 외쳤겠지."

아직도 계속되고 있는 도저히 듣고 있을 수 없는 폭력적인 대화와 소리. 따귀를 맞고 있다. 몸이 벽에 내동댕이쳐지고 있다. 그래도 치사 씨가 도움을 원하지 않는 것은 분명했다.

"그래도."

"껴들지 말라니까."

내가 걱정되니까 날 말리고 있다는 건 알고 있었다. 그래도 물러날 수가 없어서 엄마를 노려보는데, 왜 그런 눈으로 보냐며 혼났다. 또 저런다. 생리대 일로 내가 시끄럽다고 소리 질렀을 때도, 크게 뜬 눈에 어렴풋이 눈물을 띠며 누가 봐도 상처받았다는 표정을 지었었다. 자기가 해온 일은 모른 척하고, 아무런 의심도 주저도 없이 피해자 쪽으로 돌아선다. 어른인데, 어른인 주제에, 어째서, 치사해, 하고 내 안의 어린아이가 외친다. 하지만 그럴 때가 아니다.

"엄마랑 말싸움할 시간 없어."

"자업자득이야."

엄마는 내뱉듯 말했다.

"손찌검하는 남자를 좋다고 집에 들인 거니까, 그냥 놔두면 돼… 저것 봐, 벌써 끝났잖아."

엄마 말대로 갑자기 스위치를 끈 것처럼 옆집이 조용해졌다. 그런가 싶더니 문이 아무렇게나 열리고, 치사 씨의 힐과는 다른 신발이 내는 둔탁한 발소리가 탁탁 하고 멀어져간다. 나는 휙 돌아 창문으로 달려가, 원숭이 같은 몸놀림으로 베란다를 넘어 옆집으로 넘어갔다.

"치사 씨!"

집 안은 거대한 손에 뒤흔들린 것처럼 심각한 상태였다. 몇 점 안되는 가구가 뒤죽박죽 널려 있고, 텔레비전이 굴러다니고 낮은 테이블은 다리가 부러져 있다. 무엇보다, 벽과 바닥 여기저기에 튄 생생한 피.

"오우."

바닥에 웅크려 있던 치사 씨가 느릿느릿 고개를 든다. 입술 끝과 눈가가 이미 새파랗게 멍들어 있어서 앞으로 더 많이 붓고 심해질 게 명백했다. 나는 치사 씨 앞에서 몸을 구부려 물었다.

"구급차 부를까? 병원 갈래? 약은?"

말하면 아픈지, 치사 씨가 굳은 얼굴로 중얼거린다.

"얼음. 얼굴, 식히고 싶어."

"알았어."

냉장고 후크에 걸린 편의점 비닐에 얼음을 와르르 쏟아 넣고, 봉지 입구를 꽉 여며 치사 씨에게 내민다. 입가에 대자 약간 편안해진 것 같았다.

"항상 시끄럽게 해서 죄송합니다."

이럴 때조차 장난치는 모습을 보이는 치사 씨의 다부짐이 괴로웠다. 내가 물었다.

"누군데?"

"뭐가."

"이렇게 심한 짓을 하는 놈, 어디 사는 누구야?"

"남자."

"똑바로 대답해."

"싫어."

"왜."

"말하면 넌 진짜로 복수하러 갈 것 같으니까."

"갈 거야. 왜 안 돼?"

무서워하지 마. 화내, 화내, 움직일 수 있을 때 움직여. 내 안의, 아이도 어른도 여자도 아닌 부분이 재촉한다. 프라이팬 같은 게 아니라 제대로 된 무기로 따끔한 맛을 보여주마. 치사 씨가 느끼는 고통의 반만이라도 맛보여주마.

"괜찮아."

이런 상황인데도 치사 씨는 부드럽게 내 뺨을 쓰다듬었다. 칼로 그은 상처로 얼룩진 팔 안쪽도 여기저기 멍들어 있다.

"내 잘못도 있어. 아, 큰일 났다 하고 느끼면서도 부채질을 하거든. 어디 한번 해봐라 같은 말을 해버려. 순순히 사과하지 않으니까 상대도 물러나지를 못하는 거지."

"왜 상대를 감싸고 도는 거야?"

"미안해."

"왜 사과하는 거야?"

자업자득이라는 엄마의 말이 내리꽂힌다. 모처럼 어른이 됐는데 올바른 쪽을, 행복한 쪽을 택할 수 없다니, 택하지 않는다니, 그런 일이 있다고?

난, 그런 건 싫어.

카논의 강인함을 깨달을수록 스스로의 한심함을 절감한다. 하지만 어떻게 하면 바뀔 수 있는지를 몰랐다. 그러니까 대문에서 좀처럼 떠나려 하지 않는 후지노 씨를 오늘도 어떻게 할지 모르겠다. 이야기를 즐겁게 나눌 수 없는 건 알고 있지만 조금 더 함께 있고 싶다는, 그런 분위기를 여자가 내고 있는 거라면 딱히 곤란할 게 없다. 내가 먼저 어떤 화제를 찾든가, 눈치를 못 챈 척 하면서 슬쩍 자리를 뜬다. 여자들 집단에서의 처세술은 어느 정도 몸에 익었다. 하지만 그걸 남자에게 응용해도 좋을지는 어떤 교과서에도 나와 있지 않다.

"얼마 전에 가르쳐준 「이별의 계절에」, 들어봤어."

"네."

얘기를 이어나갈 마음이 없는 대답을 해도, 후지노 씨는 열심이다. 하지만 "이별 노래지?"라니, 절망적으로 재미없는 코멘트. 타이틀에 '이별'이라는 말이 들어가 있으니까요, 라고 말하고 싶은 것을 참고 소극적인 맞장구를 쳤다. "그렇죠."

후지노 씨는 시선을 어쩔 줄 몰라하며 두리번두리번하더니 부자연스러운 기침을 했다. 이런 행동을 하는 사람, 드라마 안에만 있는 줄 알았는데 현실에 있었구나.

"저기… 유즈."

"네."

"유즈는 왜 의사가 되고 싶어? 구체적으로 어느 과로 진학하고 싶다거나, 그런 게 있어?"

생각지도 못한 질문에 대답이 안 나왔다. 물론 모범답안은 있다. 할아버지와 아빠도 의사였으니 그 뒷모습을 동경해서라고 이제껏 몇 번이고 써 온 핑계를 반복하면 될 뿐이거늘, 벌벌 떠는 주제에 거침이 없는 후지노 씨의 시선이 내 말을 가로막는다.

"에구, 갑자기 무례한 거 물어봐서 미안해."

후지노 씨는 사과하면서도 질문을 철회하지 않는다.

"집이라거나 부모님이라든가, 그런 이유라면 좀 멈춰 서서 생각해 봐도 좋지 않을까 해서… 어때?"

"후지노 씨는 다른가요?"

복수할 생각으로 되물었는데 "다르지 않아"라면서 간단히 긍정해 버린다.

"주위 사람들이 깐 레일에 올라타는 건 무척 편하니까. 하지만 레일 위에서 생각이 한 번 정지해버리면 도중에 진행 방향을 바꾸기가 굉장히 힘들어져. 고타키 선배는 요령이 좋은 사람이고 여러모로 공사 구분이 확실하니까 분명 괜찮겠지만, 유즈는 너무 성실하니까 좀 걱정스러워서."

"딱히 성실하지 않은데요?"

엄마가 듣고 있었다면 "뭐야 그 말투는" 하고 곧바로 교육적으로 지도하려 들었겠지. 명백히 깔보는 듯한 내 말투에도, 후지노 씨는 화내지 않는다.

"일은 평생의 문제고, 아직 고등학교 1학년이니까 시간은 많아. 누군가의 바람이 아니라 유즈 스스로가 좋아하는 일, 진짜로 하고 싶은 일에 대해 한번 진지하게 생각해 보면 좋겠어."

하고 싶은 일. '장래 희망'이라는 설문과 진로 조사표에 몇 번을 '의사'라고 썼을까. 공부는 힘들지 않았고, 난관을 뚫고 의사가 된 후로도 일이 힘들지는 않을 거라고 생각했다. 반대로 말하면, 깔린 레일을 구부릴 만큼 다른 어떤 것에 열정을 가진 적도 없었다.

하지만 지금 '진짜로 하고 싶은 일'이라는 말을 들었을 때 내머리에 떠오른 사람은 일곱 살의 카논이었다. 시계 읽는 법을 가르쳐주자 떨 듯이 기뻐하던 그 아이. 놀이터 시곗바늘을 올려다보는 눈동자에, 해가 떠오르듯 빛이 쨍쨍 넘치고 있었다.

— 해냈다! 해냈다!

사소한 지식과 지혜가 누군가를 빛내는 일이 있다. 작은 성취감이 누군가를 지탱하는 일이 있다. 나는 그것을 카논에게서 배웠다. 아무것도 없는 텅 빈 내게도, 할 수 있는 일이 있다.

"…초등학교, 선생님."

스스로도 알아들을 수 없을 정도로 작은 목소리로, 그럼에도 확실히, 나는 그렇게 말했다. 그냥 떠오른 생각일 뿐이잖아, 하고 어이없어하는 자신과 맞다 맞아, 하고 긍정하는 두 명의 자신이 핏속에서 싸우고 있는 것처럼 머리가 확 달아올라 호흡이 흐트러졌다.

"응."

후지노 씨는 내 혼란을 마치 이해하고 있다는 듯 끄덕였다.

"초등학교 선생님, 좋은 것 같아."

"왜요?"

두 손을 불끈 쥔다. 한순간 안심했다는 게 분하다. 엄마가 절대로 해주지 않는 말을 이 사람이 해줬다고 해서 이게 뭐람.

"그렇게, 아무렇게나 말하지 말아주세요."

"아무렇게나 하는 말 아냐. 유즈도 아무렇게나 한 말이 아니잖아."

"모르겠어요."

"그럼, 왜 '선생님'이라고 말했어? 게다가 '초등학교'라고 구체적으로."

"모르겠어요."

"유즈, 진정해. 지금 당장이 아니어도 좋으니까, 더 깊이 생각해 보자."

"왜 그런 말을 들어야만 하는 건데?"

이 말을 하는 내 눈빛이 엄청났던 것 같다. 후지노 씨는 한 발짝 물러섰고, 그럼에도 내게서 시선을 떼지 않았다.

"후지노 씨는 저한테 공부를 가르쳐주려고 오는 거잖아요? 입시 후의 일 같은 건 상관없지 않아요?"

"그럴지도 모르지."

말은 그렇게 하면서 다가왔다. 물러선 한 걸음보다 더 넓은 보폭으로, 아까보다도 내게 더 가까이 다가선다. 나는 무서웠다. 치한이나 정신이상자에 대한 공포와는 다르지만 어떤 공포인지 제대로 설명할 수 없다. 이 사람이 내게 위해를 가하지 않는다는 건 아는데, 뭘까, 얇은 거죽 바로 아래에서 심장이 울리는 듯한 가슴의 소란은, 불안은.

"그래도 난 유즈의 괴로움을 어쩐지 알 것 같아. 그래서 유즈한테 힘이 되고 싶어."

후지노 씨가 두 손을 뻗어 내 주먹을 하나하나 감쌌다. 나는 태어나 처음으로 남자에게 손을 잡혔다. 아빠나 오빠와도 가까이에서 서로 만진 기억은 없다. 호리호리한 기린 주제에 손가락이 거칠고 늠름해서, 몸의 생김새가 전혀 다른 생물이구나 하고 그 감촉으로 깨닫는다. 내 팔을 만진 카논의 손가락은 얼마나 가늘고 부드러웠던가. 나는 순식간에 그 손을 뿌리치고 그대로 후지노 씨의 얼굴을 보지 않은 채 집으로 뛰어 들어왔다.

문을 열자 엄마가 현관 앞에서 기다리고 있었는데, 늘 그러는데도 위가 확 옥죄는 느낌이 든다.

"왜 그래?"

엄마가 온화하게 묻는다.

"오늘은 좀 길었네."

"…대학 얘기 같은 거, 이것저것 물어보느라."

"선생님한테 폐 끼치지 않도록 해."

"네."

휑하니 등을 돌린 엄마를 멈춰 세우면 어떻게 될까? 평소라면 그런 용기는 안 났을 텐데, 내가 흥분상태였는지도 모른다. 후지노 씨의 말과 카논과의 기억이 레일 바깥을 향해 내 등을 힘껏 밀었다.

"엄마, 저기… 나, 학교 선생님에도 흥미가 있거든. 의사가 되고 싶지 않단 건 아니지만, 초등학교… 아이들한테 이것저것 가르쳐주고 싶다는 생각이 들어서… 후지노 씨도, 좋을 것 같다고 말해줘서."

"그래?"

엄마가 대답한다. 그 어깨의 폭과 등의 크기 모두 남자에 비하면 대단할 게 없는데, 내게는 철벽으로 보였다.

"너무 늦었네. 유즈, 목욕해."

"엄마, 나…"

"유즈."

오싹했다. 그것은 목소리라기보다 '음성'으로 들렸다. 자판기나 ATM에서 흘러나오는 안내 멘트와 마찬가지로, 감정을 죽이는 게 아니라 처음부터 감정이 존재하지 않는 목소리.

엄마는 뒤돌아보며 말했다.

"그게 뭐 어쨌다는 거야?"

고개를 갸웃하는 엄마가 평소보다 어리고 사랑스럽게 보이기까지 했다. 안 통하는구나, 단 한마디로 깨닫는다. 분명 못되

게 굴고 있다는 생각도 하지 않을 것이다. 내 의견과 희망이, 귀를 기울여야 하는 이야기라는 인식이 없다. 불필요한 건 버리게 할 뿐. 그날의 작은 새 깃털처럼.

한 달에 한 번 '독서 모임'이라는 그룹 수업이 있어서, 선생님이 낸 과제 도서를 읽고 반별로 감상을 이야기하고 정리하게 되어 있다. 6월의 과제 도서가 미우라 아야코의 『시오카리 고개』라고 발표된 날 방과 후, 나는 곧장 도서실에 들렀다. 빌리고 싶어 하는 아이가 또 있을지도 모르니까, 알바에 늦지 않도록 서둘러 다 읽고서 중요한 부분은 복사할 생각이었다.

마음에 드는 사진 앞에 앉아있을 여유도 없이 페이지를 넘기다가 주인공이 열차를 탄 부분에서 피아노 소리가 들려오는 걸 알아챘다. 아마 복도 맞은편에 있는 음악실에서 누군가가 치는 거겠지. 은근한 BGM으로 듣고 흘릴 크기로 새어 나오는 소리였지만, 다다음 주 합창 대회 곡인 「이별의 계절에」의 멜로디라 아무래도 머릿속으로 흥얼거리게 된다. 알바 전까지는 다 못 읽을 것 같았기에 책을 대출했다. 한 손에 책을 들고 도서실을 나선 나는 복도에서 음악실 안을 들여다보았다.

"고타키."

잠깐 멈춰 섰다가 그냥 지나갈 생각이었는데, 유즈의 모습이 보여서 그냥 지나칠 수가 없었다. 문을 여는 동시에 이름을 부르자 유즈가 놀라서 손을 멈췄다.

"아, 미안, 방해해 버렸네."

"아냐… 도서실에 있었어? 미안해, 시끄러웠지?"

도서실과 음악실이 같은 층에 있다니 그게 잘못이지, 하고 웃는 유즈는 어쩐지 피곤해 보였다.

"시끄럽지 않아, 고타키는 잘 치니까."

"전혀. 오랫동안 안 쳤으니까 다시 익숙해져야 한다는 생각에 초조해."

스르르르르 거침없는 손짓으로 건반을 더듬는 손끝이 노래하듯 아름다운 소리가 흘러나와, 작은 새가 되어 유즈의 어깨 위에 머물고 싶다고 생각했다.

"집에서는 연습 못 해?"

"피아노, 버려버렸어."

유즈가 악보에서 눈을 떼지 않고 말했다.

"레슨 관둔 지 몇 년이나 됐고, 안 쓰고 있었으니까."

합창 대회가 끝날 때까지는 놔두는 게 낫지 않았을까? 라고 말하려다 유즈의 굳은 옆얼굴에 입을 다문다. 피아노를 버릴지 그냥 둘지를 유즈가 결정할 수 있을 리가 없다. 그 정도 사정은 이제 분위기로 읽고 가만히 있을 수 있었다. 하지만 유즈에게는, 생각 없이 "아깝다" 같은 말을 하는 내가 더 마음이 편할지도 모른다.

"기분 나쁜 하늘이네."

창밖의, 숯을 녹인 듯 짙은 회색 구름으로 화제를 돌린다. 내 한마디가 마치 신호인 양 곧바로 굵은 빗방울이 부슬부슬 쏟아져 내렸다.

"…들린 걸까?"

"그럴지도 모르지."

유즈가 다시 엷은 미소를 보였다.

"아제쿠라, 우산 가져왔어? 나 접이식 우산 있어."

"나도 있어."

사실은 없는데, 유즈를 번거롭게 하고 싶지 않았기에 거짓말을 했다. 이대로 잽싸게 나가서 유즈를 홀로 놔두는 편이 좋을까? 무슨 고민이 있다고 해도 내가 할 수 있는 일이 있을 것 같지는 않은데, 그래도… 꾸물거리면서 고민하는 사이에 빗줄기가 거세져서 유리창에는 금세 가느다란 강줄기들이 수없이 흘렀다. 투명한 혈관 같다. 쏴아쏴아 하고 프라이팬으로 보석을 볶는 듯한 빗소리 속에서 유즈가 느닷없이 피아노를 두드린다. 쾅 하고 큰 포르테시모의 울림. 가냘픈 손과 손가락에서 어떻게 이렇게 큰 소리를 낼 수 있는 걸까?

"카논."

갑자기 옛날처럼 불러서 깜짝 놀랐다.

"약속, 기억 나?

낮은 음계의 건반을 주르륵 천둥처럼 연주하면서, 유즈가 물었다.

"파헬벨의「캐논」."

"기억 나."

유즈와 있었던 일이라면 뭐든 기억한다. 유즈가 잊어버려도 나는 기억한다. 머리 땋기, 시계, 토끼풀. 네가 '엄마'를 무서워하는 것도.

"늦어져서 미안해."

그렇게 말하더니, 유즈는 쳐 주었다. 둘만의 장소에서, 우리만을 위한「캐논」을.

처음에는 한 음씩, 천천히, 물방울처럼 부드럽게 주르르 시작되어 음들이 연결되고, 계속되면서 서로 겹쳐져 간다. 비의 실을 다발로 엮어 만든 듯한 멜로디였다. 밖에서 끊임없이 내리는 진짜 빗소리는 전혀 거슬리지 않았고, 이 시간을 위해 필요한 소리라는 생각이 들었다. 피아노와 비의 이중주가 내게 물처럼 흘러들어와 온몸을 돌아, 세포에 넘쳐 흐른다.

나는, 이 학교에 오길 잘했다. 유즈를 다시 만나 다행이다. 왜냐하면 이런 아름다운 소리를 들을 수 있었으니 그걸로 충분하다. 약속을 기억해 줘서 고마워.

5분도 지나지 않았을 것이다. 유즈가 피아노에서 손가락을 떼고는 "몇 군데 틀려버렸어"라고 하면서 겸연쩍은 듯 나를 보더니, 이내 창문으로 눈길을 돌렸다.

"비, 그칠 것 같아."

"어? 진짜다."

그렇게 두꺼워 보였던 구름이 이제는 벌레 먹은 것처럼 바뀌어 있었고, 드문드문 뚫린 구멍으로 햇빛이 새어 나오고 있었다.

"지나가는 비였구나."

"다행이다, 사실은 우산 없지?"

"어떻게 알았어?"

"그냥."

햇볕이 비치면 사라져 버릴 듯한 미소는 어쩐지 내게 치사 씨를 떠올리게 했다. 무언가에 상처받고, 만신창이가 된 사람이 필사적으로 자신을 지키려 할 때의 표정이었다.

"근데….""

고타키? 유즈? 어떤 쪽으로 불러야 할지 고민하는데, 유즈가 이번에는 문 쪽으로 시선을 돌리더니 작게 소리쳤다.

"앗."

"왜 그래?"

"저쪽, 비 오고 있어!"

우리는 음악실을 뛰쳐나와 복도 창문에 바짝 다가갔다. 운동장 바로 위에 있던 두툼한 비구름에서 비가 쏟아지고, 육상부 아이들이 서둘러 지붕 아래로 도망치는 중이었다.

"진짜다, 굉장해."

"지나가는 비가 지나갈 때를 만난 거네."

한 동 건너 있는 저쪽과 이쪽의 날씨가 다르다. 그저 그뿐인 사실에 나와 유즈는 모두 흥분했다. 아주 천진난만하게, 어린 애처럼. 비가 땅을 짙게 물들여가는 걸 지켜보다가 음악실로 돌아오자, 창밖에는 무지개가 떠 있었다.

무지개, 라고 이번에는 내가 외친다. 유즈의 손을 잡고 창가로 다가가 아직 남아있는 구름과 구름 사이로 부드럽게 아치를 건 프리즘을 보았다. 투명한 색과 색의 경계는 오선지처럼 나뉘어있지 않으니 그 애매한 그라데이션 안에서 언제까지나 헤매고 싶다.

마주잡은 손을 위아래로 붕붕 흔들면서 둘이서 꺅꺅 떠들어 댔다. 비도 무지개도, 비밀 콘서트를 위해 준비된 꽃다발처럼 느껴졌다. 이 기쁨, 이 즐거운 시간이 영원히 계속됐으면 좋겠다고 생각했다.

하지만 그 선물은 너무도 어이없이 풀려버리는 잠깐의 마법에 지나지 않고, 곧 무지개는 뚫어져라 보지 않으면 안 보일 정도로 옅어져 갔다. 동시에 유즈의 옆얼굴에서도 활기가 없어졌고, 내 손을 아플 정도로 꼭 쥐더니 끝내는 눈물을 쏟았다.

"왜 그래?"

물어도 대답은 없고, 손으로는 부족하다는 듯 두 팔로 나를 끌어안는다. 유즈에게서는 이상할 정도로 냄새가 안 났다. 샴푸와 린스는 물론 향수 냄새도 나지 않아서 새하얀 무균실에서 소독된 것 같아 걱정스럽다.

"나, 카논처럼 되고 싶지는 않다고 생각했었어."

나를 꼭 끌어안으며, 유즈가 말했다.

"내가, 카논이라면 싫을 거라고… 너무하지?"

"당연해."

나도, 택할 수 있는 거라면 우리 집 같은 가정 환경은 피할 것이다 ─ 하지만 그렇게 되면, 엄마는?

"근데 지금은 카논이 부러워. 카논은 강하고 똑똑하고, 자기 기분을 분명히 말할 수 있으니까."

"그렇지 않아, 내가 무슨."

"카논은?"

유즈가 내 말을 가로막고 물었다.

"나라면, 나처럼 알바 같은 거 안 해도 되는 집 자식이었으면 좋겠다고 생각해?"

왜, 뭘 알고 싶어서 그런 걸 묻는 걸까? 영문을 모르겠어서 당황하다가 목덜미가 뜨뜻미지근하게 젖는 걸 느꼈다. 유즈의 눈물.

"왜 그래, 무슨 일 있었어? 무슨 일이 있었는데?"

이번에는 내가 살며시 유즈를 안아주었다. 손바닥 아래에서, 유즈의 등이 조금씩 떨리고 있다. 그것은 내게 먼 옛날의, 황록이의 심박을 떠올리게 했다.

"모르겠어."

"어?"

"많은 것들이 무서워. 엄마는 나를 보지도 않고 피아노를 버리고… 후지노 씨… 수요일이랑 금요일, 과외해주는 남자가 오게 돼서, 나한테 많은 말을 하고, 손을 잡았는데, 나는 그 사람이 하나도 좋지 않고, 하지만…."

"진정하고, 똑바로 얘기해."

나는 일단 유즈를 떼어내고 얼굴을 보면서 이야기하려 했다. 하지만 유즈는 딱 붙어서 떨어지지 않았고, 그러는 동안 문이 열리더니 선생님이 얼굴을 내밀었다.

"너희들, 뭐 하는 거야?"

그러자 유즈는 순식간에 팔을 놓고 단정히 서서 선생님을 마주한다.

"죄송합니다. 합창 대회 연습을 하고 있었어요."

코맹맹이 목소리지만 평소처럼 또박또박하고 총명한 유즈의 말투였다.

"제가 생각대로 치지 못해 우울해 하는 걸, 아제쿠라가 위로해 주고 있었습니다."

"그래…?"

선생님은 다소 수상쩍다는 표정을 지었지만, 유즈의 변명을 받아들이기로 했는지 너그럽게 말했다.

"즐거운 게 제일이야."

"네, 이제 괜찮아요."

붉은 눈가를 쓱 닦고, 유즈가 딱 잘라 말했다. 거짓말쟁이.

나의, 너무나 작은 반란 이후로도 엄마는 꿈쩍도 안 했다. 흥분한 머리로 어설프게 덤벼들었으니, 통하지 않는 건 당연하다. 여름용 얇은 이불 속에서 오늘 후지노 씨가 왔을 때 있었던 일을 떠올린다. 피아노가 없어져서 약간 넓어진 내 방에 놀란 표정을 지었다.

— 피아노는, 어쩐 거야?

— 자리 차지만 하고, 이제 필요 없어서 처분했어요.

— …그건 유즈가 그러길 바란 거야?

— 네.

물론 아니다. 그 사건이 있었던 다음 날 집에 오니까 없어져 있었고, 엄마가 말했다. "유즈도 안 치는 것 같아서 업자 불러서 가져가라고 했어." 나는 엄마에게 아무 말도 하지 않았다.

후지노 씨의 저녁밥은 없어지고, 배웅은 현관 앞에서 엄마와 함께 머리를 숙이는 방식으로 바뀌었다. 후지노 씨가 쓸데없는 바람을 넣었다고 생각하는 거겠지, 조금 미안하다.

카논이라면 거기서 맥없이 물러서지 않았을 것 같다. 어쩌면 엄마의 비밀 — 그 단지를 꺼내 들며 반격했을지도. 그래도 엄마는 "그게 뭐 어쨌다는 거야?"라고 할지도 모른다.

— 엄마가, 그 무서운 아저씨랑 불륜 관계였던 거 아닐까 의심스러워.

― 그게 뭐 어쨌다는 거야?

― 난 엄마 자식이지만, 아빠 자식은 아니고 그 아저씨의 자식이 아닐까 싶을 때가 있어.

― 그게 뭐 어쨌다는 거야?

등골이 약간 서늘해진다. 실제로 결벽이 있는 엄마가 그 아저씨와 무언가를 하다니 말도 안 된다고 생각하는 나는, 아직 어린애인 걸까?

이불 밖으로 두 팔을 꺼내어 공중에서 피아노를 쳐본다. 어제 카논 앞에서 선보인 「캐논」. 어둠 속을 헤엄치는 내 손가락이 몹시 미덥지 않다.

남 앞에서 운 게 대체 얼마 만일까? 중3 여름, 배드민턴부 은퇴 시합 끝나고서? 엉엉 우는 친구들에 휩쓸려 눈물을 머금은 정도로 '울었다'고 할 수는 없을지도 모른다.

피아노를 칠 수 있었던 것, 머리 위를 지나가는 비구름을 실시간으로 만난 것, 맑음과 흐림, 하늘색과 회색이 혼재하는 하늘 틈새로 커다란 무지개가 걸려있었던 것. 카논과 둘이서 보낸 시간은 꿈처럼 반짝반짝했다. 우리는 마치 일곱 살로 돌아간 듯 ― 아니, 그때보다 더 행복했다.

행복이 부풀고 또 부풀어 오르다 다 부풀 대로 부풀어 터지면, 슬픔과 쓸쓸함으로 바뀐다. 관람차의 정점에서 내려오는 순간을 더욱더 진하게 만든 듯한 감정. 그 시간과 기분은 핀으로 고정해 둘 수 없다. 아무리 아쉬워도 지나가고 나면 되돌릴 수 없다는 괴로움과 현실이 함께 밀어닥쳐서, 견디지 못하고 카논에게 나약한 소리를 해 버렸다.

깜짝 놀라게 해서 미안해. 손가락을 움직이며 중얼거렸다. 한심한 모습을 보여서 후회스럽지만, 어린 시절의 약속을 지킨 것만큼은 기쁘다. 약속을 기억해 줘서 고마워. 이러다 부서지는 것 아닐까 싶을 만큼 세게 안은 몸에서는, 어렴풋이 비 냄새가 났다.

방과 후 도서실에서 시간을 때우고 있는데 다시 일전의 수녀님을 만났다.

"아제쿠라, 마침 잘됐네. 이 사진에 대해서 말이야, 선생님께 물어보고 왔거든. 전에 있던 교장선생님이 사진을 좋아하셨는데 특히 좋아하는 걸 이렇게 도서실에 걸어두셨대. 이름이, 뭐더라…. 귀스타브 르 그레이라는 사람의 작품이야."

"일부러 알아봐 주셔서 감사합니다."

"특수한 방법으로 현상된 거라던데."

"무슨 뜻인가요?"

"꽤 옛날이었으니까, 노출 문제 같은 게 있어서 바다랑 하늘을 동시에 제대로 찍기가 힘들었대. 난 사진에 대해서는 잘 모르지만 이건 바다랑 하늘을 따로따로 찍어서 한 장으로 인화한 거래. 말하자면 합성이지."

따로 있는 바다와 하늘을 짜깁기한 것. '하나의 풍경'이 아니었다. 이건 겉보기에만 그럴싸한 빛과 그림자. 그래서 내가 이 사진에 끌린 걸까? 나와 유즈 같으니까. 그런데 수녀님, 저는 그런 거 알고 싶지 않았어요.

하지만 우울해할 때가 아니다. 나는 오늘, 난생처음으로 미인인 것을 이용하려 한다. 알바 가게에는 여름 감기에 걸렸다고 하고 휴가를 받았다. 특별 활동이 끝날 때를 가늠하여 신발장 앞에서 기다리다가 마침 혼자 걸어오는 곤도에게 말을 걸었다. 개학식 날 아침, 유즈에게 배지를 달아주던 아이.

"곤도, 잠깐 얘기 좀 할 수 있을까?"

아제쿠라다, 하고 곤도가 눈을 동그랗게 떴다.

"무슨 일이야? 이런 시간까지 학교에 있다니 웬일이야?"

"응, 일이 좀 있어서."

나는 곤도에게 다가가 얼굴 앞으로 두 손을 모은다.

"저기 말이야, 고타키한테 사전을 빌렸는데 돌려주는 걸 까먹어서. 오늘 집에서 쓸지도 모르니까 직접 돌려주러 가고 싶어. 주소 좀 가르쳐줄래?"

사전 같은 걸 빌릴 정도로 사이가 좋았나 하고 약간 의심받는다 해도 상관없다. 알려주지 않을 수도 있다는 의심조차 하지 않는 얼굴로 당당히 쳐다보면 된다. 천진난만하게, 기세등

등하게. 내가 원했던 합창곡으로 결정되었을 때처럼, 내 바람은 받아들여진다.

"가만있자, 잠깐 기다려봐, 아제쿠라 핸드폰 있어?"

"없어."

"그럼, 메모해 줄게."

내가 먼저 필기구를 준비할 필요는 없다. 곤도가 노트 종이와 필통을 꺼내어 써주는 걸 생긋거리며 기다릴 뿐.

"고마워! 다행이다, 이제 돌려주러 갈 수 있어!"

그리고 야단스럽다 싶을 만큼 기뻐한다. 곤도도 약간 기뻐 보였다.

전철로 한 정거장 다음 역에서 내린 후에 처음으로 본 유즈네 집은 반듯한 사각 실루엣의 단독 주택이었다. 우리 집 다섯 채 정도가 여유 있게 들어갈 것 같은 2층 건물로 흰 벽이 신축처럼 반짝반짝하고, 담 너머로 보이는 정원수도 깔끔하게 정리되어 있다. 예상은 했지만 단지와는 비교도 안 되는 훌륭함에 나는 무심코 눈을 가늘게 떴다. 유즈와 곤도에게는 이게 '보통' 집이구나.

'고타키'라는 명패를 확인하는 김에 가볍게 안을 들여다보니 불이 켜져 있는 게 보였다. 그 아래에 유즈가 있고 홀로 고민하고 있을지도 모른다고 생각하면 오히려 가슴 아픈 밝기였다. 그리고 유즈를 무섭게 만든 후지노인가 뭔가 하는 남자 과외 선생을 결코 용서하지 않겠다고 새삼 다짐한다. '엄마'는 어떻게 해줄 수 없지만, 적어도 한 명 정도는 제거해 줄 테다.

역에 도착한 것은 저녁 일곱 시 조금 전이었다. 이미 과외 선생이 와있는지, 몇 시가 되면 나오는지를 모르니까 문이 겨우 보이는 데 있는 우체통 뒤에서 망을 보기로 했다. 남자라면 누가 나를 신고할지도 모르지만, 나는 남을 습격할 것처럼 보이지는 않을 테니 괜찮다. 역 화장실에서 사복으로 갈아입었고, 우체통에 기대어 팔짱을 끼고 있으면 누군가를 기다리는 것처럼 보일 것이다. 한여름이나 한겨울이 아니라서 다행이다.

우편물 집하 시간표를 외워버릴 만큼 쳐다보다가 빨간 페인트가 벗겨진 부분을 몰래 긁기도 하면서 시간을 보내는데, 문에서 키가 큰 남자가 나왔다. 그대로 역 쪽으로 걸어가는 뒷모습을, 가깝지도 멀지도 않은 거리를 유지하며 뒤쫓는다. 유즈의 오빠일 가능성도 있지만 일단 말을 걸어보는 수밖에 없다.

나는 역에 이르러 개찰구로 들어가려던 남자의 앞을 잽싸게 가로막았다.

"안녕하세요, 후지노 씨죠?"

"엇."

"그렇, 습니다만…."

정답. 안경을 쓴 얌전해 보이는 분위기의 남자였지만, 나는 그런 첫인상은 믿을 게 못 된다는 걸 알고 있다.

"저기, 어디에서 만난 적 있던가요?"

"응."

천진난만한 체하며 끄덕였다.

"어, 아, 큰일이네, 미안합니다. 기억이 안 나서요."

"너무해."

진심이 아닌 게 뻔한 투정인데, 후지노는 "죄송합니다"라고 하면서 당황하기 시작했다.

"실례지만, 어디서 만났는지 가르쳐주시겠습니까?"

"같이 밥 먹으러 가주면 가르쳐주지."

두 손으로 후지노의 목덜미를 잡자 바로 뿌리쳤다. 어, 어째서? 예상과 다른 반응에 나는 당황했다. 알바 가게에는 식기와 글라스를 놓을 때마다 우연을 가장하고 (혹은 뻔뻔스럽고 당당하게) 손을 만지는 남자가 얼마든지 있었다. "말랐네, 밥은 제대로 먹고 있어?"라든가 "무거운 거 들면 안 돼" 같은 말을 하면서 히죽거리며 말을 걸어오는 녀석들에 대한 분노가 되살아나서, 화가 치밀어 오르는 기분을 억누르며 다시 한번 더 조른다.

"데려가 줘. 후지노 씨랑 단둘이 있고 싶어."

"아뇨 죄송합니다, 힘들 것 같습니다."

내가 마구 미소를 지어댈수록 후지노는 동요하고 겁을 먹은 듯 보이기까지 했다. 나를 내려다볼 정도로 키가 큰데 그렇게 벌벌 떨면서도 내가 원하는 반응을 보여주지 않으니 점점 더 화가 치민다.

"제발."

"아니, 잠깐… 죄송합니다. 실례하겠습니다."

큰 보폭으로 나를 빙 돌아 개찰구로 들어가려 하기에 이번에는 후지노의 팔에 매달려 붙잡았다.

"기다려."

"그만하십시오, 경찰 부르겠습니다."

귀를 의심하게 되는 말이었다. 경찰? 네가? 남자 주제에? 라는 생각과 함께 유즈의 눈물이 스쳐 지나갔다. 치사 씨의 부어오른 얼굴도 스쳐 지나갔다. 내 분노는 순식간에 끓어올라, 홧김에 후지노의 다리를 발로 힘껏 찼다.

"뭐가 경찰이야, 이 자식이!"

차인 무릎 위를 붙잡으며 다른 한 손으로 비뚤어진 안경을 고쳐 쓰는 자세가 얼간이 같았다.

"경찰 같은 소리 하고 자빠졌네, 네가 잘못한 거야. 쫄지 마 이 새끼야, 쫄게 만든 건 너잖아, 유즈한테 손대지 마!"

"유즈?"

뚜껑이 열리면 내 말투가 치사 씨와 꼭 닮게 된다는 것을 깨달았다. 그런 것보다 분하다, 망했다. 이렇게 연약해 보이는 남자는 간단히 속일 수 있다고 생각했는데 상대도 안 해주고 단순히 수상한 사람으로 보이다니 부끄럽다. 나는 유즈에게도, 치사 씨에게도 아무것도 해줄 수 없다.

후지노의 한심한 얼굴이 순식간에 부옇게 번진다. 한번 눈물이 쏟아지기 시작하더니 그런 다음에는 멈추지를 않았다. 나는 개찰구 앞에서 소리 높여 울었다.

"엇, 잠깐."

주위 사람들이 발걸음을 멈추고서 우리를 빤히 쳐다보고, 조금 전까지 반응이 없었던 역무원도 주목하고 있다.

"어쩌지… 저기, 일단, 여기서 이러면 민폐니까 다른 데로 가야겠다."

쩔쩔매면서 두 손을 파닥거리는 후지노는 이상한 춤을 추는 듯 보였다. 나는 역을 나와 바로 앞에 있는 카페로 잠자코 따라갔다.

구경꾼 근성을 미처 숨기지 못한 점원 언니가 테이블에 물과 메뉴판을 두고 아쉽다는 듯 떠나자, 후지노는 배낭에서 티슈를 꺼내어 내밀었다. 내가 얌전히 받아 들고 눈물을 닦는 걸 보더니 약간 안심한 듯 묻는다.

"뭐로 할래요?"

"…코코아."

"코코아 말이죠, 따뜻한 거? 아이스?"

"아니야."

"어?"

"메뉴에 적혀 있으니까 말해본 것뿐이야. 코코아는 안 마실 거야. 코코아는, 크리스마스 미사 때 유즈랑 같이 마실 거야."

"유즈의 반 친구인가요?"

"맞아."

나는 진저에일을, 후지노는 아이스커피를 주문했다. 내 토트백에는 교복 말고도 가전용품점에서 산 즉석카메라가 들어있다. 후지노를 꼬셔서, 그 어떤 변명도 할 수 없을 결정적인 순간을 찍으면 그걸 구실 삼아 과외 선생을 관두게 할 셈이었다. 나를 호텔이나 다른 곳으로 데려가도 상관없다. 조잡한 계획이었지만, 설마 이렇게 시작점에서 실패하다니.

유즈가 띄엄띄엄 얘기했던 내용을 되도록 자세히 전하자 후지노는 "면목이 없네"라고 하면서 고개를 푹 숙였고, 빨대에 이마를 부딪치고는 곧바로 "아얏" 하고 고개를 든다. 내가 말없이 아이스커피가 든 유리컵을 옮기자 "미안합니다"라고 하면서 상체를 구부렸다. 애써 쭈그러들려고 하는 듯 보였다.

"그… 유즈가 집이나 부모님과의 관계에 답답함을 느끼는 것 같아서… 저도 그런 면이 있으니 알거든요. 그래서 저도 모르게 앞서 나가서. 그 결과로 유즈를 혼란스럽게 했고, 어머님도 절 경계하고 있습니다. 방식이 잘못됐었구나 하고 반성하던 참입니다."

"손, 잡았죠?"

"그건…."

후지노의 얼굴에 순식간에 땀이 맺혀서 나는 좀 전의 티슈를 슬쩍 돌려준다.

"아, 고마워요… 저기, 책임을 전가하는 건 아니지만, 고타키 선배님, 유즈의 오빠가 '유즈는 낯을 가리고 남자한테 익숙하지 않으니까 그걸 역으로 이용해서 더 적극적으로 다가가'라면

179

서 부추긴 걸 진심으로 받아들여 버려서… 그것도 반성할 점입니다. 경솔한 행동으로 공포감을 줘버렸으니 면목이 없어요. 과외 선생을 관두는 건 여러모로 엮인 게 많아서 오히려 유즈의 입장을 곤란하게 할 우려가 있어 어렵겠지만, 앞으로는 결코 조심성 없는 행동은 하지 않고, 과외 선생님으로서의 역할에 전념할 것을 맹세합니다."

선수 선서야? 웃음이 나올 것 같았다. 내가 어린애고 바보라서 그런지 모르지만, 후지노의 말은 믿을 수 있겠다는 기분이 들었다. 그리고 유즈의 '무섭다'는 말은 내가 생각했던 의미와는 다른 건지도 모른다.

"오늘 일, 유즈한테 말하지 마."

내가 말했다.

"날 만난 것도, 내가 말한 것도, 절대로."

"…알겠습니다."

땀을 닦은 티슈를 손바닥에 동그랗게 뭉친 후지노는 자세를 고쳐 앉는다. 침착한 눈을 가진, '제대로 된 어른'으로 보였다.

"그 대신, 당신도 이제 엉뚱한 짓은 하지 말아주세요. 저처럼 겁쟁이 남자만 있는 건 아니니까 그렇게 몸을 붙이면 절대 안 됩니다. 당신한테 무슨 일이 생기면 유즈도 슬퍼할 겁니다."

작은 목소리로 "알겠어"라고 대답했다. 후지노는 배낭에서 메모장과 볼펜을 꺼내어 무언가를 쓰더니 내게 건네주었다.

"일단, 연락처를 드리겠습니다. 유즈에게 무슨 일이 생기면 연락주세요."

"너무 많이 썼는데?"

"위에서부터 핸드폰 번호, 핸드폰에서 쓰는 메일 주소, 컴퓨터 메일 주소가 메인과 서브 두 개, 그 아래는 집 주소와 전화번호입니다."

"너무 많아."

"혹시 몰라서…"

끝내 참을 수가 없어서 웃었다. 졌다, 하고 생각했다. 무슨 종목인지는 모르겠지만, 나는 이 사람에게 졌다. 후지노는 다시 헤벌레 하고 나약해 빠져 보이게 눈썹꼬리를 내리며 그런 나를 보고 있다.

진저에일은 후지노가 사 주었다. 나는 무턱대고 치사 씨가 그리워졌다. 그 이래로 벽을 두드릴 용기가 안 나서 일주일 이상 얼굴을 보지 못했다. 어처구니 없어 할지 화를 낼지 모르겠지만, 만나서 오늘 있었던 일을 보고하고 싶다. 나는 서둘러 단지로 돌아갔다.

현관문을 연 순간, 어딘가 평소와 다른 공기를 느꼈다. 불온한 느낌, 가슴이 두근거린다. 엄마 방에서 바스락바스락 무슨 소리가 들린다. 기분 탓이기를 빌면서 "다녀왔습니다" 하고 말을 걸자, "왜 이렇게 늦었어!"라는 초조한 목소리가 날아왔다. 평소에 알바 끝나고 올 때보다 훨씬 이른 시간인데.

"무슨 일이야?"

엄마는 옷과 수건을 보스턴백에 쑤셔 넣는 중이었다.

"이 집을 떠날 거니까."

"뭐?"

"너도 소지품 챙겨. 진짜 필요한 것만."

"무슨 소리야?"

"서둘러."

"무슨 소리냐고 묻고 있잖아!"

소리치자 엄마는 갑자기 손을 멈추더니 지지 않는 볼륨으로 내게 외쳤다.

"시끄러! 빨리 안 하면 올지도 모른다고!"

"누가?"

사정을 설명해 줄 때까지는 한 발짝도 움직이지 않겠다는 내 마음이 전해졌는지, 엄마는 벽장의 옷 수납함에서 끌어낸 원피스를 바닥으로 던지며 말했다.

"점장."

"점장이라니?"

"당연히 슈퍼 점장이지. 그 사람 부인도 올지도 몰라, 귀찮게."

"엄마가 일하는 가게 말하는 거야? 점장이 왜 오는데?"

그리고 왜 우리가 나가야만 하는 것인가. 이렇게, 도망가는 것처럼 — 아니다, 엄마는 정말 도망가려 하고 있다.

"들켰으니까."

"엄마, 나쁜 짓 했어?"

"안 했어."

엄마는 정색하며 반론했다.

"그 사람이 멋대로 줬었어, 쌀이나 식료품이나 옷 같은 거. 그게 감사에서 발각돼서 업무상 횡령으로 해고된대. 그게 뭔지도 모르겠는데, 점장 부인까지 날뛰면서 변상하라고… 이제 됐지, 알겠지? 귀찮은 건 싫어."

"뭐야 그게."

나는 쭉, 엄마가 슈퍼에서 남은 물건을 받아오고 있다고 생각했었다. 이런저런 수고를 들인 천연 식품과 오가닉 코튼 의류는 꽤 비싸고, 엄마의 시급은 싸다. 점원 할인을 이용했다고 해도 못 살 것 같은 물건이 집에 있었던 건 절약의 성과가 아니라, 그 사람이 빼돌려 줘서였다고?

"언제부터 그런 짓을 한 거야?"

"기억 안 나. 어서 빨리 준비해. 그런 얘기는 나중에 해. 심야 버스 시간이 있으니까."

"혹시, 여러 물건 받는 대신 점장한테 뭔가 해주고 있었던 거야?"

"그럴 리가 없잖아!"

엄마가 던진 비누가 내 배를 맞고 떨어진다. 불필요한 포장은 없는, 있는 그대로의 무첨가 비누. 이것도 받은 건가? 이런 게 진짜 필요했던가?

"옆집 여자 같은 매춘부랑 똑같은 취급 하지 마!"

"치사 씨 욕 하지 마!"

나는 비누를 주워 힘껏 던져 되돌려주었다. 꺄, 하고 얼굴을 감싼 엄마의 어깨를 스치고는 바닥으로 굴러간다.

"계속 그런 짓 하면서 부끄럽지 않았어?"

"시끄러워, 너처럼 제멋대로 사는 사람은 몰라."

"당연하지, 난 절대 엄마처럼 되고 싶지 않아. 제발, 사과하고 돈 돌려주자, 내 알바 월급 줄 테니까."

"그걸로 해결될 리가 없잖아. 애초에, 그 사람이 멋대로 해온 일이니까. 내가 부탁한 게 아냐."

"그런 변명 안 통해."

속셈이 있는 게 당연하다. 자기 지갑에 손대지 않는 선에서, 쩨쩨하게 뇌물을 챙겨주는 식으로 엄마에게 친절을 베풀면서 보답을 기대하고 있던 게 뻔하다. 그리고 엄마도 그걸 몰랐을 리가 없다. 이게 '미인의 사용법'으로서 올바른 걸까? 현명한가?

"난 안 갈 거야. 아까 심야 버스라고 했잖아, 어디까지 도망갈 셈이야?"

"친정."

친정이라는 단어를 입에 올리기도 불쾌하다는 듯 입가를 삐죽인다. 처음 듣는 얘기였다.

"학교 가야 돼."

학교 같은 건 어찌 됐든 상관없잖아, 하고 엄마가 쏘아붙였다.

"고등학교는 어디에든 있으니까. 어차피 그런 공주님 학교에

3년 동안 다닐 수 있을 거라고 생각하진 않았잖아? 사는 세계가 다르다고. 애당초 S여학교 따위, 뭐에 눈이 뒤집혀서….”

“최악이야.”

내 목소리가 떨린 것은 분노와 엄마의 맞는 말에 대한 괴로움 때문이었다. 내게는 학교에서의 평온한 생활과 상냥한 여자아이들과의 나날이, 유즈와의 시간이, 언젠가 쉽게 무너져버릴 것 같은 예감이 있었다. 이런 건 지속되지 않는다, 계속될 리가 없다. 아무리 애써 ‘보통 아이’인 척을 해도 언젠가는 파국을 맞을 거라고 생각했다. 모든 게 동떨어져 있었다. 크리스마스 미사도, 달콤한 코코아도, 홋카이도도. 그 사진의 바다만큼 멀다.

하지만 원흉인 엄마가 그런 말을 하는 건 용납이 안 된다. 엄마와 서로 노려보는데 누군가 현관문을 쾅쾅 두드렸다. 우리 사이에 또 다른 긴장감이 맴돈다.

“안녕하세요오, 옆집 매춘부입니다아.”

점장이 아니라 치사 씨다. 나는 문으로 달려가 잠금장치를 열고 치사 씨에게 달려가 안겼다.

“아파, 그만해, 갈비뼈 부러졌으니까.”

치사 씨는 안대를 했고 눈의 부기도 아직 가라앉지 않았다. 그래도 방긋 웃으며 엄마에게 말을 건다.

“이봐, 거기 있지? 아까부터 모녀간에 싸우는 소리가 그대로 다 들렸으니까. 애, 오늘 우리 집에서 재워도 돼?”

“뭐야.”

엄마가 고개를 빼꼼 내밀고는 혐오감을 드러내며 눈썹을 찌푸린다.

"친구한테 인사 정도는 하고 싶을 테고, 당신은 예정대로 밤에 도망가면 되잖아. 얘는 내일 밤 버스 태울 테니까. 어때, 괜찮지?"

허락해 줄 것 같지는 않았지만, 치사 씨는 한 수 위였다.

"그러면 이 집 안 물건들을 내가 처분해 줄게."

엄마의 표정이 미묘하게 흔들렸다.

"계약 관계는 우편으로 어떻게든 된다 쳐도, 방 정리 같은 것도 해야 하잖아. 이불이랑 테이블도, 아는 업자한테 부탁해서 버려줄 테니까."

그 제안은 절대적인 효과를 발휘하여 엄마 입에서 "하루만이야, 알겠지?"라는 말이 나오게끔 할 수 있었다.

나는 여전히 투덜대는 엄마가 그러거나 말거나, 치사 씨네 집에 가서 욕실을 쓰고 치사 씨의 이불 속으로 들어갔다.

"여자가 쓰는 건 처음이야."

치사 씨가 웃는다. 내가 벽 너머로 들었던 치사 씨의 소리가 여기 위에서 나왔던 거라고 생각하면 부끄러운 것 같기도 하고 꺼림칙하기도 한, 묘한 기분이었다. 육수용 닭 뼈 같은 치사 씨의 몸에 바짝 붙으니 따뜻하고 안심할 수 있었다. 머리 아래 간 수건에서는 담배 냄새가 난다.

"치사 씨."

"왜."

"내가 엄마랑 떨어져서 혼자 살 수 있을까?"

"아니."

"왜?"

"넌 엄마를 그냥 내버려둘 수 없으니까."

치사 씨는 조용히 말했다.

"넌 강하고 상냥하니까, 약한 엄마를 내버려둘 수 없어. 버리는 건 늘 약한 쪽이야."

비누를 던졌을 때 엄마가 낸 작은 비명 소리를 떠올렸다. 내가 엄마를 제대로 겨냥하지 않았던 것도.

"넌 착한 애야. 그러니까 혼자 살아가는 건 좀 더 나중에 해. 그러지 않으면 결국 자기가 괴로워져."

치사 씨가 누운 채로 고개만 돌려 나를 보면서, 다시 어딘가가 아픈지 입술을 일그러뜨린다.

나는, 마음속 어딘가에서 기대하고 있었다. 치사 씨가 '같이 살자'고 말해주기를. 나도 여기에서 살면서 알바 월급을 내고 집안일을 해가며, 귀찮은 서류 같은 데는 치사 씨에게 도장을 찍어달라고 한다. 치사 씨에게 남자 친구가 생기면 옷장 안에서 절대로 나오지 않을 테고, 그 사람이 폭력을 휘두르는 남자라면 무장하고 되갚아 준다. 그런 식으로 살면서 학교에 다니고 앞으로도 유즈를 만날 수 있다면 얼마나 좋을까? 하지만 그건 내 일방적이고 이기적인 소원이며 치사 씨의 바람과는 다르다. 내 인생을 위해 치사 씨를 이용하려고 하면 안 된다.

"미안해."

"뭐가."

치사 씨는 내 얕은 기대를 알아챘을 것 같다. 하지만 모른 척하면서 눈을 감는다. 작은 오렌지색 전구 불빛 아래에서 치사 씨의 맨얼굴과 숱 없는 눈썹과 눈꼬리의 주름을 바라보았다. 이제 만날 수 없으니 아무리 사소한 정보라도 넣어두고 싶었다.

"치사 씨, 그동안 정말 고마웠어. 신세 많이 졌어. 은혜를 하나도 못 갚아서 미안해. 마지막이니까 말할게, 술이랑 담배랑 정신과 약, 적당히 먹어. 밥도 제대로 챙겨 먹고, 안 때리는 남자 만나."

"바아보, 네가 엄마야?"

칼로 그은 흉터투성이인 팔에 안기어, 나는 치사 씨의 납작한 가슴에 얼굴을 묻었다. 갈비뼈는 괜찮냐고 물어보고 싶었지만 치사 씨가 조금씩 흐느끼는 것을 알았기에 잠자코 그러도록 놔두었다.

옆집에서 문을 여닫는 소리가 들렸다. 엄마가 나갔다.

아침 뉴스에서 "당장 오늘이라도 장마가 시작되었다는 선언이 나올 것으로 보입니다"라는 말이 나왔다. 하루 종일 비가 오락가락하고, 카논은 학교에 오지 않았다.

5교시인 체육 수업을 마치고 교복을 갈아입는데 배지가 없어진 걸 깨달았다. 모두가 여기저기를 살펴봐 주었지만 못 찾아서, 사무실로 가서 2백 엔을 주고 새로 샀다.

학원이 끝나고 밖으로 나오자, 비가 부슬부슬 내리고 있었다. 본격적으로 내리는 건 아니었지만 무시할 수 있을 정도의 가랑비도 아니었다. 우산 밖으로 삐져나온 어깨와 신발이 의외로 흠뻑 젖는 그런 비.

우산을 펼치고 접는데 드는 약간의 수고 탓에 평소보다 붐비는 역 개찰구에, 카논이 서 있었다. 나를 알아보더니 그렇게 멀지 않은데도 손을 크게 흔든다.

"오늘, 학교 왜 안 왔어?"

"몸이 좀 안 좋아서. 근데 이젠 괜찮아."

"설마, 학교는 빠졌으면서 알바는 간 거야?"

헤헤, 하고 카논은 장난이 들킨 듯한 얼굴로 웃었다.

"제대로 쉬어야지. 다음 주에 합창 대회도 있고."

"응."

"우산은?"

"내가 나올 때는 안 왔었거든. 우산 안 씌워줘도 되니까 같이 좀 걸을래?"

"좋지만⋯."

나는 당황하면서도 카논과 우산을 함께 쓰고서 걷기 시작했다. 설마하니 진짜로 이 아이만 젖게 할 수는 없다.

"미안해."

"아냐. 장마라니, 싫다."

우산의 돔 안에서, 우리의 목소리는 약간 울려서 들린다. 카논은 아스팔트의 아주 얕은 웅덩이를 피하지도 않고 걸었다.

"잠깐만 딴 길로 새도 돼?"

카논이 갑자기 고가도로 건너편을 손가락질하는가 싶더니 순식간에 우산 밖으로 나가버렸다. 나는 당황하며 뒤를 쫓는다.

"기다려, 젖어."

"괜찮아."

"안 괜찮아."

인기척이 없고 가로등도 적은, 혼자라면 절대 얼씬도 하지 않을 좁은 길의 가로등 아래에서, 카논은 드디어 멈춰 서서 나를 돌아보고는 다시 말했다.

"미안해."

"무슨 일이야?"

우산을 씌워주려던 나를 손으로 슬그머니 제지한다. 우두커니 서 있는 가로등 불빛 속에 떠오른 비는 반짝반짝 빛나면서도 카논에게 빨려 들어가는 듯 보인다. 밤의 암흑과 빗방울의 반짝임 둘 다 그녀를 아름답게 장식했다. 무지개나 눈처럼 누구에게 보이기 위한 게 아니라, 그저 예쁜 것으로 그곳에 존재하는 무방비함에 내 가슴이 옥죄어들었다. 무지개도 눈도, 모두 곧 사라져 버린다.

"배지 없었지? 체육 시간에 내가 훔쳤어."

"엇, 왜?"

"가지고 싶었으니까."

"…왜?"

카논은 대답하지 않았다. 유즈, 하고 옛날처럼 불렀다.

"예전에, 내가 유즈였으면 좋겠다는 생각 하느냐고 물었지?"

이성을 잃고서 지껄인, 지금은 후회하는 발언을 들춰내는 건 싫었다. 잊었으면 좋겠는데. 하지만 크게 뜬 카논의 눈동자가, 거기에 깃든 온몸의 에너지를 응축해서 만든 보석 같은 빛이, 내 감정 따위 상관없게 만든다.

"난 그렇게 생각 안 해. 절대로 생각 안 해."

"왜?"

세 번째 물음을 던지자 카논은 내 우산 안으로 반걸음만 들어오더니, 고양이가 코를 살짝 붙이는 듯한 키스를 했다.

"왜냐하면 내가 유즈라면, 유즈를 좋아할 수 없으니까."

그리고 날쌔게 뒤로 물러서면서 "바이바이" 하고 웃으며 등을 돌린다.

"카논."

"움직이지 마."

조금 전에는 웃고 있었다는 게 믿기지 않을 만큼 날카로운 목소리였다.

"부탁이야. 열 셀 동안만, 거기에 있어 ─ 거기, 빛이 있는 곳에 있어줘."

그날과 같은 말. 하지만 우린 이제 일곱 살 어린애가 아니잖아. 왜 그런 말을 하는 거야.

카논은 달려갔다. 둘이서 다니던 길이 아닌, 모르는 거리의 어둠 속으로. 첨벙첨벙 물을 튀기는 발소리는 곧 들리지 않았고, 내 우산과 근처의 나무들을 부드럽게 두드리는 빗소리만 남았다.

# 제 3 장

# 빛이 있는 곳

남편이 곁에 없는 밤은 오랜만이었다. 어제 저녁에 막 도착한 새 침대에서 아침을 맞으며 블라인드의 슬랫을 여니 동쪽으로 난 창으로 아침의 햇빛이 쏟아져 들어온다. 슬랫이 휘어버릴 만큼 새하얀 아침 해. 가로막는 건물이 없는 탓인지 강렬한 광활함에 나는 무심코 한 걸음 물러선다. 아침이라는 게 이렇게 압도적인 거였나? 나의 나약한 마음이 아직도 하루의 시작에 겁을 먹는 걸까, 아니면 아침의 에너지를 온몸으로 느낄 수 있을 만큼 회복되었다는 증거일까. 어찌 됐건 맑은 하늘은 감사하다.

  1층으로 내려가 차에 실어 온 커피메이커로 커피를 내리고 편의점에서 사둔 크루아상을 먹었다. 이상하게도 늘 먹는 커피 향이 감도는 것만으로, 어제 막 발을 들인 참인 서먹서먹한 공간이 단숨에 내 영역이 되었다.

'좋은 아침'이라고 남편에게 메시지를 보내자, 곧바로 '좋은 아침, 벌써 일어났어?'라는 답장이 왔다.

'어제 장시간 운전해서 피곤하잖아. 제대로 쉬었어?'

남편은 나를 걱정하고 있지만, 쉬엄쉬엄 홀로 맘 편히 드라이브한 것이 오히려 기분 전환이 되었다. 서쪽으로, 그리고 남쪽을 향해 핸들을 잡으면서 걱정도 번뇌도 다 내려놓고 점점 더 홀가분해지는 기분이 들었다.

'푹 잤어. 여긴 날씨가 정말 좋아서 시간 나면 산책 가려고. 기차, 세 시 반쯤 도착이지? 역으로 마중 나갈게.'

오늘은 전에 살던 집에서 쓰던 짐들과 새로운 가구가 한 번에 도착할 예정이니 힘내야지. 거실은 남향이고, 가로형의 버티컬 블라인드를 열면 창 너머엔 곶과 하얀 등대, 그리고 광활한 바다가 펼쳐진다. 어제 아침까지는 도심의 고층아파트에 있었는데, 이상한 기분이었다. 오늘부터는 이게 내 일상의 풍경.

사진을 찍어서 남편에게 보내려고 핸드폰을 들어보았지만, 어디에 렌즈를 대든 하늘도 바다도 다 아름다우니, 풍요로운 자연 앞에서 어디에 대고 셔터 버튼을 누르면 좋을지를 모르겠다. 핸드폰 액정화면 안에 들어온 수평선이 아련하고 하얗게 빛나고 있다.

그림이 되는 광경. 초보자인 나 같은 사람도 그럭저럭 괜찮은 사진을 찍을 수 있을 것 같았지만, 결국 아무것도 찍지 않고 핸드폰을 내려놓았다. 어제 여기에 도착하기 전 여정 중에도 이따금 수평선을 마주쳤고, 바다가 선명하게 푸르면 푸를수록 가슴이 따끔했다. 저 바다가 아니라는 생각을 하게 된다. 세피아 빛을 띤 흑백의 거친 바다. 그건 그냥 사진의 색에 지나지 않는다는 걸 알면서도 바다 부근에 올 때마다 까마득한 기억이 욱신거린다. 그 아이가 좋아한다고 말했던, 색이 없는 바다.

마룻바닥으로 내리쬐는 햇빛이 맨발 끝을 서서히 데운다. 나는 창문에서 등을 돌리고 어중간하게 남은 커피를 머그컵에 따라서 다 마셔버렸다.

거의 텅 빈 집에서 청소기를 돌리고 구석구석 닦으니 기분이 좋았다. 장애물이 없으니 순조롭고 생각이 없어진다. 4월 중순이라 냉방은 필요 없는 계절이지만 집 안을 청소하고 도착한 짐을 들이다 보니 땀범벅이 됐다. 가구와 가전은 업자에게 지시해서 각 방에 배치하고 우선순위에 따라 묵묵히 짐을 풀다가, 두 시쯤이 되자 배가 고파서 집중력이 끊겼다. 우선 생활에 지장이 없을 정도로 정돈이 되었으니 기분 전환도 할 겸 밖으로 나갔다.

이웃에는 도쿄보다 훨씬 더 넓은 부지에 세워진 단독 주택들이 즐비해 있고, 공터도 눈에 띈다. 가벼운 마음으로 들를 수 있는 식당은 없어 보였다. 차를 타면 슈퍼와 생활용품점도 금방이고, 해안을 따라 난 국도를 타고 가면 휴게소도 있기 때문에 일상생활에는 지장이 없지만 외식할 때는 선택지가 훨씬 줄어들 것 같다. 현재 무직인 나는 시간만큼은 충분하니 요리에 힘쓰자는 목표가 실현 가능하다는 점은 감사하다. 생선을 척척 손질할 수 있게 된다면 멋지겠지만, 집돌이인 남편이 낚시에 눈뜨는 일이 있을 수 있을까? 주머니가 많은 조끼를 입고, 바다에 낚싯줄을 늘어뜨리는 모습을 상상하면 전혀 어울리지 않아서 웃음이 났다.

완만한 내리막길을 걸어 이 일대에서 가장 높은 건물인 전망대가 있는 관광 타워에 이른다. 주차장에는 관광버스가 한 대서 있고, 오토바이 여행 중인 듯한 사람들도 오토바이를 세워두고 한데 모여 귤 맛 소프트아이스크림을 먹고 있었다. 타워 안에는 식권 판매기로 운영되는 레스토랑이 있어서, 나는 이 일대에서 양식한다는 다랑어 회덮밥을 주문했다. 점심시간이 지났기에 다른 손님은 없었고, 식권을 뜯어주러 온 여자 점원이 물었다.

"혼자 여행합니꺼?"

"아뇨, 최근에 근처로 이사를 왔어요."

개인적인 사정을 모르는 사람과 이야기하기는 내키지 않았지만, 거짓말을 해도 곧바로 탄로 날 것 같아 솔직히 말했다.

"이런 시골은 젊은 사람한테는 지루할 텐데예."

사투리를 접하자 멀리로 왔다는 게 단숨에 실감 난다.

"바다가 예뻐요."

속으로는 더 재치 있는 말 못 하느냐고 생각하면서 어색한 미소를 짓는다.

반년 전부터, 나는 남편 말고 다른 사람과 대화할 때 몹시 긴장하게 되었다. 표면상으로는 얼버무릴 수 있어도 상대가 사실은 나를 어떻게 생각할지 의심하느라 피곤하다. 그래서 인간관계의 농도가 더 짙을 것 같은 지방의 마을로 이사를 한다는 건 모험이었다. 이게 잘한 일일까, 아직도 불안이 남아 있지만 남편은 무슨 일이 있으면 다시 돌아와도 되고, 또 다른 곳으로 이사해도 상관없다고 했다.

— 어쨌든, 일단 이런저런 일들로부터 멀리 떨어지는 편이 좋겠어. 유즈만 좋다면, 먼 데로 이사 가지 않을래? 사실은 가보고 싶은 데가 있어서….

창가 테이블에서 늦은 점심을 먹었다. 길 건너편에는 잔디와 나무숲이 펼쳐져 있고, 프리스비와 배드민턴을 하며 노는 가족의 모습도 보였다. 나무들 사이로 바다와 하늘을 경계 짓는 빛의 선이 엿보인다. 이 얼마나 한적한 봄의 오후인가. 테이블 자리에도, 좌식 자리에도 아무도 없다. 수학여행 학생들과 많은 단체 손님으로 북적일 때도 있을 터인 휑뎅그렁한 식당을 독점하며, 느긋이 바다를 보면서 햇빛에 눈을 가늘게 뜬다.

턱을 괸 내 그림자가 플라스틱 컵에 떨어졌다. 교실에 있는 것 같다고, 전혀 비슷하지 않은데도 생각한다. 이른 아침과 방과 후, 할 일이 있어서 혼자 교실에 있을 때 느꼈던 쓸쓸하면서도 여유로운 기분. 이상하게도 선생님으로 일했던 초등학교가 아닌 학생으로 다녔던 고등학교의 풍경이 떠올랐다. 졸업하고 나서 십 년도 더 지났는데, 내 마음은 언제까지나 그 시절에 얽매여 있는 걸까.

양식 다랑어회의 맛은 평소에 먹는 것과 별반 다르지 않았다. 온 김에 타워로 올라가 보려고 티켓을 샀더니 '혼슈 최남단 방문 증명서'라고 적힌 카드를 줬다. 잘은 몰라도 혼슈 최북단은 아오모리의 오마, 최서단은 야마구치의 시모노세키, 최동단은 이와테의 도도가사키로 이름이 엄청난 곳들이다. 나는 모두 가본 적이 없는 곳들이라, 어른이 된 지금도 내 세계가 여전히 좁다고 생각했다. 좀 전에 오토바이로 여행하던 사람들은 분명 큰 짐 없이 몸만 가지고도 여기저기를 돌아다니며 내가 모르는 경치를 많이 보고 다녔을 것이다.

인연도 연고도 없는 땅에 홀로 와서 기분이 흔들리는지, 나는 향수병과는 반대 의미의 초조함에 휩싸여 있었다. 더 먼 데로, 본 적 없는 곳으로 가서 지금까지의 나와 멀어져야지, 하고 말이다.

엘리베이터로 7층까지 올라가서 옥상의 전망대를 한 바퀴 빙 돌아 360도를 다 둘러보았다. 대부분은 바다와 산이었다. 풍요로운 자연이라는 말은 잘못된 표현 같다. 자연은 처음부터 존재하는데 인간이 침식하고 있는 정도가 다를 뿐. 여기는 그나마 아직 인간에게 침식되지 않았고 앞으로도 침식될 염려가 없어 보이는 푸름과 녹색을 띠고 있었다. 나와 남편의 새로운 집은 개간된 구릉지에 오도카니 놓인 성냥갑처럼 보였다. 흰 벽과 푸른 맞배지붕.

보통 아파트의 10층보다 더 높은 높이일까? 전망대는 바람이 강해서 눈 깜짝할 새 머리카락이 헝클어졌다. 얇은 후드 티의 모자가 깃발처럼 나부낀다. 해상의 구름은 가만히 관찰하고 있자니 조금씩 흐르고 찢어지면서 모양을 바꿔 간다. 산의 경사면, 집들, 해수면에 드문드문 떨어진 그림자. 먼바다 저편에는 커다란 배가 보인다. 시간의 흐름이 느긋해지고 여기서 둥실둥실 흔들리고 있어도 괜찮겠다는 기분이 들었다. 앞으로 나아가려 하지 않아도 괜찮다고, 이 고장이 허락해준 듯한 감각에 마음이 풀려간다. 나는 틀림없이 이곳을 좋아하게 될 것이다.

1층까지 내려간 뒤 좀 더 산책하고 싶었기에 길 건너 잔디밭으로 걸어갔다. 도시에 있는 공원처럼 깔끔하게 깎여있지 않고, 풀이 꽤 많이 자라 있다. 산책길을 따라 바닷가의 비석 쪽으로 걷는데, 발치에서 메뚜기가 깡충깡충 뛰어올라 청바지를 입은 내 무릎에 달라붙어서 나는 가볍게 비명을 지른다. 어쩌지? 다리를 앞뒤로 흔들어보아도 떨어질 기미가 없고, 손으로 털어내기는 무서웠다.

메뚜기가 머무는 나무처럼 굳어있는데, 바스락바스락 풀을 가르는 소리가 나더니 작은 그림자가 다가온다.

"왜 그래?"

초등학교 저학년으로 보이는 여자아이였다. 나는 우선 허리까지 오는 긴 땋은 머리에 눈길을 빼앗겼다. 그 아이와 닮았다, 하고 생각하자마자 스스로 부정해 버린다. 그렇지는 않다. 긴 머리에 착각한 것뿐. 조금이라도 같은 요소가 있으면 떠올리는 버릇이 있으니 사진 한 장도 남아있지 않은 그 아이의 얼굴을 제대로 기억하고 있을지 자신이 없다.

가만히 눈을 마주친 채로 한 마디도 하지 않는데 여자아이가 이상하다는 듯 고개를 갸웃했기에 서둘러 무릎의 메뚜기를 가리킨다.

"벌레를 무서워해서, 못 움직이겠어."

"뭐야."

여자아이는 재빨리 메뚜기를 잡아 들판에 놓아주었다.

"정말 고마워."

"아냐."

"혼자 왔어? 누구랑 같이 온 거 아냐?"

주위에는 아무도 보이지 않았다. 낮이라고는 해도 이렇게 어린아이가 혼자인가 싶어 걱정된다.

"아빠는, 제제가 소프트아이스크림 먹고 싶다고 해서 사러 갔어."

"제제라는 게 네 이름이야?"

"응, 우나사카 제제."

"가르쳐줘서 고마워. 나는…."

자기소개를 하려던 순간, 다시 메뚜기가 뛰어서 나는 무심코 뒷걸음질을 친다.

"어서 도망가."

제제가 웃으며 말했다.

"바이바이."

제제는 풀이 우거진 쪽으로 달려간다. 도로 건너편에 소프트아이스크림을 든 남자가 서 있는 게 보였다. 분명 저 사람이 아빠겠지. 표준어를 쓰는 걸 보니 이 지역 사람이 아닐지도 모른다.

나는 안심하고 집으로 돌아가 남편을 마중 나가기 위해 가볍게 단장을 한 뒤 차를 몰아 구시모토 역으로 향했다.

"유즈."

개찰구를 나온 남편은 나를 보고 기쁜 듯 손을 흔들었지만, 곧바로 골치가 아프다는 표정을 지었다.

"왜 그래? 뭐 잊은 거 있어?"

"아니… 오카바야시 씨한테서 당장 이사 축하 파티할 거라고 아까 연락이 와서."

"오늘?"

"응. 근데 괜찮아, 거절할 테니까."

"안 그래도 돼, 정리도 거의 다 끝났고."

차에 탄 순간, 기다렸다는 듯이 남편의 핸드폰이 울린다.

"이거 봐, 또… 여보세요, 네, 지금 도착했는데요, 술 마시러는 안 갑니다."

"스피커폰으로 해."

나는 그렇게 부탁하고는 조수석으로 몸을 기울였다.

"오카바야시 씨, 수고 많으세요."

'엇, 유즈 씨? 어때, 새로운 세상은.'

"아직 동네 지리는 하나도 모르겠지만, 집은 너무 맘에 들어요. 살게 해주셔서 감사합니다."

'아니 나야말로, 빈집으로 두는 것보다 누군가가 살아주는 게 고맙지. 어때, 오늘밤에 환영회 하는 거.'

"좋아요."

'좋아, 확정이다. 적당히 시간 봐서 저녁에 우리 가게로 와. 어이 후지노, 아니 그런 얼굴 하지 마. 안 보여도 다 알거든. 그럼 이따 봐.'

오카바야시 씨의 생각대로 남편은 '에휴'라고 하는 듯한 표정이었기에 나는 웃음을 삼킨다.

"더 아첨해야지, 상대는 사장님이니까."

"권력을 이용한 폭력이야."

"우리 둘 다 사교성이 없으니까 약간 강제적인 정도라 딱 좋지 않아? 이 동네 좋은 식당이라든가 그런 거 많이 가르쳐주면 좋겠고."

오카바야시 씨는 어쨌든 외향적인 사람이라 그 명랑함과 심한 억지에 뒷걸음질 치게 될 때도 있지만, 겉과 속이 다르지 않은 건전함에 호감이 생긴다. 내 앞에서 난색을 표하는 남편 또한 틀림없이 그런 점에 끌려서 함께 일하자고 결심했을 것이다.

새집에 도착해서 거실에서 드넓은 바다를 내다보더니, 남편이 중얼거렸다.

"영화나 드라마에 나올 것 같은 풍경이네."

"여기에서 어떤 드라마가 시작되는데?

"평온해 보이는 이웃이 사실은 둘 다 비밀을 안고 있어서 인간관계가 조금씩 붕괴해 간다든가, 폭풍이 몰아치는 밤에 고립된 마을에 살인귀가 찾아온다든가…"

"너무 어둡지 않아?"

이렇게 나무랄 데가 없는 맑은 바다에는 어울리지 않는 아이디어다.

"그럼, 당신이라면 어떤 줄거리로 할래?"

"갑자기 물어보면 곤란하지."

"당신도 갑자기 물어봤으면서."

하긴 그랬다. "그 동네 아이랑 이사 온 아이가 친해지는 거." 나는 애써 생각한 결과 그렇게 말했다.

"그냥, 예쁜 풍경을 함께 보고, 놀고… 그게 다인데 교과서에 나올 법한, 잘 만들어졌으면서 재미없는 이야기."

"다들 좋다고 생각하니까 교과서에 실리겠지."

"거들어줘서 고마워. 근데, 이 테이블 느낌 좋지 않아? 좀 너무 큰가 싶었는데, 실제로 놓아보니까 딱 좋아."

남편은 의료계 어플리케이션 개발과 감수 일을 하고 있어서, 기본적으로는 재택근무라 여기도 업무공간으로 쓸 수 있도록 4인용으로 골랐다.

"응, 일이 잘될 것 같아. 동네 탐험 같은 거 해봤어?"

"관광 타워에 올라가 봤어. 7층이었는데, 근처에 고층빌딩이나 아파트가 없으니까 전망이 너무 좋더라."

"와, 궁금하다."

"옆에는 지오파크센터라는 시설도 있었어. 당신은 그쪽에 더 흥미 있지 않아?"

"아니 지질학은 딱히… 아아, 나오라면 좋아할지도 모르지."

갑자기 남편 입에서 나온 이름에 반사적으로 미간을 찌푸린다.

"글쎄, 모르겠네."

내가 매정하게 대답하자 남편이 변명하듯 덧붙인다.

"옛날에, 절에서 재 올릴 때였나 언젠가 만났을 때, 돌인가 바위 도감을 열심히 보더라고."

"기억 안 나. 근데 그 애가 여기에 놀러오면 좋겠다든가, 그런 생각 해?"

"아니, 딱히. 갑자기 떠오른 것뿐이야."

"그럼 됐지만."

나는 곧바로 불쾌한 말투였음을 반성하고 "커피 내릴게"라고 하면서 미소를 지었다.

"한 잔 마시고, 오카바야시 씨네 가게로 가자."

"진짜 갈 거야?"

"물론."

오카바야시 씨의 집 겸 가게까지는 차로 20분 정도. 반도 앞으로 불쑥 튀어나온 곳에서 국도를 타고 북쪽으로 올라가면 있는 해수욕장 근처의, 바다까지 도보 0분이라고 해도 과언이 아닌 다이빙 숍이었다. 원래는 도쿄에 사무실을 두고 남편과 함께 일했었지만 취미에 심취한 결과, 다이빙 강사를 부업 삼아 갑자기 이주를 결정해 버렸다. 그 가뿐한 성격은 남편과 대조적이지만 궁합은 나쁘지 않다.

"오오, 왔어?"

도쿄에 있을 때보다 한층 더 눈에 띄게 볕에 그은 오카바야시 씨는 남편을 보자마자 오른손을 내밀고는 손을 꽉 잡으며 악수했다. 일본인답지 않은 행동도 이 사람이 하면 그럴싸해진다. 어깨까지 오는 장발에 건장한 체격, 하와이안 셔츠 차림이라 거리에서 만나면 약간 무서운 인상이지만 해변에서 보면 쾌활한 실외파 인간으로 보일 뿐이다.

"여기 좋지? 하늘이랑 바다도 다 널찍하고."

"지금 막 도착했는데, 잘 모르죠 뭐."

남편이 고지식하게 대답한다.

"이럴 땐 '그렇네요'라고 해. 뭐 어쨌든, 밥 먹으러 가자."

오카바야시 씨의 안내로 남편이 운전대를 잡고 역 근처 술집에 들어갔다. 오카바야시 씨가 극찬한 만큼, 다랑어 다다끼와 회는 다 맛있었다.

"역시 바다 마을은 대단하네요. 해산물을 판단하는 기준이 높아져요."

"그치, 장난 아니지? 겉보기에도 반짝반짝하잖아."

"혀가 너무 사치스러워지면 도쿄로 되돌아가고 나서 힘들어질 것 같아요."

내가 말하고서도 아차 했다. 나는 돌아갈 생각이 있는 걸까. 내년, 후년, 혹은 더 먼 미래. 돌아가고 싶다고, 돌아가도 괜찮다고 생각하나?

"에이, 오자마자 왜 그런 소리를 해."

오카바야시 씨는 내 말을 가볍게 넘겨주었다.

"가을에 돌아오는 다랑어도 맛있거든, 동북 지방 바다에서 돌아오니까 말이야, 지방을 잔뜩 비축하고."

"기대하고 있겠습니다."

오카바야시 씨의 권유로 집에서는 마시지 않는 청주를 계속 마신다. 옆에서 술을 못하는 남편이 조마조마한 눈으로 쳐다보는 게 재밌었다. 약 한 시간쯤 지났을 때 미닫이문을 열고 들어온 손님을 보고 오카바야시 씨가 "오오우"라고 하면서 한 손을 든다. 초로의 남성이었다.

"오랜만입니다, 혼자 오셨어요? 같이 마십시다."

이미 같이 마시자고 말했으면서 우리에게 괜찮겠냐고 묻는다. 거절할 수 있을 리가 없다. 나는 술김이라 그것도 재미있었는데, 남편은 아주 작은 한숨을 쉬고 나서 대답했다.

"그러시죠."

오카바야시 씨 옆에 앉은 그 사람은 "소다라고 합니더"라면서 이름을 댔다.

"이 근처에서 대안학교를 운영합니더."

"와, 그러시군요."

저희는, 하고 남편이 자기소개를 하기도 전에 술에 취한 오카바야시 씨가 끼어들었다. "유즈 씨랑 동업자 같은 거야." 그리고 곧바로 '어쩌지' 하는 표정을 지었지만, 이미 늦었다. 어리둥절해 하는 소다 씨에게 나는 하는 수 없이 설명했다.

"초등학교 선생님입니다."

"그라믄 이 근처로 발령 나신 거가?"

"아뇨."

테이블 아래로 남편의 무릎을 살짝 만지며 '괜찮다'고 전한다.

"몸이 안 좋아져서, 휴직 중이에요."

"아아, 맞나."

소다 씨가 고개를 크게 끄덕인다.

"나도 옛날엔 초등학교에서 가르쳤으니까 안다. 요즘 선생들은 쓸데없이 할 일이 늘어나 갖고 격무에 시달리지. 아이들을 위한 거라고 생각하면서 자신을 갈아내기 시작하면 끝이 없데이. 도를 지나치는 일이라는 거는 없으니까."

온화하고 설득력이 있는 말투였다. 본의 아니게 개인정보를 폭로 당했지만, 신용할 수 있는 사람 같으니 다행이다.

"아무튼 바다랑 산 뻬 없지만 느긋하게 기분 전환 하다가 가래이."

"감사합니다."

소다 씨도 껴서 또다시 한바탕 먹고 마시고, 슬슬 끝인가 싶었는데 오카바야시 씨가 말한다.

"2차 갑시다."

"이미 많이 마셨잖아요, 집에 가요."

"아니아니 딱 한 집만 더… 가르쳐주고 싶은 스낵 바가 있거든. 저기 소다 씨, '부케' 갑시다, '부케'."

스낵 바라는 말을 듣고 남편은 더더욱 내키지 않는 얼굴을 했지만, 오카바야시 씨가 고집을 부렸고 소다 씨도 싫지만은 않은 듯했기에 2차를 가게 되었다.

나는 스낵 바에 가본 적이 없어서 약간 흥미가 있었다. 이미지로는 중노년의 아저씨가 카바레 아가씨만큼 화려하지는 않은 여자를 상대로 술을 마시면서 노래방 기계를 틀고 노래하며 흥겨워하는, 약간 초라한 곳. 여자 혼자서는 가기 힘든 곳이라 반쯤은 견학을 가는 기분이었다.

자전거를 탄 소다 씨와 일단 헤어진 뒤, 우리 셋은 맨정신인 남편이 운전하는 차를 타고서 상점가로 향했다.

"술도 못 마시는 사람한테 스낵 바 같은 델 가르쳐줘서 뭐

해요."

운전석의 남편이 불평하자 오카바야시 씨가 "가만가만"이라고 하면서 달래려 한다.

"넌, 스낵 바라는 데가 어떤 데라고 생각해?"

"구태여 돈을 내면서 단골이나 나이 많은 호스티스한테 설교를 듣는 곳입니다."

남편이 생각한 이미지는 내 생각과 큰 차이가 없다. 오카바야시 씨는 뒷좌석에서 몸을 뒤로 젖히며 말했다.

"아닌데."

"뭐가 아니라는 거죠?"

"지금 가는 데는 마담이 엄청난 미인이야."

"아무래도 상관없습니다."

"에이, 실물 보면 그런 말 못 하게 될걸! 진짜로 예쁘거든. 눈 호강으로 본전 뽑을 수 있어."

아득한 옛날, 고등학교 개학식의 기억이 머리를 스친다. 그러고 보니 그때도 엄청 예쁜 아이가 있다며 반 친구들이 수군댔었다. 오카바야시 씨의 열변을, 틀림없이 그 애 만큼은 아닐 거라며 약간 냉담한 기분으로 흘려듣는다.

상점가는 관광객을 겨냥한 기념품 가게가 밀집한 곳이 아니라 동네 사람들이 이용하는 아담한 거리였다. 드문드문 술집 네온사인과 간판이 켜져 있지만, 보통 가게들은 거의 닫혀 있다. 우리가 갈 가게는 처마 끝 파란 텐트 부분에 '부케ブーケ'라

는 이름이 흰 글씨로 적혀 있는, 색다른 점이 전혀 없는 스낵 바였다. '부케'의 장음 기호가 리본처럼 약간 굽이치는 고풍스러움이 자못 '옛날 스낵 바'라는 느낌. 무례한 생각을 하는 나를 제쳐두고, 기분이 좋은 오카바야시 씨가 문을 밀어 열면서 말한다. "안녕하세요오." 소문 속의 미인 마담을 보면 '뭐야'라는 표정을 짓지 않도록 조심해야지.

"마담, 잘 지냈어?"

"그냥."

카운터 안에서 그렇게 무뚝뚝하게 대답한 사람은, 카논이었다. 카논이 있었다.

유즈가 있다. 눈앞에 있고, 나를 쳐다보고 있다.

본 지 10년도 더 지났지만 한눈에 알았다. 머리는 짧아졌고, 옛날의 나처럼 헐렁한 후드 티를 입고 있다. 눈을 크게 뜨고서 목소리도 내지 못하고 딱딱하게 굳은 상태로 멀뚱히 서 있는데, 오카바야시 씨가 해맑게 말했다. "도쿄에서 동업자가 이사 왔어." 그 말에 몸이 겨우 움직여서, 나는 유즈를 보던 시선을 딴 데로 돌리고 물수건이 담겨있는 보온 케이스를 연다. 물수건을 집는 손이 떨렸다.

꿈에서라도 좋으니 만나고 싶었다. 길가에서, 전철 안에서, 해변에서, 우연히 다시 만날 수 없을지 몇백 번이고 상상했다. 하지만 이런 상황은 생각지 못했다. 나는 동요를 필사적으로 억누르며 카운터에 물수건 세 개를 가지런히 두었다. 가장 안쪽에 앉은 미나토의 의아하다는 듯한 시선을 느꼈지만, 모른척한다.

"조금만 더 있으면 소다 씨도 올 테니까 물수건 하나 더 줘. 어때 후지노, 마담이 진짜 미인이라 깜짝 놀랐지?"

"엇, 아, 네."

그 이름에 기억의 회로가 번뜩 이어져, 이번에는 '앗' 소리를 낼 뻔했다. 후지노다. 유즈의 과외 선생. 옛날보다 조금 세련돼 보이지만 옛 모습이 남아 있다. 후지노가 오카바야시 씨의 동업자? 그럼, 유즈는?

"맥주 중간 크기 병이랑, 후지노는 우롱차면 되지? 안주는 마른안주로 적당히 부탁해."

쭈뼛쭈뼛 자리에 앉은 유즈가 물수건을 집는 손을 몰래 봤더니 왼손 약지에 은색 반지를 끼고 있었다. 그리고 후지노 손가락에도 같은 디자인의 반지가 있었다. 아아, 그런 거구나. 너무 갑작스러워서 기쁨과 슬픔을 느낄 여유가 없었고, 묘하게 들뜬 기분으로 컵 받침과 유리잔을 준비했다.

"마담도 마시자, 오늘은 이 부부 환영식이니까."

"안 마셔."

"안정적인 불친절 서비스."

오카바야시 씨는 형식적으로만 투덜댄 뒤 능숙하게 맥주와 우롱차를 따르고는 "건배" 하고 목소리를 높였다. 후지노와 유즈가 어색하게 잔을 들어올린다. 둘 다 어쩌지? 하는 머뭇거림을 커플링처럼 띠고 있어서, 나는 후지노에게 짜증이 난다. 뭐야 너. 넌 처음 보는 척하지 않으면 유즈가 이상하게 생각할 거 아냐.

아아, 하지만 그런 걱정은 필요 없는 걸까? 옛날에 내게 당했던 일을 이미 다 털어놓았을지도. 부부지 참. 결혼했지 참.

맥주 같은 거 말고 더 센 술이 필요하다. 카운터에서 안 보이는 곳에서 주먹을 꼭 쥐고 있는데 유즈의 시선을 느꼈다. 어쩌지. "오랜만이야"라고 하면서 말을 걸어야 할까?

고타키지, 고1 때 잠깐 같은 반이었던… 지금은 후지노야? 나는 전학 가고 나서 계속 여기 살았어, 엄청난 우연이네… 안 되겠다, 수상쩍게 보이지 않을 자연스러운 말투로 내뱉을 자신이 없다. 목소리가 떨릴 것 같다. 말문이 막힐 것 같다. 게다가 이런 데서 얘기하고 싶지 않다. 스낵 바 일을 부끄럽다고 생각한 적은 없는데, '마담'으로 가게에 서있는 내 모습을 유즈에게 보이고 싶지 않았다.

미리 짠 것처럼, 유즈 또한 아무 말도 하지 않는다. 내 동요를 헤아린 것일까. 아니면, 어이가 없어서? 패밀리레스토랑 알바를 하면서 남자랑 엮이는 것조차 싫어했으면서 이런 데서 일하다니, 하고.

나는 일부러 등을 돌리고 장식장 유리를 닦거나 냅킨을 접는 등 지금 하지 않아도 되는 자질구레한 일에 힘을 쏟는다. 소다 씨가 "안녕하십니꺼"라고 하면서 들어왔을 때는 마음이 놓였다.

"엇, 먼저 시작하고 있었습니다아."

"예예."

그 목소리를 민감하게 알아챈 제제가 잠옷 차림으로 2층에서 내려왔다.

"엄마, 소다 선생님 왔어?"

"제제, 잘 있었나? 여태 깨 있는 거가?" 소다 씨가 웃음을 지으며 말한다.

"응, 오늘은 저녁 먹고서 한자 쓰기 연습하고 있었어. 이것 봐!"

"제제, 그런 건 내일 해도 되잖아."

"지금 할 거야."

소다 씨에게 엉겨 붙으려 했던 제제는 유즈를 보더니 왜인지 "아!" 하고 목소리를 높였다.

"메뚜기 언니다."

"안녕, 제제."

유즈가 처음으로 말했다. 기억보다 약간 더 차분하고 침착한 목소리로, 친숙한 듯 딸의 이름을 부른다.

"어 뭐야, 만난 적 있어?"

오카바야시 씨가 내 의문을 대변하듯 물었다.

"관광타워 근처에서 옷에 메뚜기가 붙어서, 못 떼고 곤란해하는데 제제가 도와줬어요. 그치, 제제?"

"응."

낮에 미나토와 나갔을 때였겠지. 유즈는 등을 구부려 시선을 맞추며 제제에게 상냥하게 말을 건다. 조금 전까지의 곤혹스러운 분위기는 어디에도 없고, 옛날부터 알고 지내던 사람이나 친척 같은 태도였다. 나는 유즈가 후지노와 결혼했다는 사실에 여태 당황하고 있는데, 유즈는 내게 아이가 있다는 걸 알고도 아무 생각이 안 드는 걸까?

"한자 쓰기 연습했어? 대단하다, 보여줄 수 있어?"

"저기…."

제제는 몸을 배배 꼬며 으스댔다.

"이모, 선생님 아니잖아."

"선생님이야."

"거짓말."

"진짜로. 지금은 좀 쉬고 있지만."

"흐음, 언제까지?"

"그건 잘 모르겠달까."

"하긴 그래. 제제도 학교 언제까지 쉴 거냐고 담임선생님이 물어봐서, 그런 거 모른다고 생각했거든. 지금은 소다 선생님네 학교에서 매일 공부해."

"그렇구나, 기특하다."

"아니, 전혀 기특하지 않아. 다니고 싶으니까 다니는 것뿐이지. 그러니까 이모도, 다니기 싫어도 기특하지 않은 게 아냐. …않은 게 아냐? 않은 게 아니지 않아? 어라?"

헷갈린 제제가 고개를 갸웃하자, 유즈와 후지노도 즐거운 듯 웃었다. 아이란 대단하다.

"고마워, 제제."

"근데 말이야, 이모는 왜 선생님이 되겠다고 생각했어?"

"어?"

"요즘 말이지, 대안학교 수업 시간에 '커서 하고 싶은 일'에 대해 이야기하는데, 제제는 잘 모르겠어서."

"제제는 몇 학년이야?"

"2학년."

"그렇구나…."

유즈는 고개를 가볍게 끄덕이더니 자세를 바로하고는 두 팔꿈치를 카운터에 괴고서 열 손가락을 가볍게 모은다. 약지에 낀 반지가 조명 빛을 받아 반짝하고 내 눈을 찌른다. 가시 같은 빛이었다. 그리고 입을 거의 안 대고 있던 유리잔의 맥주를 단숨에 다 마시고는, 벽에 걸린 둥근 시계를 가리켰다.

"제제, 지금 몇 시인지 알아?"

"여덟 시 사십칠 분."

"참 잘했어요."

"초등학생이니까, 다들 알아."

아이란 이상한 존재라, 너무 뭐든지 칭찬하면 오히려 기분 나빠한다. 입술을 삐죽이는 제제에게 유즈가 말했다.

"제제랑 같은 나이 무렵에 시계를 못 읽는 친구가 있었거든."

내가 휴 하고 숨을 삼키는 소리가 주위에 들렸을까 싶었다. 땅에 시계 그림을 그리고 두 바늘의 의미를 설명해 준 유즈.

"내가 가르쳐주니까 무척 기뻐했고, 그게 선생님이 되고 싶다고 생각한 이유야."

"그게 다야?"

"맞아. 기뻤거든. 무언가를 할 수 있게 됐다는 기쁨을 보여줘서, 뭔가를 할 수 있다는 걸 배운 사람은 오히려 나였던 거야. 남들이 보면 사소한 일이라 해도 내겐 소중한…."

내가 천천히 숨을 내뱉음과 동시에 유즈의 두 눈이 순식간에 눈물로 가득 차서 뺨을 타고 흘러내린다. 눈물이 턱 끝까지 흘러내리기 전에 유즈가 고개를 홱 돌리고 일어났다.

"유즈."

후지노가 엉거주춤 일어난다.

"아무것도 아냐. 죄송합니다, 좀 취한 것 같아요. 오늘은 이만 실례하겠습니다. 미안, 제제. 또 만나자."

유즈가 눈물을 닦으며 나가고 후지노도 목례를 하고는 그 뒤를 쫓았다. 딸랑하는 벨소리와 함께 문이 닫히자, 제제가 잠옷 소매를 잡고 고개를 숙이며 말했다.

"제제 때문이야?"

"아이다, 아이다. 제제 탓 아이다."

소다 씨가 가볍게 머리를 쓰다듬으며 위로한다.

"슬퍼서 우는 거 하고는 좀 다르대. 친구 생각난 거 아니겠나? 인제 자자. 이라다가 내일 아침에 못 일어날라."

"응⋯."

그래도 제제에게는 아직 다 처리하지 못한 감정이 남았는지, 이번에는 미나토에게 졸라댔다.

"2층까지 안아서 데려다줘."

"미나토, 부탁해."

"어."

미나토가 제제를 안아 들고 2층으로 가자, 오카바야시 씨가 "어쩐 일이지?" 하고 고개를 갸웃한다.

"유즈 씨 꽤 쿨한 성격이라, 술이 들어간다고 해서 남 앞에서 우는 타입이 아닌데 말이죠."

"실제로 어린 아를 보니까 여러모로 감정이 복받친 거 아니겠습니꺼."

나는 지금 당장 혼자 있고 싶었다. 아무도 없는 곳에서 아까 유즈가 한 말을, 눈물을 되새기고 싶었다. 반지의 반짝임보다 더 투명하고, 숨을 거뜬히 끊어버릴 만큼의 아픔과 함께 깊이 박힌 빛.

'그랬구나' 하는 기쁨도, '왜 지금 그런 말을 해'라고 하고 싶은 분노도, 눈물을 닦아주고 싶다는 사랑스러움도 그 작은 빛으로 꿰여, 내 안에서 몸부림친다.

유즈를 다시 만났다. 이제 어린애가 아니고 아제쿠라 카논도 아닌, 스물아홉 살의 우나사카 카논이.

"괜찮아?"

남편이 그렇게 염려해 줘도 나는 대답도 제대로 하지 못한 채 조수석에 앉아있었다. 머릿속에 밀려든 정보와 감정과 기억을 다 처리하지 못하고 멍한 상태였다.

일곱 살의 카논. 열다섯 살의 카논. 방금 눈앞에 있었던 카논. 남자아이 같았던 머리카락은 완전히 길어서, 뒤로 하나로 묶여 있었다. 오래된 스낵 바의 칙칙한 자주색 소파와 합판 카운터. 카논을 "엄마"라고 불렀던 제제.

그때 처음으로 가슴이 쿡쿡 쑤셨다. 분명 그 아이는 옛날의 카논을 많이 닮았다. 어디에서 뭘 하고 있을지 이제껏 몇 번이나 생각해 왔는데, 아이가 있을 거라고는 생각지도 못했다.

나는 줄곧 카논을 만나고 싶었다. 하지만 그러지 못해서 이제 평생 못 만나겠지, 하고 포기하고 있었다. 카논은 옛날보다 더욱 무시무시하게 느껴질 만큼 예뻤다. 사춘기의 때를 벗고서 진주처럼 함초롬하고 부드러운 빛을 내뿜고 있다. 일곱 살 때도 열다섯 살 때도 그리고 지금도, 그 애는 내 눈길을 순식간에 사로잡는다.

말을 걸어야 했을까? 하지만 특별한 사정이 있는 입장이었으니 경솔하게 과거 이야기 따위 하지 않는 게 나을지도 모르겠다 싶어 수세로 전환해버렸다. 카논이 무슨 말을 먼저 한다면 아무렇지 않은 얼굴로 응할 생각이었지만, 결국 한 마디도 나누지 못한 채 멋대로 감정이 격해져서 분명 깜짝 놀랐을 것이다.

빛이 있는 곳에 있어줘, 라는 말로 나를 붙들어 매고 가버린 그 아이. 나는 지금도 나의 일부가, 그 부슬비가 내리던 밤중에 남아있다는 기분이 든다. 아직 익숙지 않은 거리의 야경이 엷게 고인 눈물로 번진다. 가로등을 지날 때마다 나를 두고 달려가 버린 카논의 뒷모습을 찾았었다.

카논이 없어지고 나서, 그 단지에 딱 한 번 간 적이 있다.

카논은 갑자기 헤어진 다음 날에도 학교에 나오지 않았다. 선생님은 아무 말도 하지 않았고, 점심시간에 아사코가 "아제쿠라 괜찮을까?"라고 하면서 화제에 올렸다.

— 아, 그러고 보니 유즈, 아제쿠라한테 사전 돌려받았어?

— 어?

— 그저께 방과 후에 유즈 주소 물어보던데. 사전 돌려주고 싶다면서.

영문을 알 수 없었다. 사전을 빌려준 적도 없고, 카논은 우리 집에 오지도 않았었다. 나는 솔직히 모르겠다고 말하려다 아사코의 걱정스러운 얼굴에 입을 다물었다.

— 엇, 가르쳐줬는데, 내가 잘못한 건가?

— 아니 괜찮아, 돌려주러 왔었어. 과외 선생님이 와있어서 엄마가 받았어.

당황해서 얼버무려도 안 좋은 예감이 서서히 커져 가는 것을 멈출 수 없었다. 카논, 무슨 일을 한 거야? 지금, 어떻게 지내는 거야?

주말이 지나고 또 다른 한 주가 시작되어도 교실에 카논의 모습은 없고, 아침 학급 회의에서 선생님이 "아제쿠라는 집안 사정으로 전학을 갔습니다"라고 짧게 말했다. 목소리를 높이는 아이는 없었지만 교실 안에는 소리 없는 웅성거림이 퍼져, 선생님은 어색하게 말했다.

"오래 함께하지 못하고 이별하게 된 걸, 무척 아쉬워했어요."

수수께끼 같은 아이가 수수께끼처럼 사라진 것이니, 반 친구들은 이러니저러니 수군거렸다. 배우 데뷔에 앞서 연예과가 있는 고등학교로 옮겼다. 부모님 일로 외국에 갔다. 실은 약혼자가 있는데 열여섯이 될 때까지 잠깐 고교생활을 즐겼다. 여러 학교를 전전하는 문부과학성 직속 복면 조사원이었다… 그 어느 것도 아니라는 건, 물론 모두가 알고 있었다.

나는 우선 선생님께 아제쿠라의 새 주소를 알려달라고 부탁해 보았다.

— 아무것도 몰랐으니 편지를 쓰고 싶어서요.

— 그래…

선생님은 당황한 얼굴로 "실은 말이야"라고 하면서 가르쳐주었다.

— 새 주소는 선생님도 모르거든. 우편물이 오면 자동으로 새 주소로 전송되도록 해놓았으니 필요하면 전 주소로 보내달라고 해서. 전화번호도 바꿔버린 것 같고… 그러니까 편지를 써서 맡겨주면 선생님이 전 주소 앞으로 보내줄게. 고타키가 쓴 보내는 사람 주소가 있으면, 아제쿠라가 새 주소에서 답장을 써 주겠지.

그렇게 답답한 방식으로 정말 카논에게 편지가 닿을 수 있을까? "알겠습니다." 나는 입술을 깨물고 물러날 수밖에 없었다. 사라지기 하루 전날 밤, 이미 카논에게는 무슨 일인가가 일어나 있었다. 아니, 어쩌면 더 이전부터.

왜 거짓말을 하면서까지 내 주소를 알려고 했을까? 진짜로 우리 집에 온 걸까? 왜 아무 말 없이 가버린 걸까? 내가 더 제대로 된, 의지가 되는 사람이라면 적어도 제대로 된 이별을 할 수 있었을까? 자기혐오가 빙글빙글 소용돌이치려 할 때에도 카논의 말이 그걸 막아주었다.

— 내가 유즈라면, 유즈를 좋아할 수 없으니까.

난 아무것도 해준 게 없는데, 왜 그런 말을 한 거야?

그로부터 열흘 정도 지난 평일 오후에 5, 6교시 연속으로 자습을 하게 되었고, 곧 기말고사이기도 해서 집에서 공부하고 싶은 사람은 가도 좋다는 허락이 떨어졌다. 고분고분한 우등생들뿐이니 딴 길로 새서 놀려고 하는 괘씸한 아이는 없다 — 적어도 선생님들은 그렇게 생각했을 것이다. 기회는 오늘뿐이라고 생각했다. 엄마에게 들키지 않고 그 단지에 갈 수 있다. 나는 집에 가서 공부하는 척하고 우선은 카논이 알바를 했던 패밀리 레스토랑에 갔다. 교복 차림 그대로 통학 루트를 벗어나 돌아다니는 것만으로도 긴장됐지만, 역무원과 경찰관에게 검문당하는 일은 없었다.

가게로 들어가 음료만 주문하고, 쟁반과 영수증을 들고서 바삐 돌아다니는 점원을 관찰했다. 카논의 모습은 보이지 않는다. 15분 정도에 걸쳐 오렌지주스 한 잔을 마시고, 나는 그중에 가장 인상이 좋은 점원을 불러 세웠다.

— 네에. 주문하시겠어요?

— 실례지만, 여기에서 아제쿠라 카논이라는 사람이 일하고 있을 텐데요…

— 아제쿠라 말이죠, 얼마 전에 관뒀는데요.

— 그렇군요, 감사합니다.

예상은 했기에 낙담하지 않았다. 나는 곧바로 가게를 나가, 미리 찾아둔 단지로 향했다. 주위 경치는 막연히 기억하는 정도였지만, 패밀리 레스토랑 연선의 역과 5층 건물이라는 키워드로 단지를 좋아하는 사람의 블로그를 이것저것 검색해 보니 본 기억이 있는 건물을 찾을 수 있었다. 흔들리는 전철 안에서 카논도 이 경치를 보고 있었을까, 생각하며 낯선 차창의 풍경을 응시했다. 당장이라도 저기를 걷는 카논과 눈이 마주치지 않을까 하는 말도 안 되는 기대를 하면서.

교통이 애매하다는 블로그의 평이 있었는데, 그 말대로 역에서 이십 분 이상 걸어가서야 단지가 나왔다. 건물이 눈에 들어온 순간, 내 애매한 기억에 선명한 윤곽과 색이 덧입혀진다.

아아, 맞다 이 단지. 이 길. 벽면에 붙은, 몇 동인지를 보여주는 숫자 플레이트와 벽에 간 금. 이유도 모른 채 엄마를 기다리던 음침하고 어스름한 계단. 가까이 다가설수록 카논과의 추억이 잇달아 되살아난다. 둘이서 항상 놀던 작은 놀이터에는 모르는 아이들이 뛰어놀고 있다. 그 시절 앉았던 철봉은 지금 보면 깜짝 놀랄 정도로 낮아서 이렇게 작았구나, 하고 괴로운 기분이 들었다. 지금보다 더 무력하고, 아무것도 몰랐고, 그래서 서로가 소중했고. 카논이 명복을 빌어준 작은 새는 지금도 놀이터 한구석에 잠들어 있을까?

이곳을 느긋하게 둘러볼 만큼 시간이 넉넉한 건 아니었지만, 나는 멈춰 서서 6동 끝의 506호를 올려다봤다. 처음으로 카논을 봤던 곳. 나는 팔을 뻗었고, 카논은 코피로 더러워진 얼굴로 내게 뛰어 내려와 주었다. 떠올리니까 저절로 웃음이 나왔고, 보고 싶어 견딜 수가 없었다. 그때의 카논이 여기에 있다면 티슈를 건네주기보다는 꼭 안아줄 텐데. 물론 베란다에는 아무도 없고, 수건 한 장 나부끼지 않았다.

나는 남의 눈을 피하면서 우편함 앞에 서서 '506'이라고 적힌 칸을 슬쩍 들여다보았다. 광고지와 편지가 쌓여 있어서 전송되게 해두었다는 말은 거짓말이라는 생각이 들었다. 편지를 써서 선생님께 맡겨도 분명 여기에 꽂힌 채로 카논에게는 가지 않는다. 하지만 그것도 예상했던 일이었다.

탁탁 소리를 내며 계단을 오른다. 5층까지는 눈 깜짝할 새였다. 표찰이 없는 6호 문에 귀를 살며시 가져다 댄다. 금속 문에 닿아 써늘하기만 할 뿐 아무런 소리도 들리지 않는다. 그리고 버튼만 있는 초인종을 누르자 딩동, 하고 집 안에 울리는 소리가 들렸다.

처음으로 이 단지에 왔을 때 엄마가 5동 504호의 초인종을 울렸던 일을 떠올린다. 엄마의 손톱이 핑크베이지색이었던 것까지. 초인종의 여운이 사라지자 문 너머는 다시 쥐 죽은 듯 고요해졌고, 나는 검지를 공중에서 어쩔 줄 몰라 하다가 다시 눌렀다. 역시 반응이 없다. 하지만 어쩌면, 그렇다면 싫지만, 빚쟁이나 뭔가에 겁을 먹고서 집 안에서 숨을 죽이고 있는지도 모른다. 카논 하고 불러볼까, 그런 생각을 하면서 숨을 삼켰을 때 등 뒤에서 문이 열렸다.

등 전체가 움찔 흔들렸다. 소리를 지를 뻔했지만 어떻게든 참고 뒤돌아보니 요란한 금발 머리 여자가 나오는 참이었다. 몹시 말랐다. 하지만 부러운 마른 몸이 아니라, 슬쩍 보기에도 건강하지 않아 보였다. 소매가 없는 옷을 입어서 다 나온 팔은 팔꿈치 관절이 툭 튀어나와 보일 정도로 가늘고, 짤랑거리는 팔찌와 뱅글이 안 떨어지는 게 이상했다. 지나치다 싶은 액세서리 틈새로는 손목을 칼로 그은 듯한 상처가 가득해서 여느 때라면 1초도 지나지 않아 눈길을 피했을 것 같다. 하지만 이 사람이 분명 카논이 얘기했던 '치사 씨'가 틀림없다.

― 거기, 없어.

치사 씨는 뾰족한 턱을 번쩍 들면서 지루한 듯 말했다.

― 이사 간 곳이라든가, 아시는 것 없을까요?

― 알 리가 없지, 야반도주한 건데.

용기를 내어 질문했는데 냉담한 대답이 돌아왔다. 야반도주라는 무서운 단어가 내 머릿속을 뛰어다녔다. 카논은 여기에서 지낼 수 없게 된 거구나. 그래서 그런 식으로, 아무 말도 안 하고.

― 심야 버스 탄다는 식으로 말하긴 했지만.

그런 건 아무런 단서도 되지 못한다. 나는 고개를 숙이다가 치사 씨의 "너, 혹시 '유즈'?"라는 소리에 다시 고개를 퍼뜩 들었다.

― 그 교복, S여학교지. 걔, 마지막까지 널 신경 썼었어. 항상 유즈 유즈 하고 시끄럽게.

알고 있어요, 하고 말하고 싶었다. 그런 소리를 당신이 할 필요는 없어. 내가 알고 싶은 건 카논이 지금 어디에서 어떻게 지내는가 하는 것이다. 태어나 처음으로 부모님 몰래 나와서 내가 밝힌 것은 그녀의 행방을 알 수단이 없다는 것뿐. 가만히 서 있는 나를 아랑곳 않고, 치사 씨는 계단을 내려갔다.

가느다란 힐이 콘크리트를 때리는 소리를 들으며 나는 울고 싶은 걸 필사적으로 참고 있었다. 눈물이 나면 멈추지 않는다. 엉엉 울다 집에 가서 엄마를 속일 만한 기운이 남아있지 않다. 그러니까 울면 안 된다. 이럴 때에도 엄마 생각을 하다니.

이제 만날 수 없구나. 8년 전과 마찬가지로 갑작스런 이별. 하지만 그때는 내가 두고 가는 입장이었다. 이유도 모르고 남겨진 카논의 아픔을, 이제야 겨우 알았다. 그 아이가 얼마나 쓸쓸하고 슬펐을지. 그래도 카논은 가냘픈 실을 더듬어 만나러 와주었지만, 내겐 카논에게 이어지는 실마리가 보이지 않았다.

14년 전에 후지노에게서 받은 메모는 진즉에 버렸지만, 거기에 몇 개나 적혀 있던 메일 주소는 아직도 내 머릿속에 남아있었다. 풀 네임 플러스 프로바이더, 혹은 도메인인 간단한 것들뿐이어서 기억하는 거지, 잊지 말아야지 하고 새겨둔 건 아니다. 기억 속 주소를 지금도 쓰는지는 모르겠지만, 그중 하나로 '내일 아침 다섯 시, 등대 앞 주차장'이라고만 써서 보낸 메일은 오류 없이 전송되었다.

후지노는 내가 말한 등대 근처의 휑한 주차장에 진짜로 나타났다. 주위는 나무들로 둘러싸여 있고, 이른 아침이니 아무도 없다.

후지노는 새싹 마크를 붙인 흰 프리우스*를 타고 느릿느릿 내 차 근처에 멈추더니 밖으로 나오자마자 고개를 숙였다.

"오랜만입니다."

"대단한 일을 해 냈구만."

"네?"

"결혼."

"아아…"

후지노는 곤란하다는 얼굴로 울창하게 우거진 수풀로 시선을 준다.

"유즈한테는 뭐라고 얘기하고 나온 거야?"

"사람이 적은 시간대에 운전 연습을 한다고요. 아직 초보라서… 당신은? 그, 결혼은?"

"남편은 집에서 자고 있어."

"그렇군요."

"어쩔 셈이야?"

나는 단도직입적으로 물었다.

"네?"

"내가 여기 있다는 걸 알았던 거 아냐? …메일 썼으니까."

_____

• 일본 도요타의 자동차.

그건, 내가 크게 후회하는 일 중 하나였다.

이곳 고등학교에 다녔지만 결국 자퇴를 결정했을 때 문득 후지노의 얼굴이 떠올랐다. 덜떨어지고 못생겼지만 내가 만나온 사람들 중에서는 그나마 '제대로 된 어른'이었으니까.

수업을 빠지고 아무도 없는 학교 컴퓨터실에서 무료 메일주소를 만들어 후지노 앞으로 메일을 썼다. 내가 어떤 상황이고 무슨 생각을 하는지. 털어놓고 싶어도 이 동네에서는 그럴 상대조차 찾을 수 없었다. 노트에 일기를 써서 숨겨두기도 어렵고, 묵묵히 키보드를 쳐서 머릿속 말들을 글자로 만드는 건 기분 좋은 일이었다. 문제 해결에는 전혀 도움이 안 될지언정 사고가 정리되어 개운해진다. 하지만 막상 받는 사람 란에 후지노의 메일 주소를 써넣고서 긴 메일을 다시 읽어보니 이걸 어떻게 보내나 하고 제정신이 들었다. 단 한 번, 심지어 엉뚱하게 만났던 새빨간 타인에게 털어놓는다 해도 아무 소용이 없다. 나는 '삭제'를 클릭할 생각이었다.

─ 아제쿠라! 이런 데서 뭐 하노?

그런데 선생님에게 들키고 이름을 너무 큰 소리로 불려서, 마우스를 움직이던 손이 삐끗했다. 화면에는 이미 '메일을 송신했습니다'라는 메시지가 떠 있었고, 머리를 싸맨다 한들 취소할 방법도 없었다.

메일 계정은 곧바로 삭제했다. 만약 후지노가 본다 해도 실수나 장난이라고 생각하겠지 하고 자신을 타이르며, 어젯밤 유즈를 만날 때까지 깨끗이 잊고 있었다.

"그 시절 인터넷 사정에 너무 어두워서, 학교 컴퓨터로 보냈는데 꼬리가 잡힐 줄은 몰랐어."

"그 메일은, 역시 당신이었군요."

후지노가 말했다.

"혹시나 싶기는 했습니다. 그때 그 여자아이 아닐까 하고. 실제로 고등학교 이름까지 확인하기는 했습니다. 그래서 만약에 유즈가 당신에 대해 무슨 이야기를 하는 일이 생긴다면 털어놔야겠다는 생각은 했습니다. 하지만 유즈는 아무 얘기도 안 했어요. 쉽게 말하지 않을 만큼 당신이 특별한 존재였다는 걸, 어제 가게에 갔을 때 그 사람 태도를 보고 알았습니다."

이 사람에게 이런 얘기를 들어도 기쁘지 않았다. '그래서?'라는 마음으로 나는 발치의 모래를 밟아 다진다.

"왜 여기로 온 거야?"

"절반은 단순히 오카바야시 씨의 권유 때문입니다. 유즈는 요즘 많은 일들을 겪고서 일을 계속하지 못할 정도로 힘들어했어요. 환경을 바꾸고 푹 쉬게 해주고 싶다고 생각했을 때 맞다, 하고 당신 생각이 나서, 제 안에서 결정적인 이유 중 하나가 되기는 했습니다. 오카바야시 씨가 살고 있기도 하니 이 지역에 연이 있을지도 모르겠다고 느꼈죠… 설마하니, 진짜로 다시 만날 수 있을 거라고 생각하진 못했지만."

"…그렇구나. 그렇단 거지, 알았어."

차의 도어록을 해제하고 타려는데 후지노가 "잠깐만요"라고 하면서 막아섰다.

"아까 말한 대로, 지금 유즈는 사정이 있어서 불안정합니다. 하지만 당신이 함께 있어 주면 좋아질 거라는 생각이 들어요."

"무슨 소리야."

"당신에게 부담이 되지 않는 범위에서, 유즈에게 힘이 되어 주시겠습니까?"

"그런 거, 남편이 하는 일이잖아."

"저만 가지고는 부족한 부분도 있을 것 같으니까요."

"뭐라고? 뭐야, 내가 지명타자인 거야? 아니면 어시스턴트?"

"아니, 그런 말이 아니고요."

후지노가 뭐라하든 나는 운전석에 올라타서 난폭하게 문을 닫고 차를 출발시켰다. 그대로 텅 빈 국도를 달린다.

그 시절 유즈에게 시계 읽는 법을 배운 일곱 살의 나는, 그저 유즈와 함께 있고 싶었다. 부모 사정에 좌우되지 않고 더 놀고 싶었다. 유즈와 같은 교복을 입은 열다섯 나의 바람도 그 애와 함께 있는 것이었다.

그 소원이 지금 이루어졌다는 건가? 보통의 친구처럼 함께 놀거나, 차를 마실 수 있게 된 건가? 어른인, 자유로운 우리가. 잘됐네, 하고 열다섯 살의 내가 말한다. 꿈꿨잖아, 원했잖아, 바라던 거잖아, 뭐가 불만이야? 왜 기뻐하지 않는 거야?

집으로 돌아와 슬쩍 2층으로 올라가니 미나토와 제제가 나란히 누워 자고 있었다. 나는 미나토 옆에 바싹 붙어 눕는다.

"카논?"

"여깄어."

"어디 갔었노?"

"산책."

"맞나."

미나토의 팔에 매달려, 어깻죽지에 얼굴을 묻는다.

"와 이라노?"

"아무것도 아냐."

후지노도 지금쯤 집으로 돌아가 유즈와 같은 침대에 있을까. 부부 각각의, 각기 다른 일상에 지나지 않는데 내 가슴은 질리지도 않고 아프다.

어른이 된, 자유롭지 못한 우리들.

남편이 돌아온 것은 아침 다섯 시 반쯤이었다. 문을 여는 소리가 났지만, 2층으로 올라오지는 않는다. 나는 일어나 1층으로 내려갔다.

"좋은 아침, 잘 다녀왔어?"

"좋은 아침, 다녀왔어. 더 자도 돼."

"아냐. 이른 아침 드라이브, 어땠어?"

"텅 비어있어서 상쾌했어."

동트기 전부터 나가면 당연히 텅텅 비어있겠지.

"차가 너무 없어도 연습이 안 되지 않아?"

"뭐, 차츰 익숙해지겠지."

"내가 조수석에서 곯아떨어질 정도로 늘어야 돼."

"열심히 할게."

진지하게 끄덕이는 남편은 평소와 똑같아서 마음이 놓였다. 어젯밤에는 샤워도 하지 않고 자버렸기에 따뜻한 물을 받아 목욕을 한다. 욕조에 느긋하게 잠겨있자니, 울고 난 다음 날 특유의 나른함이 수증기와 함께 증발하는 기분이 들었다. 반투명한 작은 유리창으로 아침의 빛이 비쳐 들어와 배 언저리가 밝게 출렁이듯 보인다. 이렇게 등을 구부려도 군살 때문에 주름이 생기지는 않는다. 하지만 십대 시절의, 안쪽부터 팽팽하고 기운이 넘치는 듯한 그 싱싱함은 어느샌가 없어졌다. 최근 수년간 자신의 육체가 생물학적인 피크를 지나가 버렸음을 실감하는 기회가 늘었다.

아랫배를 살짝 문질러본다. 피부, 지방, 근육, 피와 뼈와 장기. 카논은 이 안에서 하나의 생명을 데우고, 제제라는 아이를 낳았다. 그 호리호리한 배가 볼록 부풀어 오른다. 가슴이 불어난다. 진땀을 흘리며 진통을 참는다. 상상하니까 꺼림칙한 기분이 들어서, 두 손으로 젖은 머리카락을 쓸어 올렸다.

그러고 보니, 그 애의 남편은 어떤 사람일까. 도로 건너에서 봤을 때의 인상은 이렇다 할 게 없었다. 천진난만하게 "아빠"라고 했던 제제의 말투로 미루어보아 나쁜 사람은 아닐 것 같지만, 좋은 사람이라면 부인을 스낵 바에서 일하게 하기도 하나? 당연히, 내가 모르는 사정이 있다고 해도… 가슴속까지 수증기가 자욱이 낀 듯 몽롱하다. 카논이 반려자로 고른 사람이 어떤 남자인지, 이 눈으로 확인할 때까지 개운해질 것 같지 않다. 나는 욕조에서 가벼운 현기증을 느끼며 지금의 카논에 대해 알고 싶다고 생각했다. 내가 모르는 공백의 기간, 그녀의 인생에 무슨 일이 있었는지를.

긴 목욕을 끝내고 아침을 먹으면서 "어젯밤엔 미안했어" 하고 아무렇지도 않게 말을 꺼냈다.

"갑자기 예민해져서, 부끄럽네."

"신경 쓰지 마."

남편도 가볍게 대답했다.

"1차에서 술을 너무 많이 마셨는지도 몰라. 오카바야시 씨를 두고 와버렸으니, 나중에 먹을 것도 갖다 드릴 겸 사과하러 다녀올게."

"그런 거 전혀 신경 쓰지 않아도 돼."

오카바야시 씨의 이름을 꺼낸 순간, 남편의 말투가 난폭해져서 웃음을 터뜨린다. 나는 오전 내내 남편 일에 방해가 되지 않도록 조심하면서 집 안 구석구석을 정리했다.

남편이 점심은 가볍게 먹어도 좋다고 그래서 햄과 오이를 넣은 샌드위치로 때우고 쿠키를 구웠다. 생강과 페퍼 치즈, 술을 좋아하는 오카바야시 씨가 맛있다고 했던 것들이다. 집에 있던 봉투와 끈으로 포장하고서 차를 몰고 출발했다. 이사 온 뒤로 날씨가 계속 좋아서, 하늘과 바다가 모두 밝게 빛나고 있다.

다이빙 숍에 들어서자 카운터 안에 있던 오카바야시 씨가 "오"라고 하면서 미소를 지었다.

"안녕하세요. 업무 중에 죄송합니다."

"괜찮아 괜찮아, 오늘 한가하니까. 잠깐 밖에서 얘기할까?"

알바 남자아이에게 가게를 맡기고, 오카바야시 씨는 나를 가게 바깥의 벤치로 안내했다. 앞바다는 색이 뚜렷하고 진해서 반짝이는 햇빛과의 대비가 선명했다. 햇빛이 풍부하다는 건 자외선도 잔뜩 내리쬐고 있다는 뜻이니, 도쿄에 있을 때보다 선크림을 더 꼼꼼히 발라야겠다는 생각을 했다. 오카바야시 씨에게 쿠키를 내밀자 "내가 좋아하는 거다"라면서 바로 입에 넣는다.

"음, 맛있다. 맥주 마시고 싶어지네."

"어젯밤엔 일찍 가버려서 죄송했습니다."

"아냐 아냐, 내가 2차까지 끌고 간 거니까."

"집에 가실 때 불편하지 않으셨나요?"

"택시 불러서 괜찮았어."

"가게 주인도 깜짝 놀랐겠어요. 갑자기 분위기를 이상하게 만들어버려서."

"뭐 깜짝 놀라긴 했었지만, 술집 같은 덴 다양한 손님들이 오니까."

"저도 깜짝 놀랐어요."

"어?"

거짓말을 할 때는 목 안쪽에 얇은 종이가 들러붙은 것 같아서 목소리를 낼 때 긴장된다.

"마담, 정말로 예뻐서요."

카논이 오카바야시 씨에게 말했을지도 모른다는 생각은 들지 않았다. 내가 그 애에 대해 남편에게도 이야기하지 않듯, 카논도 나에 대해 아무에게도 말하지 않을 거라는 확신이 있었다. '옛 지인' 같은 말로는 불충분하고, 그렇다고 해서 모든 이야기를 털어놓기도 싫었다. 우리들에 대해서는 우리밖에 모르니까, 배우자라고 해도 끼어드는 게 싫다. 카논도 분명 그럴 것이다.

"어, 그렇지?"

생각대로 오카바야시 씨는 태평하게 끄덕인다.

"남편분, 계시지요?"

"어젯밤에도 있었어, 카운터 맨 구석에. 미나토 씨라는 사람이야."

"아아, 그러고 보니 남자분이 앉아있었죠. 어떤 사람이에요?"

"어떤 사람이냐니… 기본적으론 과묵한 사람. 말을 걸면 대답해 주고, 평범하게 웃기도 하지만 자기가 먼저 대화에 끼어드는 타입은 아니지."

내가 알고 싶은 건 카논과 어디에서 어떤 식으로 만나 결혼
해서 아이를 가지기에 이르렀는지 하는 경위지만, 보아하니 오
카바야시 씨도 그건 모르는 것 같다. 더 이상 못 물어보고 있는
데 "무슨 일 있어?" 하고 반대로 물어 와서 가슴이 철렁했다.

"어쩐 일이야, 유즈 씨가 다른 사람한테 신경을 다 쓰고."

"저, 남에게 그렇게 흥미가 없어 보이나요?"

가벼운 초조함을 농담조로 넘기며 얼버무린다.

"그렇진 않지만, 남과의 거리감에 대해 신중한 타입이라고
생각했으니까."

"그렇게 미인이면 여러 가지가 신경 쓰여요. 어떤 화장품 쓸
까, 라든가."

눈썹과 입술 말고는 거의 맨얼굴로 보였던 카논을 떠올리며
대답한다.

"그리고 스낵 바에서 일하다니 그, 미나토 씨? 그분은 걱정스
럽지 않을까, 라든가."

"미나토 씨는 매일 가게에 있으니 만일의 경우엔 지켜줄 수
있겠지. 원래 소방관이었다는 것 같던데, 지금도 몸 좋잖아. 내
가 한번 취해서 팔씨름 도전한 적 있는데 꿈쩍도 안 하더라고."

오카바야시 씨 또한 평소에 바다에서 잠수를 하니까 보통 남
자들보다도 몸이 더 좋은 편이다. 마음이 조금 놓였지만, 카논
한테 물장사 같은 거 시키지 마, 라는 반감은 사라지지 않았다.

"그건 그렇고 그 '부케'라는 가게, 꽤 오래된 느낌이었는데요."

"어, 옛날부터 했던 것 같아. 물론 난 모르지만 소다 씨한테 들은 얘기로는, 원래 마담의 할머니 대부터 했대. 근데 마담네 엄마가 고향을 떠났다가 10년도 더 지난 뒤에 지금의 마담을 데리고 돌아왔는데 마담네 엄마가 다시 없어지고, 할머니도 돌아가시고 나서 마담이 혼자서 꾸려나가게 되어서 지금에 이르렀다는 식이었어. 마담이니 엄마니 참 복잡하구만."

그럼, 카논은 단지를 떠난 뒤로 계속 여기에 있었구나. 엄마는 어디로 간 거지? 자기도 이 동네를 떠나야겠다는 생각은 안 한 건가? 오카바야시 씨도 더 이상은 모를 테니, 나는 "소다 씨에게도 사과하고 싶은데요"라고 말했다.

"제 연락처, 전달해 주실 수 있을까요?"

"뭐? 유즈 씨 부지런하네… 소다 씨네 학교에 가보지 그래? 차로 가면 금방이니까."

"폐가 되지 않을까요?"

"아니 아니, 좋아할 거야. 물론 유즈 씨가 좋다면, 이지만."

나는 몇 초간 골똘히 생각하는 척을 했다. 사실은 일이 이렇게 흘러가기를 기대하고 있었다.

"가보고 싶어요."

"알겠어."

오카바야시 씨는 그 자리에서 소다 씨에게 전화를 걸어 약속을 잡아주었다.

"학교 주소, 핸드폰으로 보낼게. 소다 씨 연락처도. 여기서 5분만 가면 돼. 학교라기보다 커다란 집이라는 느낌이 드는 데야. 건너편에 관계자용 주차장이 있으니 차는 거기에 세우면 된대."

"감사합니다."

내비게이션에 주소를 넣고, 차를 운전하면서 카논에 대해 얻은 정보를 돌이켜보았다. 하나를 알게 되면 그것에 관한 의문이 두 개, 세 개 더 끓어오르는 상태여서 공백은 여전히 채워질 것 같지 않다.

해안선에서 떨어진 산기슭 근처에 소다 씨의 학교가 있었다. 오카바야시 씨가 말했던 대로 검은 기와지붕의 커다란 단독 주택이었고, 역사가 느껴지는 장중한 구조였다. 주차장에 차를 세우고서 나왔더니 문 앞에 소다 씨가 서 있다.

"안녕하세요. 갑자기 찾아와서 죄송합니다."

"괜찮다 괜찮다. 들어온나."

집 안에서는 웃음소리와 환성이 끊임없이 들려온다. 내가 예전에 흠뻑 뒤집어쓰듯이 접해온 시끌벅적한 BGM에 그립다고 느끼던 찰나, 그런 식으로 생각하는 스스로에게 약간 놀랐다. 휴직하기 직전에는 교내 어디에 있어도 귀를 막고 싶은 기분에 사로잡혀 있었다. 그 무렵의 나는 정말로 궁지에 몰려 있었구나 하는 걸, 다 지나고 나서 비로소 깨닫는다. 지금은 아이들의 활기에 둘러싸여도 위가 아프지 않고, 오히려 기분이 좋다.

넓은 현관에는 어른용부터 아이용까지 열 켤레 이상의 신발이 가지런히 놓여있었다. 소다 씨는 나를 소파가 있는 응접실로 안내하더니 작은 녹차 페트병을 가지고 온다. 제대로 우린 녹차를 주는 것보다 마음이 편하고 좋았다.

"어제는 부끄러운 모습을 보여서 죄송했습니다."

"무슨 소리고."

소다 씨가 웃었다.

"남 앞에서 우는 거는 부끄러운 거라고 애들한테 가르치지 않는다이가. 어른은 언제부터 우는 걸 부끄러워하는 거고?"

듣고 보니 그 말이 맞는데, 하지만 나는 줄곧 울거나 큰 소리를 내거나 격한 감정을 겉으로 드러내는 건 부끄러운 일이라고 배워왔다. 말도 주먹도 아닌, 엄마의 냉담한 시선과 나를 돌아보려 하지 않는 등에. 심리적 '속박呪縛'이라든가 '속박束縛'이라는 단어에는 새끼줄이나 사슬에 꽁꽁 묶이는 듯한 이미지가 있지만, 엄마의 존재는 비유하자면 나라는 천을 아무렇게나 물들이는 얼룩 같은 거라서 풀거나 벗을 수 없다. 아무리 표백을 반복한들 새하얗게 만들 수는 없고, 얼룩 부분을 잘라내고 기우면 내가 아닌 다른 사람이 된다. 나는 애매하게 끄덕이며 페트병에 입을 댔다.

이 멋진 집은 소다 씨의 본가라고 한다. 십 년 전쯤 부모님이 연이어 돌아가시고 지나치게 넓은 건물과 부지를 어떻게 할지 고민했을 때, 대안학교 아이디어가 떠올랐다고 한다.

2층으로 안내를 받고 창문 밖을 내려다보니 뒤편에는 테니스 코트 크기 정도의 넓은 정원과 벽이 하얀 창고가 있고, 정원을 뛰어다니는 아이들 속에서 제제를 발견했다.

"아, 어제 만난 제제네요."

"작년부터 다닌다."

"지금 2학년이었죠?"

초등학교에 입학해서 1년도 지나지 않아 대안학교로 옮겼다니, 당연히 무슨 사정이 있겠지만 이 자리에서 이것저것 캐물으면 안 되겠다고 판단하고 소다 씨를 향해 말했다.

"정원도 안내해 주실 수 있을까요?"

"물론."

현관을 나와서 뒤편으로 돌아가자, 제제가 재빠르게 나를 발견하고 "앗!" 하는 소리를 내고는 일직선으로 뛰어왔다. 거리낌 없는 미소와, 눈에 달리 아무것도 들어있지 않은 듯한 올곧은 눈빛으로. 그것은 늘 나를 보자마자 기쁜 듯 뛰어오던 카논의 모습과 또렷이 겹쳐져, 어린 그 아이를 다시 만난 듯한 착각과 함께 아픔에 가까운 강렬한 사랑스러움이 복받쳐 올라 두 팔을 벌려 안아주고 싶어졌다. 하지만 순간의 충동을 꾹 참고 주먹을 쥐며 자제한다. 왜냐하면 이 아이는 카논이 아니니까.

"제제, 안녕."

"안녕하세요."

제제는 호기심이 넘치는 눈으로 나를 올려다보면서 소다 씨에게 물었다.

"여기 직원이 된 거야?"

"아이다. 잠깐 놀러 와준 기다."

"흐음."

실망한 표정에 나는 기분이 좋아진다.

"아직 자기소개 안 했지. 난 후지노 유즈라고 해, 잘 부탁해."

"후지노 이모는 몇 살이야?"

"스물아홉 살."

"엄마랑 동갑이다!"

알고 있어, 라고 생각하면서 "그래?" 하고 시치미를 뗐다.

"후지노 이모는 오늘 뭐 했어?"

"밥 짓고, 청소랑 빨래하고, 쿠키도 구웠어."

"쿠키 만들 수 있어? 대단하다."

"섞고 나서 굽기만 하는 간단한 방법으로 해. 오늘 구운 건 달지 않은 어른용 쿠키인데 다른 사람한테 줘버렸으니까, 다음에 달콤한 거 만들면 제제가 먹어줄래?"

"응!"

만면에 미소를 지으며 끄덕이는 제제를 보며 안 될지도, 하고 생각한다. 이 아이를 대하다 보면 응석을 한없이 받아주고 싶다.

"제제네 엄마는 과자 안 만들어?"

"엄마는 항상 '요리하기 귀찮아'라고 해."

숨김없는 말투에 무심코 웃어버린다.

"아, 그래도 가끔 핫케이크 구워줘. 제제는 우유로 가루를 녹였을 때 끈적한 걸 핥는 게 좋은데, 그러면 혼나. 그리고 또, 코코아 만들어줘."

"그렇구나."

제제에게 넘어가 나도 저절로 미소를 띠며 방긋방긋 맞장구를 쳐 주는데 소다 씨가 말한다.

"제제, 창고 안내 좀 해줄래? 잠깐 전화 한 통 해야 되니까 부탁한데이. 후지노 씨도 이따 보입시더."

"네에."

제제가 어린애 특유의 촉촉하고 따뜻한 손으로 내 손가락을 잡아 끌며 말한다.

"가자."

"창고 안에는 뭐가 있는데?"

"먼저 말하면 재미없어."

"하긴 그렇지."

제제가 진지하게 나무라서 다시 웃는다. 양쪽으로 열리는 미닫이문은 보기보다 무겁지 않은지, 제제가 "끙" 하고 가볍게 힘을 주어 손잡이의 오목한 곳을 두 손으로 밀자 곧바로 열렸다. 우선 눈길을 끈 것은 안쪽에 놓인 업라이트 피아노.

"…음악실?"

"응. 2층에도 기타 같은 게 이것저것 있어."

소다 씨는 기타를 잘 쳐서 가끔 동네 사람들을 초대하여 아이들과 음악회를 연다고 한다.

"후지노 이모는 기타 칠 수 있어?"

"아니, 전혀."

"피아노는?"

"조금."

"쳐 줘."

제제가 순간 눈을 빛내며 조른다.

"멋대로 치면 안 되잖아."

"왜? 여기 피아노는 누가 언제 치든 상관없어."

눈치 없이 찾아온 외부인에게도 개방되어 있을 리가 없다고 생각했지만, 달리 아무도 없다는 점과 제제의 간절한 시선을 이길 수 없었다. 이 아이는 카논이 아니지만, 카논을 투영하지 않을 수는 없다. 얼굴과 체격과 사소한 몸짓, 그 아이와 겹치는 부분도, 겹쳐지지 않는 부분도 덧없는 달콤함과 함께 내 가슴을 쑤신다.

"그럼, 소다 씨가 올 때까지만 칠게."

그렇게 말해두고 나는 의자에 앉아 피아노 뚜껑을 연다. 주르르 가볍게 소리를 울려보니 건반은 무겁고 딱딱하고 낯설게 느껴졌다. 음악 수업에서 마지막으로 반주를 했던 게 언제였더라? 크게 심호흡하고서 조금이라도 손가락이 부드럽게 움직이도록, 약지에 있는 결혼반지를 빼서 바지 주머니에 넣었다.

왼손 엄지손가락으로 처음의 도를 울린다. 탕, 하고 건반의 울림에 내 마음에 잔물결이 인다. 비 내리는 음악실에서 친 게 마지막이었던, 그 파헬벨의 「캐논」.

악보도 없었기에 내 손가락은 열다섯 살 때처럼 경쾌하게 움직이지 않고, 막히거나 음을 빼먹기도 했다. 하지만 옆에 있는 제제가 진지하게 듣고 있는 게 느껴진다. 흰색과 검은색 건반을 오가는 내 두 손을 보면서 머릿속 음표를 쫓았다. 전에 쳤을 때, 스콜 같은 소나기가 지나간 후 무지개가 떠서 우리는 야단법석을 떨었고, 내가 '과외 선생님인 후지노 선생님'과 십 년 뒤에 결혼할 줄은 꿈에도 몰랐고….

「캐논」의 선율에 기억의 뚜껑이 열렸는지 음악실의 풍경과 무척 싫어했던 교복 색, 일상의 괴로움이 오선보에 넘쳐흐르듯 새록새록 되살아난다. 주위 시선을 집중시키면서 누구도 얼씬거리지 못하게 했던 아름다운 그 애의 얼굴도. 문득 고개를 들면 그 시절의 카논이 서 있을 것 같은 기분이 들었다. 그리고 나를 "고타키"가 아니라 "유즈"라고 불러준다. 나는 "카논" 하고 대답한다.

그런 몽상에 빠져 있는데 창고 문이 열리는 소리가 나더니 실내에 자연광이 넘쳤다. 소다 씨가 돌아왔다는 생각에 나는 당황해서 손을 멈추고 "죄송합니다"라고 하면서 고개를 든다.

제제가 엄마아, 하고 달려들어 내 배에 부딪친다. 그 뒤에서는 유즈가 피아노 의자에서 엉거주춤 몸을 일으킨 자세로 나를 보고 있었다. 거북한 듯한 당혹스런 표정. 하지만 어제만큼 느닷없지는 않았다. 창고 앞에 섰을 때, 띄엄띄엄 새어 나오는 피아노 음색에 깜짝 놀랐다. 유즈가 딱 한 번 쳐 준 파헬벨의 「캐논」. 혹시나 하고 두근두근한 마음으로 문을 열었다. 유즈는 어땠을까, 제제가 여기에 있는 이상 내가 언젠가 나타날 거라고 예상하지 않았어?

나는 제제의 머리를 가볍게 쓰다듬으며 물었다.

"죄송합니다, 라니?"

유즈가 꿈에서 깬 얼굴로 고개를 몇 번 젓고는 말했다.

"소다 씨인가 했거든. 내 멋대로 피아노를 쳤으니까."

"신경 안 쓸걸. 무슨 통화하고 있던데."

"그렇구나….."

다시 만나 한 첫 대화는 너무나 하찮은 내용이었다. 서로가 거리감을 재고 있다는 걸 알 수 있다. 제제는 천진난만하게 "후지노 이모야"라고 내게 가르쳐주었다. 알고 있어, 라고 생각하면서 "아아" 하고 끄덕였다.

"엄마, 어제 이모가 가게에 왔던 거 기억해?"

"어제 있었던 일을 오늘 까먹진 않아."

"거짓말, 엄만 항상 '깜빡했다'라든가 '그랬나?' 같은 말 자주 하잖아."

"그런가?"

"이것 봐!"

제제가 깔깔 웃는다.

"피아노는, 제제가 쳐 달라고 해서 친 거야."

"좋았겠네, 감사 인사 제대로 했어?"

"아, 아직. 후지노 이모, 고맙습니다."

"아냐."

유즈가 드디어 느긋한 미소를 보여서 나는 그 틈을 노려 묻는다.

"왜 여기에 있어?"

"얘기하다 말고 갑자기 가버려서 깜짝 놀라게 했으니 사과도 하고, 인사도 다시 하려고… 어젠 미안했어."

사과 따위 받고 싶지 않다. 내가 가볍게 입술을 깨물고 있는데 소다 씨가 다가오며 말했다.

"미안합니다. 전화가 길어졌네."

"아니에요."

조심스럽게 대답하는 유즈는 어딘가 따분해보였다. '사정이 있어 불안정'하다는 후지노의 말이 되살아난다. 대체 무슨 일이 있었던 걸까.

내 걱정 따위 알 리 없는 소다 씨가 들뜬 목소리로 말한다.

"마침 잘 됐다. 우나사카 씨, 어젯밤에 봤던 후지노 씨가 놀러 와 있거든. 당신들 동갑이고 하니까 친하게 지낼 수 있지 않겠나? 후지노 씨는 이제 막 이사 와서 아직 친구도 없다이가."

"아, 네."

"우나사카 씨가 이것저것 가르쳐줘라."

"이것저것이라고 해도, 별 거 없어요."

"아니 그래 말하지 말고."

제제가 바로 한 손을 들더니 말했다.

"지금 휴게소에 데리고 가자. 바위가 있잖아."

"그런 건 핑계고 그냥 소프트아이스크림 먹고 싶을 뿐이지? 어제도 먹은 거 알아."

"아냐."

속보이는 거짓말을 하고서 유즈에게 어필한다.

"신기한 바위가 있거든. 바다에 주우욱 줄지어 있어."

"진짜? 차안에서 언뜻 본 것 같기도 한데."

"제대로 보자."

"그래, 보고 싶은 것 같기도 하네."

"이것 봐, 확정!"

까부는 제제에게 "너 정말" 하고 질렸다는 듯이 말하면서 나는 내심 마음이 놓였다. 유즈와 둘만 있으면 어색한 분위기를 숨길 수 없었을 테니까.

둘 다 각자의 차에 타고 내가 앞장서서 휴게소로 향했다. 그렇다고는 해도 해안 바로 옆의 눈에 띄는 건물이니 헤맬 일은 없다. 뒷좌석의 제제는 유즈가 쿠키를 구울 수 있다는 것과 피아노를 무척 잘 친다는 것을 흥분하며 이야기했다.

휴게소 주차장에 차를 세우고 "일이 항상 이런 식으로 되지는 않는다는 건 알아 둬" 하고 못을 박고서 제제에게 귤 맛 소프트아이스크림을 사줬다. 평일이라 관광객의 모습은 거의 보이지 않았고, 거칠고 큰 돌이 널려 있는 얕은 여울에 줄지어 우뚝 선 짙은 갈색 바위기둥을 아무런 방해도 없이 볼 수 있었다. 다리의 말뚝을 줄지어 놓은 것처럼 보인다고 들었는데, 조금 지나치게 투박하다는 생각이 든다.

"저것 봐." 제제가 그중 하나를 가리킨다.

"두 손을 모아 기도하는 사람 같지?"

"아아… 진짜다, 기다란 모자를 쓰고서, 등을 약간 구부리고 있네."

"1년에 한 번, 바로 그 손 부분에 해가 뜨는 날이 있대."

"그렇구나, 분명 굉장히 예쁠 거야. 제제는 본 적 있어?"

"아니. 왜냐하면 아침엔 졸리잖아."

"아하하, 그렇지."

제제를 대하는 유즈는 가식이 아니라 진심으로 즐거운 듯하고, 제제가 아이스크림을 흘리지 않는지 잘 지켜보는 것도 느껴진다. 진짜 초등학교 선생님이구나. '잠깐 쉬고' 있는 건 어딘가 생기가 없는 지금의 모습과 관계가 있겠지만, 갑자기 캐물을 수도 없다.

제제가 눈 깜짝할 새 아이스크림을 다 먹고는 내게 물었다.

"파도 쪽으로 다녀와도 돼?"

"되는데, 젖지 않게 조심해."

"알겠어!"

전혀 믿음직스럽지 않은 대답을 하고서 제제는 아주 얕은 수
심의 바위 밭으로 달려갔다. 파도가 찰랑찰랑 발치에 밀려드는
곳과 움푹한 웅덩이를 보는 걸 좋아하는 아이였다. 뭐가 그렇
게 좋은 걸까 싶은 나는, 내가 어렸을 때 무엇을 좋아했는지를
잊어버렸는지도 모른다.

"착한 아이네."

제제의 등을 지켜보며 유즈가 눈을 가늘게 뜬다. 바다가 눈
부신 건지, 저 아이가 눈부신 건지. 바람 때문에 이마가 훤히 드
러나니 몹시 어려 보인다. 티셔츠에 후드 점퍼, 복사뼈 기장의
바지와 운동화라는 캐주얼한 복장 덕에 고등학생 같은 그 애의
모습에 내 눈도 가늘어졌다.

"착한 아이인지 어떤진 모르지만 제제가 좋아. 제제도 나를
좋아해주니까, 고맙다고 생각해."

"응. 학교에서 만났을 때, 제제가 '오늘 뭐 했어?' 하고 물어봐
줬거든. 분명 집에서 그런 식으로 관심을 가져줘서 제제 스스
로도 기쁠 거라고 생각했어."

"미나토가 자주 그러니까 흉내 냈을 거야."

"남편분?"

"맞아."

유즈는 입을 다물었다. 그러고 나서 곧 덧붙인다.

"좋은 아빠네."

"상냥한 사람이야."

"다행이다."

거짓말이 아닐 것이다. 하지만 어딘가 데면데면한 울림에 나
는 살짝 짜증이 나서 물었다.

"그 사람은? 어제 같이 있던 남편분은 상냥해?"

"응. 지나치게 상냥할 정도로."

"어디서 알게 됐어?"

알고 있는 주제에 질문을 더한다.

"옛날에 과외 선생님이었어."

"그럼 혹시, 1학년 때 그 사람?"

"맞아."

끄덕이면서도 약간 거북한 듯 목소리를 낮췄다. 유즈를 시험
하는 듯한 꺼림칙함이 오히려 내 마음을 심술궂게 만든다.

"그때는 갑자기 다가왔다고 무서워했으면서, 결혼했구나."

"맞아."

무심코 불쾌하다는 듯 말하자, 유즈는 강하게 되받아치면서
나를 똑바로 쳐다보았다.

"그때는 무서웠지만 남편은 제대로 사과하고 나를 절도 있게

대해줬어. 초등학교 선생님이 되고 싶다는 꿈을 응원해 주고, 지원해 줬어. 그래서 내 마음도 달라졌어. 인간은 변하는 법이잖아, 그게 잘못이야?"

그 애 스스로의 의지로 후지노를 택한 거라고, 내가 모르는 후지노와의 시간이 있다고 확실히 말해줘서 괴로웠다. 하지만 그 이상으로 옛날의 성실했던 유즈의 편린이 보여 기뻤다. 항상 등줄기가 곧게 뻗어있고 냉정히 이야기하며 태도가 예뻤던 유즈. 내게만 보여주는 얼굴로 유즈가 화내거나 곤란해하는 걸 보니, 그녀와의 거리가 단숨에 줄어든 것 같아서 기쁨을 억누를 수 없다. 나는, 조금도 달라지지 않았는지도 모른다.

"그렇지, 미안."

기특하다는 표정을 지을 생각이었는데 싱글대며 웃어버려서 유즈가 가볍게 미간을 찌푸린다. 하지만 포기했다는 듯한 한숨으로 흘리고는 "오카바야시 씨한테 들었는데" 하고 입을 열었다.

"그 '부케'라는 가게, 할머니 대부터 했다면서?"

"대라고 할 정도로 대단한 가게는 아니지만, 응. 어쩌다 보니 내가 대를 이어 하게 된 거야."

"그거…."

유즈가 머뭇거린다. 진짜로 네가 하고 싶은 일인가, 그 일을 하면서 만족하는가, 같은 문제가 신경 쓰이는구나 싶었다.

"스낵 바의 마담, 그렇게 나쁘지 않다고 생각하는데, 하면 안 돼?"

"안 된다는 게 아냐."

유즈는 당황하며 부정하고는 "내가 좋다거나 나쁘다고 끼어들 일도 아니라는 건 알지만…" 하고 여전히 애매한 말투로 계속 이야기한다.

"아깝달까… 그렇게 성적도 좋았으면서."

"으음, 근데 고등학교 중퇴했어."

"뭐?"

"엄마가 사라지고, 할머니 건강이 나빠져 버렸으니까."

유즈의 미간이 아까보다도 한층 더 좁아졌다.

"어머님은 어디로 간 거야?"

"글쎄. 사라지기 조금 전부터 관광객 같은 남자가 가게에 자주 왔었으니까, 같이 도망가지 않았을까? 나도 설거지 같은 거하면서 수상하다고 생각하긴 했었는데."

옷가지와 할머니가 꼼꼼히 숨겨놨을 터인 쌈짓돈과(이건 할머니의 말이니 진위는 모르겠지만) 정성껏 모셔둔 위스키와 브랜디까지 없어졌으니 납치는 아니다. 짐을 뒤지느라 어지럽혀져 있던 방에서 할머니는 미친 듯이 분노했고, 나는 치사 씨의 말을 떠올렸다.

— 버리는 건 늘 약한 쪽.

— 혼자서 살아가는 건 좀 더 나중에 해.

선수를 빼앗겼다고 생각하니 웃음이 났고, 그걸 본 할머니가

"뭐가 웃기노!"라면서 수건을 던졌다. 버리는 것보다 버려지는 편이 편했다. 지금까지의 생활에서 엄마를 빼기만 하면 된다. 경찰에게 알린다고 해도 어차피 제대로 찾아주지 않을 것 같아서 실종 신고도 하지 않았다. 소식이 없는 채로 십 년 이상 지났고, 생사도 모른다. 하지만 딱히 곤란하지 않고 걱정도 안 한다. 나나 엄마나 엇비슷하게 박정해서 원망도 없다.

유즈는 걱정스런 얼굴 그대로 고개를 갸웃한다.

"어머니는, 옛날에 들은 얘기로는 엄청 독특한 고집이 있었던 사람 아냐? 옷이라든가 음식 같은 거에."

"기억력 좋네."

"어떻게 잊겠어… 그런데 남자랑 사라져 버렸다는 게 나는 어쩐지 믿기지가 않는걸."

아아, 하고 나는 웃었다.

"단지에 더 이상 살 수 없게 된 것도 남자관계로 문제가 생겨서였어. 여기로 오고 나서는 오가닉 식품이나 면 백 퍼센트에도 전혀 흥미가 없어졌어. 원래 그런 사람이었던 것 같아."

"그런 사람이라니?"

산 쪽에서 솔개가 빙빙 돌며 날고 있는 거겠지, 삐익삐익 하고 휘파람 같은 울음소리가 내려온다. 여기에는 앵무새처럼 아름답기만 하면서 힘없는 생물이 없다. 제제는 바위에서 게라도 발견했는지 웅크려 앉아 움직이지 않았다. 어느샌가 어느 정도 눈을 떼도 괜찮아졌다. 처음에는 내 뱃속에 있었고, 그다음은

품 안, 팔 안, 손을 잡고… 제제는 내게서 점점 멀어져간다. 언젠가는 나와 엄마처럼 뚝 떨어져 보이지도 않게 되는 걸까.

"으음, 한마디로 말하자면 그냥 눈치 없고 특이한 사람. 어렸을 때, 성모 마리아인지 뭔지가 나오는 그림책을 읽고는 갑자기 크리스천을 동경해서 할머니한테 성서를 사달라고 졸랐대. 미사에 가고 싶은데 성당이 없다고 울거나, 십자가 액세서리를 가지고 다니면서 매일 밤 창가에서 중얼중얼 기도하거나… 아마 나쁜 데 물들기 쉬운 성격이겠지. 남들과는 다른 자기가 좋다는 식의. 할머니한테 그 얘기를 듣고서 다 납득이 됐어."

끝내 고등학교 졸업을 기다리지 못하고 가출을 한 모양이다. 그, 여행 중이라던 남자 손님과. 어쩌면 그 사람이 얼굴도 모르는 내 아버지일지도 모르고, 엄마에게 수상쩍은 천연 제일주의를 심어준 당사자일지도 모른다.

"그랬구나."

유즈는 신중히, 살피는 듯한 얼굴로 말했다. 그때 제제의 "엄마아!" 하는 큰 목소리가 덧씌워진다.

"젖어버렸어."

보니까 흰 양말이 흠뻑 젖어 짙어져 있다. 나는 달려가서 혼냈다.

"완전히 젖어버린 건 아니지. 적신 거지?"

"아니, 갑자기 철썩하고 파도가 밀려왔단 말이야."

"괜찮아?" 유즈가 들여다보며 말한다.

"차에 수건 있는데, 가져올까?"

"아니, 이대로 갈래. 신발 빨아서 말려야지."

이제 해가 기울어지기 시작했고, 저녁밥과 가게 준비도 해야 한다. 주차장까지 같이 돌아온 우리는 인사를 나눴다.

"다음에 또 보자."

"후지노 이모, 바이바이, 또 만나!"

"제제, 바이바이."

유즈는 손을 조심스럽게 흔들고는 자기 차 문에 손을 대는가 싶더니, 결심한 듯 뒤돌아봤다.

"저기, 우나사카 씨."

카논도 아제쿠라도 아닌 지금의 남편 성으로 부른 건, 유즈 나름의 선 긋기인 것 같다.

"네."

나는 왜인지 고분고분하게 대답한다.

"핸드폰 있어? 라인LINE* 같은 거 해?"

"응."

"연락처 교환해도 될까?"

"물론."

유즈가 핸드폰으로 QR코드를 찍자 '친구 추가'는 눈 깜짝할 새 끝났다. 이렇게 손쉽게 연결되는구나 하는 싱거움을 어딘가

---

* 일본에서 가장 많이 쓰는 메신저 서비스.

허무하게 느낀 반면, 서로 이런 정보만 지우지 않는다면 아무리 떨어져 있어도 이제 연이 끊어지지 않는다는 걸 보장받은 것 같아 기뻤다. 제제를 차에 태우고, 이번에는 내가 물었다.

"후지노 씨, 내일 시간 괜찮아? 소다 씨도 이것저것 가르쳐주라고 했고… 괜찮으면, 내일 어디 같이….'

"진짜?" 유즈는 좋아하며 수줍게 웃었다.

"기본적으로는 매일 한가하거든."

"응, 그럼 이따 메시지 보낼게.'

"부탁해.'

그대로, 아무 데도 들르지 않고 집으로 돌아왔다. 계속 심장이 쿵쾅쿵쾅 울려서 두 손으로 핸들을 꼭 쥐고, 면허 학원 이래 처음으로 안전 운전을 하면서 빨리 내일이 왔으면 좋겠다고 생각했다. 그와 비슷하게 내일이 오지 않으면 좋겠다고 생각했다.

내일이 오면 내일모레를, 그다음을 생각하고 만다. 이제 어린애가 아닌, 자유롭지 못한 우리의 현실을 깨닫고 만다. 이미 둘 다 가족이 있고, 유즈는 머지않아 도쿄로 돌아가 버릴지도 모른다. 세 번째 이별은 갑작스럽지 않고 둘 다 웃으면서 또 만나자고 말할 수 있을까? 상처가 남지 않는 이별을 맞을 수 있을까? 두고 가는 것도 버려지는 것도 괴로우니 이제는 싫다. 하지만 드디어 만난 유즈에게 다가가지 않고 지내기는 불가능했다.

집에 도착하자마자 우선 제제를 욕실에 몰아넣었다.

"제제, 발 씻자.'

"네에."

양말을 세면대에서 헹구고 있는데 미나토가 일어나는 기척
이 느껴졌다.

"다녀왔어."

돌아보니 미나토의 눈 밑이 충충하고 거무스름하다.

"못 잤어?"

물어볼 것도 없는 질문에 힘없이 끄덕이고, 한 손으로 두 눈
을 덮는다. 커다랗고 두꺼우면서, 예전엔 남들을 돕기 위해 훈
련되어 있던 손. 그 손을 더럽힌 건 나. 미나토는 나 때문에 만
성적인 불면과 악몽에 시달리고 있다. 나는 미나토의 등 뒤로
두 팔을 감고, 어린애를 달래듯 톡톡 두드렸다.

"괜찮아, 내가 같이 있잖아."

"…응."

대답에 맥이 없다. 앞가슴에 얼굴을 대자 규칙적이고 잔잔한
고동이 전해져 와서, 조금 전까지의 흥분을 책망당하는 기분이
들었다. 내 팔에는 다 들어오지 않는 몸을 그래도 힘껏 안고 있
는데, 제제가 욕실에서 나와 그런 우리에게 달려들었다.

"아빠! 다녀왔어요!"

"왔나? 제제."

미나토의 목소리에 생기가 돌아온다. 마음이 놓였다. 함께 미
나토에게 달라붙어 있으면서, 마음속으로 제제에게 감사한다.
제제는 내가 못 하는 일을 할 수 있으니 대단하다.

집으로 돌아오는 길에, 카논이 추천해 준 건어물 가게에서 산 말린 전갱이는 정말 맛있었다.

"굉장하다, 통통하면서 기름지고."

남편의 절찬에 기분이 좋아진다.

"오징어나 샛줄멸도 있었으니까 또 사 볼게."

"좋다. 오카바야시 씨네 가게에 들렀다가 이 동네 가게를 새로 뚫은 거야?"

제제의 천진난만한 "오늘 뭐 했어?"를 떠올리며 대답했다.

"소다 씨네 대안학교에 가봤어. 여유로운 느낌이고 진짜 좋은 데더라. 어제 '부케'에서 만난 제제도 있고 엄마인 우나사카 씨도 만나서, 휴게소에서 얘기 나눴어."

거짓말은 아니지만 중요한 요소를 뺀 내 보고를, 남편은 응응 하고 끄덕이며 들어준다.

"꽉 찬 하루였네."

"우나사카 씨, 동갑이거든. 그래서 내일 이 동네를 여기저기 안내해 준대."

"오, 잘됐네."

"우리 차로 갈까 하는데 내일 낮에 써도 돼?"

"물론."

"미안해, 일을 다 벌려놓고 보고해서."

"아니, 신경 쓰지 마… 어?"

남편이 밥그릇을 든 내 손을 문득 주시한다.

"유즈, 반지는?"

"앗."

나는 당황하며 바지 주머니에서 반지를 꺼냈다.

"학교에서 피아노 치면서 뺀 걸 까먹었네."

왼손 약지에 다시 꼈더니 서늘한 위화감이 느껴졌다. 평소에 끼고 있다는 걸 의식하지 못할 만큼 익숙한 반지인데, 어쩐지 갑갑했다.

"미안해."

"사과할 일은 아냐. 오랜만에 피아노 치니까 어땠어?"

"손가락이 전혀 안 움직였어."

죄악감을 얼버무리려고 일부러 과장스러운 한숨을 내쉰다.

"그래도 즐거웠어?"

"응."

"그럼 됐지. 완벽하게 칠 필요는 없으니까."

"그렇지."

그날 밤, 나는 오랜만에 남편과 관계를 했다. 이사 준비와 심신의 피로로 정신이 들고 보니 3개월 이상 하지 않았다. 남편은 강하게 요구하지 않는 사람이라 언제나 암묵의 이해를 거쳐 슬며시 시작되고 슬며시 끝난다. 농밀한 사랑의 말을 서로 속삭이는 일도, 요가 같은 포즈를 모색하는 일도 없이, 피차 서로

밖에 모르지만 산뜻한 영위라고 생각한다. 맨살이 닿는 게 싫지도 않고, 내 위에 몸을 던지듯 덮어씌우는 남편의 체중을 사랑스럽게 느끼기도 하지만, 그것은 무척 은근한 감정이며 무아의 경지나 환희 같은 열정적인 감정과는 거리가 멀다. 사귀기 시작했을 무렵부터 그랬으니 내가 애정이 옅은 성격이라 그런 것 같다.

관계가 끝난 뒤, 재빨리 샤워하고 침실로 돌아오자 핸드폰에 메시지 두 건이 와있었다. 하나는 소다 씨가 보낸 거였는데 또 언제든 학교에 들러달라는 열정적인 권유. 또 하나는 카논이었는데 제제를 학교에 보내고 나면 열 시쯤 되니까 그때 와 달라는 메시지. 글자는 이런 느낌이구나 싶어 신선했고, 머지않아 스스럼이 없어져서 이모티콘도 쓰는 거 아닐까 하고 상상하는 것도 즐거웠다.

침대에 누워 나와 교대로 욕실에 갔던 남편을 기다리는데, 섹스가 적당한 수면유도제가 되었는지 곧바로 꾸벅꾸벅 졸기 시작한다. 문이 열리는 소리에 눈꺼풀을 어떻게든 억지로 뜨고 말한다.

"잘 자."

"잘 자. 내일, 즐겁게 놀다 와."

"응… 고마워…."

간신히 그렇게 말한 내 입술에 남편이 가볍게 키스했다. 따뜻하다, 라고 비몽사몽간에 생각한다. 남편과 입을 맞출 때마다 나는 카논의 차가운 입술을 떠올린다. 비 냄새가 짙은 날과, 홀로 걷는 밤길에서도 문득.

연인이었던 남편과 처음으로 키스를 한 건 열아홉 살, 대학 1학년 때였다. 남편은 내가 무서워하지 않도록 "키스해도 되나요?"라고 고지식하게 물었고, 나는 끄덕였다. 기억 속 카논의 입술처럼 부드럽지 않아서 입술에도 성에 따른 차이가 있는 걸까 싶어 이상했다. 바로 물러서서 조마조마한 눈으로 내 반응을 살피던 남편에게 말했다.

— 처음이에요. 남자와 키스한 건.

— …어?

남편 얼굴에 "그게 무슨"이라는 의문이 서서히 떠올라 무슨 생각을 하는지 속이 다 들여다보여서 조금 재밌었다.

— 뭐, 여학교라면 그런 일도 있는 거겠지.

왜 그런 고백을 했는지 지금도 잘 모르겠다. 남편은 더 이상 캐묻지는 않았지만, 상대에 대해 물어봤어도 대답하지 않았을 것이다. 어째서 당신 한 명이 아니라는 사실을 넌지시 알려야만 했던 걸까. 내 사고는 졸음에 사로잡혀 한계를 맞는다.

다음 날 딱 열 시에 '부케' 앞으로 갔더니 이미 카논이 기다리고 있었다. 재빨리 조수석에 올라타 안전벨트를 매면서 말한다.

"좋은 아침이야."

"좋은 아침."

카논은 사흘 연속으로 검은 롱스커트, 검은 칠부 소매의 브이넥 티셔츠였다.

"그 복장, 좋아해?"

"어? 응, 생각하기가 귀찮아서 이것만 여러 벌 가지고 있어. 일 년 내내 입어."

"겨울엔 춥지 않아?"

"얇은 카디건이랑 두꺼운 카디건, 코트로 조절해. 그것도 전부 검정."

아깝다, 하고 순간적으로 생각했지만 곧바로 '뭐가?' 하고 자문한다. 카논이 미인이니까 더 다양한 옷을 입으면 좋을 텐데, 라는 사고방식은 이상하다. 섹스와 마찬가지로 공들이기 싫은 사람은 자기 방식대로 살면 된다. 게다가 검정 일색의 심플한 패션은 카논에게 잘 어울렸다.

"제제는 나보고 마녀 같대."

카논이 말했다.

"할머니가 되면 머리만 새하얘져서, 더 진짜 마녀 같아질 것 같아."

나이가 들어도 머리를 염색할 생각은 없는 것 같았다. 흰머리가 보이기 시작한 카논도, 회색 머리의 카논도, 온통 백발인 카논도 분명 아름다울 것이다. 주름과 검버섯이 생겨도 세월과 함께 축적된 기억과 경험의 층이 그녀를 더욱 빛나게 할 거라는, 그런 느낌이 들었다. 나는 그때, 어디에서 뭘 하고 있을까.

"검은색을 좋아해?"

"때 묻어도 눈에 안 띄고, 편해. 좋아하는 색은 핑크랑 오렌지."

"짙은 색? 옅은 색?"

"옅은 쪽. 새벽녘의 핑크색이랑 저녁의 오렌지색이 좋아. 구름이 퍼져 있어서 태양은 안 보이는데, 구름에 빛이 닿아서 옅은 핑크나 오렌지색 그림자가 생길 때 있잖아? 그 색이 좋아."

자연의 옅은 색조를 머릿속으로 그리는지, 카논의 말투가 달콤해진다.

"오늘 아침에도, 5시쯤이었나? 해안가를 걷는데 딱 그런 하늘이라 기뻤어."

"밤늦게까지 가게 열면서 그렇게 일찍 일어나?"

"아니, 원래는 7시나 8시까지 자. …설레서, 눈이 일찍 뜨였어."

부끄러워하는 옆얼굴을 훔쳐봤을 때 퍼진, 내 심장을 물들여가는 따뜻한 감정은 무슨 색일까.

카논의 안내로 향한 곳은 앞바다에 떠 있는 섬이었다. 짙은 녹색 풀이 울창하게 우거져있고 해변에 달라붙듯 민가가 줄지어있는 게 보인다. 다리가 놓여있어서 차로 건널 수 있다.

차는 커다란 커브를 그리며 한 번 빙글 돌고 나서 아치로 접어든다. "제제는 여기를 건너는 걸 좋아해." 카논이 말한다. 정말 놀이기구 같아서 아이들은 즐거울 것이다. 바닷속에 양식 활어조가 보였다.

"저건, 혹시 다랑어야?"

"맞아. 대학이 운영하는 거야."

"더 엄중하게 칸막이가 쳐져 있을 거라고 생각했는데. 저런 상태라면 다랑어가 바로 빠져나가서 도망칠 것 같아."

"태풍 다음 날엔, 어부들이 다들 저기 근처에 낚싯줄을 늘어뜨리고 있었대."

"거짓말이지?"

나는 웃었다.

"모르겠어. 손님이 얘기해줬어."

"그렇구나, 이 지역은 태풍이 많지. 이사 온 이후로는 날씨가 계속 좋으니 별로 안 와 닿지만."

"태평양에 면해있으니까, 전철이나 자동차도 바로 통행금지가 돼. 그렇게 되면 과장이 아니라 육지의 외딴섬이라는 느낌이야. 아무 데도 못 가니까. 하지만 난, 폭풍우가 몰아치는 하늘이랑 바다도 좋아해."

카논이 무언가를 '좋아한다'고 말하는 걸 들으면 그것만으로 기뻤다. 고교 시절 '쓸쓸한 느낌의 바다'에 가고 싶다고 했었는데, 이 동네 바다가 쓸쓸해 보이는 날도 있을까.

섬으로 건너가 차를 주차장에 두고서 산속의 산책로를 걸었다. 경사가 거의 없고 길도 잘 정비되어 있어 산책 정도의 운동이었다. 카논은 치마를 입고 성큼성큼 걸어간다. 원숭이나 멧돼지를 맞닥뜨려도 그대로 지나갈 듯한 발걸음이었다.

"근데, 너무 빠르다."

"빨리 걸어야 벌레가 안 붙어. 난 아무렇지 않지만."

"무섭지 않아?"

"전혀. 왜냐하면 나보다 약하니까."

카논답다. 이러니 제제가 태연히 메뚜기를 잡는 것이다. 이윽고 시야가 트이고 전망대에 이른다.

"와아, 굉장하다."

관광 타워보다 표고가 높아서 그런지 격이 다른 경치였다. 어제 셋이서 갔던 해안의 암석 지대가 지금은 건너편으로 드문드문 작게 보인다. 실제로는 투명한 물이 담겨 있다는 게 믿기지 않을 정도로 짙은 푸른색 바다에 벼랑이 우뚝 솟아있고, 파도는 다 드러나 있는 지구를 부순 듯한 용맹스런 바위에 거듭 부딪히다 흰 거품이 되어 튕겨 나간다.

"130년 전, 이 섬 근처에서 튀르키예 군함이 좌초됐대."

"아, 들은 적 있어. 살아남은 사람들을 극진하게 간병했다면서."

"응, 섬 동쪽 끝에 등대가 있는데 근처에 위령비랑, 튀르키예 카펫을 파는 가게 같은 것도 있어."

"신기한 인연이네."

따라가 보니 오벨리스크* 같은 위령비와 튀르키예 초대 대통령이라는 남성의 기마상과 하얗고 귀여운 등대가 있어서 그곳

---

* 고대 이집트에서 태양 숭배의 상징으로 세워진 기념비.

에만 이국의 정서가 감돌고 있었다. 우리는 일본에서 가장 오래되었다는 석조 등대에 올라가, 탁 트인 태평양을 나란히 내려다본다. 아득한 수평선 근처에 아지랑이처럼 떠올라 있는 유조선. 흰 뱀이 스쳐가듯 일렁이다 사라지는 가늘고 흰 파도.

"영험한 곳이라는 말이 무의미하게 느껴질 정도로 힘찬 토지네." 내가 말했다.

"살아있는 지구 위에 있다는 느낌이 들어."

"응. 힘을 받을 수 있다는 건 그리 간단한 게 아니고 기가 빨린달까, 뭔가에 중독된 것처럼 녹초가 될 때도 있어."

"우나사카 씨가?"

"무슨 뜻이야?"

"강하니까… 물론, 그럴 때만 있는 건 아니라는 건 알고 있어."

카논은 말없이 미소 지었다. 오늘은 그냥 늘어뜨린 머리카락이 바닷바람에 나부껴서 조용한 미소에 달라붙는다. 바람 소리만 들리고 우리의 시야에는 인간의 존재가 전혀 없었다. 저 유조선도 신기루일지 모른다. 나와 카논을 뺀 인류가 모두 사라졌다고 해도 믿길 만큼 압도적인 공백 지대였다. 하지만 카논이 "점심, 어떻게 할래?" 하고 아주 현실적인 말을 꺼내서 나는 웃으며 대답했다.

"괜찮다면 말이지, 샌드위치 만들어 왔거든. 보냉 백에 넣어서 차에 뒀어."

"신난다."

"아보카도랑 참치, 엔초비랑 달걀, 그리고 베이컨 양상추 토마토. 제제한테 선물하려고 쿠키도 구웠어."

카논은 박수치는 느낌으로 그러는 건지, 등대 철책을 두 손으로 탁탁 두드린다.

"엄청나다, 고마워. 요리 잘하는구나."

"그렇진 않아, 샌드위치 같은 건 끼우기만 하는 거니까."

"나, 제제 도시락도 귀찮아서 즉석 밥이랑 낫토랑 날계란만 챙겨줄 때도 있어."

"급식이 없으면 매일 힘들겠다."

"응. 그래도 대안학교에서 전자레인지랑 따뜻한 물을 쓰게 해주니까 그건 편해. 아 맞다, 오늘 제제 들여보낼 때, 소다 씨가 엄청 신경 쓰더라. 또 와주지 않을까 하고."

"외부인이 그렇게 죽치고 있으면 안 되지."

"너만 좋으면 도와줬으면 하는 거 아닐까? 최근에 직원 한 명이 출산휴가 들어가 버려서 일손이 부족하대. 프로가 와주는 게 최고니까."

"프로 아닌데."

"그래도 초등학교 선생님이잖아?"

"그렇지만, 휴직 중이니까 일할 수도 없고."

"도쿄로 금방 돌아갈 거야?"

바다색이 갑자기 짙어지듯, 카논의 목소리가 바뀐다. 나는 대답한다.

"모르겠어."

"돌아가고 싶어?"

"학기 중에 포기해 버렸으니, 아이들한테 미안하다는 마음은 있어. 하지만 복귀한다고 생각하면 무서워."

이야기만 했을 뿐인데 손바닥에 땀이 배어나와 문지르듯 철책을 잡고, 수평선의 거대한 만곡에 시선을 둔다.

"5학년 담임이 됐는데, 아이들 사이에 트러블이 생겼어. 물건을 빌려줬다든가 하는 그런 사소한 언쟁이 발단인데, 수습이 안 되고 있던 중에 반 전체 분위기가 안 좋아져서. 보호자한테서 '애 없는 선생님은 이렇다니까'라는 소리를 들었을 때는 어쩔 줄을 모르겠더라고. 그런 말을 하면 끝이잖아요, 싶고."

초등학교는 교과담임제가 아니니까 아침부터 방과 후까지 아이들과 얼굴을 마주한다. 교단에 선 나를 보는 그들의 시선에 불신과 경멸이 넘치는 듯해서 점차 교실 앞에서 심호흡을 하지 않으면 안으로 들어갈 수 없게 되었다. 무릎과 칠판에 글씨를 쓰는 손가락이 난데없이 떨릴 때도 있었다.

"제일 무서웠던 건, 부끄럽지만 아이에게서 '선생님 집, 병원하죠?'라는 질문받았을 때. 얘기한 기억도 없는데, 본가는 어디에 있고 클리닉은 어디라는 정보가 퍼져 있었어."

SNS는 페이스북뿐이고 그조차 거의 하지 않는데.

너무 장황하게 얘기하다 보면 다시 상태가 나빠질 것 같았기에 나는 빠른 말투로 털어놓았다. "유산했거든." 남편밖에 모르는 사실을 입에 올린 순간, 씁쓸한 것이 복받쳐 오른다.

"생리를 안 하는 게 당연한 일이 돼서 임신한 것도 모르고 있었어. 갑자기 피가 많이 나와서, 깜짝 놀라 병원에 가보니까 이미…"

한심했다. 자기 몸 하나 보살피지 못하는 사람에게 아이들을 가르칠 자격은 없다고 생각했다. 나 같은 겁쟁이가 교사가 된 것이 애당초 잘못이었다는 생각마저 들었다. 남편은 텅 빈 배를 안고서 웅크린 내 등을 어루만지며, "지금은 아무 생각 말고 쉬자"고만 했다.

그리고 나는 여기에 왔다.

카논의 얼굴을 볼 수 없었다. 거기에 위로와 슬픔이 비쳐있으면 분명 눈물이 날 것이다. 나만 나약함을 드러내고 이 아이 앞에서 울기는, 이 아이 마음을 아프게 하기는, 이제 싫었다.

고집스레 앞을 보며 끝없는 하늘과 바다에 시선을 던지고 있는데 어깨 위로 카논의 얼굴이 올라왔다. 카논은 아무 말 없이, 그저 내게 딱 붙어 있었다. 썰물이 빠져나가듯 눈물이 내 안으로 가라앉을 때까지.

한 세기도 더 지난 먼 옛날, 먼 나라에서 온 사람들을 무정하게 삼킨 바다는 이제, 우리 눈 아래에서 평온히 구름의 그림자를 받아들이고 있다.

등대 근처의 벤치에 나란히 앉아 먹은 유즈의 샌드위치는 무척 맛있었다. 소금이나 후추라든가 마요네즈라든가, 우리 집에 있는 조미료만으로는 절대로 낼 수 없는 복잡한 맛. 내가 정신없이 게걸스럽게 먹는 모습을, 유즈가 즐거운 듯 바라보았다.

"역시 요리 잘하네."

"그렇지 않아."

겸손이 아니라, 어딘가 괴로운 듯 유즈가 고개를 젓는다.

"누군가 생각해 낸 레시피대로 만든 것뿐이야. 세련된 메뉴 같은 거, 인터넷에 얼마든지 있으니까."

"그런 걸 제대로 보고 만드는 게 대단하다고 생각해."

"교과서가 없으면 불안하거든. 분량이랑 순서를 지키지 않으면 이상한 게 만들어지지 않을까 하고. 나, 고2 때쯤까지 집에서 제대로 부엌을 써본 적이 없었어. 엄마가 싫어했으니까… 도와준 경험조차 없어서 학교에서 간 캠프에서 음식 만들어 먹을 때도 그렇고 가정 시간 조리 실습 때도, 아무것도 못하는 걸 들키면 어쩌지 싶어서 조마조마했어."

집안일을 제대로 하지 않고서 어른이 되는 여자아이는 얼마든지 있다. 하지만 그런 건 유즈도 알고 있을 테고, 그 얘기를 한다고 해서 그 애의 콤플렉스를 지울 수 있을 것 같지는 않았기에 나는 가만히 샌드위치의 아름다운 단면을 내려다본다. 견

본만 있으면 누구나 이렇게 반듯하게 만들 수 있다고? 그럴 리가 없다.

"제제랑 요리도 해?" 유즈가 물었다.

"가끔 아침 만들어줘. 식빵에 마요네즈를 빙 두르고, 그 안에 날달걀 떨어뜨려서 토스터로 굽는다거나."

"맛있겠다."

"맛있어, 간단하고. 간단한 게 최고야."

"그래도 스낵 바에서 요리도 내잖아."

"그런 건 대강 해, 진짜 엉터리야. 편의점에서 산 오뎅이나 봉지면 같은 걸로 얼버무릴 때도 있고. 제대로 된 밥을 먹고 싶다면 다른 데로 가면 돼."

할머니는 칼집을 내어 비튼 곤약을 우엉과 함께 찌거나, 자질구레한 안주를 사들였다. '이게 바로 집밥의 맛'이라고 좋아하며 먹었던 손님은 술을 더 많이 마시게 하려고 짜게 만든 것도 눈치채지 못하는 것 같았다. 집에서도 생선구이에 간장을 콸콸 들이붓는 게 분명하다고 생각하며, 나는 내심 어이가 없었다. 무엇보다 '집밥의 맛'이라든가 '할머니의 손맛' 같은 말을 부끄러운 내색도 않고 쓰는 남자 중에 쓸만한 놈은 없다 — 이건, 옛날에 알바했던 술집 마담의 지론.

"딱 잘라 말하네."

"요리 싫어하니까."

"먹는 것도 싫어해?"

"그렇진 않은데, 품이나 시간을 들일 필요는 없다고 생각해. 매일 된장국이랑 낫토 밥 같은 거 먹어도 아무렇지 않고."

유즈는 큭 하고 웃었다.

"내 남편이랑 비슷하다. 그 사람도 똑같은 걸 계속 먹어도 아무렇지 않은 타입이거든. 그냥 놔두면 한 달 정도 연속으로 계란밥 먹을지도 몰라. 물론, 내 요리를 맛있다고 하면서 먹긴 하지만."

비슷하다는 말을 들으니 기분이 좋지는 않았다. 나와 달리, 그 녀석은 당연히 유즈가 손수 만든 요리를 먹고 있다. 유즈의 말 구석구석에서 번져 나오는 후지노에 대한 신뢰와 애정이 분했다. 후지노는 똑똑하고 성실하며 유즈의 옆에 있을 자격이 있는 사람이라는 걸 아니까 더욱. 나는 화제를 돌린다.

"후지노 씨네 어머니는? 요리 좋아했어? 그래서 부엌에 못 들어오게 한 거야?"

"아닐 거야."

유즈는 확실히 부정했다.

"엄마 요리는, 겉보기에는 좋아도 딱히 맛있지는 않았어. 겉모양만 그럴싸한, 맛있지도 맛없지도 않은 맛⋯ 그런 거, 먹는 사람도 알잖아? 그저 내가 하는 모든 일들이 마음에 안 들어서 성가셔했을 뿐이고. 그 사람은 단순히 나를 싫어했던 거 같아. 부모 자식이라고 해도 별개의 인간이니까 그런 일도 있을 수 있다고 인정하기까지는 시간이 걸렸어. 그 사람 나름의 이유는 있을지도 모르지만 그 얘기를 듣는다고 해도 아무 소용이 없잖아."

우리 엄마는 나를 싫어하지는 않았다. 단지 우선순위 1번은 늘 자기 자신이고 내가 그 위에 오는 일은 없었다. 엄마 세계의 중심에는 엄마밖에 없다. "날 싫어해?" 하고 물으면, 분명 "왜 그렇게 심술궂은 말을 해?" 하고 되물었을 것이다.

— 카논이야말로 엄마를 싫어하니까 그런 말을 하는 거지. 너무해.

십 년 이상 못 만난 엄마의 목소리가 생생하게 재생된다. 나는 지금도 그 사람이 싫지는 않다. 하지만 부모가 되기 위한 자격과 면허가 있다면, 그걸 주면 안 되는 타입의 인간이었다 — 나도 의기양양하게 이런 말을 할 처지는 아닌가?

유즈의 옆얼굴은 유산 이야기를 했을 때보다도 냉정했는데, 그건 너무 오랫동안 '엄마'에 대해 생각해 와서 그런 거라 느꼈다. 감정이 파도치는 날, 소용돌이치는 날이 셀 수 없을 만큼 있었고, 이제는 이렇게 잔잔해진 눈으로 되돌아보고 있다. 뛰어넘은 게 아니라, 포기하고 등을 돌렸다. 어린 유즈의 손을 억지로 잡아끌며 돌아보지도 않았던 그날의 '엄마'가 내 눈앞에 있다면 힘껏 후려 갈겨줄 텐데. 그리고 유즈와 손을 잡고, 유즈가 가고 싶은 곳으로 함께 가줄 것이다. 어디까지나.

"어머니, 지금은 어떻게 지내?"

"장기 요양 중."

"병으로?"

"응, 수술은 3년 전에 끝나서 경과 관찰 중이기는 한데. 자궁암으로 다 적출하고, 본인이 먼저 공기 좋은 데 살고 싶다고 해서 혼자 나가노에 있어. 마쓰모토에 아빠 지인인 의사가 있는데, 산부인과에서는 유명한 선생님이라 마침 좋았던 것 같아. 벌써 1년이 넘었나."

남의 얘기를 하는 듯한 말투는, 유즈가 가까스로 찾아낸 '엄마'와의 거리감이겠지.

"한 번도 만나러 간 적이 없고, 오라고도 하지 않고. …태도가 되게 부드러워져서 상냥했던 시기도 있었지만. 이제 와서 왜 그랬냐고 반발하지도 않고, 없었던 일처럼 화해하지도 못하고, 이상한 느낌 그대로 시간이 지나버렸어."

담담히 말을 마친 유즈가 고개를 숙이며 말한다.

"미안해."

"뭐가?"

"어두운 얘기만 하는구나 싶어서."

"내가 물어본 거고, 어두운 얘기가 어디 어때서?"

나는 일부러 명랑하게 말했다.

"오히려 이렇게 밝으니까, 약간 어둠이 있는 정도면 딱 좋지 않아?"

마지막 남은 샌드위치 한입을 삼키며 한낮의 푸른 하늘을 올려다본다. 눈부시다. 이 지역의 하늘은 바다와 마주 보는 거울 같아서, 머리 위 아득히 먼 데서 물결이 솟아올라 거꾸로 있는 배가 지나가도 이상하지 않을 것 같은 기분이 든다. 동그마니 앉아있는 우리가 숨을 참고 코를 쥐고서 하늘로 떨어질 때까지 몇 초 정도 걸릴까?

중천 부근에서 내리쬐는 눈부신 햇빛을 견디지 못하고 눈을 감는다. 옆에서 유즈도 그러고 있다는 걸 어쩐지 알 수 있었다.

"물리적인 그늘이라면 괜찮지만."

눈꺼풀 뒤로 노랑과 흰빛이 뒤얽힌다.

"원래 우리, 거의 어두운 얘기만 하지 않아?"

"그런가… 그럴지도 모르지. 하지만 우나사카 씨는 뭐랄까, 아무렇지도 않은 얼굴로 있어서, 음울해 보이지 않아."

유즈만큼 사려 깊지 못할 뿐인데. 눈을 뜨자 눈부신 시야에 하늘이 마냥 푸르고, 봉제 인형 속을 쥐어뜯은 듯한 구름이 드문드문 떠 있어서 우리의 그림자가 거기에 드리워져 있지 않다는 점이 어쩐지 짜증 났다. 한 덩어리가 된 검은 얼룩이 하늘에 새겨지면 좋을 텐데. 오늘 여기에 있었다는 증거가, 우리밖에 모를 형태로 영원히 남으면 좋을 텐데.

샌드위치를 다 먹고서 유즈가 우려 온 홍차를 천천히 마셨다. 집에서 마시는 티백과는 전혀 다른, 어쩐지 재채기를 유발하는 복잡한 향이었다.

"그러고 보니, 제제가 엄마가 코코아 만들어준다고 하던데."

"가끔."

"나도 마셔보고 싶네."

농담처럼 말했지만 뚫어져라 쳐다봐서 나는 당황했다.

"걔, 뭔가 과장해서 말했어? 지극히 평범한, 가루를 우유에 녹이기만 하는 코코아야."

"응."

"커다란 냄비 가득 만들지도 않고, 휘핑크림도 없는데?"

"그거, 학교 크리스마스 미사 얘기였나? 기억력 좋네 — 이런 얘기는, 얼마 전에 내가 들었지만."

그렇다, 우리는 서로에 대해서만 기억력이 좋다. 그리고 얘기를 들으면 어제 있었던 일처럼 곧바로 떠올릴 수 있다.

"지극히 평범해도 괜찮아, 만들어준다는 게 포인트. 코코아라는 건, 남이 만들어 주면 좋은 음료 중 제일 아냐?"

"2등은?"

"뭘까, 칵테일같은 거? '부케'에서 칵테일은 팔아?"

"없어. 술에 물을 탄 거, 따뜻한 물을 탄 거, 탄산을 섞은 거. 그리고 차나 토마토 주스를 섞는 정도."

"섞는 것 전문점이구나."

"그런 가게가 어딨어."

즐거워 보이는 유즈에게 나는 "마시고서 실망하면 안 돼" 하고 몇 번이나 다짐을 받고 나서 코코아를 대접하겠다는 약속을 했다. 그 애가 좋아한다면 뭐든 해주고 싶지만, 그 비좁고 낡은 가게에서 특별할 것 하나 없는 코코아를 만들기는 부끄러웠다.

아직 시간이 있었기에 섬을 떠나 해안의 국도를 따라 북쪽으로 올라간다.

"이 부근은, 지도로 보면 특이한 모양이야."

유즈가 중얼거렸다.

"역 있는 데 근처부터 남쪽으로 잘록하게 구부러지고, 반도 끝으로 톡 튀어나와 있지."

"하긴 옛날에 제제가 태풍 오면 떨어져 나가는 거 아니냐고 걱정했었어."

"무슨 말인지 알겠다. 여기도, 섬이었어도 이상하지 않았을 거야."

"그럴 경우에 섬이 되는데 실패했다고 해야 할까, 육지로 남을 수 있었다고 해야 할까, 어느 쪽일까?"

"뭐야 그게, 토지의 마음 말하는 거야?"

"응."

"…우나사카 씨라면 전자, 나라면 후자일까?"

"왜?"

"어쩐지."

미덥지 않은 잘록한 부분을 지나 서쪽을 향해 15분도 채 안 가서 해중공원에 이른다. 소규모 수족관과 해중 전망대가 있는데, 유즈는 바다거북에게 사료를 주고 숍에서 엽서와 머그컵까지 샀다.

해중공원을 뒤로 하고 '부케'로 가니 카논은 나를 뒤편의 부엌 문으로 들어가게 해주었다. "진짜로 마시고 싶은 거야?" 재차 확인했는데 내가 "응" 하고 즉시 대답했더니 마지못해 카운터 안쪽으로 들어가 우유와 코코아 캔을 꺼냈다. 카운터에는 단차가 있어서 카논의 손이 잘 보이지 않는다. 코코아와 설탕을 불에 데우고 나서 우유를 따른 것은 알 수 있었다.

"근데, 너무 자세히 보지는 말아줘."

뚫어지게 관찰할 생각은 없는데, 카논이 못 하겠다는 식으로 나와서 시선을 돌려 가게 안을 둘러봤다.

"거기도 너무 자세히 보지 말아줘, 엉망이고 낡아 빠졌어."

"어쩌라는 건데."

나는 하는 수 없이 팔꿈치를 괴고 앞을 향한 채로 눈을 감는다. 옛날 단지의 집에 나를 데리고 가도 태연했던 카논이, 그런 걸로 부끄러워하는 게 귀엽기도 하고 쓸쓸하기도 했다. 따뜻한 카카오의 달콤한 향기가 코끝을 간질인다. 코코아 같은 건 벌써 몇 년 동안이나 마신 적이 없다. 정말, 고3 크리스마스 미사 이후 처음일지도. 속눈썹이 미풍에 살랑이듯 살짝 간지럽다. 카논이 나를 보고 있는지도 모른다.

"버터 넣어도 돼?"

"응."

"…다 됐어."

천천히 눈을 뜨자 머그컵이 눈앞에 놓이는 참이었다. 훅 피어오르는 수증기 너머로 카논이 자신 없다는 듯 부끄러워하고 있어서, 내 가슴은 행복감에 휩싸였다. 소소한 소풍도 즐거웠지만 이렇게 집 안에서, 눈을 감건 뜨건 카논이 옆에 있고 아무것도 아닌 시판 코코아를 만들어준다. 서로가 서로의 일상 속한 토막이 된 듯한 착각이 등대의 빛과 닮은 강렬함으로 내 가슴을 한순간 스치고, 비추었다. "고마워." 나는 컵을 받아들고는 코코아의 표면을 불어 식혔다. 처음으로 마시는 버터가 들어간 코코아는 진하고 맛있었다.

"맛있다."

"괜찮아, 그런 말 안 해도 돼."

"진짜야. 그렇게 서서 마시지 말고, 앉지 그래? 내 가게는 아니지만."

"아냐, 이쪽에 있는 게 마음이 더 편해."

낡은 가게의 내부 장식도 그렇고 분위기도, 온갖 것이 그 애와 어울린다고는 볼 수 없지만 카운터 안쪽에 쭉 뻗은 몸으로 서있는 모습은 정말 그럴싸했다. 여기에서 여러 해를 일해 온 그 시간만이 자아낼 수 있는 설득력이었다. 하지만 '부케'가 지금의 카논에게 단 하나의 거처라는 사실을 인정하기는 분해서, 뜨거운 액체를 위로 흘려 넣는다.

코코아를 다 마실 즈음 2층으로 이어지는 계단에서 발소리가 내려와 나는 무심코 경계한다.

"아, 미안."

그것이 처음으로 듣는 미나토 씨의 목소리였다.

"코코아 냄새가 나길래 당연히 제제가 집에 왔는가 했다."

"좀 더 이따가 데리러 갈 거야. 미나토, 그저께 왔던 후지노 씨야. 기억나지?"

미나토 씨는 잠자코 끄덕인다. 반팔 티셔츠 밖으로 보이는 팔은 내 남편 팔보다 두 배는 두껍고 오카바야시 씨가 말한 대로 건장한 체격이었다. 이런 사람이 옆에 있으면 나도 모르게 위압감을 느낄 것 같은데, 무척 조용한 느낌을 주는 사람이었다. 과묵하다거나 얌전하다거나, 그런 성질만 가지고는 표현할 수 없다. 카논에게는 인간 세계에 완전히 섞일 수 없는 야생동물 같은 매력이 있는데 이 사람은 숲속에서 조용히 사는, 말을 할 수 있는 커다란 나무 같은 분위기였다. 둘이 어디에서 어떤 식으로 만났는지 모르겠다. 하지만 서로 끌린 건 분명하다. 그것을 말도 행동도 아닌, 그저 거기에 서 있는 것만으로 통감하며 나는 가벼워진 컵을 양 손가락으로 꼭 감아쥐었다.

피아노 쳐 준 선생님, 하고 미나토가 말한다.

"네?"

"어제 제제가 학교에서 선생님이 피아노 쳐 줬다 하면서 좋아하대예. 고맙습니더."

일자 모양의 눈썹을 거의 움직이려고 하지 않아 감정이 잘 보이지 않는다. 그렇다고 해서 희로애락이 없는 게 아니라 내부에 가라앉힌 채 겉으로 드러내지 않도록 애쓰고 있는, 그런 느낌이 들었다.

"아뇨, 별말씀을요. 변변치 않은 연주를 들어준 것 뿐이라서요…."

나는 코코아를 다 마시고 일어섰다.

"잘 먹었습니다. 슬슬 가야지. 제제 데리러 가야 하잖아?"

"아, 응… 괜찮으면 같이 가지 않을래? 쿠키, 후지노 씨가 직접 주는 걸 더 좋아할 것 같으니까, 학교에서 다 같이 헤어지자."

나도 제제가 기뻐하는 얼굴을 보고 싶었고 카논과 조금 더 함께 있고 싶었으니 더 바랄 나위 없는 권유였다.

"그럼 갈까. 미나토, 설거지 부탁해도 돼?"

"어."

밖으로 나와 주차장으로 가는 도중에 카논이 걸음을 딱 멈췄다. 시선 앞에는 남자가 있고, 명백히 이쪽을 노려보면서 걸어온다. 나는 무심코 카논의 팔꿈치를 잡고 내 쪽으로 힘껏 당겼다. 이상한 손님의 원한을 산 것일지도 모른다. 심박이 빨라진다. 하지만 그 사람은 아무 말 없이 적의만을 내보이며 우리 옆을 지나갔고, 카논은 스쳐지나갈 때 고개를 살짝 숙였다. "누구야?" 손을 놓지 않고 묻자, "미나토네 형"이라고 작은 목소리로 대답했다.

"미나토한테 일이 있어서 왔을 거야."

"엇, 아주버님이라는 거야?"

그렇다면 태도가 왜 그렇게 험악했던 걸까.

"그쪽 집안 사람들이 나를 안 좋게 봐."

사정이 뭔지는 모르지만 나는 구태여 아무 일도 아니라는 듯 끄덕이며 말한다.

"그렇구나, 나랑 똑같네."

"어?"

"나도, 남편 가족들이랑은 사이가 안 좋으니까."

"후지노 씨가? 설마."

"왜 설마야."

나는 쓴웃음을 지었다.

"남편 집은 의사 집안이고, 심지어는 좀 속되게 표현하자면 우리 집보다 신분이 높거든. 그러니까 남편도 부모님 바람대로 의대를 나와서 의사가 됐지만, 결국 임상은 적성에 안 맞는다면서 2년도 지나지 않아 병원을 관두고 직장을 옮겼어. 건강 촉진 앱 관련 일이니까, 뭐 의료계이긴 하지만 본가 입장에서는 엄청난 배신이었는지 내가 부추겨서 그런 거라고 생각해."

"너무하네."

"줄곧 기대에 부응해줬던 자랑거리인 아들이 갑자기 탈선했으니까 충격이 크겠지. 물론 남편은 날 감싸줬는데 반은 의절 상태고 왕래도 없으니, 편하다면 편해. 덕분에 이렇게 이사도 할 수 있었어."

"그렇구나."

우리는 각자 자신의 차를 타고 학교로 향했다. 제제는 어제와 마찬가지로 우리에게 달려왔다.

"어쩐 일이야? 오늘도 피아노 쳐 줄 거야?"

"아니. 그 대신 제제한테 줄 쿠키 구워왔어."

봉지를 건네자 "헤헤" 하고 웃으며 카논의 허리에 매달렸다.

"뭘 꾸물거려. 제대로 감사 인사 해야지."

"으음…"

"어서."

"됐어, 괜찮아."

기쁨이 일정의 역치를 넘으면 부끄러움을 보이는 아이는 꽤 많다. 가슴속 겸연쩍음을 어떻게 처리하면 좋을지를 아직 모르는 것 같다. 그래서 제제의 반응은 오히려 기뻤다.

그대로 곧장 집에 갈 생각이었는데, 나만 소다 씨에게 붙들려서 집으로 돌아간 건 그로부터 한 시간 후쯤이었다.

저녁밥을 먹으며 오늘의 관광 루트에 대해 이야기하자 남편은 "즐거웠겠네"라고 하면서 흥미롭게 들어주었다.

"해중관광선은 안 탔으니까, 다음에 같이 가자."

"응."

"근데 말이지."

나는 젓가락을 놓고 말을 꺼낸다.

"소다 씨가 대안학교에서 지도교사 봉사를 해주지 않겠냐고 그래서."

"오."

"일손이 부족하다는 것 같아."

특히 야외에서의 활동은 자신과 같은 노인이 다 커버할 수
없다며, 소다 씨는 내게 빌 듯이 호소했다.

"매일은 아니더라도 일주일에 서너 번이라든가, 무리하지 않
는 범위 내에서 하면 된다고… 어떻게 생각해?"

"유즈가 하고 싶다면 해도 된다고 생각해."

예상했던 대답이 돌아왔다.

"휴직 중에 다른 일을 하기도 그렇고, 봉사 활동이라는 건 좋
은 선택지 아닐까? 단지 당신은 책임감이 너무 강한 면이 있으
니 심신에 부하가 걸리지 않도록 해야 한다는 조건은 붙지만."

"오갈 때 차를 쓰면, 당신이 불편하지 않겠어?"

"딱히 외진 데가 아니니까 버스도 다니고, 여차하면 택시도
바로 부를 수 있어. 나는 신경쓰지 마."

"응."

이 사람은 언제나 내가 듣고 싶은 말을 해준다. 일은 내팽개
쳐뒀으면서, 나는 소다 씨의 부탁을 달려들 듯 받아들이고 싶
었다. 대안학교에 갔을 때 어린이라는 생물이 자각 없이 발산
하는 농밀한 에너지를 받고서 견딜 수 없는 그리움을 느꼈다.
풀숲의 열기처럼 서려있는 난폭하면서도 싱싱한 영혼의 기척
에, 동경 비슷한 애정을 느낀다. 숨 막혀서 도망쳤는데, 그립다.

소다 씨가 그것을 꿰뚫어 봤는지도 모른다.

게다가 그곳에 다닐 구실이 생기면 카논과 제제도 만날 수 있다. 내가 말했다.

"해보고 싶어."

"알았어. 적당히 열심히 해."

"고마워."

소다 씨에게 전화를 걸어 "하도록 하겠습니다"라고 말하자 무척 고마워했다. 카논에게 '소다 씨의 학교에서 지도교사 봉사를 하게 되었어'라는 메시지를 보냈지만, 일하는 중인지 시간이 어느 정도 지나도 읽음 표시가 안 떴다. 포기하고 잠자리에 들었다가 메시지 알림에 눈이 뜨였다. 평소라면 그 정도의 소리에는 못 깨는데. 손을 더듬어 사이드테이블의 핸드폰을 찾아 들고 메시지를 확인하니 카논이 보낸 것이었다.

'진짜로?'

그 한마디뿐. 이모티콘도 스탬프도 없다. 하지만 작은 네모 창으로부터 터질 듯한 기쁨이 전해졌다. 나는 안절부절못하다 잠옷에 카디건만 걸치고 샌들을 대강 신고서 밖으로 나간다.

바깥은 어두컴컴하고 고요했다. 가로등의 쓸쓸한 빛은 오히려 밤의 어둠을 더욱 눈에 띄게 하고, 커다란 나방이 그 주변을 날아다니고 있다. 도쿄에서는 밤길이나 인기척이 없는 곳을 지나칠 정도로 무서워했었는데 이제는 조금도 무섭지 않았다. 바람이 불 때마다 산 전체가 꿈틀거리듯 느껴지는 것도, 해수면

286

이 먹을 간 듯 반들반들하게 빛나는 것도 여기에서는 당연한 일이고, 그 평범한 광경에 나도 섞여 들어간 듯한 기분이 들어서 흥분해 있었다. 위를 올려다보니 찾아볼 필요도 없이 별들이 반짝이고 있다. 밤이 늘 이렇다면 등대는 필요 없을지도 모른다. 곶 방향을 언뜻 보았지만, 나무들에 가로막혀 등대의 빛은 보이지 않았다.

나는 카논에게 '진짜야'라고 답장한다.

유즈가 학교에서 봉사 활동을 시작하고 한 달 반이 지났다. 근무하는 날은 고정되어 있지 않고 일주일에 사나흘. 안 지 얼마 되지도 않았는데 바로 스카우트하다니 역시 소다 씨는 연륜이 남달라서, 빈틈이 없고 사람을 보는 눈이 있다. 제제는 기뻐하며 곧바로 유즈를 '유즈 선생님'이라고 부르기 시작했다. 나와는 등하교 때 연락 사항과 짧은 잡담을 주고받는 정도였지만 기뻤다. 저녁에 가끔 소다 씨와 '부케'에 들르는 일도 있었다.

"친구가 생겨서 좋겠네."

어느 날, 가게에 온 오카바야시 씨가 그렇게 말했다.

"누구한테요?"

"무슨 소리야, 당연히 마담 말하는 거지."

병맥주를 자작으로 따르면서 오카바야시 씨가 어이없다는 표정을 짓는다.

"유즈 씨가 그러더라고, '부케' 마담이 잘해준다고."

"딱히… 드라이브 한 번 한 게 전부인데. 빈말 아니었을까요?"

부끄러워서 그러는 게 아니라, 진짜로 '친구'라는 말이 와닿지 않았다.

"근데, 마담처럼 철벽 치는 사람은 상당한 호감이 없고서야 드라이브 같은 거 안 할 거 아냐."

다 안다는 듯 말하지 말아줬으면 했지만, 맞는 말이라 반론할 수 없다.

"유즈 씨도 사교적인 타입이 아니고. 서로 잘 맞는 거겠지. 다행이네 다행이야."

친구란 뭘까. 다음 날 저녁, 제제와 목욕하면서 문득 물었다.

"제제한테 친구란 어떤 사람이야?"

"으음, 같이 노는 애 아냐?"

제제는 손가락으로 목욕물을 탁탁 두드리며 대답한다. 피아노 치는 흉내를 내는 건지도 모른다.

"흐음."

우리 집 욕조는 작아서 둘이 함께 들어갈 수 없다. 제제가 먼저 머리를 감고 몸을 닦고서 욕조로 들어간 다음, 내가 들어간다.

"그리고 또, 험담 안 하는 애!"

"그렇구나. 지금 학교에서는 아야메나 마이 같은?"

제제로부터 이야기를 자주 듣는 여자애들 이름을 대 보았지만, 제제는 단박에 부정했다.

"아니지. 아야메 언니는 중학생이고, 마이 언니는 고등학생이잖아. 친구가 될 수는 없어. 친구는 동갑이잖아."

"꽤 까다롭네."

하지만 하고 싶은 말이 뭔지는 알겠다. 나는 치사 씨를 좋아했고 치사 씨도 나를 귀여워해주었지만, 우리는 '친구'가 아니었다.

"아야메 언니도 그렇고 마이 언니도, 제제랑 있을 때는 꾹 참고 제제가 모르는 어른 얘기 같은 건 안 해."

"꾹 참는 건 아니지 않아?"

7년 남짓 살았을 뿐인데, 많은 것들을 알고 있다. 내가 제제 나이 때는 더 아무 생각이 없는 바보였던 것 같은 느낌이 든다. 샴푸를 마치고, 트리트먼트를 바른 머리카락을 고무줄로 재빨리 묶고서 나일론 수건으로 몸을 닦았다.

"엄마는 친구 있어?"

"없어."

"한 명도?"

"응."

"왜?"

"왜일까, 정신이 들고 보니 없었어. 험담 같은 거 안 하는데."

"응, 괜찮아, 나도 알아!" 제제가 쾌활하게 보증해주었다.

"친구, 필요해?"

"딱히 필요 없어. 제제도 만들고 싶으면 만들어도 되고, 혼자가 편하면 혼자 지내면 돼. 불쾌한 일을 겪으면서까지 다른 아이한테 맞출 필요는 없으니까."

물론 제제도 인간관계가 그리 단순하지 않다는 걸 알고 있을 것이다. 하지만 "알겠어" 하고 끄덕이고는 내가 몸을 다 닦자 욕조 밖으로 뛰쳐나갔다. 스테인리스로 된 정방형에 가까운 욕조에서 나는 무릎을 끌어안고 "친구"라고 중얼거려본다. 유즈는 지금도 나를 친구라고 생각하고 있을까? 아닐 것 같다.

똑, 하고 천장에서 물방울이 떨어져 어깨를 타고 내려와 물에 섞인다. 유즈를 생각할 때 감도는 물방울 같은 불안과 쓸쓸함은 대체 뭘까? 한 방울이라도 녹아버리면 모든 게 어렴풋이 쓸쓸한 색으로 물들고 원래대로 되돌아가지 않는다. 그건 유즈 탓이 아니라 잘못과 후회투성이가 되어 변해버린 내 탓인지도 모른다.

이것저것 생각하고 있자니 살짝 현기증이 났다. 욕실을 나와 드라이어로 머리를 말리는데, 제제가 엉겨 붙는다.

"근데 있지, 아빠도 그렇대!"

"뭐? 안 들려."

드라이어 전원을 끄자, 탈의실의 미닫이문이 열리고 미나토가 얼굴을 내민다.

"제제, 드라이어 쓸 때 얼쩡거리면 안 된데이, 위험하다이가."

"아빠도 친구가 없대."

주의를 받아도 개의치 않고 제제는 말을 이었다.

"옛날엔 있었지만 없다고, 그래도 엄마랑 제제가 있으니까 그걸로 됐다고."

거울 너머로 미나토와 눈이 마주친다. 미나토는 아무 말 없이 제제를 안아 데리고 나갔고, 제제가 꺅꺅거리며 까부는 소리가 들린다.

미나토가 처음으로 가게에 온 날 밤을 기억한다. 선배들에게 끌려와서 거북해 보였고, 나와 눈이 마주칠 때마다 얼굴을 붉히며 고개를 숙여서 놀림을 받았다. 처음에는 '괴롭힘 당하는 캐릭터'라는 이름의 허울 좋은 희생양인가 싶어 지긋지긋했다. 술집에서 가장 보기 싫은 것 중 하나는 남자들끼리의 추악한 인간관계인데, 상하 관계를 방패 삼아 추잡한 원샷과 헌팅을 강요하는 사람들이 가장 싫었다. 지금이라면 그런 행동을 하는 손님에게는 "나가"라고 말할 수 있지만 그 당시 가게를 꾸려나갔던 건 할머니였고 엄마는 막 도망간 참이었다. 짐이 되는 아이에게 발언권은 없었다.

하지만 내 예상은 틀렸고 선배들이 미나토를 정말로 귀여워한다는 사실을 금세 알 수 있었다. 누구나 미나토의 가식 없는 솔직함을 존중하고 사랑했다. 말이 없고 재미있는 리액션을 하는 것도 아니지만, 수조 안의 수초처럼 가만히 산소를 공급하고 옆에 있는 사람의 호흡을 편안히 만드는 온화함을 지녔다. 나와는 다른 세계 사람이구나, 싶었다. 유즈처럼 남몰래 비뚤어진 마음을 품은 것도 아니고 풍부한 애정을 받으며, 같거나 그 이상으로 보답해 온 사람.

사실은, 나와 여기서 이러고 있을 리가 없었던 사람.

"그러니까 제제도 그걸로 됐어, 엄마랑 아빠가 있으면 괜찮아."

그럴 리가 없다, 라고 생각한다. 제제의 세계는 어마어마하게 커질 테니, 관계도 그러지 않으면 안 된다. '제대로 된 부모' 같은 생각에 젖은 머리카락을 그러모으며 웃자, 아랫배에 둔탁한 통증이 느껴져서 거울 속 미소가 일그러진다.

대안학교에서는 한 달에 한 번 면담일이라는 게 있어서 직원들이 보호자와 삼십 분 정도 이야기를 나누게 되어있다. 아이의 학교생활과 학습 상황, 진로에 대해 평소 등하교 때에 미처 전달할 수 없는 정보를 공유하기 위한 회의로, 그날은 제제 차례였는데 점심때가 되어 소다 씨가 말을 꺼냈다.

"후지노 씨, 내 대신 해줄 수 있겠나? 내가 오늘 시내에서 강연회 있는 거 까먹어가지고. 전달사항 같은 거는 이 노트에 써뒀으니까, 이거 말고는 후지노 씨가 마음대로 의견 말해주면 된다."

"그런 건 무리예요, 온 지 얼마 되지도 않았잖아요."

"들어온 지 얼마 안 된 사람 의견은 억수로 중요하지. 가정방문 같은 거도 4, 5월 중에 하니까."

"하지만… 전, 봉사 활동이고요."

"제제는 후지노 씨를 잘 따르고, 마담이랑도 사이좋으니까 적임자 아이가. 면담이라 하면 딱딱하게 들릴 수 있는데 그냥 차 마시면서 얘기하는 기다."

부담스럽습니다, 하고 힘껏 항의했지만, 소다 씨는 "그라지 말고"라면서 흘려들으며 "그라믄 갔다 올게"라고 하고는 나가버렸다. 어렴풋이 눈치채고 있었지만, 이 사람은 거절을 잘 못하는 사람에게 부탁을 잘한다. 분명 '적재적소'에 사람을 쓰면서 조직을 척척 움직여왔을 것이다. '좋은 선생님'이란 '사람 좋은 선생님'이라는 뜻이 아니다 — 어떤 직장이든 그럴지도 모른다.

면담 시간인 세 시 반에 딱 맞춰 현관 미닫이문이 열렸고, 보인 얼굴은 카논이 아니라 미나토 씨였다.

"아… 안녕하세요."

완전히 허를 찔리고 부자연스러운 얼굴로 인사했지만, 미나토 씨는 표정을 바꾸지 않고 머리를 숙이며 말한다.

"신세 마이 지고 있습니더. 죄송합니더, 카논이 몸이 안 좋아서예."

"네?"

무심코 목소리가 크게 나와버려서 나는 입가를 살짝 막고 얼버무린다.

"죄송합니다. 저기, 몸이 많이 안 좋은가요?"

"아입니더."

미나토 씨는 넓은 어깨를 약간 움츠리고 목소리를 낮추며 말한다.

"배가 아파가지고."

미묘하게 곤란하다는 뉘앙스여서 아아, 하고 이해가 갔다. 생리통인가.

"비가 오면 심한가 보대예."

"그렇군요. 아침부터 내리고 있으니까요… 이쪽으로 오시죠."

하필이면 왜 이런 날에, 하고 소다 씨의 겹친 약속을 다시 원망하며 미나토 씨를 응접실로 안내하고 보리차를 내었다.

"저기, 제제에 대해서 말인데요…."

나는 무릎에 둔 소다 씨의 노트에 시선을 떨어뜨리고 되도록 미나토 씨를 보지 않으려 하면서 이야기를 해나갔다. 특기사항도 없고, 요약하자면 '매일 씩씩하게 열심히 하고 있습니다' 정도의 내용이었다. 아직 초등학교 2학년, 학습 지연을 신경 쓸 단계도 아니다.

"아버님께서 뭔가 궁금하신 점 있을까요?"

그렇게 질문을 유도했지만 '아뇨'라고 대답하겠지, 하고 나는 넘겨짚고 있었다. 겉치레 말을 하기에도 사교적인 사람으로 보이지 않으니 틀림없이 미나토 씨 스스로도 이 면담을 재빨리 끝내고 싶을 것이다, 하고.

하지만 미나토 씨는 내게 물었다.

"역시, 일반 학교로 가는 편이 좋을까예?"

또다시 멍해졌지만 내가 먼저 물은 이상 "글쎄요…" 하고 어떻게든 말을 이었다.

"재촉할 필요는 없겠지만, 저 스스로가 초등학교 선생님이라, 전혀 가지 않아도 된다고 단언하기는 어렵습니다. 사실, 제제가 여기에 다니게 된 경위를 듣지 못해서요."

"아이고, 죄송합니다, 카논이 벌써 설명했을 줄 알았습니더."

미나토 씨가 조금씩 해준 이야기는, 초등학교 반 친구들에게 '술집 아이'라는 놀림을 받았다는 것이었다. '원조교제' 같은 엇나간 헐뜯기도 있었던 모양이라 제제와 카논을 그런 식으로 모욕하는 아이들에게 화가 났고 아이들의 뒤에 있는 수다스런 어른들에게는 증오마저 느꼈다. 대체 아이들 입에서 무슨 말이 나오게 만드는 것인가.

"어린이집 시절부터 사이좋게 지냈던 친구들도 그 분위기에 동조를 해가지고 제제가 상처를 받아서예."

"그럴 만도 하네요."

그저, 하고 미나토는 가볍게 머뭇거린다.

"그, 친구들이 반성하고 편지도 써줬는데 완강히 안 받아주

대예. 아무리 사과를 해도 그때 들은 말은 쉽게 잊히지를 않으니까 이제 친구가 아이라고예. 고집이 세다고 해야 되나 결벽이라 해야 되나…. 선생님, 어떻습니꺼. 선생님이라면 상대가 사과했으니까 용서해 주라고 타이르시겠습니꺼?"

어려운 문제였다. 일곱 살의 제제에게 타협과 적당주의를 강요한다 해도 오히려 상처가 깊어질지 모른다.

"전, 지금은 선생님이 아니지만… 어머님은 뭐라고 하시지요?"

"제제가 내키는 대로 하믄 된다고예."

"아아…"

들을 것도 없이 카는다운 대답에 웃음이 나올 것 같았지만, 꾹 참고 마음을 다잡는다.

"엄마랑 아빠 의견이 다르면 혼란스러울 테니까 저는 제제 앞에서는 얘기를 안 하고 있는데 그래도 걱정이 돼서예."

"그렇죠."

나는 어느샌가 미나토 씨의 얼굴을 똑바로 보고 있었다.

"사죄가 있었다는 사실을 인정하는 것과, 마음의 정리가 어려운 것을 나눠서 생각하면 되지 않을까 싶습니다. 상대는 사과를 했지만 용서할 수 없다는 건 어른에게도 있는 감정이니까요. 그리고 오늘 용서할 순 없어도, 내일은 조금 용서할 수 있을지도 모르고, 모레는 조금 더… 그런 식으로 바뀔지도 모른다, 그건 나쁜 일이 아니라고, 때를 봐서 제제에게 말해주면 어떨까요?"

"예."

"그런 의미에서는 학교에 가는 편이, 행사나 쉬는 시간을 통해서 자기도 모르게 응어리가 풀리는 타이밍이 생기기가 쉽기는 하지만… 화해하기 위해서 학교에 가야만 한다는 게 스트레스가 된다면 문제해결은 더 멀어지겠지요. 소다 씨의 의견도 들으면서, 조금 더 신중하게 모습을 지켜보면 어떨까요? 다음 달부터 여름방학이고, 2학기가 되면 갑자기 '가고 싶다'고 말할 가능성도 있습니다. 아이란, 좋건 나쁘건 '지금 이 순간'을 살고 있으니까요."

내가 생각해도 특별할 것 없는 조언이었지만 미나토 씨는 한마디 한 구절을 음미하듯 고개를 여러 차례 천천히 끄덕이고는 "고맙습니더" 하고 무릎에 닿을 정도로 머리를 숙였다.

"아닙니다, 그러실 것 없습니다."

"제제가 유즈 선생님, 유즈 선생님 하면서 와 잘 따르는지 알겠네예."

"저야말로, 항상 제제로부터 기운을 나눠 받고 있습니다."

서로 어색하기는 했지만, 미소를 주고받으며 드디어 긴장도 풀리기 시작했다고 생각한 순간, 미나토 씨가 두 번째 질문을 했다.

"선생님, 친구는 있습니꺼?"

너무 간단해서 오히려 당황스럽다. 나는 '일단은'이라고 말하면서 신중히 운을 뗐다.

"결혼식에 가거나, 출산 축하 선물을 보내는 사이인 친구는 몇 명 있어요. 그런데 저는 무척 내향적인 성격이라, 마음을 나누는 관계라는 게 힘들기는 합니다."

"그렇습니꺼… 며칠 전에 제제가 갑자기 물어봐서예."

"역시, 친구가 마음에 걸리는 건지도 모르겠네요."

"예. 근데 선생님은 카논이랑 전부터 면식이 있습니꺼?"

스스로 그런 게 느껴질 만큼, 얼굴이 딱 굳었다. 소리 없는 폭탄이 느닷없이 던져진 기분이었다. 무슨 말을 하고 싶은 거야? 뭘 알고 싶은 거야? 모르겠다. 나는 노트를 탁 덮고 온몸을 경직시킨다. 빗소리가 침묵을 때린다. 이제 곧 장마가 시작된다. 처음에는 내가 없어지고, 그다음은 그 아이가 없어졌고, 세 번째는? 이 사람이, 우리에게 무언가 좋지 않은 일을 불러오는 거 아닐까, 하고 무서워졌다. 미나토 씨가 잠자코 있으니 주위의 빗소리까지 빨려 들어갈 정도로 고요한 기운이 맴돈다. 진땀이 날 정도로 습도가 높은데, 내 입술은 어째서인지 바싹 말라 따끔거렸다.

침묵을 깬 것은 미나토 씨의 "죄송합니데이"라는 목소리였다.

"캐물을 생각은 없고예, 이제껏 카논이 일부러 가게로 불러가 수다 떠는 사람은 없었으니까, 여기 오기 전부터 아는 분인가 싶어서 맘대로 생각한 거 뿐입니더. 대답하기 싫으시면 괜찮습니더."

나는 느릿느릿 고개를 저으며 대답했다. "고등학교 때 같은 반 친구였어요." 딱히, 캐묻는다고 해서 켕기는 점은 하나도 없다. 우리는 정말 잠깐 동안 함께 있었을 뿐이니까.

"그리고 초등학교 때도 약간의 교류가 있었는데요. 하지만 그게 전부입니다. 카논은 고1 1학기 때 이사를 가 버려서 여기서 우연히 다시 만날 때까지, 정말 소식조차 몰랐습니다. 그런데 아주 인상적인 사람이었으니 잘 기억하고 있었습니다. 옛일을 다시 문제 삼으면 싫어할지도 모르겠다는 생각에 이야기하지 않았던 거예요. 죄송합니다."

"아, 아입니다."

미나토 씨는 초조함을 드러내며 보리차에 손을 뻗더니 단숨에 다 마셨다. 튀어나온 울대뼈가 작은 심장처럼 벌컥벌컥 오르내린다.

"저는 여기 오기 전에 카논이 어땠는지 잘 모르니까 그냥 흥미가 있어서예. 선생님하고 있을 때 카논이 즐거워 보이기도 했고예."

"본인한테 직접 안 물어보시나요?"

유리잔에 묻은 물방울에 살짝 젖은 손바닥이, 짧은 목덜미를 초조한 듯 매만져 올린다.

"물어보면 안 될 것 같아서예. 저한테 카논은 학 부인* 같은

---

* 일본의 이류異類 혼인담 중 하나로, 남자 덕에 목숨을 구한 학이 은혜를 갚기 위해 시집을 와서 자신의 깃털로 아름다운 천을 짜지만 결국 정체를 들켜 떠난다는 이야기.

존재 아입니꺼."

"은혜 갚은 학 이야기 말씀이신가요?"

"예."

"미나토 씨가 카논을 구하고, 그 결과로 결혼하셨다는 뜻인가요?"

소방관이었다고 하고, 미나토 씨가 카논을 구한 적이 있어서 은혜를 느꼈다… 있을 수 없는 얘기는 아니다. 카논도 미나토 씨의 인품을 좋게 여겼다는 걸 전제로 하면.

"구했다고 말하는 거는 어폐가 좀 있지만은… 어쨌든, 뜻하지 않게 그래 됐습니더. 그래서 그런 옛날이야기는 늘 남자가 바보고, 하면 안 되는 짓을 함부로 해서 여자가 도망간다 아입니까. 그러니까, 그게 무서워서예."

미나토 씨의 불안을 알 것 같은 기분이 들었다. 옛날이야기에 나오는 이상한 생물은 대체로 인간의 손이 닿지 않는 곳으로 가버린다. 인간이 약속을 어기거나, 여자를 실망시켜서.

"이상한 소리해서 죄송합니데이."

"아닙니다… 제제를 불러 오겠습니다. 여기서 기다려주세요."

안채를 봐도 없었기에, 우산을 쓰고서 별채 창고로 가니 피아노를 엉망으로 치는 참이었다.

"제제, 아빠가 데리러 왔어."

"네에."

곧바로 와서는 발끝을 바닥에 탁탁 부딪쳐 신발을 신는다.

"사이즈 꽉 껴?"

"딱 맞아."

"그럼, 다음에 살 때는 하나 더 큰 사이즈로 해야겠다."

"응. 유즈 선생님, 엄마는?"

"배가 아프다는 것 같아."

"아침부터 아프다면서 누워있었어. 위로해주려고 꽃 따갈까 했는데, 비가 계속 오다니!"

"특별하지 않은 날에 받아도 기쁠 거야. 다음에, 화관 만드는 법 가르쳐줄게."

"진짜로? 신난다!"

그렇게 말은 했지만, 나도 잊어버렸다. 집에 가면 인터넷으로 예습해야지.

"엄마, 좋아할까?"

"분명 좋아할 거야."

우산 하나를 쓰고 제제가 젖지 않도록 내 쪽으로 어깨를 당겨 안으며 내가 물었다.

"근데 제제, 아빠는 '오토오상ぉ父さん'이라고 부르면서, 엄마는 '카아상'*이라고 부르잖아. 무슨 이유가 있어?"

제제는 내 허리에 팔을 감으며 "음…" 하고 주저한다

---

• 원문 표기는 かーさん. 아빠를 뜻하는 '오토오상ぉ父さん'에 대응하는 일본어는 '오카아상ぉ母さん'이다. 둘 다 엄마라는 의미지만, '카아상'이 더 친근한 느낌이 있다.

"'카아상'은 '카논'의 카아상. 그러니까 '오'가 없는 거야."

"어?"

무슨 뜻이지? 나는 무심코 멈춰 서서 제제를 보았다. 카논과 많이 닮은 커다란 눈을 동그랗게 뜨고 나를 올려다보고 있다.

"'카아상'이 엄마잖아?"

"엄만데… 으음, 뭔가, 그래."

제제 스스로, 그 이유를 잘 설명할 수 없는 듯했다. 그녀가 생각하는 '보통의 엄마 상'과 거리가 멀어서 그런 건지, 미나토 씨와 마찬가지로 어딘가 메우기 힘든 거리 같은 걸 느끼는 건지.

"제제, 엄마 좋아해?"

"너무 좋아."

"엄마도 제제를 정말 좋아해."

"알고 있어."

약간 귀찮은 듯, 하지만 자랑스러운 듯 이를 보이며 웃는다. 앞니 하나가 막 빠진 참이라 완전히 구멍이 뚫려있는데도 불구하고. 그리고 갑자기 "앗" 하고 발길을 돌려 비에도 아랑곳 않고 창고로 달려간다.

"제제?"

"두고 온 게 있어!"

내가 어이없어하는 사이에 바로 돌아오더니, 숨을 살짝 헐떡이며 "이거" 하고 손바닥을 내밀었다.

작은 방범 버저였다. 핑크색, 달걀 모양의. 나는 그걸 본 기억이 있었다. 20년도 훨씬 전에, 그 단지에서 카논에게 건네주고 돌려받지 못했던 버저. 고1 때 카논이 가지고 다니는 걸 보여주었었지만, 설마하니 제제가 가지고 있을 줄이야.

"제제의 비밀병기, 유즈 선생님한테 보여줄게. 무서운 일이 있으면 이 줄을 당기는 거야. 그리고 꼬옥 쥐고 있으면 안심이 되니까 좋아."

"그렇구나. 보여줘서 고마워. 그건 엄마한테서 받았어?"

"아니, 엄마가 빌려줬어. 제제가 커서, 엄마가 없어져도 괜찮을 때 돌려달라고 했어. 엄마의 소중한 물건이래. 그러니까 제제도 소중히 다뤄야지."

카논은, 바보다. 이렇게 하찮은 도구가 뭘 지켜준다는 거야. 도움이 되지 않는 걸 알면서도 계속 가지고 다니고 딸한테도 안 주다니. 카논의 어리석은 올곧음은 언제나 내 가슴 깊숙한 데까지 꿰뚫어, 다른 무엇으로도 메울 수 없게 만든다.

그날 밤, 오랜만에 옛 친구인 아사코에게서 전화가 걸려왔다. 둘째 아이가 생겼다는 소식을 전해주었다.

"축하해!"

'고마워. 미안, 메시지로 보낼까 하다가, 유즈 목소리가 듣고 싶어져서.'

"아냐, 고마워. 미쓰키는 잘 지내?"

'너무 잘 지내지. 오늘은 남편이랑 남편 본가에서 자. 계속 남동생이 있었으면 좋겠다고 타령하니까, 아직 성별 같은 거

모르는데도 남자아이라고 단정 짓고 있어. 여자아이면 울지도 몰라.'

"여동생은 여동생대로 분명 귀여워할 거야."

'그럼 좋겠지만… 나도 세 자매니까, 남자 형제란 어떤 걸까 싶어서 설레. 유즈는 오빠 있었지?'

"응, 근데 나이 차가 많이 나니까 사이가 좋지도 나쁘지도 않았다는 느낌이야."

태연한 척하며 대답한다.

'그렇구나. 유즈는 요즘 어때? 잘 지내? 다음에 차라도 마시자.'

"아, 응… 사실, 일을 잠깐 쉬고 이사했어."

친구나 지인에게는 근황을 털어놓지 않고 있었다.

'엇, 그렇구나. 무슨 일 있었어?'

경사스러운 일로 전화를 건 아사코에게 어두운 이야기는 하고 싶지 않다. 나는 가벼운 말투로 대답했다.

"장기 휴가."

'휴가로 굳이 이사하진 않잖아. 그보다 어디야? 이사 선물 보내게 해 줘.'

"그렇게 야단 떨 일이 아니니까 말 안 한 거야. 아는 사람 소유의 빈집에 임시로 살고 있을 뿐이니까, 진짜로 신경 쓰지 마."

아사코가 전화 너머에서 입을 다문다. 나는 더 이상 깊이 생각하지 말았으면 하고 바란다. 깔끔하게 납득하고 '그럼 또 연락하자' 하고 물러서길. 하지만 그런 내 뜻에 반하듯 아사코가 말했다.

'신경 쓰여. 성실한 유즈가 일을 쉰다니. 휴직이라는 거지? 얘기 들어줄 수 있으니까, 언제든 연락해.'

"싫어 싫어, 그만해."

일부러 밝은 목소리로 장난치듯 대답해, 흐지부지하게 대화를 마무리하려는 시도를 해본다.

"바빠서 좀 지쳤거든. 벌써 서른 살이고, 잠시 멈추고 싶어진 것뿐이야."

'왜 진실을 얘기해주지 않는 거야?'

가짜 명랑함은 아사코의 슬픈 듯한 목소리로 곧 시들해졌다.

'알고 있어.'

"…뭘?"

'아이 친구 엄마가 초등학교 선생님을 하거든. 어쩌다가 유즈 같은 사람 얘기가 나와서, 어머, 혹시나 하고… 학급 붕괴에 휘말려서 힘들었다는 얘기 들었어.'

"힘들었다고 해야 하나…."

말을 흐리는데, 대화의 흐름을 감지한 남편이 손짓으로 2층으로 간다고 하더니 슬쩍 거실을 떠나갔다.

"내가 부족해서 여러모로 폐를 끼친 것뿐이야."

'그럼 그렇게 말해주면 되잖아? 유즈랑은 알고 지낸 지도 오래됐는데, 그런 부분이 변함없어. 자기 얘기를 할 때면 입이 무거워.'

아사코는 속속들이 아는 친구지만, 그런 얘기를 듣기는 처음이었다. 나는 변명한다.

"그럴 생각은 없는데. 과시욕이 있어서 나약한 소리를 못하는 것뿐이야. 아사코를 신뢰하지 않는다거나 그런 건 아냐."

'거짓말… 미안, 말이 심했지. 임신 탓으로 돌리는 건 아니지만 정서가 불안정해서, 감정 통제가 안 된달까?'

"응."

'하지만 냉정할 때라면 분명 말 못하니까. 유즈가 항상 무언가 끌어안고 있던 거, 알고 있어.'

"그런 적…."

'혹시, 진심으로 아무것도 모를 거라고 생각하는 거야?'

아사코의 말투는 조용하고 날카로워서, 내가 가장 건드리지 말아주었으면 하는 급소를 깊숙이 찔렀다.

'중학교 3년간이랑, 고등학교 초반까지 유즈 도시락 항상 똑같았잖아. 판에 박은 듯 매일 같은 반찬.'

매실과 시소紫蘇●를 이용한 후리카케를 뿌린 밥, 방울토마토, 브로콜리, 달걀말이, 데코픽을 꽂은 소시지와 치킨너깃. 눈을 감으면 배치까지 또렷이 떠올릴 수 있는, 그림으로 그린 듯한 엄마의 수제 도시락. 먹고 싶은 음식 따위 말할 여지가 없었고, 학교에 가는 날은 날이면 날마다 그 도시락을 먹었다.

---

● 자소엽, 일본에서는 자소紫蘇를 일본식으로 읽어 '시소シソ'라고 부른다.

'무슨 일이 있을 거라고 생각했었어. 아마, 나 말고도 눈치챈 애들 또 있을 거야. 하지만 말하면 안 될 것 같은 기분이 들었달까, 유즈가 온몸으로 그건 건드리지 말라고 벽을 치는 기분이 들었어. 고1… 2학기쯤부터? 편의점에서 산 빵을 가지고 오기도 해서, 맘이 놓였어.'

나는 부끄러워서 견딜 수 없었다. 온몸이 화끈 달아오르고 손가락 끝이 욱신욱신 저렸다. 아무런 속박 없는 여자아이로 무리에 녹아들었다고 생각했던 건 나뿐이고, 사실은 모두가 몰래 신경 쓰고 있었다. 나의 순진함이, 어리석음이 이제 와서 부끄럽다. 아사코에게 나를 창피하게 만들 의도 따위 없다는 건 알지만, 견딜 수가 없었다.

'갑자기 이런 이야기해서 미안해. 내가 아무런 힘이 되어주지 못할지도 모르지만….'

그때, 현관 인터폰이 울렸다. 내게는 하늘의 도움으로 들렸다.

"아사코 미안, 손님이 와서 끊을게."

'유즈.'

"몸조심하고."

일방적으로 전화를 끊고서 서둘러 현관으로 향한다. 나는 지독한 인간이다. 알려고 들지 마, 라고 외치고 싶었다. 나에 대해 알려고 들지 마. 파고들지 마. 네가 들어올 여지는 없어. 진짜 나를 아는 건, 세계에서 그 아이만으로 족해. 밤 아홉 시가 넘어올 만한 상대가 누구일지 짐작은 안 갔지만, 모니터도 확인하지 않은 채 도어록을 해제하고 문을 연다.

바깥에는 아직도 비가 내리고 있었다. 눈앞의 방문자에 나는
숨을 삼킨다. 남편이 2층에서 내려오는 슬리퍼 발소리가 몹시
아득히 들렸다.

"…나오."

하고 새어 나온 내 목소리도.

비 오는 날은 유독 생리통이 심하다. 허리가 뻐근한 걸 참으며
가게 일을 한 뒤, 이불 속에서 학교 면담을 떠올렸다.

"어땠어?"

옆에서 잠든 제제를 깨우지 않도록 작은 목소리로 묻자, 미
나토는 약간 주저하다 대답한다. "후지노 선생님이 말해줬다."
생리통이 순식간에 날아갔다.

"어?"

"소다 씨가 없었으니까. 일반 학교 가는 거는 초조하게 생각
안 해도 된다 하대."

"그렇구나…"

처음부터 끝까지 제제 얘기만 한 걸까. 내가 안도하기 시작
하자 미나토는 면목이 없다는 듯 입을 열었다. "후지노 선생님

이랑 옛날부터 아는 사이였다매?"

갑자기 그런 얘기를 들을 거라고는 생각지 못해서 깜짝 놀랐다.

"아, 응."

유즈와 미나토가 구체적으로 어떤 대화를 했는지를 모르니까 필요한 최소한의 대답만 해둔다.

"가게에 있을 때, 둘 다 즐거워 보이대."

"진짜로?"

나는 바닥 위에서 양반다리를 한 미나토의 무릎에 손을 뻗고 이불에서 반은 기어 나와 물었다.

"즐거워 보였어? 미나토한테는 그렇게 보였어?"

"그래 보였다 해야 되나, 그냥 이야기 듣고 있었던 느낌인데."

미나토는 많이 주저하며 끄덕였다.

"우연이제? 다시 만나다니 잘됐네."

"잘된 걸까?"

어째서일까, 미나토의 상냥함은 언제나 나를 불안하게 한다. 그에 부응하지 못하고 있다는 꺼림칙함 탓일까.

"왜."

"잘 모르겠지만⋯."

머뭇거리는 내 손을, 미나토가 가볍게 잡는다.

"그라면 후지노 선생님한테 물어봐라."

"싫어⋯ 후지노 씨, 나에 대해 뭐라고 했어?"

"인상적인 사람이라고 하대."

여러 가지 해석이 가능한, 유즈다운 신중한 표현이었다.

"달리기 하고 오께."

미나토가 일어나서 조깅용 옷으로 갈아입기 시작한다.

"비는?"

"이제 거의 안 온다이가."

"조심해."

"어."

미나토는 늘 제제를 재우고 나서 가게를 닫은 내가 들어가면 밖에 나가서 달리거나 근력 운동을 하거나, 어쨌든 몸을 움직이는 것 같다. 그리고 세시 전에 돌아온 후에는 항구에 일을 나가서, 해가 높이 뜰 때까지 바삐 일하고 녹초가 되어 집으로 들어와 끝내 잠에 빠진다. 힘들다거나 즐겁다는 말도 없이, 담담히 반복하는 미나토의 일상. 나는 불을 끄고서 새근새근 자는 제제 옆에 누웠다. 미나토는 조금밖에 안 내린다고 했지만, 비는 끊임없이 유리창을 두드리고 있다.

다음 날에는 모처럼 컨디션이 좋아졌지만 유즈가 학교에 오는 날이 아니었고, 그다음 날에 제제를 바래다주러 갔더니 유즈 옆에 모르는 남자아이가 서 있었다. 중학생 정도일까, 무료한 듯 여기저기를 헤매는 시선은 제제를 처음 여기에 데려왔을 때를 떠오르게 한다. 새로 들어온 아이일까. 나는 그다지 개의치 않고 "안녕하세요" 하고 인사한다.

"오늘도 잘 부탁드립니다. 그저께, 면담에 오지 못해 죄송합니다."

"아닙니다."

유즈는 어딘가 곤란한 얼굴이었다. 미나토와 무슨 일이 있었던 걸까? 이 자리에서 그런 걸 물어봐도 좋을지 어떨지 망설이는데, 유즈가 먼저 "저기" 하고 입을 연다.

"이 아이, 제 남동생입니다."

"네?"

"나오라고 합니다. 중학교 2학년이에요."

"아… 그렇군요."

너무 놀란 나머지 반응이 오히려 산뜻해졌다. 중학교 2학년이라는 건, 내가 여기로 오고 나서 태어난 아이? 무심코 물끄러미 쳐다보자 나오는 잽싸게 눈을 내리깐다. 키는 유즈보다 약간 작고, 반팔 티셔츠 바깥으로 나온 팔이 가느다랗고 얌전해 보이는 소년이었다.

"나오, 인사해."

"안녕하세요."

높고 미덥지 않은 목소리. 변성기는 아직인 모양이다.

"안녕하세요, 우나사카입니다."

나도 당황해서 고개를 숙이자, 옆에 있던 제제가 기다렸다는 듯 "우나사카 제제입니다!" 하고 이름을 댔다.

"초등학교 2학년입니다!"

"아, 네…"

어떻게 하면 좋을지 모르겠다는 듯 티셔츠 자락을 꼭 쥐는 나오에게 제제가 거리낌 없이 다가간다.

"이사 온 거야?"

"그게…"

나오는 머뭇거리고, 유즈가 "그런 건 아니지만" 하고 거들었다.

"당분간 신세 좀 지겠다고 소다 씨한테 부탁했거든."

"흐음, 그럼 제제가 안내해 줄까?"

내심 흥미진진한 주제에 점잔을 빼는 제제에게 유즈는 "부탁합니다"라고 하면서 웃었다. 드디어 웃는 얼굴이 나왔다, 하고 안심한 것도 잠시, 아이들이 들어가자 곧바로 다시 유즈의 얼굴이 어두워진다.

"괜찮아?"

애매하게 물어보자, 유즈는 "으음" 하고 고개를 갸웃하며 목소리를 낮춘다.

"괜찮지 않을지도 모르겠네. 오늘 밤에, 전화로 얘기해도 될까?"

"가게 닫고 나면 한 시쯤 될 텐데."

"괜찮아. 우나사카 씨가 괜찮을 때 메시지 줘."

"알겠어."

갑자기 나타난 '남동생'이 유즈에게 어떤 존재인지는 모르지만, 나를 의지하는 것 같아 기뻤다.

그날 제제는 집에 와서도 계속 기분이 좋아서 "나오 오빠는 철봉 잘 못한대"라든가 "도서실에서 같이 책 읽었어" 같은 얘기를 끊임없이 보고한다. 누가 학교에 자기보다 더 늦게 들어온 게 처음이라 좋아서 그러겠지. 나오 입장에서 보면 나이 차이가 많이 나는 여자아이가 들러붙는 건 분명 귀찮은 일이겠지만, 제제의 이야기를 듣는 한 참을성 있게 대해 준 것 같았다.

미나토가 달리기하러 나간 뒤, 제제가 잘 자는 걸 확인하고 나서 1층으로 내려가 카운터에 앉아 유즈에게 '지금 괜찮아요' 하고 메시지를 보냈다. 곧바로 읽음 확인이 뜨고, 10분 정도 뒤에 전화가 걸려온다.

'여보세요, 미안해, 밤늦게.'

"아냐. 난 낮에 잘 수 있으니까 괜찮은데, 후지노 씨야말로 괜찮아?"

'응. 저기, 우선, 미안. 그제 면담 때 미나토 씨가 물어봐서, 우나사카 씨랑 동창이라고 말해버렸어. 갑작스런 일이라, 좀 당황해서.'

"아, 응, 그런 건 괜찮으니 전혀 신경 쓰지 않아도 돼."

'그래?'

유즈는 맥이 빠진다는 듯 말했다.

"딱히 숨기려 했던 건 아냐. 미나토가 물어보지 않아서 말을 하지 않았던 것뿐이야."

'물어볼 수가 없었을 것 같아.'

학 부인에게는, 이라는 수수께끼의 단어가 나왔다.

"무슨 소리야 그게."

'미나토 씨가, 너는 '은혜 갚은 학'에 나오는 학 같대.'

유즈의 입에서 나온 '너'라는 말의 촉촉한 울림에 당황했다.

"나는 옷감 같은 거 안 짜는데."

'그런 게 아니라… 난, 어쩐지 알 것 같아.'

"제제 면담이었잖아?"

'물론, 메인은 제제 얘기였지. 맞다, 그 아이가 '카아상'이라고 부르는 이유, 알고 있어?"

"그건 당연히, 엄마니까."

'그게 아냐.'

미나토는 '아빠'*, 나는 '카아상', 제제가 미묘하게 나누어 부르고 있다는 것 따위 전혀 모르고 있었기에 유즈의 이야기에 놀랐다.

"왜일까? 내가 뭐든지 대충하니까?"

'부정적인 이유가 아닌 것 같아. 제제 스스로, 설명하기가 힘든 것 같지만… 이것도 왜 그런지 알 것 같아.'

"미나토에 대해서도 제제에 대해서도 다 아는구나."

'그런 느낌이 든다는 것뿐이야.'

"난 가족에 대해 아무것도 모르겠다는 느낌이 들기 시작했어."

---

• 원문은 'お父さん오토오상'으로, 그에 대응하는 일본어는 'お母さん오카아상'이다.

'너무 가까우면 오히려 그렇지.'

우리 집 얘기를 하고 싶어서 전화를 건 걸까, 하고 생각한 타이밍에 유즈가 '동생 말인데' 하고 말을 꺼냈다.

'갑작스런 일이라, 나도 아직 혼란스럽네. 나오는 내가 고1이던 해 겨울에 태어났어. 나이 차가 많이 나는 데다 이성이고, 나는 대학 진학과 동시에 집을 나와서 서로 조심스럽달까, 미묘한 거리감이 있는데….'

그건, 오늘 아침의 짧은 시간에도 알 수 있었다. 둘 다 어떻게하면 좋을지 모르겠다며 쩔쩔매는 느낌.

'그저께 밤에 인터폰이 울려서 현관을 열어보니까 나오가 혼자 서 있었어.'

"왜 후지노 씨 집에 온 걸까?"

'그것도 잘 모르겠어. 주소도 안 가르쳐줬었는데 아빠 컴퓨터주소록을 몰래 보고서 혼자 왔대.'

"그럼, 경솔한 충동이나 즉흥적인 행동이 아니구나."

'맞아. 그래서 나도 함부로 뭐라 할 수도 없고…'

유즈는 말을 흐렸지만 '쫓아낼 수도 없고'라고 말하고 싶은듯했다.

'그런데, 무슨 일 있냐고 물어봐도 말이 없어.'

"학교에서 안 좋은 일이라도 있었다거나 그런 거 아냐?"

'학교는 말이지, 벌써 1년 정도 안 간 모양이야.'

견디지 못하고 흘러내린 물방울 같은 한숨이 핸드폰 너머로 들려왔다.

"털어놓지 못하고 쌓아둔 게 있을지도 모르지."

생각 없이 꺼낸 한마디에 유즈는 입을 다물었다. 짚이는 데
가 있나? 아니면 빗나간 의견이었나? 유즈의 안색과 표정을 모
르겠으니 초조하다. 메시지와 전화가 가능해도, 유즈를 한 번
만나는 것에는 미치지 못한다는 걸 깨달을 뿐이다. 아무리 영
상통화를 한다 한들, 이 갑갑함은 해소되지 않을 것 같다.

'…나랑 무슨 상관인가 하는 생각이 들어.'

긴 침묵 끝에, 유즈가 그런 말을 했다.

'교류가 없었으니까. 나오는 엄마한테 제대로 사랑받았거든.
엄마는 임신 중부터 행복해 보였고, 사람이 달라진 것 같았어.
아빠도 내심 남자아이가 태어나 안심했던 것 같아. 오빠는 제
멋대로라 병원을 이어받을 마음 따위 전혀 없어 보였으니까.
대체 뭐가 불만인가 싶고, 만약에 뭔가 불만이 있었다고 해도
나한테 기대는 건 말도 안 되는 건데? 싶고… 못난 누나지? 이
렇게 엉큼한 기분, 남편한테도 못 털어놓겠어.'

"너무한 걸까? 난, 그렇구나 하는 생각밖에 안 드는데."

'우나사카 씨라면 그렇게 말해주겠지.'

"왜냐하면, 본인한테는 그런 말 안 하잖아? 누나로서 잘 참고
있는 거지. 기특해."

내겐 형제가 없으니 남동생과 여동생을 어느 정도 도와줘야
하는지 와닿지 않지만, 부모가 아이에게 져야 할 책임보다는

훨씬 가벼울 것 같다.

'그래도, 다 숨기지 못해서 나오도 그걸 느끼니까 벌벌 떨고, 난 또 그걸 보고 뜨끔하고… 악순환이야.'

이건 상담이나 질문이 아니라, 유즈가 그저 털어놓고 싶어서 얘기하는 것임을 알았다. 참을성 있고 이성적인 그녀에게 감정의 배출구로 선택받았다는 게 기뻤다. 동시에, 조금 전의 '남편한테도 못 털어놓겠어'라는 말이 아무래도 걸려서, 나도 모르게 "근데" 하고 참견한다.

"그런 거, 남편한테 얘기해도 전혀 상관없을 것 같은데."

'그렇지, 고마워.'

유즈가 고분고분 받아들여 줘서 쓸데없는 얘기를 했나 하고 후회했다. 구태여 곤경에 빠진 적을 도와주지 않아도 ― 후지노는 내 적인가? 아닌 것 같다. "유즈에게 힘이 되어주지 않으시겠습니까?"라고 말했던 후지노의 진지한 표정을 기억한다. 후지노는 어른이고 거짓이 없으며 유즈를 소중히 생각하고 있다. 마음에 안 드는 존재지만, 원망하거나 싫어할 수는 없다.

"지금, 어디서 전화 거는 거야?"

무심코 물어보자 '밖'이라는 대답이 돌아왔다.

'국도 변을 어슬렁어슬렁 산책하고 있어. 드라이브할까 했는데 술을 좀 마셔버려서. 밤은 시원하고 기분 좋네.'

"위험해."

나는 곧바로 주의를 줬다.

"당장 집으로 들어가."

'괜찮아.'

"됐으니까 빨리."

'괜찮아, 방범 버저는 없지만.'

"…제제가 얘기했어?"

'응, 엄마가 빌려준 거라면서 조심조심 다루더라.'

아주 소중히 간직하고 있는 것을 들켜서 조금 겸연쩍었기에 "빌리고서 돌려주지 못해 미안해" 하고 가볍게 얼버무렸다.

'그런 거, 아무런 도움도 안 돼. 그 무엇으로부터도 지켜주지 않아. 알고 있지?'

"아냐. 가지고 있기만 해도 좋아. 쥐고 있으면 안심이 돼. 이렇게 도움이 되잖아. 정신안정제처럼."

마구 떠들어대는 듯한 빠른 말투로 딱 잘라 말한 뒤 갑자기 머쓱해져서 "그러니까" 하고 억지로 화제를 돌렸다.

"어서 집에 들어가."

'무슨 소리야 그게.'

약간 어이없어했지만, 유즈가 웃어줬기에 마음이 놓였다.

전화를 끊고 2층으로 올라가, 이불 속으로 들어가니 곧바로 제제가 들러붙는다. 잠을 깨웠나 싶었지만 눈을 뜬 기척은 없다. 무의식적으로 이러는 걸까? 그렇다면 '어린아이'답네, 제제는 정말이지 '어린아이'답다. 촉촉하고 따뜻한 피부도, 통통하고 부드러운 몸도. 나는 엄마답지 못하다. 돌이켜보면 출산 직후에도 모유가 나오지 않아서, 간호사로부터 "열심히 마사지 하이소"라고 주의를 받았는데도 전혀 그럴 마음이 없었던 시점부터 엄마답지 않았다. 내 가슴은 아프지도 붓지도 않았고, 아이를 낳기 전과 조금도 달라지지 않았다.

갓난아기를 돌보는 일은 미나토가 거의 다 해주었다. 밤새 우는 제제를 안고서 양반다리를 한 채로 꾸벅꾸벅 조는 미나토를, 나는 누워서 보고 있었다. 이상한 기분이었다. 내 몸을 통해 태어난 딸과 그 아버지인 남자가 눈앞에 있는 게. 후회는 없을 터인데 어쩌다 이렇게 된 걸까? 하고 생각하면 돌이킬 수 없다는 점에 몸이 떨릴 것 같았다. 수조 속에 사는 물고기를 들여다보듯, 손을 뻗으면 닿을 거리여도 멀게만 느껴졌다.

— 엄마, 임신했어.

그 얘기를 들은 날의 일을, 지금도 기억한다.

"좋은 아침."

"좋은 아침."

프라이팬으로 달걀을 볶는 소리보다 아슬아슬하게 조금 더 큰 음량의 인사가 들리자, 나는 프라이팬에서 눈을 떼지 않고 대답한다. 폭신폭신한 반숙이 된 스크램블드에그를 찐 야채와 소시지와 함께 접시에 담아 식탁으로 옮기려는데 나오가 바로 받아 옮기러 왔다.

"고마워. 빵, 금방 다 구워지니까."

"응."

딱 그뿐인 대화가 나는 이미 거북해서, 어서 남편이 일어나 내려왔으면 하고 초조해진다. 동생이 갑자기 찾아온 지 일주일이 지났지만 아직 적응이 안 된다. 동생도 마찬가지인지, 늘 내 눈치를 보면서도 눈이 마주칠 것 같으면 재빨리 눈길을 피해버렸다. 내 안에는 나오를 긴장하게 해서 미안한 마음과 그럴 거면 왜 왔느냐는 불편한 마음이 서로 줄다리기하며 일렁였다. 요 일주일간, 계속 그런 상태였다. 확실히 말해 피곤하다.

커다란 배낭과 옆으로 메는 숄더백을 빵빵하게 채워 나타난 동생에게 "무슨 일이야?" 하고 물었지만, 입술을 우물거릴 뿐 시원한 대답은 들을 수 없었다. 아빠에게 전화해 보아도 나오가 없어진 것조차 파악하지 못하고 "그랬구나. 뭐, 사춘기니까 이런저런 일이 있겠지. 당분간 거기서 기분 전환하게 해 줘"라고 하며 무책임하게 발뺌했다. 학교에 가지 않고 방에 틀어박히게 된 나오가 처치 곤란이었겠지. 아빠의 목소리에서 안도감이 전해졌다.

— 그보다, 엄마 상태가 안 좋은 것 같아. 네가 이참에 나오를 데리고 병문안이라도 가봐 줘.

'이참에'라니 무슨 소리람. 다시 생각해도 짜증이 치밀어 오른다.

"좋은 아침. 미안, 살짝 늦잠 잤어."

"아냐, 좋은 아침."

평소보다 10분 늦게 내려온 남편의 목소리에 고개를 저으며 짜증을 떨치고 토스트와 마실 것을 준비한다. 셋이서 식탁에 앉아 손을 모으자, 남편이 남편치고는 거리낌 없는 말투로 나오에게 말을 건다.

"어젯밤엔 좀 무더웠는데, 잘 잤어?"

"네."

"잠들기 힘들면, 부담 갖지 말고 에어컨 틀어."

"고맙습니다."

남편은 결코 사교적인 타입이 아닌데 우리 남매의 어색함을 열심히 무마해 주려 하는 게 느껴져서 마음이 괴롭다. 나오가 남편 앞에서는 주뼛주뼛 미소를 띠는 걸 보면 기쁘고, 동생이 귀엽다는 생각이 들기도 한다. 내가 어떻게 대하면 좋을지 모르겠는 건 나오가 아니라 스스로의 뒤얽힌 감정인지도 모르겠다. 애증이라 부를 수 있을 정도로 농밀하지는 않지만 육친으로서의 정, 책임감과 이성, 역겨움과 시기, 자기혐오까지 뒤얽혀 간단히 풀릴 것 같지가 않다.

"오늘은 학교에서 뭐 할 거야?"

"수학이랑, 그리고 도서실에서 읽다 만 책 읽고… 아마, 제제랑 놀 거예요."

"아아, 우나사카 씨네 딸 말인가?"

"어쩐지 엄청 잘 따르거든."

내가 덧붙이자 "그거 잘됐네" 하고 남편이 끄덕인다.

"그래도 그 애는 아직 어리니까, 같이 놀 때도 꽤 마음 쓰지 않을까?"

"술래잡기라든가, 그리고 근처 꽃을 따거나 퀴즈 책 정답을 같이 생각하거나."

내가 보기에 나오는 나이 차를 잘 고려하면서 제제를 대했다. 솔직히 재미없을 테고 더 거칠게 대해도 괜찮을 텐데, 아기 강아지처럼 착 달라붙어 장난치는 제제를 당황스러워 하면서도 받아주는 동생에게 감탄했다. 큰맘 먹고 봉사 활동을 시작했더니 익숙해질 무렵 나오가 와서, 마치 이 아이를 받아줄 곳을 정비하기 위한 일이었던 것 같다는 짜증은 떨칠 수 없지만.

아침 식사를 마치자 나오가 "잘 먹었습니다" 하고 일어나 접시를 겹쳐 놓으려 하기에 반사적으로 "안 돼"라고 하며 제지했다. 나오가 동작을 멈춘다.

"겹쳐 놓지 마. 접시 뒤쪽까지 더러워져. 전에도 얘기했잖아?"

"미안해요."

나오는 고개를 숙이고서 접시를 양손에 한 장씩 들고 개수대로 가서 살며시 놓는다. 치밀어 오르는 듯한 후회가 싹튼 반면, 딱히 엄하게 말한 것도 아닌데 싶어 거슬렸다. 남편에게도 이정도 이야기는 일상적으로 한다. 딱히 나오에게만 모질게 대한 게 아니다. 남편이 분위기를 추스르듯 제안했다.

"이제, 나오한테 설거지까지 맡기면 어때?"

"됐어. 나오, 이제 학교 갈 준비 해."

"응."

나 나름의 세세한 순서가 있으니 누군가 어지럽히는 게 싫다. 이런 고집은 엄마를 닮았는지도 모른다. 집 안 어디에 있어도 몸 둘 바를 모르겠다는 듯한 나오의 느낌은 옛날의 나를 떠올리게 했다. 예전 엄마처럼 굴고 싶지는 않은데, 나오와 있으면 점점 내가 엄마와 닮아가는 것 같아 무서워서, 나오를 멀리하려 더욱 더 딱딱한 태도를 취하고 만다.

"오늘은 봉사 활동이 없는 날이니까, 나오 데려다 주고서 집으로 올게."

설거지를 하며 남편에게 말한다.

"내가 데려다줄까?"

"아냐."

학교로 가는 차 안에서, 뒷좌석에 앉은 동생과는 아무 말도 하지 않는다. 단 십 분 동안을 버틸만한 잡담도 못하다니, 정말이지 미숙한 어른이다. 룸미러 너머로 언뜻 본 나오의 몸은 안전벨트에 묶여 한층 더 얄쌍해 보인다. 간단히 납작하게 만들 수 있을 것 같다. 어린아이 특유의 튼튼함과 끈질김, 유연한 에너지를 이 아이에게서는 느낄 수 없었다. 그냥 선이 얇기만 한게 아니라 나오의 육체와 세포까지 입을 다물고 있는 듯한, 그

런 억제적인 분위기를 풍긴다. 전에도 이런 식이었나? 관혼상
제에서 가끔 만나는 정도였던 우리의 관계는 가족보다도 먼 친
척에 가깝다.

나오를 데려다주고서 집으로 돌아온 뒤, 집안일과 장보기를
마치고 남편과 가벼운 점심을 먹는데 카논에게서 메시지가
왔다.

'괜찮으면, 코코아 마시러 안 올래?'

전화로 이러니저러니 털어놓았으니, 내 걱정을 하고 있는지
도 모른다.

'가고 싶어. 가도 돼?'

'물론.'

남편에게 "잠깐 나가도 돼?" 하고 묻자, 카논과 같은 대답이
돌아왔다.

"물론."

웃음이 나오려는 걸 참고 말했다.

"갔다가 곧바로 나오 데리고 올게."

"응. 나오 말인데, 꼭 학교가 아니더라도, 가정학습도 괜찮을
것 같아. 공부라면 나도 봐줄 수 있고."

집이든 학교든 함께 있으면 내가 계속 스트레스만 받게 되지
않을까 하고 마음을 써주는 걸 알 수 있었다.

"안 돼, 당신도 일이 있으니까."

"기분 전환에 좋을 거야. 나오는 조용한 애고, 나처럼 남인 사

람만이 얘기해줄 수 있는 게 뭔가 있을지도 모르고."

"본인한테 물어볼게."

"응. 조만간 타이밍을 보다가 내가 자연스럽게 말해봐야지."

"고마워."

남편은 나오에게 상냥하다. 물론 내게도. 나는 이 사람이 화내거나 목소리를 거칠게 내는 걸 본 적이 없었다.

"마음이 넓네."

"응?"

"갑자기 처남이 같이 살게 됐어도 싫은 티 한 번 안 내고."

"그건 마음이 아니라 집이 넓은 덕분이지."

"어?"

"각자 방이 있고 프라이버시를 지킬 수 있으니, 싫은 티를 안내도 되는 거야. 당신이랑 단칸방에 사는데 나오가 왔다면 느긋하게 있을 수 없겠지. 그리고 대식가도 아닌 중학생 한 명을 당장 돌봐줄 정도의 경제적 여유는 있어. 물심양면이라는 말이 있지만, 실제로는 '물' 쪽에 '심'이 이끌리는 케이스가 많다고 봐."

"나한테 감사하라며 으스대면 좋을 텐데."

"왜 하지도 않는 생각을 말해야만 하는 건데?"

"당신은 늘 상냥해."

나는 말했다.

"사귈 때도, 그 전에도… 뭐든 나를 우선으로 생각해 줬어. 여기에 온 것도 그렇고. 왜 그렇게 잘해주는 거야?"

"어째서냐니… 당연한 거지. 엇, 뭔가 멋있는 말을 해야 하는 건가?"

남편이 두리번두리번 시선 둘 곳을 찾고 있었기에 "아냐" 하고 서둘러 부정한다.

"사랑하니까 같은 말을 듣고 싶었던 게 아니고, 새삼 신기하다고 생각한 것뿐이야. 신기하다는 표현도 이상하지, 항상 감사하고 있어."

"뭐야 갑자기."

"갑자기 그런 생각이 들었으니까."

가볍게 몸단장을 하고 집을 나선다. 오늘은 빈손인데, 가볍게 들러서 센스 있는 과자를 살만한 가게도 마땅치 않았다. 도쿄라면 얼마든지 있을 텐데, 하고 생각한다. 그 가게 케이크, 그 가게 마카롱, 그 가게 까눌레… 카논과 함께 가면 좋을 텐데. 포트에 가득 담은 홍차를 내어 주는 찻집과, 밤에는 다양한 와인을 맛볼 수 있는 카페 바에도.

어머, 옛날에도 이런 생각을 했던 기분이 든다.

오늘은 날씨가 좋아서 반짝이는 해수면이 차 속까지 비쳐들어 한 쪽 눈을 감았다. 넘치는 빛이 나를 현실로 되돌려놓는다. 빛이란 무정하다고, 문득 생각했다. 빛은 희망의 상징이지만 내게 비치면 도망갈 수도, 숨을 수도 없다. 거짓과 속임수를 허용하지 않는다. 그리고 발치에 그림자를 드리운다.

'부케' 안에는 코코아의 달콤한 향기가 감돌고 있었다.

"안녕. 미안해, 빈손으로 와서."

"나야말로, 대접할 과자도 없어. 칼피스나 안주 과자랑 땅콩, 진미채 정도야."

"전부 다, 코코아랑 절망적으로 안 어울릴 것 같아."

카논이 웃는다. 아무것도 필요 없어, 하고 나는 생각했다. 과자도 코코아도 편안한 가게도. 함께 있을 수만 있다면, 다른 건 아무것도. 하지만 그 단 하나가 우리에게는 늘 어려웠다. 힐끗 계단을 보자, 먼저 "오늘은 미나토 없어" 하고 말해주었다.

"미나토네 어머님이 병으로 입원했대서, 병문안 갔어."

카논은 가지 않아도 된다기보다, 가면 안 되는 건지도 모른다. 얼마 전 스쳐 지나간 미나토의 형이라는 남자의 가시 돋친 분위기를 떠올리기만 해도 기분이 가라앉는다.

"쉬시는데 오면 미안하겠다고 생각했었는데, 다행이다."

"괜찮아, 나도 신경 안 쓰고 청소나 빨래하거든. 오늘은 병원 갔다가 제제를 곧장 데리러 간대. 다른 말은 없었지만, 제제가 우리 집에서 나오 오빠 나오 오빠, 하고 시끄럽게 구니까 보고 싶은 모양이야."

"엇, 진짜? 미안해."

"왜?"

"걱정 끼쳤나 해서."

"우리야말로, 폐를 끼쳐서 미안하지."

코코아 컵을 카운터에 두고, 카논은 약간 떫은 표정을 지었다.

"졸졸 따라다니고, 노는 수준도 안 맞을 텐데. 뭐가 그렇게 마음에 들어? 하고 물어보니까 '얼굴'이래. 아이란 너무 직설적이야."

"딱히 잘생기지도 않았는데."

"좋아하는 타입이라는 단계보다도 더 이전의, 본능적인 무언가가 있는 거겠지."

"근데, 오늘은 이쪽으로 오면 좋겠어."

"알겠어."

카논은 내 옆에 앉더니 약간 시간을 두고서 "나오는 분명 무척 사려 깊은 아이일 거야"라고 중얼거렸다.

"제제가, 나오 오빠는 늘 상냥하대. 제제 이야기를 진지하게 들어준다고."

"그렇지. 나도 항상 붙어서 보고 있는 건 아니지만, 그 애가 제제한테 너그럽게 대해주는 것 같아."

컵 손잡이를 손끝으로 더듬으며 전화로는 하지 못했던 얘기를 꺼낸다.

"아사코라고 기억 나? 고1 때 같은 반이었던."

"곤도 말하는 거지? 기억 나. 친했잖아?"

"응. 지금은 결혼해서 성이 바뀌었는데, 얼마 전에 전화로 잠깐 얘기하면서 실없는 근황 얘기를 하다가 어느샌가 대화가 엇나가서… 나더러 내 고민 같은 걸 아무것도 말해주지 않는다는 거야."

"응."

"아사코는 그게 전부터 답답했던 모양인데 난, 솔직히 생각해 본 적도 없어. 사이가 계속 좋았어도 지금 우나사카 씨한테 하는 얘기 같은 걸 털어놓을 생각이 전혀 없어서 '왜 말해야만 하는 거야?'라는 생각밖에 안 들었거든. 나는 정말 표면적인 교제밖에 못 하는구나, 하고 절감하던 그때 나오가 와서 더 혼란스러웠어."

카논의 코코아는 오늘도 부드럽고 맛있었다. 오후의 가게 안은 아직 잠들어 있어서, 그 써늘한 어스름함이 나를 안심하게 한다.

"밖에, 날씨 좋더라. 바다가 반짝반짝했어."

"응. 오랜만에 빨래했어."

"엄마한테서 나오 이야기를 들었던 날도, 무척 맑은 날씨였어."

아침에 1층으로 내려가 "좋은 아침, 엄마" 하고 말을 건다. 그리고 식탁에 앉아 늘 같은 아침을 먹는다. 도시락과 마찬가지로 날이면 날마다 계속 바뀌지 않는 메뉴. 그걸 먹고 몸단장을 하고서 학교에 간다. 평소와 다르지 않은 평일의 루틴으로 흘러갈 터였다.

— 잘 잤니, 유즈.

그날 엄마는 처음 낸 목소리부터 달랐다. 평소의 음색이 광물이라면, 그날은 마시멜로. 코코아에 넣으면 녹을 만큼 폭신폭신 부드럽고 달콤하다. 그런 목소리를 듣는 게 처음이라 나는 순식간에 긴장했다. 굳은 얼굴로 숨을 꾹 참는 내 반응을 어떻게 생각했는지, 엄마는 처음 보는 은은한 미소까지 띠더니 배를 살짝 쓰다듬으며 말했다.

— 엄마, 임신했어.

그 말에 어울리는 상황이었는지도 모른다. 장마가 끝난 뒤의 쾌청함, 아침의 빛이 넘치는 청결한 부엌. 커피와 빵 굽는 냄새. 식탁에 피어오르는 은은한 수증기도 햇빛에 반짝반짝 빛나 보였다. 하지만 나는 우뚝 선 채 꾹 다문 입술을 열 수 없었다.

— 아직 성별은 모르지만, 네 형제야.

— 축하해.

안간힘을 써서 할 수 있는 말이 그것뿐이었다. 내가 생각해도 빤한, 감정이 담겨 있지 않은 말에 엄마는 만족한 듯 끄덕이며 "앞으로 유즈한테도 폐를 끼칠지도 모르지만"이라고 하면서 말했다.

— 누나, 동생을 잘 부탁해.

나는 당장이라도 토할 것 같았다. 사춘기의 결벽 같은 게 아니라, 아침에 일어났더니 세계가 완전히 달라져 있어서 그 위화감이 무서웠다. 임신. 배에 아기가 있다. 그런 일로, 그 정도의 일로 엄마가 이런 식으로 미소 짓고 상냥하게 말을 건다고? 게다가 여태 계속 이렇게 대해왔다는 듯이, 뻔뻔스러울 정도로 자연스럽게.

"…테이블 위에 있던 접시 같은 거, 와르르 떨어뜨려 주면 좋았을 텐데."

카논이 말했다.

"'웃기고 있네!' 하면서 말야… 미안, 못한다는 거 알면서도 그러는 거야."

카논이 그렇게 하는 장면을 상상하니 통쾌해서 가슴이 후련했다.

"정말로, 폭발할 수 있으면 좋았을 텐데. 엄마한테 부딪칠 마지막 찬스였던 것 같아. 하지만 '축하해'라고 말해버린 시점에서 졌어. 돌변해서 '이해심 있는 온화한 엄마'가 된 그 여자를 받아들이니까 어느 정도 숨통이 트인 건 분명했고."

내 일거수일투족에 눈을 빛내는 일이 없어지고, 배와 얼굴이 부어감에 따라 엄마는 점점 더 무던해져 간 느낌이 든다. 임신이라는 현상이 그 여자를 그렇게까지 바꾼 거라면, 날 가졌을 때는 어땠을까?

"남동생이 태어났으니 내가 꼭 의대에 진학해야 한다는 의무가 없어졌고, 대학생 때 독립할 수 있었어. 나오 덕에 자유로워질 수 있었다는 고마움을 느끼기도 해."

나오 대신 석방되었다는 부채감이라고 말하는 편이 맞는지도 모른다.

"후지노 씨네 어머니는 지금 나오랑도 떨어져 살잖아?"

카논이 이상하다는 듯 말했다.

"외롭지 않을까?"

"남자애니까 이제 엄마랑 떨어져 지내도 이상하지 않고, 초라해져 가는 자신을 보여주고 싶지 않은 건가 싶기도 하고, 그렇게 깊이 생각해 보진 않았어. 그래도, 글쎄… 학교에 가지 않게 된 것도 비슷한 시기부터고, 나오도 엄마한테 무슨 감정이 있는지도 모르지."

나는 모르는 엄마와 나오 사이의 무언가. 반 정도 남은 코코아 컵을 두 손으로 감싸고서 생각하는데, 카논의 손가락이 안 보이는 건반 위에서 놀 듯이 가볍게 움직인다.

"아버지랑 사이가 안 좋다거나 그렇진 않아?"

"학교에 보내려고 애쓴 시기도 있었던 것 같은데, 이제는 포기한 것 같아."

"포기가 너무 빠른 거 아냐?"

"그런 성격이거든. 나쁜 사람은 아니지만 어떤 일에든 책임감이 별로 없달까? 분명 귀찮은 걸 거야."

"그걸 후지노 씨가 전부 짊어질 필요는 없다고 봐."

"짊어지진 않았어. 방관하고 있을 뿐이지."

"그런가?"

카논의 손가락이 딱 멈추는가 싶더니 "근데" 하고 내 쪽으로 몸을 돌려 앉는다.

"다음에, 나오 데리고 어디 가도 돼?"

"뭐?"

"토요일이나, 학교 안 가는 날에 제제도 같이. 물론 나오한테 억지로 애를 봐달라고 하거나 그러진 않을 테니까."

"갑자기 왜?"

"나도 그 애랑 얘기해 보고 싶었거든. 쓸데없는 말은 하지 않겠다고 약속할게."

"그런 걱정은 안 하지만… 본인한테 물어볼게."

"응. 고마워."

"고맙다는 건 내가 할 소리지. 얘기 들어줘서 고마워."

"얘기만 들었지 해결된 건 아무것도 없잖아."

"그래도 개운하고 안심돼."

아사코도 분명 그런 식으로 생각해 줬으면 했던 거겠지. 미안하다는 생각은 든다. 하지만 나는 카논 말고 다른 사람에게는 이야기하고 싶지 않다. 카논은 어떨까? 미나토 씨와 그의 가족들에 대해, 나는 아직 단편적인 것밖에 모른다.

"우나사카 씨는, 그런 거 없어?"

큰맘 먹고 물어봤다.

"그냥 털어놓고 싶은 일이라든가."

"딱히 없어."

지체 없는 대답은, 거짓말이라는 말과도 같은 것이었다.

"난 정이 없는 사람이고, 기본적으로 남의 일이야 어찌 되든 상관없으니 쌓아두지도 않거든."

아아, 내가 밀어냈던 아사코가 이런 기분이었을까? 쓸쓸하고 짜증 난다. 옛날에는 내게 뭐든 다 이야기해줬었는데. 그럴 리가 없잖아? 하고 물고 늘어질 용기는 없어서 "그럼, 상관없지만" 하고 납득이 안 간다는 분위기를 풍기는 게 고작이었다. 함부로 추궁했다가 거절당할까 봐 무섭다.

가게를 나와 학교로 갔더니 약간 이른 시간이었던 탓인지 현관에 나오의 모습이 없었다. 안채를 확인해도 안 보여서 창고 쪽으로 가보니 더듬거리는 피아노 소리가 들려온다. 연주라고 부를 수 있는 레벨이 아니라 '겨우 콩나물을 따라가고 있습니다'라는 느낌의 서툰 멜로디는 분명 파헬벨의 「캐논」이었다.

문을 연다. 피아노 앞에는 나오와 제제가 있고, 나오는 내가 온 걸 눈치채자마자 그 불안한 연주를 그만두었다.

"유즈 선생님!"

제제가 태연히 웃으며 말한다.

"대단하죠? 나오 오빠, 피아노도 칠 수 있어."

"그러네, 몰랐어."

"못 쳐."

나오가 당황하며 고개를 젓는다.

"얼마 전에 유즈 선생님이 쳐 준 거 쳐 달라고 하면서, 제제가 음음 하고 허밍을 했더니 쳤어."

"유명한 곡이니까. 음악 감상회에서 들은 적 있고, 그래서 건반을 대충 두드린 것뿐이야."

"파헬벨의 「캐논」이래! 엄마랑 이름이 똑같아, 유즈 선생님 알고 있었어?"

"응."

내 미소는 굳어있었는지도 모른다. 소중한 추억에 나오라는 이물질이 섞여 든 것 같아서 싫었다. 이렇게 광고에도 쓰일 정도로 유명한 곡에 대해 이러다니, 바보 같다. 이 아이는 아무것도 잘못한 게 없다고 자신을 타이르며 둘을 재촉했다. "집에 갈 시간이야." 카논은 나오를 어디로 데려갈 생각인 걸까?

차 라디오에서 장마가 시작됐다는 뉴스가 흘러나왔다. 오카바야시 씨가 올해는 장마가 길어질 거라고 그랬으니 생각만 해도 지긋지긋하다. 하지만 장마가 끝나면 태양이 위세를 떨치는 여름이 오고, 관광객들로 동네가 떠들썩해지는 건 더욱 싫었다. 여름 자체는 싫지 않지만, 처음 온 손님이 법석을 떨며 시비를 걸거나 "근데, 노래방 기계 없어?" 같은 말을 하는 것도 귀찮다 (노래방 기계는 할머니가 죽었을 때 처분했다). 함께 사진 찍자든가, SNS에 올리고 싶다는 식의 요청은 정말 이해가 안 간다. 행락 시즌이 지나고 밤중에 홀로 해변에 가서 맥주를 딱 한 캔만 마시는 게 늦여름의 사소한 즐거움이었다.

　─ 그건 여름이 간 게 아쉬워서 그러는 거 아냐?

어젯밤 유즈에게 전화로 말하자 유즈가 그렇게 물었다.

— 아니, 오히려 쫑파티랄까? 바다랑 나한테 수고했어, 같은.

— 커다란 거랑 함께 마무리를 하는구나, 재밌겠다.

그럼 올해는 같이하자, 하고 권할 수는 없었다. 유즈도 더 이상 아무 말도 하지 않았다. 우리 둘 다, 몇 개월 뒤의 일을 약속하고서 지키지 못했을 때의 괴로움을 생각한다는 걸 알 수 있었다.

— 내일 열 시쯤 가면 돼?

— 응. 근데, 진짜로 괜찮아?

— 응, 기대돼. 나오가, 사실은 싫어하지 않아?

— 아닐걸? 당황하긴 했지만. 어디 가고 싶은 데 있냐고 물어보니까 등대랑 지오파크센터래.

— 소박하네. 그럼, 잘 자.

— 잘 자.

"근데 근데 엄마, 점심은 어디서 먹어?"

뒷좌석에서 벌써부터 텐션이 높아졌는지, 제제가 발을 바둥거리며 묻는다.

"안 정했어. 아무 데서나 적당히 먹자."

"나오 오빠는 라멘이랑 가라아게* 좋아한대."

그런 점은 너무나 중학생답다.

"그럼, 중국집 같은 데로 하면 되나?"

---

• 닭을 튀김옷 없이 밀가루나 녹말가루만 살짝 바르고 튀긴 일본식 음식.

"아니, 더 멋진 데가 좋아! 점심이잖아!"

"제제도 볶음밥 좋아하면서."

유즈네 집 앞에 이르자 유즈와 나오가 현관 앞에 서 있었다. 나란히 있으니 어디가 어떻게 닮았다고 딱 잘라 말할 수는 없지만, 확실히 남매 분위기가 있다. 풍기는 분위기의 색이 어딘가 닮았다. 함께 보낸 시간은 아주 잠깐이라는데, 혈연이란 신기하다.

"좋은 아침입니다. 오늘 잘 부탁드립니다."

유즈가 고개를 숙이자 나오도 따라 한다. 인사의 각도와 다시 일어서는 타이밍이 계산한 듯 똑같았다. 나오는 보냉이 되는 토트백을 메고 있었고 "일단, 도시락 쌌어"라고 하는 유즈의 말에 제제가 환성을 질렀다. 나오를 차에 태우고 나는 우선 "쉬는 날 미안해" 하고 말을 건다.

"제제랑 사이좋게 지내는 아이랑 이야기를 나눠보고 싶었거든."

순수한 흥미가 반, 나머지는 나오를 데리고 외출하면 조금이라도 유즈가 숨을 돌릴 수 있을지 모른다고 생각했으니까. 나오가 "네" 하고 작게 대답했다.

지오파크센터는 너무 가까워서 이야기를 나눌 여유도 없이 도착했다. 판의 충돌과 화산활동에 대한 직원 아저씨의 설명에 나오는 진지하게 귀를 기울이고, 제제는 CG를 보는 것만으로도 즐거워 보이는데 나는 솔직히 말하자면 지루해서, 영상작품이 나오는 작은 방에 들어가 앉아 바로 졸아 버렸다.

"엄마 자고 있었지?"

"응."

"화산이 분화해서 코끼리가 와다다다 하고 도망가는 장면, 엄청났는데."

"그렇구나, 재밌었겠네."

하품을 하면서 대답하자 "내 이야기 제대로 들으라고" 하고 혼났다. 어째서인지 나오가 사과한다. "죄송합니다."

"어? 뭐가?"

"흥미 없는 곳에 오시게 돼서요."

"응, 흥미가 별로 없으니까 나대로 시간을 보냈어. 그래도 괜찮지 뭐. 우리랑 수고롭게 어울려주는 사람은 오히려 나오고."

중학생이니까 근처 시설 정도는 혼자서도 올 수 있을 것이다. 신경 쓰지 말라고 했지만, 나오의 긴장은 아직 풀릴 것 같지 않다.

모래밭에서 화석을 찾는 코너에 열중하는 제제의 등을 보는데, 문득 "꾀 부려서 빠지는 애"라는 목소리가 들려왔다. 돌아보니 어린 여자애들 둘이서, 제제를 보면서 무언가 소곤소곤 속삭이고 있다. 나는 바로 다가가서 "뭐라고?"라고 하면서 말을 걸었다.

"우리 애한테 무슨 문제 있어?"

여자아이들은 거북한 듯 서로 마주 보더니 모른다고 하면서 고개를 젓는다. 하지만 내가 "거짓말쟁이"라고 하면서 혼내자 풀이 죽어 고개를 숙였다.

"꾀 같은 거 안 부렸어. 빠지지도 않았고, 아니 그보다 꾀 좀 부리면 어때? 너네랑은 상관없으니까 그냥 놔둬."

하고 싶은 말을 다 하고서 등을 돌리자 나오와 눈이 똑바로 마주쳤다. 놀라면 죽은 듯한 상태가 되는 작은 동물처럼 굳어 있어서 아뿔싸, 싶다.

"혹시, 보고 있었어?"

"아, 네…."

그림으로 그린 듯한 '보면 안 되는 것을 보고 말았다'라는 얼굴로 끄덕이니 좀 우스웠다.

"큰일이네. 제제한테는 말하지 말아줘."

"네."

제제가 보고 있었다면 분명 나를 나무랐겠지. 그렇게 하면 제제가 일반 학교로 돌아가는 게 더더욱 힘들어져, 하고. 나는 학교 따위 가지 않아도 된다고 생각하니까 조금 전처럼 경솔한 짓을 저지른다. 다행히 제제는 눈치채지 못했고 제제가 "암모나이트 나왔다!" 하고 환성을 질렀을 때, 여자아이들은 어딘가로 사라져 있었다.

"등대는, 바로 요 앞 곶이랑 저쪽 섬에도 있는데 어떻게 할래? 둘 다 볼래?"

나오라면 '가까운 쪽으로요'라면서 배려할 거라 생각한 순간,

의외로 확실히 "섬 등대를 보고 싶어요"라고 대답했다. 유즈와 조촐한 소풍을 갔던 곳.

"무슨 이유라도 있어?"

"인터넷에서 일본에서 가장 오래된 석조 등대라는 걸 봐서, 가보고 싶었어요."

역시 취향이 소박하구나, 하고 생각하면서 차를 몬다. 섬으로 연결되는 루프 다리에 이르자 제제는 흥분하며 나오에게 외쳤다.

"여기 재밌어!"

"등대 좋아해?"

"그게 아니라, 어쩌다 학교 도서실에서 『등대의 빛은 왜 멀리까지 가는가』라는 책을 읽었는데 재밌었거든요."

"흐음. 어떤 얘기가 쓰여 있었는데?"

"그게… 플레넬이라는 인터넷에서 프랑스인이 발명한 렌즈로 등대가 훨씬 더 밝아져서 전 세계의 항해가 안전해졌다는 역사요."

"아아, 그렇구나, 단순히 커다란 전구를 밝히면 되는 게 아니구나."

"근데, 튀르키예 배는 가라앉았는데?"

제제의 의문에 나오가 "파도가 거칠었으니까 피할 수 없었겠지"라고 설명한다.

"그래도 살아남은 사람들은 등대 빛을 향해 필사적으로 헤엄

쳤다고, 인터넷에서 봤어."

폭풍이 휘몰아치는 바다를 비추는 빛의 띠가 얼마나 든든했을지, 나도 상상이 간다. 저기로 가면 살 수 있을지도 모른다, 저기엔 누군가가 있다. 인간의, 생명의 빛.

유즈와 갔던 날은 쾌청했지만, 오늘은 하늘이 온통 회색이고 탁한 구름이 연이어 있는 산처럼 끝없는 기복을 보이며 펼쳐져 있었다. 칙칙한 바다를 흐르는 파도의 모습은 또렷이 희다. 전망대만 개방되어 있을 뿐 등대 안으로는 들어갈 수 없으니, 눈 깜짝할 새 암초와 육지를 보며 한 바퀴를 다 돌았다.

나오의 옆얼굴을 보니 코의 윤곽이 유즈와 약간 닮았고 울대는 아직 없다. 아이와 남자 어른 사이에 있는 이상한 존재가 주는 느낌이 은근히 좋다. 하지만 눈 깜짝할 새 어른이 되겠지. 유즈가 그런 식으로 곰곰이 생각하는 일도 있지 않을까? 제제의 키로는 전망대 난간을 넘어갈 수 있을 리 없는데, 나오는 제제와 손을 꼭 붙잡고 있다.

그리고 동네로 돌아와서 휴게소 근처 해수욕장에서 점심을 먹었다. 오늘은 바람이 없으니 모래 때문에 도시락이 지금거릴 염려가 없다. 모래사장으로 이어지는 완만한 계단에 나란히 앉아 유즈가 쥐어 준 도시락 상자를 열자, 주먹밥과 반찬이 각기 다른 용기에 가득 채워져 있었다.

"굉장해, 맛있겠다! 유즈 선생님은 쿠키도 구울 수 있고 대단해."

가방에 들어있던 물티슈로 손을 닦으며, 제제의 눈은 도시락에 고정되어 있었다.

"가라아게 들어있다. 잘됐네, 좋아하지?"

나오는 약간 부끄러운 듯 "네"라면서 웃는다. 해안에서 이어지는 기암의 풍경은 이미 지겨워졌건만, 지오파크센터에서 생긴 과정에 대해 들은 덕분인지 고마움을 느꼈다. 도시락을 다 먹고서 차를 마시는데 모래밭에서 "제제" 하고 부르는 소리가 난다. 가족과 함께 온 여자아이가 이쪽을 보고 있었다.

"레나다!"

제제는 벌떡 일어나 손을 흔든다.

"친구?"

"레나라니까, 제제가 여러 번 얘기했었잖아."

"그랬었나?"

어쨌든 이번에는 뒤에서 험담하지 않는 아이를 만나 다행이었다.

"으이그 정말! 놀다 와도 돼?"

"여기에서 반경 10미터 이상 가지 마. 그리고 물가에는 가지 말고."

너무 좁아, 라고 불평하면서도 제제는 레나와 웅크려 앉아 모래를 파기 시작했다. 나는 남겨진 나오에게 말한다.

"미안해. 어린애라, 평소에 만나기 힘든 친구가 나타나면 바로 그쪽으로 가버리거든. 오랜만에 초등학교 친구를 만나서 좀 신난 것 같아."

"아, 아녜요."

"맞다, 바다에서 수영하는 거 좋아해? 다이빙 해보고 싶으면, 숍 점장님 소개해 줄게."

"아아… 괜찮아요. 수영, 잘 못해서요."

"그렇구나."

카약 숍을 하는 지인이 있기에 문득 떠올라서 물어봤지만, 딱히 이야기는 발전되지 않았다. 접객업에 종사하는 주제에 잡담에 재능이 없는 나는 일찌감치 포기하고서 다리를 뻗고, 발끝 너머로도 펼쳐져 있는 바다를 가만히 바라본다. 맑은 날과는 전혀 다른 세계인, 채도를 떨어뜨린 경치에 고등학교 도서실의 흑백사진을 떠올렸다. 귀스타브 르 그레이의 작품. 딸 친구의 이름도 잊어버리는 주제에 그런 건 아직도 기억한다. 그 사진은 짜깁기한 하늘과 바다, 지금 눈앞에 있는 건 실제로 존재하는 웅대한 경치인데 역시 사진만큼 끌리지는 않는다.

"저기."

처음으로 나오가 말을 걸었다.

"어?"

"누나랑, 전부터 아는 사이였나요?"

이 아이가 어디까지 알고 있는지를 모르니 "왜?" 하고 되묻는다.

"전에, 학교에서 제제랑 피아노를 치면서 노는데 누나가 왔거든요,「캐논」이라는 곡이었는데, 제제가 '엄마랑 이름이 똑같다'고 했을 때 누나 분위기가 약간 변했던 거랑, 오늘 배웅해줄 때도 목소리가 상냥해서… 아, 항상 무섭다는 얘기는 아니고요."

예리하고 똑똑한 아이라고 생각했다. 시치미를 떼도 알 것 같았기에 "조금"이라고 대답했다.

"고등학교 때 같은 반이었어. 난 바로 전학 갔지만. 짧은 기간이었고, 내가 도쿄에 좋은 추억이 별로 없으니까 다른 사람한테는 얘기하지 말아줄래?"

"네."

"누나를 주의 깊게 보고 있구나."

부정하는가 싶었지만, 나오는 끌어안은 무릎으로 시선을 떨어뜨리고는 "잘 모르니까요"라고 털어놓았다.

"별로 얘기한 적이 없어서… 가끔 만났을 때는 상냥하게 대해줬지만, 저를 별로 좋아하지 않는 것 같아서 되도록이면 폐가 되지 않도록 조심하고 있어요."

뻔뻔하지도, 대범하지도 않은 이 아이가 친하지도 않은 유즈네 집에 온 것도, 함께 사는 것도, 모두 틀림없이 조마조마한 일들의 연속일 것이다. 그런데도 무언가 절실히 해결하고자 하는 문제를 끌어안고 여기에 왔다. 적어도 어른이라면 도망칠 만한 곳이 더 많았을 텐데, 싶어 나오가 딱하다. 남매 관계에는 뭐라고 참견할 수 없으니 "누나를 뭐라고 불러?" 하고 가벼운 질문을 던지자 나오는 의외로 미간을 잔뜩 찌푸렸다.

"어릴 때는 '오네에짱ぉ姉ちゃん'이라고 불렀지만, 지금은 그건 아닌가 싶고…. 어떻게 부르면 좋을지 모르겠어서 '저기'라든가."

"크면 '오네에짱'이라고 부르면 안 돼?"

"좀 부끄러워서요. 하지만 '네에짱姉ちゃん'은 너무 허물없고, '네에상姉さん'•도 너무 어른스럽고…."

"그런가? 부르고 싶은 대로 부르면 될 것 같은데."

"으음…"

어떻게 부르면 좋을지 모르겠다는 당혹감은 나오가 유즈에게 안고 있는 감정 그 자체일 것이다.

"차라리 '누님' 같은 건?"

이렇게 제안하자, 어쩔 줄 모르겠다는 표정을 짓는다.

"화내지 않을까요…."

"화내지 않을 거고, 만약에 화내면 내 탓으로 하면 돼."

나오는 "누님"이라고 작은 목소리로 속삭이고는, 역시 별로 와닿지 않는지 고개를 갸웃한다.

"태어나서 처음으로 말해봤어요."

"어, 나도."

아쉽게도 나오가 그 말을 쓸 것 같지는 않지만 표정이 풀렸

---

• 네에상姉さん은 오네에짱, 네에짱과 마찬가지로 '누나'를 뜻하지만 약간 더 높여 부르는 말.

으니 다행이었다.

"어떻게 부르면 좋을지, 누나한테 물어보지 그래?"

"대답을 해줄까요?"

"그건 몰라. 누나한테도 모르는 게 있고 대답하기 싫은 것도 있어. 그런다고 나오를 싫어하는 건 아닐 거야. 진짜로 싫어한 다면 벌써 내쫓았을 거거든."

"그런가…."

어느 정도는 납득한 것 같았다. 파란 운동화를 신은 나오의 발은 나보다 훨씬 커서, 이렇게 제대로 된 토대가 있는데 왜 이 리 미덥지 못한가 싶다.

"저기, 제제 말인데요."

"응."

"일반 학교에 갔으면 좋겠다는 생각은 안 하시나요?"

"응, 딱히."

내가 너무 가볍게 대답한 탓인지, 나오는 다시 눈을 동그랗 게 떴다.

"가지 말았으면 좋겠다고 생각하는 것도 아니지만, 걔가 좋 을 대로 하면 돼. 나도 학교를 싫어했으니까 자신 있게 추천해 줄 수가 없어."

제제가 학교에 가지 않게 된 계기가 내가 하는 일 때문이라 는 건 알고 있다. 나아가 말하자면, 처음 놀렸던 아이의 아버지 가 가게에서 안 좋게 취해서는 내 손을 잡아서, 미나토가 제지하러 오기 전에 얼음통의 얼음을 끼얹은 적이 있다. 출입 금지라고 통보한 이래로 만난 적은 없지만 틀림없이 도리어 원한을 품어서 이런저런 말을 퍼뜨렸을 것이다.

그래서 원흉은 나라고도 할 수 있다. 하지만 제제에게 죄책감을 느끼거나 자신을 부끄러워하지는 않고, 제제에게 동급생과의 대결이나 화해를 요구하지도 않는다. 도망친다고 해도 해결되지는 않는다는 식으로 말하는 사람에게는 상상력이 없다. 도망은 훌륭한 해결책인데.

"제제는 내가 아니고, 내 소유물도 아냐. 태어난 순간부터 길이 다르고, 지금은 두꺼운 한 길로 보이지만 분명 가지가 쳐져 있거든. 점점 거리가 멀어져서 손도 잡지 못할 날이 와. 그때까지 제제가 갈 길 앞에 있는 장애물이랑 구덩이를 되도록 처리해 주고 싶지만 하나도 남김없이 그렇게 하기는 힘들고, 길을 정하거나 대신 개척해 줄 수는 없어."

그러니까 너도 자유롭게 살아도 될 것 같아 ─ 내가 참견할 입장이 아니니까 그런 기분을 담아 이야기했다. 나오는 눈을 동그랗게 뜬 채 가만히 있었다.

툭, 하고 손등에 물이 떨어지는 걸 느꼈다. 거의 동시에 제제가 "엄마!" 하고 부른다.

"비 온다!"

"그럼, 이제 가자."

나오를 집까지 바래다줄 무렵에는 차창에 빗물이 셀 수 없이 흘러내리고 있었다. 유즈는 "차 마시고 갈래?" 하고 권유했지만 제제의 옷이 모래투성이였기에 사양하고 현관에서 헤어졌다.

집으로 돌아가자 미나토가 칠흑 같은 카운터에 앉아 돌처럼 가만히 고개를 숙이고 있었다.

"아빠 다녀왔습니다! 왜 불 안 켜?"

제제의 목소리에 "어" 하고 고개를 들더니 "왔나?"라고 하면서 기묘하게 굳은 미소를 띤다.

"미나토, 무슨 일이야?"

내가 묻자, 억지로 끌어올린 입꼬리가 바로 내려가고 눈동자에서 빛이 가신다. 미나토는 카운터에 떨어진 자기 그림자에 빠져, 그대로 어두컴컴한 암흑 속으로 푹푹 가라앉아가는 듯 보였다.

나오는 도시락과 보온병이 들어있는 보냉 백을 내밀면서 평소보다 확실한 목소리로 말했다.

"고마워. 가라아게, 맛있었어."

나는 약간 당황하면서 대답한다.

"그래?"

"그리고 달걀말이랑, 감자샐러드랑, 토마토 베이컨 말이랑,

주먹밥도…."

"잘 먹었다니 기분 좋다. 제제도 먹었어?"

"응."

도시락이라면 학교에 가는 날은 매일 싸는데 동생은 늘 고맙다는 말을 잊지 않는다. 하지만 이런 일은 처음이었다. 게다가 "지오파크센터랑, 그 섬 등대에 갔었어"라고 하면서 자기가 먼저 보고했다. 큰맘 먹고 얘기한다는 패기가 전해져서 나까지 긴장했지만, 기분이 나쁘지는 않았다.

"그랬구나, 재밌었어?"

"응. 도시락 통 닦는 법, 가르쳐주면 안 돼?"

뭐지, 이 적극성은? 남편이 이래저래 보살펴줘도 다가오는 태도를 보이지 않았었는데 단 반나절 만에 바뀌어버리다니. 카논이 무슨 얘기 했나? 참견 조의 충고 같은 건 하지 않을 것 같은데.

"그건 다음에 하면 안 될까? 먼저 샤워하고 옷 갈아입고 와."

"알았어."

무슨 일이 있었다 한들 밝아지는 징조가 보이는 건 좋은 일이라고 자신을 타이르며, 카논에게 메시지를 보냈다.

'집에 무사히 도착했어? 오늘은 정말 고마웠어. 제제한테도 인사 전해줘. 여기저기 데려가 줘서 텐션이 높아졌는지 동생은 평소보다 씩씩해. 사실 남편이 출장 가서 내일까지 없으니까, 둘이서만 지내는 밤이 어떨지 소심한 나는 좀 두근두근해.'

빨래를 하고서 방에 틀어박혀 책을 읽는 사이에 핸드폰을 몇 번인가 체크했지만 읽음 표시가 안 떠서 실망했다. 어제의 외출에 대한 카논의 이야기도 듣고 싶었는데. 동생과 어떤 이야기를 했는지도.

— 선생님 집 말이야…

옛 제자의 목소리가 되살아난다.

— 동생이 은둔형 외톨이라는 게 진짜야? 대박. 직원실에서 선생님들이 수군거리더라.

나오의 사정을 딱 한 번 선배 선생님께 털어놓은 적이 있었다. 그 분의 반에 등교 거부를 하는 아이가 있어서 상당히 고민하는 듯 보였기에 사실은 제 동생도 학교에 못 가고 있거든요, 뭐 여러 사정이 있겠지요, 라고 이야기했다. 조금이라도 마음이 편해지면 좋겠다는 식으로, 애써 가벼운 말투로 말한 게 화근이었는지도 모른다. 그렇다고 해서 다른 동료에게까지, 심지어 아이들이 있는 데서 화제에 올리다니 너무 경솔하다.

하지만 눈앞의 아이를 혼내거나 선배에게 화내기보다 '나오 때문에 망신 당했다'고 생각해 버린 나는 분명 미쳤다. 동생이 내 추악함을 비추는 거울 같아서 무서웠다.

저녁까지 침대에서 뒹굴거려도 메시지는 안 읽은 상태였고, 포기하고 일어나 저녁 준비를 시작했다. 비가 와서 장을 보러 가기도 내키지 않았기에 냉장고에 있는 재료로 키마 카레와 콩 샐러드를 만든다. 완성된 타이밍에 나오도 내려와서 처음으로 둘이서만 식탁에 앉았다.

"맛있다."

"다행이네. 안 매워?"

"딱 좋아."

"더 먹고 싶으면 먹을 만큼 덜어 먹어."

"응."

말수가 적고, 스푼 소리만 울리는 저녁 식사였다. 바깥의 빗소리도. 장마가 시작되자마자 이렇게 호기롭게 내리지 않아도 되는데. 나오는 그릇을 비우더니 컵의 물을 다 마시고는 말을 꺼냈다. "저기." 나는 왜인지 등을 가볍게 젖히며 자세를 고쳐 앉는다.

"왜?"

"뭐라고 부르면 좋을지 모르겠어서."

"어… 나 말이야?"

"응."

언제부터인지 나오가 "누나"라고 부르지 않고 있다는 걸 이제야 깨달았다. "저기" 하고 말을 걸든가, 할 말이 있다는 듯한 시선을 줄 뿐.

"누나라고 하면 안 돼?"

"응, 어쩐지 뭐랄까, 볼품없나 싶어서."

나이를 먹을 만큼 먹은 남자아이가 "누나"라고 부르기는 부끄럽다, 그런 자의식이 이 아이에게 싹텄나 싶어 조금 놀랐다.

"그래서 제제네 엄마가 '어떻게 부르면 좋을지, 누나한테 직접 물어보면 어때?'라고 하더라."

"생각해 본 적도 없는데… 그런 얘길 했어?"

"다른 얘기도 했지만."

"지금껏 그래온 것처럼 '누나'라고 부르면 될 것 같은데. 볼품 없다는 건 남자애의 감각일까? 난 잘 모르겠어."

"알았어."

나오는 다시 컵으로 손을 뻗었다가 텅 빈 것을 알아채고 집으려다 말았다. 물이 들어있는 주전자를 가리켜도 고개를 옆으로 젓는다.

"누나, 는."

충치라도 앓는 듯한 얼굴로 말했다.

"내가, 아빠 자식이 아니라고 하면 어떻게 할 거야?"

너무도 뜻밖의 질문에 무심코 굳어버렸다. 왜 그래? 방금 전까지 시시한 잡담했었잖아.

무슨 소리야, 하고 되받아치려 했던 내 뇌리에, 그 단지의 남자가 스쳐 지나간다. 아, 하고 짧게 소리를 내버린다. 임신하고서 딴사람이 되었던 엄마. 둘은 불륜 관계였는지도 모른다는 의심이 스칠 때도 있었지만, 아무리 그게 진실이라 한들 나와는 상관없다고 머릿속에서 떨쳐내고 있었다. 설마, 진짜로? 단지에 가지 않게 된 후로도 그 남자랑 계속 만나서 아이까지? 두근두근 불온한 심장의 고동이 몸 안이 아닌 밖에서부터 오는 듯 느껴졌다. 쿵쾅 하고 속도를 더하며 밀어닥쳐서는 가슴을 쿵쿵 두드린다. 동생의 눈은 계속 모른 체 했던 나를 비난하는 듯 보였다.

손에 그냥 들고 있던 주전자를 테이블에 살며시 내려놓는다.

"누나, 혹시 알고 있었어?"

아니라고 할 수는 없었다. 반대로 이 아이는 어디까지 알고 있을까? 누구에게서 들은 걸까, 불신을 품게 된 계기가 있었을 까? 남편이 곁에 있으면 좋을 텐데, 아니, 나오는 나와 단둘만 남을 기회를 기다리고 있었던 게 분명하다. 뭐라고 말하면 좋을까, 나오는 내가 뭐라고 말하기를 바랄까? 물 주전자 표면에 맺힌 물방울을 그냥 쳐다보고 있는데 인터폰이 울렸다. 또, 이런 타이밍에?

"잠깐만." 일어나 현관 모니터를 체크한다. 해상도가 안 좋은 화면에 나온 사람은 카논과 제제였다.

통화버튼을 누르고 "네" 하고 대답하자, 카논은 우선 "미안 해"라고 말했다. 고개를 약간 숙이고 있어서 표정은 잘 보이지 않는다.

'갑자기 와서… 전화했었는데 안 받아서.'

"미안, 딴 데 놔뒀었어. 바로 열어줄게."

현관문을 열자, 수도꼭지를 다 연 정도의 기세로 계속 쏟아져 내리는 비가 밤을 하얗게 보이게 한다. 그 속에 떠오른 듯한 카논의 모습은, 검정 일색의 복장도 어우러져 유령처럼 보였다. 옆에 있던 제제가 불안한 듯 나를 올려다본다.

"무슨 일이야?"

부탁이 있어서, 하고 말하는 카논의 눈빛은 어딘가 공허했고 나는 "우선 안으로 들어와"라고 하며 둘을 현관으로 불러들였다. 카논의 비닐우산에서 물방울이 뚝뚝 떨어져 타일에 얕은 웅덩이를 만든다.

"안 젖었어? 수건 필요해?"

"괜찮아. 갑자기 진짜 미안한데, 제제를 하룻밤 돌봐주면 좋겠는 거랑, 상복을 빌리고 싶어서. 밥도 먹였고 목욕도 다 했으니까."

어안이 벙벙해서 대답을 바로 할 수가 없었다. 자세히 보니 제제는 잠옷 위에 카디건을 걸치고 있다.

"폐가 되는 건 아주 잘 알고 있어. 하지만 의지할 사람이 아무도 없어서. 부탁해."

카논이 머리를 깊이 숙이고, 제제는 그런 엄마를 감싸듯 꼭 매달린다.

"그러지마, 그런 거 하지 마. 어쨌든 이리로 들어와."

혼란스러워하며 둘을 실내로 들이고, 무슨 일인가 하고 모습을 살피는 나오에게 부탁했다.

"제제 좀 봐줘. 텔레비전 같은 거 맘대로 봐도 되니까. 제제, 엄마랑 잠깐 할 얘기가 있으니까, 나오랑 기다려줄래?"

"응."

제제는 고분고분하게 끄덕이더니 그런 다음에는 나오의 팔에 확 매달렸다. 아이 나름대로 무슨 일인가가 일어나고 있다는 건 이해하고 있을 것이다. 자신이 방해하면 안 된다는 것도. 나는 식탁 정리도 하지 않고 카논을 2층 침실로 데리고 가서 화장대 의자에 앉혔다.

　"무슨 일이 있었던 건데? 진정하고 얘기해."

　카논은 내 얼굴을 보지 않고 기계적으로 대답했다.

　"미나토 어머니가 돌아가셔서, 장례식에 가려고."

　"미나토 씨는?"

　"벌써 본가로 갔어. 나는 오지 않아도 된다고 했지만, 그래도… 근데 상복이 없어서."

　상복 한 벌은 가지고 왔고 빌려주는 데도 아무런 문제가 없지만, 생각이 많은 카논의 분위기는 오후와는 완전 딴판이라 참견을 하지 않을 수가 없었다.

　"미나토 씨 본가랑은 사이가 안 좋다고 그러지 않았어?"

　"응."

　"관혼상제의 경우는 좀 다를지도 모르지만, 미나토 씨가 안 와도 된다고 하는 건 그 나름의 이유가 있어서 그런 거 아닐까? 게다가 비가 이렇게 많이 오는 밤에… 어디로 가야 하는데?"

　"여기서, 차로 한 시간쯤."

　"위험해."

　카논이 진심으로 가고 싶은 거라면 막지 않을 것이다. 늘 단호한 뜻이 어려 있던 눈동자가 지금은 무언가에 겁먹은 듯 흔들린다. 걱정돼서, 흔쾌히 보내줄 마음이 들지 않았다. 애당초 의리 같은 걸 신경 쓰는 성격이 아니니 남편 가족에게서 미움을 받는다 해도 마음에 담아두지도 않을 텐데.

"안 가도 돼."

나는 강하게 말했다. 남의 가정사에 참견하면 안 된다는 상식 따위, 이럴 땐 아무래도 상관없다.

"전에 스쳐 지나갔을 때 엄청난 눈으로 노려봤던 미나토 씨 형도 있을 거 아냐? 일부러 가시방석에 앉을 필요는 없어."

하지만 카논은 무릎 위로 두 손을 꼭 쥐고 "가야지" 하고 우겨댄다.

"왜?"

"다녀올게."

"기다려, 상복은 어쩌려고."

"검은 옷이면 되잖아."

"아무리 그래도."

일어서는 카논의 손목을 무심코 꽉 쥐었을 때, 그 애의 손에 피가 번지고 있다는 걸 알아챘다.

"잠깐, 다쳤잖아? 보여줘."

주먹을 쥔 채로 있는 손가락을 다짜고짜 억지로 편다. 카논은 내가 갑자기 실력행사를 할 거라고는 생각하지 못했는지, 그렇게까지 저항하지 않았다.

"…뭐야 이거."

손바닥에 덜렁 놓여있던 건 작은 배지. 꼭 쥐고 있는 동안 바늘이 캡에서 빠져 피부에 상처를 낸 거겠지. 카논이 옛날에 훔친, 내 교표 배지.

"또, 이런 걸 왜 안 버리고 가지고 있어, 하찮은 걸."

"하찮지 않아."

방범 버저도 그렇고, 막상 내겐 아무런 애착이 없는 사소한 잡동사니들뿐. 이 아이는 정말 바보다. 내 표정이 험악해져서 카논이 몹시 난처한 얼굴로 말한다.

"화내지 마."

"화낼 거야."

나는 카논을 꼭 끌어안고 말했다. "가지 마." 아무래도 남편과 비교하는 탓인지, 나와 별반 다르지 않은 카논의 몸이 부러질 것처럼 느껴졌다.

"이대로 우리 집에서 자고 가면 되잖아. 제제도 분명 좋아할 거야."

팔 안에서 카논이 갑자기 힘을 쭉 뺀다. 드디어 내 말대로 해 주는 건가 하고 안도했다. 그런데,

"안 돼."

내 어깨에 이마를 대고 가냘프게 말한다.

무척 맑은 날이었다. 매미 소리와 바로 옆에서 돌던 선풍기의 웅웅거림이 유난히 또렷이 떠오른다. 엉망진창으로 어질러진 방과 바닥 위에 아무렇게나 널브러져 있던 할머니의 다리. 그 앞에 무릎을 꿇은 미나토의 파란 후드 티가 창으로 비쳐드는 여름의 빛을 받아 빛나서, 그런 상황인데도 예쁘다고 생각했다.

나는 할머니가 싫지 않았다. 엄마와는 사이가 안 좋았고 입도 거칠어서 나는 '애비도 모르는 애'라는 말을 늘 들었지만, 폭언을 듣고도 흘리는 데는 익숙했다.

하지만 고2 겨울에 엄마가 사라지고 나서, 할머니는 조금씩 변해갔다. 진짜 딸에게 배신당한 게 충격이었는지, 나이가 많은 탓이었는지, 아니면 무슨 병이었는지는 모른다. 우선 나를 엄마 이름으로 부르는 일이 많아졌다. 처음에는 그렇게 사이가 나빴으면서 외로워서 저러나 하고 태평하게 생각했었다. 그리고 지갑과 집 열쇠를 어디에 놓았는지를 잊어버리는 일이 잦아지고, 물건의 분실을 내 탓으로 여기기까지는 그리 많은 시간이 걸리지 않았다.

할머니 안에서 딸과 손주의 구별이 애매모호해지고, 둘 다 '매춘부이자 도둑'이며 '부끄러운 등신'이었다. 할머니, 이제까지는 그나마 참고 있었던 거구나. 나사가 빠졌다는 표현에 딱 들어맞는, 끊임없는 고성에 귀를 점령당하며 생각했다.

이상하게도 가게를 연 사이에는 나를 제대로 인식하고 가스불을 방치하지 않으며, 손님 얼굴과 이름을 기억하고 대화가 통하는 데다 노래방 기계로 애창곡인 「러브 이즈 오버」를 외워서 부를 수 있다. 하지만 가게를 닫고서 2층으로 올라가는 순간 기억이 혼탁해져서 나를 엄마 이름으로 부르며 매도하고 돈을 훔쳤다거나 손님에게 추파를 던지지 말라고, 때로는 울면서 꾸짖는다.

어디에서 그런 힘이 나오는지 규탄은 새벽까지 계속되고 내가 학교에 간 사이에 자고 저녁에 일어나서는 또다시 망상과 욕을 마구 쏟아냈다. 모르는 척 하는 데도 한계가 있어서, 귀를 막고 억지로 자려 하면 이불을 들추고 옆구리와 팔을 꼬집기 시작한다. 그럴 때 할머니는 노인이라고는 생각할 수 없는 완력을 써서 나는 눈 깜짝할 새 피멍투성이가 됐다.

피로와 수면 부족을 견디지 못하고 3학년 여름방학 전에 고등학교를 관뒀다. 고민을 상담할 수 있는 상대는 없었다. 만약 누군가에게 털어놓으면 할머니를 타일러 줄까? 할머니를 병원이나 시설에 넣어줄까? 아니면 나를 시설에 넣어줄까? 그 무엇도, 지금보다 나은 미래라는 생각은 들지 않았다. 현상 유지나 더 나빠질 뿐, 그런 느낌이 들어서 아무 말도 하지 않았다.

애당초 밖에서의 할머니는 '가식이 없고, 마음씨가 좋으며 고생을 많이 해서 세상 물정을 잘 아는 마담'이라, 둘만 있을 때만 도깨비가 된다고 말해도 분명 믿어주지 않을 것이다. 할머니가 자는 틈을 타서 카운터에 엎드려 어떻게든 수면을 취했다. 가까이에서 자면 칼에 찔릴까 싶어 진심으로 무서웠다.

가게에서 일하는 시간에도 어쨌든 피곤하고 졸려서 접객은 커녕 멍하니 있는 나를, 아무것도 모르는 손님이 "비밀이 많을 것 같아 매력적"이라며 입을 모아 칭찬하면 할머니의 기분은 더더욱 나빠진다. 빗질할 때마다 머리카락이 뭉텅 빠지고 손톱도 피부도 거친데 할머니는 손주의 젊음을 빨아들인 듯 힘차게 나를 꾸짖는다. 여기서 도망가야지, 나가지 않으면 언젠가 할머니가 나를 죽이겠다. 그렇게 생각해도 행동에 옮길만한 기력조차 남아있지 않았다.

한 번, 가게에서 미나토와 단둘이 있게 된 적이 있었다. 할머니는 단골손님을 배웅하다가 가게 앞에서 이야기에 빠져있었고, 미나토와 함께 온 선배들은 술을 너무 많이 마셔서 화장실에 틀어박혀 있었다.

— 니, 고등학생이라매?

미나토가 카운터 너머로 말을 걸어왔다. 말을 걸어온 건 그게 처음이었다. 나는 청소하기 힘드니까 화장실을 너무 더럽히지 말아줬으면 하는 마음으로 머리가 꽉 차서 "벌써 관뒀어요" 하고 쌀쌀맞게 대답했다.

— 그래도, 고등학교 다닐 나이 아이가?

— 그게 뭐 어쨌다고? 아니 그보다, 몰랐어?

현역 여고생을 만날 수 있는 가게라며 부끄러운 줄도 모르고 들떠 있는 남자들도 많았기에 '고등학생'이라는 직함을 버리고는 마음이 개운할 지경이었는데, 미나토는 어딘가 쓸쓸한 듯 "아니…" 하고 말을 흐렸다. 소방관이잖아, 경찰관이 아니잖아. 불안해져서 무심코 "벌써 열여덟 살이고, 술도 안 마시고"라고 덧붙였다. 미성년자를 늦게까지 일하게 한다고 할머니에게 주의를 주려는 거라면 분명 귀찮은 일이 생긴다. 주정뱅이보다 쓸데없이 참견하는 착한 사람이 더 성가시다.

미나토는 폴로셔츠의 가슴 주머니에서 볼펜을 꺼내더니, 유리잔 밑에 깐 컵 받침 뒤에 무언가를 쓰고 내게 내밀었다.

— 곤란한 일 생기면 전화해라.

밖에서는 할머니 일행의 상스런 웃음소리가, 화장실에서는 미나토의 선배가 토하는 소리가 들려온다. 그런 상황도 한몫해서 나는 단숨에 냉정해졌다. 다른 남자들이랑은 다르다는 느낌이 들었었는데 결국 이 녀석도 헌팅이 목적이구나. 손을 내미는 척하면서 여자를 탐하는 상놈.

하지만 언제나 피하고 있었던 시선이 나를 똑바로 보고 있어서, 미나토와 눈이 마주친 순간 왜인지 후지노의 얼굴을 떠올렸다. 내게 연락처를 건네줬을 때의 친절하고 거짓 없는 눈빛을. 딱 한 번 보냈던 메일을, 그 사람은 읽었을까? 나는 나중에 버리면 된다고 자신을 타이르며 컵 받침을 받고, 정말로 접어서 음식물 쓰레기통에 넣었다.

여름날 아침, 그날은 너무 무더워서 할머니는 잠을 제대로 못 잤던 것 같다. 몰래 목욕하는데 밖에서 문을 쾅쾅 두드렸고, 나는 알몸인 채로 끌려 나왔다. 할머니가 젖은 머리를 움켜쥐고서 호통쳤다.

— 내 돈 어딨노? 손버릇 나쁜 창녀야!

몰라, 그만해, 하고 몇 번을 호소해도 멈추지 않는 폭풍의 시작. 도둑, 남자한테 갖다 바쳤다이가, 은혜도 모르는 것… 할머니는 나를 바닥에 내동댕이치고는 얼굴이고 몸이고 다 발로 차고, 옷장과 옷 수납함 안에 있던 물건들을 쏟아버리며 난리를 피웠다. 쪼그라든 육체의 어느 부분에 이런 에너지가 숨어있는 걸까? 그렇게 내가(혹은 엄마가) 싫은 걸까 하고 생각하니 아픔보다 비참함으로 눈물이 번질 것 같았지만, 꾹 참고 두 손으로 머리를 감싸 쥐고서 웅크리고 있었다.

어쨌든 이 시간이 빨리 지나가기를, 하고 만신창이가 되어 다다미 바닥의 결만 응시하고 있었기에 그 순간이 어떤 식으로 찾아왔는지는 모른다. 목소리도 폭력도 모두 딱 멈췄다. 한순간의, 파도가 잔잔해진 듯한 타이밍에 지나지 않는다고 생각하며 나는 다음 순간에 대비해 몸을 움츠렸다. 하지만 바로 옆에서 쿵 하고 모래주머니를 던진 듯한 소리와 함께 바닥이 흔들려서 조심조심 고개를 들자, 할머니가 똑바로 누워 쓰러져있었다. 발이 어딘가에 걸려 미끄러진 걸까?

— …할머니?

얼굴을 봤더니 눈이 돌아가고 입 끝에 거품이 나와 있었다.

아, 이건 큰일이다 하고 직감했다. 위험한 일. 옛날에, 단지에서 본 아저씨가 고통스러워하던 모습을 떠올린다. 자세한 건 잊어버렸다고 생각했었는데, 그 방의 누르스름한 이불과 아무렇게나 굴러다니던 쓰레기봉투까지 선명히 되살아나서 소름이 끼쳤다. 기어서 어떻게든 전화기에 이르러 떨리는 손가락으로 누른 것은, 119도 아니고 110도 아닌 미나토의 휴대전화 번호였다. 망설임 없이 버튼을 누르며, 외우고 있었던 스스로에게 놀랐다.

— 여보세요?

모르는 번호로 온 전화라, 약간 경계한 목소리로 대답한다.

— 도와줘.

나는 이름도 대지 않고 말했다.

— 할머니가 쓰러져서 안 움직여.

— 바로 가께.

그렇게 말하고는, 정말로 바로 와주었다. 뒷문을 쾅쾅 두드리는 소리가 들렸고, 내가 1층으로 가서 문을 열자마자 안색이 변한 미나토가 뛰어 들어온다.

— 어디고?

— 위….

내가 2층을 가리키자 엄청난 기세로 계단을 뛰어올라갔다. 서둘러 뒤를 따르자 미나토는 할머니 쪽으로 몸을 숙이며 "들리세요?" 하고 큰 소리로 부르고 있었다. 그리고 호흡과 맥박을 확인하더니 할머니의 가슴 위로 두 손을 겹쳤다. 심폐소생술을 하는 거구나, 하고 그것을 알아채자마자 나는 미나토 등 뒤에 달라붙었다.

— 그만해.

이 사람은 할머니를 살리려고 하고 있다, 그 광경을 눈앞에 두고 겨우 정신이 돌아왔다. 만약 할머니가 살아난다면 다시 이런 날들이 이어진다. 마침 죽으려고 하는데 구태여 방해꾼을 부르다니 멍청한 짓을 했다.

— 그만해, 아무것도 하지 마.

— 와 그라노, 아직 살릴 수 있을지도 모른다.

나를 뿌리치려던 미나토는 그제야 방의 참혹한 상태를 깨달았는지 움직임을 멈췄다. 내가 알몸이고, 멍과 긁힌 상처투성이인 것도.

— 제발.

떨리는 어깨에 가만히 후드 점퍼를 걸쳐주었다. 푹신하고 따뜻하면서 햇볕 냄새가 났다. 보드용 반바지 하나만 입은 미나토에게 아무래도 상관없는 것을 묻는다.

— 수영하러 와있었어?

— 비번이었다이가.

— 그래서 바로 와줬구나. 미안해, 쉬는 날에.

— 아이다…

— 미안해.

미나토는 잠자코 나를 끌어안았다. 널브러진 옷과 그릇에 뒤섞여 유즈의 교표 배지가 굴러다니는 게 보였다. 바닥 위에서 둔탁한 광택을 내는 그것을 보며 멀다, 하고 생각했다. 유즈와 있던 곳에서, 나는 이렇게나 멀어져 버렸다.

미나토 씨가 카논을 왜 '학 부인'이라고 했는지 이제야 알았다. 미나토 씨는 만신창이가 된 학을 구했다. 할머니를 구하지 않는다는 방식으로.

"후회돼."

카논이 중얼거린다.

"미나토가 심폐소생술하는 걸 말린 게. 할머니를 구했으면 좋았을 거라는 뜻이 아냐. 나 혼자서 방관하거나 오히려 숨통을 끊으면 좋았을 것을."

"그래도 말리지 않았으면 죽지 않았을 거라는 보장도 없잖아?"

"그 '만약'은 의미가 없어. 할머니의 호흡이 언제까지 있었는지, 난 몰라. 나중에는 무슨 말이든 할 수 있어. 십 분 정도 그 자리에서 기다리고, 할머니가 되살아날 가능성이 거의 0이 되어서야 단골 의사한테 전화를 걸었어. 할머니가 난리 피우다 갑자기 쓰러져서 어찌할 바를 모르겠어서 남자 친구를 불렀다고 거짓말을 했거든. 전부터 당뇨가 있었고 술이랑 담배도 좋아했으니, 간단히 '급성 심장마비 사망'이라는 진단을 받았어. 전혀 슬프지가 않더라. 겨우 해방됐다 싶어서 기뻤어."

얘기하면서 카논은 손바닥 상처를 자꾸만 긁고 있다.

"미나토는 달랐어. 사람을 구하기 위해서 소방관이 됐는데 못 본 체했다는 죄책감이 없어지질 않아서, 그러고서 바로 일을 관뒀어. 거짓말을 못 하는 사람이니 견디지 못했거든. 소방서 동료들 사이에서도 멘탈이 무너졌다는 소문이 나서, 미나토네 가족은 내가 미나토를 홀린 탓이라고 생각해. 그 사람들은 당연히 날 원망하겠지. 의사가 오기 직전에 미나토는 다시 한 번 심폐소생술을 했어. 필사적으로 구하려 한 척하려고, 죽은 할머니 가슴을 몇 번이고 눌러줬어. 끔찍한 일을 시켰어."

"네 탓이 아냐. 여자 힘으로 아무리 말렸다고 한들 심폐소생술은 할 수 있었을 거야."

카논은 입술을 꽉 깨물고 몇 번이나 고개를 저었다.

"그런 식의 말은, 비겁해."

그렇다, 미나토는 카논을 좋아했으니까 부탁을 거절할 수 없었다. 거절할 수 없다는 걸, 카논은 알고 있었다. 그녀가 용서할 수 없는 건 자신의 이해타산인지도 모른다.

"미나토네 어머니는 특히 나를 미워했어. 가지 않는 편이 낫다는 건 이해해. 하지만 마지막이니까, 쫓겨나도 좋으니 갈 거야. 지금쯤 미나토는 그 여자랑 헤어지라고 가족들한테 혼나고 있을지도 몰라."

내가 어떤 말을 하든 카논의 생각을 바꿀 수는 없다. 왜냐하면 카논이 가장 괴로울 때 곁에 있었던 건 내가 아니니까. 왜 미나토 씨인 걸까? 이 아이를 지키는 게, 죄를 나누는 게, 어째서 내가 아니었던 걸까? 분하다.

"알겠어."

나는 옷장 안에서 커버가 덮인 채로 있는 상복을 꺼내어 침대에 놓았다. 전에 입었던 건 재작년 동료의 아버지가 돌아가셨을 때, 그전에는 친할아버지. 세탁소에서 찾아온 상복을 옷장에 넣을 때마다 다음은 언제, 누구의 상으로 입을까 하고 생각하는 버릇이 들었다. 언젠가는 이걸 입고서 엄마를 보내는 건가, 하고도. 설마, 카논에게 입힐 날이 올 거라고는 생각하지 못했지만.

"옷이랑… 스타킹, 가방, 진주도 빌려줄게. 구두는? 230 사이즈 괜찮을까?"

"응."

얼추 입고 신은 카논을 다시 의자에 앉혔다. 머리카락에 빗질을 하고 검은 고무줄로 틀어 올린다. 오랜만이라 약간 애를 먹으면서도 핀도 써서 어떻게든 봐줄 수 있는 모양새가 됐다.

"대단하다."

거울 속 카논이 소녀 시절처럼 존경의 눈빛으로 나를 보고 있었다.

"익숙해지면 간단해."

"제제가 보면 나도 해줘 나도 해줘 할 것 같아."

"다음은 화장이네, 이쪽 봐 봐."

"됐어, 그냥 갈래."

"맨얼굴은 실례니까 안 돼."

남에게 화장을 해줄 정도의 실력은 아니지만, 장례식이니까 그렇게 공들일 필요는 없다. 나는 재빨리 프라이머를 발라 베이스를 완성하고, 얇게 발리는 파우더 파운데이션을 덧바른 뒤 눈썹을 정리한다. 아이섀도는 핑크베이지 색으로 연하게 발랐다. 어울리네, 하고 무심코 내뱉고 싶어질 만큼 상복을 입은 카논은 아름다웠다. 향기가 난다⁕는 말이 바로 이런 것이다. 분명 그 누구도 카논에게 쉽사리 다가올 수 없다. 이건 미나토 씨는 할 수 없는 일이다. 나만이 카논을 위해 해줄 수 있는 일. 그런 생각을 하니 이런 상황에서도 기뻐서, 나도 모르게 새빨갛고 선명한 립스틱을 발라버렸다. 마지막으로 손바닥을 소독하고 반창고를 붙인다.

"장갑이랑 염주는 가방에 넣었어."

"고마워."

일어서서 살짝 수줍어하는 모습은 몹시 허무해 보이기도, 무

---

• 일본어에 '향기가 나는匂い立つ 아름다움'이라는 관용적 표현이 있다.

척 만만치 않아 보이기도 한다. 카논이 화장대에 둔 배지에 손을 뻗었기에 나는 선수를 쳐서 잽싸게 집어 들었다.

"돌려줘."

"원래는 내 것이 아냐. 무사히 다 마치고 오면 돌려줄게."

"당연히 돌아오게 되어 있어."

"그래, 당연한 것처럼 돌아와. 이제 갑자기 사라져서 날 슬프게 하지 마. 걱정했었어. 나, 그 단지에도 가봤으니까. 옆집 여자가 나와서 야반도주했다고 그래서, 기분이 어땠을 것 같아?"

내가 갑자기 강한 말투로 말했기에 카논이 눈을 크게 뜨고 깜빡였다. 반짝이가 들어있지 않은 자연스런 아이섀도가 커다란 눈을 한층 더 또렷이 빛내어, 나는 자랑스러운 듯하면서도 얄미운 듯한 기분으로 카논을 꾸짖는다.

"카논은 너무해."

급소를 찔린 듯한 얼굴. 늘 내가 놀라는 입장이었으니, 약간은 속이 후련했다. 그렇다, 나도, 너를 깜짝 놀라게 하는 일 정도는 할 수 있다.

"유즈."

"일방적으로 키스하고 도망치다니, 너무해."

"미안해."

사실은 카논이 아니라 무력한 나 자신에게 분노했던 거지만, 카논은 반은 우는 얼굴로 사과했다.

"울지 마, 화장 망가져. 모처럼 예쁘게 했는데."

차가운 볼을, 손가락 끝으로 어루만진다.

"화장은 부적이니까 이렇게 하면 아무도 널 건들 수 없어. 그러니까 당당히, 뻔뻔스러울 정도로 굴다가 와. 누가 뭐래도 카논에겐 잘못이 없어."

카논이 무슨 말을 하려고 했다. 아마도 그렇지 않아, 같은. 나는 그 입술을 살짝 막는다. 고양이의 인사보다는 제대로 된 키스였다.

"…립스틱이 너무 짙어서, 이걸로 딱 좋아졌다."

숨이 닿는 거리를 빗소리가 메운다.

"어떤 카논이어도 좋아. 뭘 해도 좋아. 날 좋아해 주는, 그것만으로 좋아."

"그것밖에 없어."

"응."

잠시 서로의 몸을 부둥켜안은 채 움직이지 않았다. "가야지" 하는 카논의 중얼거림을 끝으로 물러서고는 함께 1층으로 내려가자 거실 소파에 앉은 나오의 뒷머리가 보였다.

"제제는?"

"잠 들었어."

정면으로 돌아 들어가니 제제는 나오 옆에서 목욕수건을 두르고 새근새근 자고 있었다.

"수건, 나오가 덮어준 거야?"

"네."

"고마워."

조금 전까지와는 분위기가 전혀 다른 카논을 보고 당황했는지, 나오는 무뚝뚝하게 "네"라고 대답한다. 카논이 현관문을 열자 여전히 땅을 때리는 듯한 비가 억수같이 와서, 다시 가지 말라며 말리고 싶어지는 걸 참고 손을 작게 흔들었다. 문을 잠그고 거실로 돌아와 제제를 가볍게 쿡쿡 찔러본다.

"제제, 침대에서 자야지? …안 되겠다, 깊이 잠든 것 같네."

"어디로 옮길까?"

"내 침대에서 같이 잘 생각이었는데, 2층까지 옮기기는 위험하니까 이대로 둘까?"

덮을 이불만 가지러 갈까 하는데 나오가 "영차" 하고 기합을 넣으며 제제를 안아 들었다.

"가만, 무리하지 마."

"괜찮아."

20킬로는 될 텐데, 무난한 발걸음으로 계단을 올라간다. 나는 묘하게 눈부신 기분으로 아직 넓다고는 할 수 없는 등을 지켜보았다. 이러니 엄마가 된 것 같다. 저녁 그릇은 깨끗이 설거지 되어 있었다.

"설거지 고마워."

"멋대로 해서 미안해."

"아냐."

소파로 돌아가 나오에게 레모네이드를 만들어주었다.

"수고했어. 너무 달지도 모르겠지만."

"맛있다."

"꿀이랑 레몬도 냉장고에 있으니까, 먹고 싶을 때는 탄산수를 섞어서 마음대로 마셔."

"알았어."

"나오, 좀 전에 하던 얘기 계속하자."

"어, 근데."

"중간에 끊겨버렸지만, 흐지부지하게 놔둬도 좋을 일이 아니잖아. 고민 끝에 큰 결심을 하고 털어놓은 거 아냐? 억지로 얘기하라는 건 아니지만."

나오는 레모네이드를 단숨에 다 마시고 입술을 닦고는 이야기하기 시작했다.

"삼 년 전 엄마가 수술한 날, 아빠랑 같이 병원에 갔어."

나는 수업과 교외 연수로 바쁘다는 걸 핑계로 얼굴을 거의 비추지 않았다.

"수술한 선생님이랑 아빠가 이런저런 이야기를 하는 사이에 엄마가 나를 보고 '그 녀석을 닮기 시작했네' 하고 기쁘다는 듯이 웃었거든. 그건 아빠 얘기가 아니라는 생각이 들더라고."

"엄마가 전신마취에서 막 깨어난 참이었지? 수술 직후에는 의식이 혼탁해서 헛소리나 망상을 내뱉는 경우가 있대."

"아니야. 난, 그게 마음에 걸려서 어쩐지 엄마를 피하게 됐어. 그냥 반항기라고 생각했던 모양이지만. 그래서 엄마가 나가노에 가기 전에 아무래도 확인하고 싶어서 물어보니까 '뭐 그런 걸로 그래?'라면서 웃더라고. '엄마 자식인 것에는 틀림이 없으니, 어찌됐든 상관없잖아'라면서."

아직 근육이 적은, 납작한 가슴이 바삐 부풀고 줄어드는 것을 알 수 있다. 내가 모르는 곳에서, 동생은 계속 이런 식으로 불안하게 뛰는 심장과 비밀을 안고 있었던 걸까.

"역겨워, 라고 말했어. 그랬더니 순식간에 차가운 표정을 지으면서 '그럼 아빠한테 버림받지 않도록 열심히 살아야지. 엄마는 머지않아 죽어버릴 거니까'라고 하더라. 무서워졌어. 아빠한테 들키면 엄마는 이혼당하고, 엄마가 죽으면 난 혼자가 돼. 버림받지 않도록 공부해서 좋은 성적을 받아야지 하고 생각하면 그럴수록 점점 교과서 내용이 머리에 안 들어오게 됐고, 아침이 되니까 배가 아파서 학교에 갈 수가 없어서…."

무엇으로부터 몸을 지키려는 건지, 나오는 고개를 숙이고서 두 손으로 머리를 감싸 쥐었다. 나는, 그 등에 살짝 손을 얹는 것밖에 할 수 없었다.

"누나는 알고 있었어?"

"듣고 보니 짚이는 데가 없지도 않다는 느낌뿐이야. 자세히는 몰라. 나오, 내 말 잘 들어. 너한테는 나도 좋은 누나는 아니겠지만, 절대로 나오를 혼자 내쫓는다거나, 그런 짓은 하지 않아. 그건 약속할게."

"아빠한테 비밀로 해줄래?"

"물론이지. 계속 힘들었겠다, 얘기해줘서 고마워."

손바닥에 나오의 전율이 전해진다. 파도가 치는 듯한 떨림. 거듭 쓰다듬는 중에 내 체온으로 조금씩 진정이 되어 잠잠해진다. 이 아이와 이어져있다고, 처음으로 느꼈다. 피와 유전자와는 다른, 형체가 없고 눈에는 안 보이지만 분명한 것으로.

"넌 엄마한테 사랑받으니까 행복할 거라고 생각했어. 미안해."

"아냐."

나오는 침착함을 되찾자 "공부해야지" 하고 도망치듯 2층으로 가 버렸다. 나도 피곤했고, 동생에게 어디까지 밝힐지를 아직 정하지 못하고 있었기에 마침 다행이었다. 부엌에서 내가 마실 레모네이드를 만들어 마시자, 유리컵 테에 붉은 립스틱 자국이 묻었다. 이것도 지문처럼 한 명 한 명 다 달랐던가? 손으로 아무렇게나 닦자, 붉은색이 번져서 핏빛이 됐다. 이것저것 생각하니 머리가 터질 것 같았고 그저 카논이 무사히 돌아오기를, 하고 빌었다. 누구도 그 아이에게 상처주지 않기를.

도로는 첨벙첨벙한 게 꼭 강 같았다. 새까맣게 비를 삼키는 산과 바다에 끼어, 육지의 윤곽을 느릿느릿 덧그리며 북쪽으로 향했다. 헤드라이트에 미덥지 않게 비치는 건 경계가 없는 흰

비와 자욱한 물보라로 빛나는 아스팔트, 가끔 스쳐 가는 반대 차선의 차. 하필이면 비가 이렇게 많이 오는 날에 나를 원망했던 사람의 장례식에 구태여 가려고 하는 이유를, 아직도 잘 모르겠다. 제제가 나의 것이 아니듯, 미나토도 미나토 가족의 것이 아니니 그 사람들에게 죄악감을 느낄 필요는 없다. 그런데 미나토의 형과 건강했을 무렵의 어머님, 살아 있던 무렵의 아버님이 분노를 담아 나를 노려보기만 해도 나는 늘 위축됐다. 분노의 근원에는 미나토에 대한 깊은 애정이 있었으니까.

미나토가 얼마나 착한 아이였는지, 많은 친구에게 둘러싸여서 사려 깊은 어른으로 자라 어릴 적부터 꿈이었던 소방관이 돼 얼마나 열심히 일했는지, 들을 때마다 괴로웠다. 그럼, 미나토가 나처럼 아무렇게나 자랐다면 마음이 편했을까? ─ 그것도 아니다. 미나토가 내게 내밀어준 것에, 내 마음이 걸맞지 않다는 점이 괴롭다. 미나토를 올곧게 사랑하는 사람들을 마주하면, 그 괴로움이 한층 더 짙어진다.

조수석에 둔 핸드폰이 울린다. 미나토다. 지금 간다고 보낸 메시지를 읽은 거겠지. 나는 신호를 기다리는 사이에 다시 전화를 걸었다.

'안 와도 된다.'

"벌써 가고 있어."

'제제는?'

"후지노 씨네 집에 맡겼어."

'카논.'

"갈 거야, 결심했거든. 정확한 주소 모르니까 보내줘. 미나토가 안 가르쳐주면 이 빗속을 차로 어슬렁거리기만 하다 끝나니까."

내 성격을 잘 아는 미나토는 단념한 듯 대답한다.

'알았다. 사고만 안 나게 조심해라.'

"응."

핸드폰 불빛으로 차내가 은은하게 빛나고, 비에 뒤덮인 창에 내 얼굴이 비친다. 평소의 나와 전혀 다른 유즈가 올려 준 머리, 유즈가 해준 화장. 괜찮다. 미나토가 보내준 주소를 내비게이션에 입력하고 갈 길을 간다.

장례식은 본가에서 치러지고 있었고, 근처 코인 주차장에서 고작 5분 걸었는데 구두 속까지 흠뻑 젖어버렸다. 미나토가 나고 자란 집에 온 건 처음이었다. 문등 앞에 '어영등御靈燈'●이라고 적힌 제등 두 개가 비에 녹아내릴 듯 빛나고 있다. 현관 밖에 설치된 접수 텐트에는 미나토가 혼자 서 있었다.

"늦어져서 미안. 벌써 끝났어?"

"독경은 끝났고 지금은 동네 사람들만 드문드문 들른다."

"아, 어쩌지, 부의금이라는 게 필요하지? 안 가져왔는데."

---

● 일본에서 장례를 치를 때 죽은 자의 영혼을 보내거나 맞이하는 의미로 문 앞에 걸어두는 등.

"괜찮다."

장례식에 오는 게 처음이라 어떤 건지 전혀 모른다. 미나토는 현관 앞까지 나를 안내하고는 친척으로 보이는 여자에게 "잠깐만 접수 부탁합니더"라고 말하고는 함께 들어왔다. 집 안은 의외로 떠들썩하고, 안쪽에서 웃음소리도 들려온다. 쥐 죽은 듯 조용할 거라고 생각했는데, 의외였다.

"즐거워 보이네."

슬쩍 미나토에게 귓속말하자, 이렇게 가르쳐주었다. "식사 절차* 중이다이가." 스님과 조문객이 함께 고인을 그리워하는 자리라고 한다.

"그런 행사가 있구나, 몰랐어."

"맞나."

"무슨 얘기 들었어?"

"맨날 똑같지 뭐. 불효자 녀석이라든가."

"그렇구나…."

"신경 쓰지 마라."

소곤소곤 이야기하는데 안쪽 방에서 모르는 남자가 나와서, 나를 보자마자 벌레라도 발견한 듯 얼굴을 찡그렸다. 미나토가 쏜살같이 앞으로 막아서자 다시 돌아간다. 작은 목소리로 내뱉는 말이 들렸다. "무슨 생각이고?" 상복을 입은 미나토의 등은

---

• 원문은 '通夜振る舞い'로 고인과 마지막 식사를 하는 절차.

평소보다 모나고 커다랗게 보여서 모르는 사람 같았다.

"…제단은 이쪽 방이다."

"응."

현관에서 가장 가까운 방에 제단이 꾸며져 있었고, 흰 꽃에 둘러싸인 미나토 어머니의 영정사진은 내가 본 적 없는 온화한 미소를 지은 얼굴이었다. 평소에는 이런 식으로 웃는 일도 있었을 것이다. 당연하지만, 그녀의 인생은 "물장사하는 여자 주제에" 하고 호통만 치는 것도, "내 아들을 원래대로 돌려줘"라고 하면서 울기만 하는 것도 아니었다. 그것을 엿본 것만으로도 여기에 온 보람이 있었던 것 같다.

제단 앞에 정좌했지만 방법을 몰라 미나토에게 도움을 청한다.

"분향은 어떻게 하는 거야?"

"이렇게."

미나토가 옆에서 해주는 제스처를 따라 해본다. 영정사진에 한 번 절하고, 손을 모으고, 재와 모래의 중간 같은 향을 집어 눈높이까지 들어 올리고서 옆 그릇에 떨어뜨린다… 싱겁게 끝났다.

"이거, 어떤 의미야?"

미나토에게 물으니 고개를 갸웃하며 말한다.

"모른다. 원래 그런 거라고 생각하면서 하는 거지, 생각해 본 적 없다."

뭐야, 그래도 괜찮구나. 안심했다. 지식도 신앙심도 없이 고등학교 미사에 갔던 나와 다르지 않다. 제단 앞에서 일어서지 않는 게 매너라고 들어서 무릎으로 뒷걸음질 치는데 안쪽에서 발소리가 다가와 방 앞에서 멈췄다. 미나토의 형이 주먹을 불끈 쥐고 나를 내려다보고 있다. 그 뒤에는 허둥대며 무언가 말하고 싶어 하는 부인인 듯한 여자가 있고, 그 밖에도 몇 명. 모두가 검은 복장이라 박력이 있었고, 특히 형은 지금이라도 내 목덜미를 붙잡아 끌고 나갈 것 같은 분위기를 풍기고 있었다.

"행님."

미나토가 끼어들기 전에 내가 일어서서 똑바로 마주 선다. 무섭지 않았다. 누구도 나를 건드리지 않는다. 그러니까 유즈가 말한 대로 당당히 행동할 뿐. 시선이 부딪혀도 나는 눈길을 피하지 않는다.

"실례했습니다."

이럴 때는 '깊은 조의를 표합니다'였나? 꾸벅 인사하고 한 걸음을 내딛자, 아주버님이 비켜섰다. 동물들 싸움 같네, 하고 생각하며 서두르지 않고 복도를 지나 구두 주걱을 멋대로 빌려 신중히 구두를 신는다. 빌린 물건이니 모양이 무너지지 않게 신어야지. 현관에서 우산을 펼치는데 "소금 뿌리라, 소금" 하고 호통 치는 소리가 들렸고, 접수에 있던 사람이 깜짝 놀라 나를 보는 것 같았지만 모르는 얼굴을 했다.

차로 돌아와서 우선 스타킹을 벗는다. 평소에는 신지 않으니 불쾌해 죽겠다. 젖은 발을 닦고 싶지만 차에 수건이 없고, 유즈에게서 빌린, 정장 백에 들어있던 새하얀 손수건을 쓸 수는 없다. 시트 등받이를 젖히고 크게 하품을 하는데 밖에서 누군가 창문을 똑똑 두드린다. 미나토가 걱정스러운 듯 들여다보고 있었다. 조수석 잠금장치를 해제한다.

"괜찮나?"

"응, 왜?"

"피곤하다이가."

"그렇긴 해, 오늘은 아침부터 여기저기 다녔으니까. 여기서 눈 좀 붙이고서 갈게."

"내가 타고 온 렌터카에서 안 잘래? 좀 더 넓다."

"아니, 여기가 더 편해. 미나토는 다시 안 가 봐도 돼?"

"나가라고 그라길래."

"내가 와서 그런 거야?"

"원래 어머니는 죽더라도 내한테는 절대 알리지 말라 했다 하대."

미나토는 상복 겉옷과 넥타이를 함께 뒷좌석에 던졌다.

"근데 행님이 얼굴만이라도 비추라면서 부른 거다."

"부르지도 않은 역귀瘦鬼까지 와버렸네."

"그런 소리 하지 마라."

내게 맞추어 시트를 젖히고, 답답한 듯 발을 안절부절못하고 있다. 나는 유즈가 꾸며준 머리가 흐트러지지 않도록 옆으로 누웠다.

"상복 같은 거는 어디서 났노?"

"후지노 씨한테서 빌렸어. 머리도 그렇고, 화장도 해줬어."

"고맙네."

"응."

끝내 발을 어떻게 둘지를 정했는지, 미나토의 움직임이 멈춘다.

"제제, 잘 지내고 있을라나?"

"내가 나올 땐 이미 자고 있었어. 다른 집에서 자는 게 처음이니까 어쩌면 긴장해서 깰지도 모르지."

"이상한 느낌이네." 미나토가 나직이 중얼거린다.

"제제가 없는 밤은 너무 오랜만이라 가지고."

"그렇지."

여름방학에는 대안학교 정원에 텐트를 치고 자는 캠프가 있다. 일반 학교로 돌아가면 외박할 기회도 늘어날 것이고, 얼마 안 있어 집을 나가 제제가 살고 싶은 곳을 스스로 고를 것이다. 그렇게 되면 나는 미나토와 단둘이 어떤 식으로 살게 될까? 지금의 루틴에서 제제를 뺀 것뿐일까, 완전히 달라져 버릴까? 상상조차 할 수 없었다.

"카논."

"왜?"

"제제 낳아줘서 고맙데이."

차 안은 어둡고, 미나토의 옆얼굴은 그림자처럼 보일 뿐이다.

"왜 그래, 갑자기. 애당초 나 혼자서 낳은 게 아니잖아."

"응."

할머니가 돌아가신 지 2주 정도 지났을 무렵, 휴업 중이라는 표찰이 걸린 가게 앞을 서성이는 미나토를 발견했다. 명백히 야위고 얼굴색도 안 좋았는데, "그 이후로 괜찮았나?" "힘든 일은 없나?" 하고 나를 걱정해 줘서, 안으로 불러들여 맥주를 내주자 단숨에 마시고 카운터에서 잠들었다. 그대로 안 깨우고 뒀더니 한밤중에 깨어나 띄엄띄엄 이야기했다. 그 이후로 밤에 잘 못 잔다는 것. 손 밑에서 할머니 가슴이 가라앉아가는 감촉을 잊을 수 없다는 것. 꿈을 꾼다는 것. 이제 소방관 일을 계속할 자격이 없으니 관뒀다는 것. 어딘가 먼 데로 떠나 다른 일을 찾으려고 한다는 것.

— 나는 절대로 아무한테도 말 안 하께. 이제 여도 안 올 거고.

불쌍하다고 생각했다. 나는 밤에 잘 잘 수 있게 되었고, 호통을 듣지도 않고 혼나지도 않으며, 확실히 말하자면 아주 평화로웠다. 완전히 일상이 되어 그렇다는 자각도 없었지만, 아무에게도 상처받지 않는 매일이 이토록 편한 거구나 하고 탈피한 듯 상쾌한 기분이었고 이 일에 휘말린 미나토의 고뇌를 생각지도 못했다. 원흉인 내가 태평하게 지내는데, 이 사람은 이렇게 괴로워하다니 불쌍하다. 자고 싶은데 못 자는 것, 상황이 나를 잠들게 놔두지 않는 괴로움이라면 잘 알고 있다.

— 아침까지 우리 집에 있을래? 아니면, 2층에 가기는 무서워?

— 좀 무서운데 아마 괜찮을 거다.

내가 천연덕스럽게 있었던 탓인지, 미나토는 2층에 깐 이불에서 의외로 쉽게 잠들었다. 나도 옆에서 꾸벅꾸벅 조는데, 갑자기 '휴우' 하고 숨을 크게 들이마시는 소리가 나서 눈이 뜨였다. 봤더니, 미나토가 가슴을 누르며 거친 숨을 몰아쉬고 있다. 물속에서 올라온 것 같았다.

— 괜찮아?

말을 걸자 맥없이 고개를 저었다.

— 깨워서 미안해.

그걸 몇 번인가 반복하다가 새벽부터 점심 전까지는 논스톱으로 자고, 드디어 잘 만큼 자고서 깨어나더니 "이렇게 잘 잔건 오랜만이네"라고 말했다.

— '현장'에서 자다니 이상하네.

— 진짜 그러네.

미나토는 수척한 얼굴로 쓴웃음을 지었다. 그리고 아무 데도 가지 않았다. 다음 날도, 그다음 날도, 우리 집에 있는 게 당연한 일이 되었다. 영업 중에 함께 있어주면 든든했고, 모든 것을 속속들이 드러낸 뒤였기에 편했다. 혼인신고를 하자고 한 것도, 아이를 갖자고 한 것도 나. 미나토가 그걸 바라고 있지만 말을 꺼내지 못하는 걸 알았으니까.

"이제 본가엔 다시는 안 갈 끼다."

미나토가 말했다.

"죽은 사람이라고 생각해 달라고 했다… 카논, 이번엔 셋이서 어데 먼 데로 가까?"

얼마 전의 나였다면 "좋아"라고 말했을 것이다. 미나토가 가고 싶은 데로 가자, 하고. 하지만 지금은 대답을 할 수가 없다. 왜냐하면 여기엔 유즈가 있으니.

"…카논, 자나?"

나는 입을 꾹 다물고 미나토의 그 물음에도 대답하지 않았다.

여섯 시 무렵 눈이 뜨였다. 옆에 있는 제제는 아직 깊이 잠들어 있는지, 내가 몸을 살짝 일으켜도 꿈쩍도 안 한다. 부드러운 볼에 떨어진 속눈썹과 입술 끝에 조금 묻은 침을 내려다보며 저절로 미소 짓게 된다. 제제보다도 카논이 늘 보고 있을 광경의 사랑스러움에 대한 미소였다.

잠깐 바깥 공기를 쐬고 싶어서 조용히 옷을 갈아입은 뒤 재빨리 세수하고, 열쇠와 핸드폰만 챙겨 집을 나섰다. 한 시쯤까지는 카논으로부터 연락이 오지 않을까 싶어 깨어있었지만, 남편에게서 '내일 저녁에는 들어갈 거야'라는 메시지만 왔을 뿐이었다. 아무 연락이 없는 건 트러블이 없었다는 증거일까, 아니면.

비는 그쳤지만 아침의 상쾌함과는 거리가 먼 흐린 하늘이고, 문을 연 순간 습기가 화악 밀어닥친다. 산이 가까운 탓인지 풀과 흙이 물큰 달콤한 냄새가 서려 숨이 막힐 것 같을 지경이었다. 지난주에 깨끗이 뽑은 정원의 잡초가 비죽비죽 자라있어서 한없는 생명력에 겁이 난다. 주변 나무들에도 신록의 천진함은 이미 없고, 색이 짙어진 잎이 무거운 듯 비를 머금고서 곧 다가올 여름의 빛에 대비하고 있다.

심호흡을 해봐도 기분 전환이 되지 않아서 나는 바다를 향해 어슬렁어슬렁 걷기 시작했다. 관광타워 앞에 이르렀을 때 입구 계단 앞에 카논이 서 있는 게 보였다. 자판기 앞에서 담배를 피우고 있다. 상복과 약간 흐트러진 올림머리, 넋을 놓은 듯 울적한 표정이 무척 그럴싸했다. 담배 연기를 내뿜는 옆얼굴은 아수라장을 통과한 '화류계 여성'이라는 분위기라 말도 못 걸고 멈춰 서 있는데, 그 애가 먼저 내가 온 걸 알아채고는 서둘러 담배를 비벼 껐다. 꽁초를 휴대용 재떨이에 쑤셔 넣고, 내게서 등을 돌리고는 자판기에서 녹차를 사서 꿀꺽꿀꺽 마시기 시작한다.

"왜 그래? 피워도 돼."

말을 걸자, 고개를 크게 가로젓고는 입가를 손으로 막으며 중얼거린다. "깜짝이야…" 이제, 평소의 카논이었다.

"항상 피우는 건 아냐. 1년에 두어 번, 마가 낀달까?"

담배 같은 걸로 그런 변명 하지 않아도 되는데.

"왜 입을 막고 말해?"

"냄새날까 싶어서… 지금, 녹차 카테킨으로 냄새 없애는 참이야."

"야외고, 신경 안 쓰여."

"상복, 세탁하고서 돌려줄게."

"됐어, 그런 건. 그보다, 장례식 괜찮았어?"

"아, 응, 완전 아무렇지 않았어."

시름에 잠겨있던 어젯밤의 분위기는 어디로 갔는지 태연한 얼굴이다. 하지만 나를 안심시키기 위해서 밝게 굴고 있을 뿐인지도 모른다.

"무슨 소리 듣지 않았어?"

"들을 것 같은 상황이 있었지만, 유즈 조언대로 당당하게 있었더니 칫 하는 느낌으로 딴 데로 가버렸어. 부적 덕분이야."

드디어 이를 보이고 웃으며 말한다.

"순식간이었어. 선향이라는 게 이렇게 빨리 끝나는구나 싶어서 김빠지더라. 잽싸게 나와서 차에서 눈 좀 붙이고 새벽에 집에 왔는데 하나도 안 졸리고, 제제 데리러 가기엔 아직 이르니까 시간 때우고 있었어."

"미나토 씨는?"

"자고 있어."

카논이 여전히 많은 이야기를 해주지는 않아서 자세히는 모르지만, 큰 비가 오는 중에 둘 다 무사히 돌아온 것은 확실하니 내가 말했다.

"그렇구나, 다행이다."

"고마워."

"별거 안 했는데 뭘."

"그렇지 않아. 유즈가 없었다면 정말 그 차림 그대로 가서 여러 사람들한테 혼났을 거야."

구름이 완전히 걷힌 듯한 카논의 옆얼굴을 보며, 어젯밤 나오의 고백을 떠올린다. 우리 남매 위에 낀 두꺼운 구름.

"근데, 동전 좀 빌려줄래? 나도 목말라졌어."

"응."

카논이 상복 원피스 주머니에서 짤그랑 하고 동전을 꺼냈고, 나는 평소에 마시지 않는 주스를 샀다. 그것을 자양강장제처럼 단숨에 마시고서 향료가 섞인 숨을 내뱉으며 말했다.

"엄마 만나고 오려고."

"어, 왜?"

"꼭 물어보고 싶은 게 있으니까."

그 결심을 내 안에서만 끌어안고 있으면 용기가 나지 않아 무기력하게 멈춰버릴 것 같았다. 말한 것은 반드시 행동에 옮기는 카논에게 말함으로써, 망설임이나 흔들림을 끊어내고 싶었다.

"언제?"

"남편이 오늘 돌아오니까, 내일 갈까 해. 나오를 혼자 둘 수 없으니까."

"그럼 나도 같이 갈래."

카논이 편의점이라도 따라오는 듯한 거리낌 없는 말투로 말했다. 깜짝 놀라 얼굴을 말끄러미 보아도 태연한 얼굴이라 농담인가, 내가 잘못들은 건가 싶을 정도였지만 눈빛은 진지했다. 아무 말 하지 않아도, 카논은 알고 있다. 내가 자발적으로 엄마를 만나러 가야만 하는 '무슨 일'인가가 있었던 것. 그리고 다른 누구도 아닌 카논에게 털어놓고 결심이 무뎌지지 않도록 한 것. 내 머릿속에는 '왜?'라든가 '말도 안 돼'라는 부정이 떠올라 있었는데, 입에서 나온 말은 "괜찮아?"였다.

"멀어. 당일치기로는 무리야."

"마쓰모토였나? 그렇게 오래 걸리는구나. 일본 의외로 넓네."

후훗 하고 즐거운 듯 웃는 카논을 보며 답답한 기분이 조금은 가벼워졌다. 나는 배웅만 했는데, 이 아이는 순식간에 "같이 갈래"라고 말한다. 내가 장례식에 가는 쪽이었다면 카논은 당연하다는 듯 따라왔을 것이다. 우리는 전혀 다르고, 그래서 서로가 필요했다.

자세한 설명은 하지 않은 채 함께 집으로 돌아오니 거실에 나오가 있었다.

"벌써 일어나 있었어? 제제는?"

"아마 아직 자고 있을 거야. 방에서 안 나오니까."

카논과 함께 있는 걸 보고서 나오는 약간 놀랐지만 "안녕하세요" 하고 고개를 가볍게 숙인다. 제제를 깨워, 만들어두었던 토마토소스로 피자 토스트를 구워 넷이서 먹었다. 평소와 다른 아침밥에 제제는 신이 나서, 카논에게 만화를 보다 말고 잠들어버린 게 억울하다는 이야기를 했다.

카논 일행을 보내고 나오와 분담하여 설거지를 하면서 (그렇게 많은 양은 아니었지만) 나는 엄마와 만날 계획에 대해 나오에게 말할지 말지 망설였다. '나도 갈래'라고 할지도 모른다. 물론 그 아이에게는 자신의 출생에 대해 알 권리가 있다. 하지만 엄마가 무슨 말을 할지, 혹은 말하지 않을지 상상이 안 갔다. 나오가 오히려 더 많은 상처를 받을 가능성도 있다.

설거지를 끝내기까지의 짧은 시간에, 나는 '이번에는 아무 말도 하지 않는다'는 결론을 내고 있었다. 분위기를 한 번 보고, 괜찮을 것 같으면 둘이서 또 가면 된다. 그러는 게 나오를 위한 일이기도 하다 — 사실은 자신을 위한 핑계에 불과하다. 아직 마음을 터놓았다고는 할 수 없는 동생보다 카논이 있어 줬으면 했다. 도망가지 않도록, 무서워하지 않도록. 카논은 생판 남이지만, 단지에서의 기억을 유일하게 공유하는 증인 같은 존재였다.

점심이 지나 아빠에게 전화를 걸어 짧은 근황 보고를 주고받다가 "엄마는 요즘 어때?" 하고 넌지시 떠보았다.

"상태가 계속 안 좋아?"

'어, 뭐, 그게 정상 운전이라는 느낌이니까, 요 몇 년은. 항상

저공비행이야. 근데 어쩐 일이냐? 네가 엄마에 대해 묻다니.'

"병문안이라도 가보라면서."

'그랬지.'

아빠의 담백한 말투가 어이없었다. 나오 건으로 이런저런 얘
기를 듣고 싶지 않으니 화제를 돌릴 재료로 썼을 뿐, 진심으로
병문안을 갔으면 하는 생각은 하지 않을 것이다. 차가운 것도
아니고, 엄마를 싫어하는 것도 아니다. 그저 눈앞에 없는 사람
에게는 흥미와 관심을 잃을 뿐. 나도 엄마도 나오도, 있건 없건
상관없는 사람이었다.

본가에서 지내던 시절에는 엄마의 안색을 필사적으로 살피
느라 깨닫지 못했지만, 이렇게 떨어져서 보니 아빠의 비뚤어진
성격도 잘 보인다. 물론 의사로서 성실하게 일하고 돈을 벌며
술이나 도박에 빠진 적도 없고, 폭언과 폭력으로 가족에게 상
처를 준 적도 없다. 엄마 또한 내게 손을 댄 적은 한 번도 없고,
보호자로서의 역할을 소홀히 한 것도 아니다. 늘 나를 좋아하
지 않았을 뿐.

"잠깐 만나러 가려고."

'엄마를?'

"응. 나 혼자서 갈 거야. 나오는 여기 환경에 적응하려고 애쓰
는 중이니까 가만히 두고 싶어."

아빠는 '호오옴'이라고 하는 것처럼 얼빠진 소리를 냈다. 무
슨 바람이 불어서 그래? 라고 말하고 싶어 하는 것 같았다. 그

의 눈에 우리 관계는 '성격이 안 맞는, 신경질적인 엄마와 섬세한 딸' 정도로 비칠 것이다. 중재 역할을 할 생각은 전혀 없다.

"내일… 저녁쯤 될 것 같은데, 엄마 스케줄 좀 물어봐 줄래? 엄마 집에서 보든, 근처 가게에서 보든 상관없으니까."

'알았어.'

둔감하고 센스가 없지만, 이렇게 구체적으로 부탁하면 받아들여 주는 것도 아빠의 좋은 점.

월요일도 아침부터 탁한 구름이 펼쳐져 있었다. 여덟 시에 역에 도착하자, 개찰구로 향하는 출근과 등교의 물결에서 뒤처진 듯 유즈가 가만히 서 있었다.

"좋은 아침."

"좋은 아침, 자 이거."

유즈는 인사도 하는 둥 마는 둥 하고 차표를 내밀고는 내가 지갑을 꺼낼 틈도 없이 재촉하며 말했다.

"가자. 이제 곧 열차 출발하니까."

"아, 응."

승강장에 이르러 보니 출발시간까지는 아직 5분쯤 남아있어서, 그렇게 서두르지 않아도 될 텐데 싶었지만 걱정이 많은 유즈답다. 자리에 앉자 안심했다는 듯 후우 하고 숨을 내쉬더니 다시 금세 불안한 듯한 얼굴로 나를 본다.

"진짜로 괜찮은 거야?"

"벌써 탔잖아. 애초에 차표 사줬으면서."

"그래도… 미나토 씨한테는 뭐라고 해놓고 온 거야?"

"어디 좀 가서 자고 오고 싶어졌으니까 잠깐 다녀올게, 하고."

"그렇게만? 그래서?"

"'알겠어' 하고 일 안 나갔어. 그게 끝."

"어디 가느냐고도 안 물어보고?"

"응. 물어봐도 '적당히 아무 데나'라는 식으로 대답했을 거야."

"제제는?"

"'나도 갈래애'라면서 살짝 떼썼는데, 미나토가 둘이서 초밥 먹으러 가자고 했더니 바로 기분이 풀어졌어."

내가 하룻밤 없다고 해서 죽는 것도 아닌데, 유즈가 계속 미나토와 제제를 신경 쓰는 게 이상했다.

"이제까지 이런 식으로 집을 비운 적 있어?"

"없어. 하지만 딱히, 미나토랑 제제가 있으니까 참고 있었던 건 아냐. 이제까지는 어디 가고 싶다고 생각한 적이 없었는데, 오늘은 가고 싶으니까 가는 거야. 제제는 아직 혼자서 뭘 못 하니까 미나토한테 맡겼어. 그뿐이야."

이야기하는 사이에 출발 안내방송이 나오고, 열차가 천천히 움직이기 시작한다. 유즈가 쓰고 있던 모자를 벗으며 "그렇구나"하고 가볍게 머리를 쓸어 올렸다.

"유즈는?"

"도쿄에서 쇼핑 같은 거 하고 싶어졌다고 했어. 남편한테도 그렇고 나오한테도 진짜로 어디 가는지는 얘기 안 했어. 남편은 나오랑 지내는 데 지쳐서 한숨 돌리고 싶다고 생각했는지 '1박만 하지 말고 더 천천히 쉬다 와도 돼'라더라."

그렇다면 우리는 둘 다, 가장 가까운 상대에게 거짓말을 하고 집을 나온 것이다. 죄책감은 없었다.

"아침은 먹었어?"

"아직."

"잘됐다."

근처에 잠깐 장보러 가는 듯한 손가방 하나를 든 나와는 달리 유즈는 커다란 토트백을 들고 왔는데, 안에서 도시락과 페트병에 든 녹차를 잇달아 꺼낸다. 도시락 안에는 유부초밥이 들어있었다.

"대단하다, 완전 소풍이네. 일찍 일어난 거 아냐?"

"어젯밤에 만들어뒀어. 유부 기름 빼거나 밥에 식초 섞으면서 나도 모르게 콧노래가 나와서, 스스로도 소풍 전날 같다고 생각했어. 즐거운 일로 가는 게 전혀 아닌데 말이야."

"엄마를 왜 만나러 가는데?"

간신히 그걸 물어보자, 유즈는 순식간에 굳은 표정으로 말했다.

"나오가 말이지. 아빠 자식이 아니라고… 엄마가, 그런 말을 했다나 봐. 그게 진짜인지 아닌지 모르겠지만, 나오는 아빠가 알면 집에서 자기를 쫓아내지 않을까 하고 속을 끓이고 있거든."

"나오 대신 사정을 들으러 가주는 거구나."

"그렇게 세게 나갈 자신은 없지만. 카논이라면 어떻게 하겠어?"

유즈는 내가 무언가 통쾌하고 단호히 행동하기를 기대하고 있었는지도 모른다. 솔직히 "아무것도 안 해"라고 말하자, 약간 불만인 듯 고개를 갸웃했다.

"내 피가 누구랑 이어져 있든 아무래도 상관없잖아. 나는 나일 뿐이야. 누구의 자식이라든가 누구의 부모라든가 하는 건 단순한 정보야. 나오도, 무서운 건 지금의 생활이 무너지는 거잖아. 일하고 자립한 나이라면 딱히 충격도 없지 않을까?"

유즈는 고개를 갸웃한 채로 물었다.

"남편이랑 비슷한 얘길 하네."

"어?"

"남편한테 나오에 대해 관대하고 마음이 넓다고 하니까 '집이 넓고 경제적인 여유도 있으니까'라고 대답하더라고. 말하자면 나오가 거슬리지 않으니까. 둘 다, 만사를 냉정히 보네."

"비슷한 얘기일까?"

후지노와 사고방식이 닮았다는 뜻인 것 같아 석연치 않았다.

"근데 동생 문제뿐만 아니라, 내가 엄마한테 물어보고 싶은 게 있어서. 나오가 털어놔 주지 않았다면 평생 뚜껑을 덮은 채로 지냈을 거야. 카논이랑도 관계있는 얘긴데."

"혹시 그 단지에서 있었던 일?"

"응. 그 집에 살고 있던 남자, 결국 뭐였을까… 싶어서. 어쩌면, 그 사람이 나오의 아빠일지도 몰라."

나는 약간 망설이다가 이야기를 꺼냈다. "두 번, 간 적 있어." 유즈가 억지로 뚜껑을 열고자 한다면, 나도 털어놓아야 한다.

"뭐?"

"5동 504호… 처음 간 건 유즈가 토끼풀을 놓고 가기 전날. 집에 가니까 이상한 목소리가 들렸는데 — 지금 생각하면 '그때' 나는 목소리인데, 무서워져서 도망쳤어. 두 번째는 유즈랑 마지막으로 만난 날. 유즈가 갑자기 사라졌는데 그 집 말고는 짚이는 데가 없어서 조심조심 가보니까 문이 열려있었고, 안에서 아저씨가 괴로워하고 있었어."

잠깐, 하고 정보를 다 정리하지 못했다는 얼굴로 유즈가 중얼거린다.

"잠깐, 잠깐… 마지막 날이라는 게, 엄마가 평소보다 집에서 일찍 나와서 돌아가야 했던… 괴로워하고 있었다니 그게 무슨 소리야? 그 이후로 어떻게 됐는데?"

"미안, 모르겠어. 어쨌든 괴로운 것 같았고 병이나 발작, 그런 느낌으로 보였어. 그래서 무서워서 또 도망쳤는데 너무 많은 일들이 생기니까 머리가 멍해져서, 신고하거나 엄마한테 말해볼 생각은 못 했어. 한동안은 5동 근처에 얼씬도 못 했고, 어느

샌가 504호는 빈집이 되어 있었어. 근데 그런 무서운 얼굴로. 무슨 생각 해?"

"엄마가 혹시 그 남자를."

"죽였다고? 그럼 당연히 잡혔겠지."

나는 유즈의 어깨를 가볍게 어루만졌다.

"진정해. 단순히 몸이 안 좋아져서 그냥 방치하고 도망간 거 아냐?"

아니면 싸우기라도 해서 유즈네 엄마가 도망치고, 아저씨는 피가 거꾸로 솟아서 몸 상태가 안 좋아졌는지도 모른다. 그 집의 참상부터가 결코 건강한 생활을 했다고는 볼 수 없는 상태였다.

"하기야 이것저것 망상하지 않아도, 본인한테 물어보면 알 거고."

유즈는 심호흡하며 웃어 보인다.

"깜짝 놀랐네. 그 집에 갔었다니, 생각지도 못 했어."

"나도, 유즈가 고등학교 때 단지에 왔을 거라고는 생각도 못 했어. 치사 씨랑 만났지? 어땠어?"

"어땠냐면… 무서워 보이는 여자라고만 생각했어."

"그렇구나."

"그래도 카논한테는 상냥하게 대해줬었지?"

"마음을 써줬다는 느낌이려나."

치사 씨는 아직도 거기에 살고 있을까. 확인하러 갈 마음은 없지만, 더 이상 자신을 너덜너덜하게 만들지 말고, 이상한 남자에게 걸려들지 말고 건강하게 잘 지내면 좋겠다. 할머니가 울면서「러브 이즈 오버」를 부를 때, 늘 치사 씨와 황록이를 떠올렸다. 할머니의 눈물은 황록이의 '보고 싶어'와 똑같다고 생각했다. 어디서 뭐 하고 지낼지 모를 엄마에게도 분명 그런 눈물이 있어서, 지금이라면 얘기 정도는 들어줄 수 있는데. 성격이 그런 사람이니 '벌써 손주가 있다니 짜증 나!' 같은 말을 하며 법석을 떨 것 같지만.

도중에 한 번 갈아타고 미나토의 본가가 있는 역을 지났지만, 그래도 다음 환승역인 나고야 역까지는 아직도 한참 남았다. 선로의 왼쪽은 끝없는 산, 오른쪽은 바다와 산, 때때로 시가지. 우리는 바다 쪽에 앉아있었다. 유즈가 "창가 자리랑 바꿀래?" 하고 마음을 써주었지만, 나는 대답했다.

"됐어. 바다는 매일 같이 보니까."

"하긴 그러네."

사실은, 턱을 괴고서 창에 기댄 유즈와 바깥 풍경을 한 번에 보는 게 더 좋았으니까. 흰색과 짙은 그레이가 함께 번져 부드러워 보이는 구름과 차창에 비치는 유즈가 겹쳐 보인다. 비가 내릴 듯하면서 내리지 않는, 울음을 터뜨릴 듯한 하늘은 유즈에게 딱이다, 이런 소리를 하면 싫어할까? 수분을 가득 머금을 대로 머금고서 토해내지 않는 구름. 처음부터 아무것도 품지 않는 편이 편하다는 걸, 유즈도 머리로는 알고 있겠지. 그래서 엄마에 관한 일 따위 아무래도 상관없잖아, 라고 말하고 싶기는 하지만 못 하겠다. 나랑 즐거운 일을 잔뜩 하며 지내자, 라고 하고 싶지만 그것도 못 하겠다. 그래도 모처럼 둘이서 여행갈 수 있으니 좋았다.

"…어쩐지, 그 사진이 떠오르네."

내 마음의 소리 따위 알 리가 없는 유즈가 그리운 듯 말했다.

"기억 나? 고등학교 도서실에 걸려있던 사진, 좋아한다고 했었잖아."

"귀스타브 르 그레이?"

"이름까진 몰라."

"그거 합성이야."

"그래?"

"하늘이랑 바다를 따로따로 찍은 거라고, 수녀님이 가르쳐 줬어."

"어머."

유즈가 핸드폰을 꺼내어 잠시 만지는가 싶더니 "진짜다" 하고 어깨를 바싹 붙이며 화면을 가리킨다. 작은 모니터 안에 예전의 내가 그토록 끌렸던 사진이 있다. 나도 핸드폰은 가지고 있지만 거의 안 써서 검색해 보려 하지도 않았다. 빛 바란 세피아 색감이 기억보다 강렬하다. 화면 끝에 길게 낀 구름과 짙은 그림자가 하늘의 중심에 있는 빛을 상상하게 한다. 새벽, 해 질 녘, 아니면 한낮.

"수평선을 경계로 합성했대. 듣고 보니 수평선이 지나치게 선명한 느낌도 드네."

"그러네, 더 흐려도 좋을 것 같은데."

수평'선'이라고는 하지만 실제로는 무슨 경계가 아니다. 수평선에 이르면 또 거기서부터 수평선이 보일 뿐. 하늘과 바다가 섞이는 곳 따위, 어디에도 없다.

슬펐어, 하고 내가 말했다.

"합성이라는 말 들었을 때, 가짜구나 하고."

"보이는 풍경을 되도록 충실히 새기고 싶어서 합성했겠지. 작가한테는 실제 모습에 더 가까웠던 거 아닐까? …음, 근데 어쨌든 알 것 같아."

유즈의 어깨에 머리를 기대니 좋은 냄새가 폴폴 났다. 향수가 아니라 비누와 푸른 이파리를 짓이긴 듯한, 상쾌하지만 어딘가 고집스런 괴로움을 풍기는 유즈의 냄새. 옛날에는 부자연스러울 정도로 냄새가 없었는데.

유즈를 만나기까지 나는 생각 없이 멍하니 살고 있었다. 얼굴도 모르는 아빠, 자신만의 세계에서 공주님이었던 엄마, 멀리서 에워싸는 주변 사람들, 웃음거리로 삼는 반 친구들. 생명이 있는 선명한 존재는 황록이뿐이었다. 하지만 그날, 나를 향해 두 손을 뻗어준 유즈를 만나 진짜 내 인생이 시작됐다. 색과 소리와 감촉을 느끼고, 철봉의 쇠 냄새와 빛의 따뜻함을 사랑스럽게 느꼈다. 함께 보내는 1초가 그 이전 1년보다 더 가치 있었다. 병아리가 처음 본 새를 보고 배우는 것과 마찬가지로, 타이밍만 맞았다면 유즈가 아닌 다른 사람이라도 좋았을지 모른다. 사진을 합성하듯 유즈가 있었던 곳에 다른 누군가를 가져다 붙여도 나는 푹 빠졌을지도 모른다. 하지만 그 아이였다. 그리고 지금도 옆에 있다.

도쿄에서 출발한다면 신주쿠 발 아즈사 열차를 타고 두 시간 반이면 되는데 두 배 이상 걸려 마쓰모토에 도착했다. 혼슈 최남단은 역시 먼 땅이구나, 하고 새삼 생각한다. 역 광장은 유리로 된 개방감 있는 구조로 북 알프스의 산들을 멀리서 바라볼 수 있게 되어 있었다. 야리가타케 산, 조넨다케 산처럼 등산을 하지 않는 나도 아는 산의 이름이 들어간 안내도도 있다. 정상 근처에는 띠 모양의 구름이 좌우로 길게 껴 있어서 잘 알 수 없었지만 낮은 데 보이는 하늘은 고원의 시원한 공기를 그대로 색으로 만든 것 같은 맑은 페일 블루였다. 온도와 습도 모두 남쪽 끝과는 완전히 달라서, 승강장에 내려선 순간 우리는 "아아 시원하다" 하고 힘껏 숨을 들이마셨다. 마실수록 폐 속까지 눅눅하게 젖게 만들었던 장마철의 불쾌함이 사라진다.

"그림 같은 산이네." 카논이 말했다.

"멀어서 그런가? 전혀 생생하지가 않아."

"무슨 말인지 알겠어."

엄마가 아빠에게 전한 약속 장소는 성 근처 호텔에 인접한 카페였다. 나는 택시 승강장에서 차를 따로따로 타자고 제안한다.

"가게로 들어가면, 가까운 자리에서 모르는 사람인 척하면 좋겠어. 눈에 보이는 데 있으면 마음이 놓이니까."

"알겠어." 끄덕이며 말한 카논과 헤어진 뒤, 택시 안에서 혼자가 된 순간 긴장이 확 부풀어 올라 가슴부터 위에 걸쳐 속이 안 좋아졌다. 아침에 먹은 유부초밥의 신맛이 입속까지 거슬러 올라와 쫙 눌어붙는다. 하지만 발길을 돌릴 각오도, 나아갈 각오도 서지 않던 중에 도착해버렸다. 택시를 타기가 미안할 정도의 거리였다. 나는 차에서 내려, 일부러 뒤를 돌아보지 않고 곧장 건물 안으로 들어가 카페로 향한다. 적당히 붐비는 가게 내부의 한가운데 부근에 엄마가 앉아 있었다. 기다리는 사람이 전혀 없다는 듯이 입구를 등지고 있었는데, 뒷모습만 봐도 꽤 야위어 있었다. 하지만 등을 곧게 편 바른 자세는 옛날과 변함이 없다. 먼저 와서 절 기다리는 사람이 있어서요, 하고 카페 직원의 안내를 거절하고 엄마 정면으로 돌아 들어간다.

주위가 너무 조용하다 싶었는데 내 심장이 시끄러운 탓이었다.

"엄마."

눈앞에 서자, 드디어 정신이 바짝 들었는지 의외로 딱딱한 목소리가 나왔다.

"어머, 의외로 빨리 왔네. 예뻐져서 순간 누군지 몰랐어."

본심일지도 모르겠다는 생각이 들만큼 부드러운 미소를 띤다. 짧은 커트 머리는 언제부터 염색을 안 했는지, 기차에서 본 흐린 하늘처럼 흰색과 검정색과 회색이 뒤섞여있다. 주름은 늘어났지만 피부는 반짝반짝해서, 자연스러운 노화의 본보기 같다는 생각이 든다. 떳떳하게 노화를 받아들이면서 케어는 거르지 않는다는, 간단한 것 같으면서도 어려운 스타일.

"고마워."

"여기까지 택시로 온 거야? 이 동네 좋지?"

그런 걸 쳐다볼 마음의 여유가 전혀 없었기에 적당히 분위기를 맞춰줬다.

"맞아, 굉장히."

메뉴판을 받으면서 고개를 들자 카논이 들어오는 참이었다. 눈이 마주친 찰나 분명히 끄덕이는 게 보였다. 그것만으로 든든함을 느끼고 마음이 놓였다.

"엄마는?"

"벌써 주문했어."

"그럼, 따뜻한 홍차 주세요."

두 명 분의 홍차가 나오고 웨이터가 자리에서 멀어지는 것을 지켜보던 내가 물었다.

"몸 상태는 어때?"

"안 좋은 걸 말하자면 한도 끝도 없지만, 이렇게 차 마시는

데는 문제 없어."

"그렇구나."

"유즈 만나는 게 5년 만인가? 할아버님 장례식 이후 처음이지? 눈 깜짝할 새네."

"지금, 나오가 우리 집에 와있어."

엄마는 눈썹 하나 까딱 않고 말했다.

"그런 것 같더라. 아빠한테서 들었어. 걔도 무슨 생각인 건지 참."

"엄마가 그렇게 말해도 돼?"

너무도 냉정한 말투에 울컥했다. 분노와 동시에, 엄마를 향해 그 감정을 겉으로 드러냈다는 사실이 놀랍기도 했다.

"왜 그래, 갑자기 무서운 얼굴을 하고."

"나오한테 아빠 자식이 아니라고 했지? 그래서 그 애가 고민하고 있어."

"어머나."

엄마는 눈을 동그랗게 떴다 ─ 보란 듯이 동그랗게 떴다.

"그래? 그거 가엾게 됐네. 그래도 괜찮아, 혈액형으로 의심받을 일은 없고, 만약에 아빠가 안다고 해도 그 사람은 볼썽사나운 짓 안 하니까. 어쩌면 유언장에 폭로해서 상속 문제로 다툼이 생길지 모르지만, 유산 분쟁 같은 건 진짜 혈연 사이에서도 자주 있는 얘기고, 고민할 정도의 문제는 아냐."

내가 따진다고 해서 그 정도로 당황할 만한 사람이 아닌 건 알았지만, 이렇게까지 태연한 반응은 예상 밖이었다.

"그런 문제가 아냐."

"그럼 뭔데?"

"나오 아빠는 누구야?"

여봐란듯이 여유로운 몸짓으로 홍차를 마시는 엄마는, 함께 있는 것만으로도 내 기를 빨아들인다. 역시 무리다, 이 사람과 제대로 된 얘기를 할 수 있을 것 같지 않다. 혼자라면 진즉에 포기하고 자리를 떴을지도 모른다. 하지만 엄마 바로 뒤 테이블에는 카논이 있다. 엄마와 등을 맞대고, 일부러 내게 얼굴을 보여주지 않는 것 같다. 내 마음이 흐트러지지 않도록.

"나오한테 상처 줬으면서 불쌍하다는 생각은 안 들어?"

"진짜로 물어보고 싶은 게 그거야?"

"무슨 소리야?"

엄마는 내게서 눈길을 피하지 않는다. 어떻게 그렇게 똑바로 볼 수 있는 걸까? 죄책감 따위 티끌만큼도 없나?

"상처받고 불쌍한 건 유즈잖아. 계속 생각하지 않았어? 엄마는 왜 이렇게 차가운 걸까 하고. 나오 일은 단순한 구실이고."

엄마가 먼저 언급할 줄은 몰랐다. 내 귀에 막이 쳐진 듯, 카페 여기저기에서 들려오는 수다와 식기 소리가 멀어진다. 안 되겠다, 나는 홍차에 설탕 두 스푼을 넣어 달콤함으로 스스로를 진정시키려 했다.

"맞아. 당연하지. 본가에서 지내는 동안, 계속 고민했어. 어른이 돼서 엄마를 떠나고 나서도, 필사적으로 사람으로서의 궁합이라든가 생리적인 좋고 싫음일 거라고 나 스스로를 납득시키려고 했었어."

교사 생활을 하면서 만난 아이들의 가정에도 다소간의 균열이 뻔히 보이는 부모 자식이 많이 있었다. 그 원인을 바깥에서만 봐서는 확실히 알 수 없는 부모 자식 관계도.

"난⋯ 내가 만약에 엄마가 된다고 해도, 절대 엄마처럼 되고 싶진 않아."

스푼으로 설탕을 지금지금 저으면서 단언하자, 엄마는 가볍게 턱을 들면서 이렇게 받아넘겼다.

"아, 그래?" 그러고 나서는 웨이터를 불러 허물없는 말투로 물었다.

"술 있어?"

"맥주랑 글라스 와인으로 레드, 화이트, 스파클링이 있습니다."

"그럼 맥주로 줘요."

아직 마시다 만 홍차를 옆으로 밀어두고는 맥주가 오자마자 반 정도를 단숨에 비우더니, 내뱉는 숨과 함께 쏘아붙이듯 말한다.

"늘 끈질긴 것 같으니."

"뭐?"

"사치스런 얘기잖아. 예뻐하진 않았지만, 제대로 돌봐줬잖아. 밥이랑 빨래랑 청소도 얼추 해줬는데, 그래도 불만이 있어? 그 시원찮은 과외 선생이랑 결혼도 시켜줬고."

마지막 말에는 남편에 대한 조소가 명백히 들어있어서, 나는 분노에 차서 다디단 홍차를 들이켜고 컵 받침에 아무렇게나 내려놓았다.

"유즈는 늘 똑똑하고, 말도 잘 듣고, 어른 안색을 살피면서 아무 말도 안 했어. 마치 전 견디고 있어요 하는 얼굴로 잠자코 있었지. 그런 부분이 싫었어."

누구 때문에, 하고 받아치려는데 그보다 더 빨리 엄마가 묻는다.

"어릴 적에, 단지에 데려간 거 기억 나? 불쌍한 유즈는 유령의 집에서 길을 잃은 것처럼 겁을 먹고, 뭘 봐도 무서워했어. 외갓집이 있는 곳인데도."

"뭐?"

거기서 자랐거든, 하고 엄마는 남은 맥주에 입을 댄다.

"네 눈엔 그저 낡아빠진 동네로 보였겠지만, 허름한 건물도 금투성이인 벽도 엄마한테는 그리운 풍경이었어."

"그럼, 그 5동에 있었던 남자는?"

"소꿉친구."

놀라움과 함께 그렇구나, 하고 납득이 가는 마음도 있었다. 그 남자와 이야기했던 때의 격식 없고 거칠었던 엄마의 말투. 나와 아빠는 모르는 엄마의 생활이 그곳에 있었다. 내가 카논과 놀았던 것처럼, 엄마도 철봉에 매달리기도 했던 거야? 먼 기억의 풍경에 어린 엄마를 배치해보려고 했지만 흐릿해서 잘 그려지지 않는다.

"처음으로 임신한 건 열다섯 살 때."

엄마의 말에 현실로 되돌아온다.

"기뻤고, 낳아서 잘 기를 생각이었거든… 난 말이지. 근데 유산했어."

유산이라는 단어만으로 아랫배가 욱신욱신 아팠다. 그 기분만큼은 이 사람과 서로 공감할 수 있을지도 모른다. 하지만 '나도'라고 털어놓을 마음은 들지 않았다.

"아무 남자랑 결혼해서 유즈를 낳았을 때는 허무했어. 이 아이는 그 아이가 아니라는 생각밖에 안 들었거든. 앞으로 아무런 불편 없이 흡족하게 커갈 거라고 상상하니 밉살스러웠어. 그래도 나 나름대로 참기는 했지만."

아주 가벼운 말이었다. 진심 어린 사죄를 바랐던 건 아니다. 하지만 나는 마음 어딘가에서 엄마에게 기대를 걸고 있었다. 내 십수 년간에 걸맞은 무게의 감정을 토로해주었으면 했는데, 이 사람은 말을 더듬지도 않는다.

"나한테는 아무런 책임도 없었다는 거구나."

인격이 형성되기 이전 단계부터 미움을 받아서야 어찌할 도리가 없다.

"맞아, 그러니까 한 번도 유즈를 꾸짖은 적도 없잖아."

"그 대신, 늘 나를 거절하고 부정한 주제에."

"나이도 먹을 만큼 먹어서 비극의 주인공인 척하는 건 관두지 그래?"

"사실일 뿐이야."

"안 맞네."

엄마는 즐거워 보이기까지 했다. 어쩐지 서로 이해하지 못할수록, 내가 상처받으면 받을수록 더 좋아하는 것 같은 느낌이 들었다. 그렇다면 상처받은 얼굴 따위 보여줄쏘냐. 나는 스스로를 다독이며 분발한다. 내 얘기는 아직 끝나지 않았다.

"왜, 나를 굳이 단지로 데리고 간 거야?"

소꿉친구와 밀회하는 사이에 학원에 보내놓거나 도우미 이모를 붙일 수도 있었을 텐데.

"그걸 잘 모르겠어."

남의 일처럼 어깨를 움츠리며 엄마는 맥주를 한 잔 더 주문했다.

"유즈가 아빠한테 얘기해서 의사 부인의 우아한 생활이 무너지기를 마음 어딘가에서 기대했던 느낌도 들고, 그 녀석이 유즈를 보고서 다음에는 꼭 내 아이를 갖고 싶다고 말해주길 기대했던 것 같기도 해. 네게 온실 밖 세계를 보여주고 싶었는지도 모르지. 뭐, 여러 가지."

"그래서 그 소꿉친구랑 싸우고 헤어진 거야? 마지막으로 단지에 간 날 엄마는 분명 평소와는 달랐어."

"이상한 약을 하고 있었는지, 상태가 이상해졌어."

"신고는?"

"할 리가 없잖아. 몇 개월인가 지나서 전화했는데 안 받았으니까, 죽었든 행방을 감췄든 둘 중 하나라는 생각에 더 이상 신경 쓰지 않기로 했어."

대강 카논의 상상대로였고 어느 정도 마음이 놓였다. 그때 카논이 벌떡 일어나 나를 돌아보지도 않고 가게를 나가는 게 보였다. 화장실? 이럴 때? 빤히 쳐다보는 것도 부자연스러우니 바로 시선을 돌린다.

"그래도, 살아 있었지?"

"어."

"그래서 다시 만난 후에 나오가 태어났어? 근데 사실은, 아빠랑 그 사람 둘 중 누구 자식인지 모르는 거 아냐?"

나는 그 남자의 얼굴을 잘 기억하지 못해서 나오에게 했다는 '닮기 시작했네'라는 이야기에 대해서는 뭐라고 할 말이 없지만, 아빠도 짚이는 데가 없었으면 눈치챘을 테니 엄마는 교묘히 동시 진행하고 있었던 게 분명하다. 나를 관리하고, 피아노를 버리기도 하는 한편으로.

"어머, 알지. 뱃속에 있을 때부터 유즈랑은 전혀 달랐어. 너도 내 입장이 되면 그렇게 느낄 거야."

"그렇게는 안 될 거거든."

"앞으로의 인생을 다 내다봐? 대단하네."

그 말투는 결코 불쾌한 느낌이 아니었고, 아무것도 모르는 사람이 들으면 마음을 터놓는 모녀가 농담조로 대화하고 있다고 생각했을 것이다.

"그런 말 한 적 없어."

사회에 나가보면 알 거다, 결혼하면 알 거다, 부모가 되면 알 거다… 그런 예언 같은 표현은 비겁하고, 부모가 자식에게 쓰는 건 주술에 가깝다고 생각한다. 자식이란 언젠가 부모의 인생을 그대로 따라가는 미니어처라고 말하고 싶은 걸까?

"아까도 말했지만, 나오가 상처받고 혼란스러워 해. 반성이나 후회는 없어?"

"불륜으로 널 낳아서 미안하다고 말하면 돼? 나도 '역겨워' 같은 말 듣고 상처받았는데? 누나랑은 다르게, 제대로 애정을 쏟았는데."

"뭐가 '제대로'야. 엄마는 계속 자기 생각만 했고, 자기만 사랑했어."

"아아, 그럴지도 모르지."

정말이지 될 대로 되라는 말투로, 엄마는 수긍한다.

"그래서, 어쩔 거야 유즈는. 나오랑 아빠한테 말할 거야? 좋을 대로 해도 되지만."

이 얘기를 나오에게 전한다면 그 아이가 어떤 얼굴을 할지 상상이 안 갔다. 엄마 말처럼 '고민할 만한 문제가 아니야'라고 간단히 결론짓지는 못할 것이다. 내가 동생에게 힘이 되어줄 수 있을까? 얼마 남지 않은 홍차 표면에 떠오른 조명이 희미하게 흔들린다. 물어봐야 할 것은 다 물어보았다. 엄마가 그 단지에서 어떤 식으로 크고, 그곳을 어떻게 빠져나와 아빠의 후처로 들어갔는지, 더 자세히 알고 싶은 생각은 들지 않았다. 이 무모한 대화를 계속할수록 내가 소모될 뿐이다.

테이블 끝에 놓인 전표에 손을 뻗었을 때 "유즈" 하고 명랑한 목소리가 들렸다.

"체크인 끝냈어."

카논이 나와 엄마 사이에 서서 생글거리며 말한다. 그리고 혼란스러운 나를 아랑곳않고 "아, 말씀 중에 죄송합니다"라고 하며 방금 알았다는 듯 엄마에게 머리를 꾸벅 숙였다.

"유즈 어머님이시죠? 저, 우나사카 카논이라고 합니다. 유즈랑은 고등학교 동창이고요, 같이 여행 왔습니다."

엄마는 어이없다는 표정을 지으면서도 격식 차린 목소리로 대답했다. "딸이 늘 신세지고 있습니다." 상대가 사랑하지 않는 딸의 일행이어도 일단 체면은 차리고 싶은 모양이다.

"어머님과 둘이서만 차를 마신다고 해서 이 근처를 산책하고 있었는데… 가게도 북적이기 시작했고, 괜찮으시면 저희 호텔 방에서 이야기 나누시겠어요?"

이 아이가 대체 무슨 소리를 하는 걸까? 나는 조마조마해 하면서도 참견하지 않았다.

"아뇨, 실례잖아요."

엄마는 명백히 내키지 않는 기색을 보였지만 개의치 않고 밀어붙인다.

"꼭이요! 유즈의 어린 시절 이야기라든가, 그런 거 들려주세요."

"그럼, 잠깐만….

그때의 엄마는 '자기보다 젊은 암컷'에게 압도당해 꼬리를 마는 사자로 보였다. 발랄하게 웃는 카논에게는 단순한 아름다움뿐만 아니라 상대를 복종시키는 박력이 있었다. 셋이서 숙박동으로 이동해서 객실로 향하는 사이에 카논은 계속 엄마에게 "멋진 동네네요" 같은 말을 걸고, 엄마도 무난하게 대답했다.

트윈룸에는 일인용 소파 두 개와 책상용 의자가 있었고, 카논이 "차라도 마시죠" 하고 준비를 시작해서 나는 다시 엄마와 마주 보고 앉아야만 했다. 어째서일까, 셋이서 있으니 아까보다도 더 거북하다. 전기 포트의 물을 다 끓이는 데 걸리는 시간이 초조할 정도로 길다.

카논은 우리에게 커피를 내더니 자신은 냉장고에 있던 페트병을 가져와 소파 옆 침대에 앉았다. 외출복 차림 그대로 침대에 앉다니, 하고 생각했는지 엄마의 눈썹이 옴찔했지만 그래도 혼내지는 않고 커피 컵에 입을 댄다.

"아, 설탕이나 프림, 쓰시겠어요?"

"괜찮아. 그나저나 놀랍네. 유즈한테 같이 여행할 만한 친구가 있었다니."

"저희, 친한 친구예요."

그렇지? 하고 웃기에 가볍게 수긍하는 게 고작이었다. 뭘 하려는 거야? 눈을 마주치며 호소해도 카논은 모르는 척하면서 엄마에게 추천할 만한 관광지에 대해 이것저것 물었고, 짬짬이 물을 꿀꺽꿀꺽 마셨다. 나는 불편함을 참으며 둘의 대화를 듣던 중 초조해졌다. 지금 당장 이 방을 뛰쳐나가고 싶다. 근처 자리에서 남인 척하라고 부탁했을 뿐인데 멋대로 방을 잡아 엄마와 만나다니, 카논이 무슨 생각으로 저러는 건지 전혀 모르겠다.

"우나사카 씨, 결혼은?"

"했어요. 딸이 한 명 있고요."

"그렇구나."

문득 엄마의 목소리에 위화감을 느꼈다. 그렇구나아, 하고 끝을 늘인 듯 들렸다. 언뜻 보니 엄마는 눈을 계속해서 바삐 깜빡이고 있다.

"입덧이 심해서, 임신 중에는 힘들었어요."

"운이 나빴네."

역시 기분 탓이 아니다. 엄마답지 않은, 둔한 말투였다. 피곤해졌는지도 모른다. 카논은 아랑곳 않고 대화를 이어간다.

"저랑 유즈가 어디에서 알게 됐다고 생각하세요?"

"고등학교 동창이잖아?"

"아뇨, 만난 건 더 이전이에요. 저, 그 단지에 살고 있었어요."

조금 전까지의 짜증이 단숨에 날아갔다. 진짜로, 무슨 생각인 걸까? 엄마도 수상쩍다는 얼굴로 고개를 갸웃하며, 팔꿈치를 괴고 한 손으로 머리를 받치면서 대답한다.

"어머, 그래?"

"홀로 엄마를 기다리던 유즈랑 몰래 놀았어요. 재밌어서, 수요일 짧은 시간만이 제 삶의 낙이었어요. 모르셨죠?"

"어."

"그래서 5동 504호에도 갔었어요."

"…무슨 얘기야?"

"옛날얘기죠. 그 아저씨가 쓰러져있는 데, 남은 약이 떨어져 있었어요."

카논은 작은 은색 물건을 손끝으로 집어 엄마 앞으로 내밀었다. 텅 빈 알약 껍질이었다.

"아까 넣었어요. 잘 듣나 보네요? 혀가 잘 안 돌아가는 거 보니."

"유즈."

엄마가 나를 노려본다. 하지만 내려오는 눈꺼풀과 필사적으로 싸우는지, 박력은 없다.

"아까부터 뭐야? 얘는."

그렇게 물어도, 나도 뭐라고 대답을 할 수가 없다. 내가 어안이 벙벙해서 카논을 쳐다보는 사이에 엄마가 입가를 막으며 일어섰고, 욕실로 가던 도중 카논의 옆 침대로 쓰러져 버렸다.

"엄마."

당황해서 옆으로 달려가 보니, 잠든 숨소리가 크게 들렸다. 카논은 동요하지 않고, 곡예사처럼 텅 빈 페트병을 공중에서 돌렸다.

"대체, 이게 무슨 일이야? 약이라는 게 뭐야, 그런 얘기 난 못 들었는데."

"거짓말이야. 이건 미나토가 의사한테 받는 수면제. 그 아저씨의… 라는 건 아까 문득 떠올라서 아무 말이나 한 거고."

"그렇다 쳐도, 그런 걸 왜 먹였어?"

"왜냐하면 그대로 어머님이 하고 싶은 말만 다 하고 끝나면 화나니까. 성공 확률은 절반, 커피를 진짜로 마실지 안 마실지는 몰랐지만, 눈앞에서 물을 꿀꺽꿀꺽 마시니까 낚여서 다행이었어. 실패할 경우엔 적당히 끝맺고서 해산할 생각이었고."

"수면제를 먹이다니, 범죄야."

"알고 있어."

빙글빙글 공중을 나는 투명한 플라스틱을 잡아 테이블에 두고서, 카논이 일어선다.

"신고하고 싶으면 해도 돼. 나만 잡히면 되니까. 하지만 한 방도 되갚지 못하고 저 사람만 제멋대로 떠드는 걸 듣다 끝나는 게 더 싫지 않아?"

죽은 황록이를 빼내어 묻겠다면서 내 말을 듣지 않았던 일곱 살의 카논이 겹쳐진다. 장례식 때도 그랬다. 울건 겁먹건, 이 아이는 하기로 결심하면 한다. 그 결단은 언제나 겁쟁이인 내 머리 위를 거뜬히 뛰어넘어가 버린다.

내가 갑자기 웃음을 짓자, 이번에는 카논이 걱정스러운 표정을 짓는다. 나는 개의치 않고 두 손으로 배를 잡고 웃었다.

"아까, 엄마 얼굴… 엄청 당황하더라, 그런 엄마 처음 봤어. 잔뜩 쫄아서는, 꼴사나워."

마음껏 소리내어 웃어도 엄마는 일어날 기미가 없다.

"그래서 앞으로, 어떻게 할 생각이야?"

"그건 유즈가 정해."

카논이 대답했다.

"얼굴에 낙서를 하든가, 신발을 가져가 버리든가."

독살하는가 싶더니 어린애 장난 레벨의 제안을 해오는 그 격차가 카논다웠다.

"글쎄, 어떻게 할까…."

나는 엄마의 몸이 위를 향하도록 굴렸다. 어이없을 정도로 가벼운 무게였다. 입을 반 벌리고, 피이피이 하고 빈사 상태의 새가 SOS를 청하는 듯한 숨을 쉬며 자고 있다. 순진한 무방비함에, 나는 어제 아침에 본 제제의 자는 얼굴을 떠올린다. 그 아이도 언젠가 어른이 되고, 우리는 늙어 갈 것이다. 엄마는 아직 50대이니 그런 감개에 젖는 건 바라는 바가 아닐지도 모르지만. 정체를 알 수 없는 상대가 탄 약을 먹고 잠에 빠지기 직전에는 몹시 무서웠을 것이다. 그걸로 충분하다고 생각했다.

"엄마가 자는 얼굴, 처음으로 봤어. 보면 안 되는 걸 본 느낌이야."

"무서워?"

"아니."

"나도, 유즈가 자는 얼굴 몰라."

"하긴."

나는 책상 위에 있던 티슈 케이스에서 티슈를 한 장 빼내어 엄마 얼굴 위에 놓았다. 피이, 피이 하고 리듬에 맞추어 들춰져 올라가는 모습이 우습고, 그와 동시에 갑갑한 사랑스러움을 느꼈다. 엄마에게 이런 감정을 느끼는 건 처음이라 놀랐다.

"뭐 하는 거야?"

카논이 이상하다는 듯 묻는다.

"장례식… 리허설이랄까."

이제, 상상 속의 당신에게 '왜'라든가 '어째서'라는 물음을 던지지 않을 것이다. 가지고 싶어도 주어지지 않았던 것의 잔상을 보며 손가락을 입에 물지도 않을 것이다. 내가 앞으로 아이를 낳을지, 낳지 않을지 모르지만, 그 어느 쪽도 당신과는 상관없는 내 인생의 이야기.

잠든 엄마를 내려다보며, 가슴속에서 안녕이라고 중얼거렸다.

우리는 그대로 호텔을 나섰다. 방을 나오면서, 유즈가 엄마 얼굴에 씌운 티슈를 걷고는 볼을 꽤 세게 쳐서 깜짝 놀랐지만 화가 나서 그런 게 아니었다.

"얼굴 찌푸렸어. 제대로 반응하고 있네."

그러고는 1층으로 내려와 프런트 직원에게 말했다. "일정이 바뀌어서 묵지 않고 떠납니다."

"체크인 때 지불하신 숙박료는 환불이 안 됩니다만…."

"아, 그건 전혀 상관없습니다. 근데 엄마가 눈을 좀 붙이고 있어서, 세 시간 정도 지나면 전화로 깨워주시겠어요? 만약에 반응이 없으면 방으로 들어가셔도 괜찮습니다. 너무 깊이 잠들어서 본인도 납득할 테니까요. 무슨 일이 있으면 여기로 연락주시고요."

유즈가 시킨 대사를 그대로 늘어놓고, 유즈의 번호를 쓴 메모를 내밀었다. 내 핸드폰은 충전하는 걸 잊어서 배터리가 다나가 있었으니까.

"알겠습니다."

"잘 부탁드립니다."

호텔 밖에서 기다리고 있던 유즈와 합류하자 심부름을 무사히 해낸 어린애 같은 기분이 들었다.

"어땠어?"

"괜찮았어. 미안해, 유즈 번호를 써서."

"오히려 내 번호가 아니면 안 돼. 우리 엄마니까."

만에 하나 엄마가 계속 자지 않도록, 대비책을 단단히 세울 수 있는 유즈에게 대단하다고 하자 유즈가 쓴웃음을 지으며 말했다. "카논이 훨씬 더 대단하면서."

"뒷일 같은 건 전혀 생각하지 않고 있었어."

"그것도 포함해서 대단해. 아니 그보다, 왜 수면제 같은 걸 가지고 온 거야?"

택시를 탔기에, 목소리를 약간 낮추면서 유즈가 묻는다.

"어딘가에 쓸지도 모른다는 생각이 들어서."

"어딘가라니, 어디에?"

"…묻는다거나, 버린다든가 할 때."

더 작은 목소리로 속삭이자 유즈가 "그럴 리가 없잖아!" 하고 예민한 목소리를 내서 운전사를 살짝 놀라게 했다.

"농담이라도 무서운 얘기하지 마."

그대로 고개를 창밖으로 휙 돌렸다.

"미안."

"만약에 일이 그런 식으로 흘러가도 말리지 않을 생각이었어?"

"응, 도와줄 거야."

나처럼 기세만 좋은 인간과는 달리 유즈가 말도 안 되는 일을 할 때는 깊이 생각한 끝에 나온 결과일 테니, 내가 그 책임 중 반은 떠안고 싶다.

"대답이 바로 나오네."

"망설일 이유가 없어."

"난, 카논이 돌이킬 수 없는 데로 가려고 한다면, 말릴 수 없다는 걸 알면서도 말릴 거야."

"응."

유즈는 약간 괴로운 듯 말했다.

"불공평하지 않아?"

"유즈는 내가 아니니까 괜찮아."

"그런가?"

얘기 중에 나고야까지 돌아가서 적당한 호텔에 묵기로 했다. 다섯 시 조금 전의 특급열차를 탄 순간 공복감을 느낀다.

"배고파."

"점심 못 먹었으니까. 차내 판매도 없으니, 나고야에서 뭔가 맛있는 거 먹자."

"뭐가 있을까?"

"기시멘 국수나 장어덮밥 같은 거."

"둘 다 먹고 싶다."

"내일, 돌아갈 때까지 관광할 시간도 잠깐 있을 것 같아. 가고 싶은 데 있어?"

나고야에 대한 내 이미지는 성 정도밖에 없고, 딱히 보고 싶다는 생각은 들지 않았다. 그래서 솔직히 말한다.

"유즈가 피아노 치는 거 듣고 싶어."

"왜 굳이 나고야에서?"

"요즘 유행하잖아? 거리에 아무나 쳐도 되는 피아노 두는 거. 나고야는 도회지니까 있을 것 같아."

"무리야, 무리. 내 실력 정도로는 부끄러워서 못 해."

"잘 치면서."

"잘 못 친다니깐?"

"누구든 쳐도 되니까 못 쳐도 상관없잖아?"

"그렇긴 해도 절대 싫어. 다음에 학교 피아노 쳐줄 테니까, 그걸로 참아줘."

"알았어… 근데 '캐논'이란 건 무슨 뜻이야?"

"한마디로 말하자면 돌림노래랄까? 「동네 한 바퀴」처럼, 같은 멜로디를 다른 음으로 겹쳐가는 양식을 '캐논'이라고 해. 바흐가 만든 캐논도 있어."

"흐음."

"'캐논'의 원래 의미라면, 식물 중에 갈대. 똑바로 뻗으면서 자라니까 규칙이나 규범이라는 뜻으로 쓰이게 됐대."

"풀이구나."

"똑바로 자란다는 건, 카논한테 딱이야."

창문에 드문드문 물방울이 부딪치기 시작했다. 마쓰모토는 날씨가 좋았는데, 앞길에는 탁한 구름이 뭉게뭉게 피어오르고 있다. 점점 밀도를 더해가는 빗소리를 듣던 중 나는 잠이 오기 시작했다. 유즈의 고개도 앞뒤로 천천히 흔들리고 있다. 정신을 계속 바짝 차리고 있었던 탓인지도 모른다. 모처럼 둘이서 길을 나선 건데 아깝다고 생각하며, 비구름에 의식이 휩싸이듯 잠들었다.

잠깐 선잠을 잤다는 정도의 감각이었다. 옆에서 유즈의 핸드폰이 울려서 눈을 떴다. 유즈가 눈을 비비며 서둘러 열차 출입

문 쪽으로 향한다. 호텔에서 온 전화일까? 창밖은 새까맣고, 비스듬히 내리는 비의 흐름과 소리가 엄청나다. 현재 집중 호우로 인해 서행운전을 하고 있습니다, 라는 안내방송이 나왔다. 밖이 어두우면 경치가 안 보이니까 유리에 내 얼굴만이 괜히 선명히 비쳐서 재미없다.

아직 잠이 덜 깨서 멍하니 있었던 탓인지 만약에 유즈네 어머니에게 무슨 일이 일어나면 체포되는 건가, 하고 딱히 위기감도 없이 생각했다. 그럴 경우 현지 경찰까지 돌아가는 편이 좋을까? 체포되면 내가 멋대로 한 일이고 유즈와는 관계없다고 말해야지. 그다음엔 분명 후지노가 잘 지켜줄 것이다.

십 분 정도 지나 빠른 발걸음으로 돌아온 유즈의 얼굴은 딱딱하게 굳어있었고, 자리에 떨어지듯 털썩 주저앉더니 두 손으로 얼굴을 감쌌다. 진짜로 전과 1범 코스일지도.

"유즈?"

"어떡해."

고개를 든 유즈의 입에서 나온 말은 "제제랑 나오가 집에 안 들어왔대"라는 예상 밖의 이야기였다.

"어?"

"둘 다 학교에서 없어졌는데, 못 찾겠다고… 어떡해."

"어떡해라니."

우리는 멀리 떨어진 데 있고, 비 때문에 이동하기도 만만치 않다.

"방금 그 전화, 남편이었어? 좀 더 자세히 얘기해 봐."

"남편이 데리러 갔을 때 나오가 없었는데 미나토 씨도 제제가 없다고 해서, 직원들까지 총출동해서 학교 주변을 뒤졌는데 못 찾았고, 역무원한테 물어보니까 둘이 같이 신구新宮 방면 승강장에 서 있는 걸 본 모양이야. 이 비 때문에 신구 다음 역부터는 열차가 안 다니니까, 모든 역에 전화로 문의했더니 그 비슷한 아이들이 신구에서 내린 건 확실하지만, 그러고 나서는 모른다고."

"경찰에는?"

"신고했어."

유즈의 호흡이 하, 하, 하고 한여름의 개처럼 거칠다. 진정해, 하고 등을 어루만지자 신음하듯 말했다.

"미안해."

"왜?"

"아니, 나오가 데리고 갔을 게 분명하니까. 걔, 무슨 생각인 걸까?"

"그게 확실한 건 아니잖아. 제제가 뭔가 떼썼을 수도 있고. 신구에는 미나토네 본가가 있어. 제제한테 얘기한 적은 없지만 어쩌다 알게 돼서 가보고 싶었는지도 몰라."

"비가 이렇게 많이 오는 날에?"

"애들은 일단 마음먹으면 금방 행동해 버리는 구석이 있으니까."

"그랬다고 해도, 나오가 말렸어야지. 소다 씨나 미나토 씨한 테도 아무 얘기 없이 먼 데를 가다니 그러면 절대 안 되지."

유즈 말이 맞고, 나오가 그걸 모르지는 않을 것이다.

"아참, 나오 핸드폰으로 연락은 해봤어?"

내 물음에 유즈는 힘없이 고개를 젓는다.

"학교에 두고 갔대. 위치 정보가 알려지지 않도록 그랬는지 도 모르지."

"단순히 잊어버린 건지도 몰라."

온몸의 피가 단숨에 얼어붙은 듯, 유즈의 얼굴은 새하얬다. 나는 그 아이가 제제에게 상처를 주는 짓을 했을 거라는 생각 은 도저히 들지 않는다. 걱정스럽기는 해도, 유즈와는 반대로 '나오가 함께 있다'는 사실이 보험처럼 느껴졌다.

"근데, 너무 나쁜 쪽으로만 생각하진 마. 나오는 착한 애야."

"카논은 나오에 대해 잘 모르잖아. 나도 전혀 모르는데."

유즈는 목소리를 떨며 되받아쳤지만, 나와 눈이 맞자 곧바로 다시 힘없이 고개를 숙이며 사과한다. "미안." 나는 셋이서 보낸 토요일을 생각한다. 어쩐지 먼 옛날의 일 같다. 나오는 계속 제 제의 손을 잡아주었다. 키도 보폭도 다르고 땀으로 축축해서 싫을 텐데, 놓지 않았다. 믿는 이유 같은 건 그걸로 충분하지 않 아? 이렇게 말하고 싶었지만, 무슨 말을 해도 유즈를 공연히 흥 분하게 만들 것 같아서 나오려던 말을 꿀꺽 삼켰다.

"하필이면 이렇게 집을 비운 날에… 정말 미안해, 미나토 씨한테도 변명의 여지가 없어."

"유즈 탓이 아니라니깐. 이제, 앞으로 할 일을 생각해 보자. 이 열차는 늦어지고 있지만 나고야까지는 잘 갈 거야. 도로가 통행금지 상태가 아니라면 차로 갈 수 있어. 렌터카 빌리자."

"응."

유즈는 도로 정보를 검색하더니 "갈 수 있을 것 같아"라고 방금 전보다는 생기 있는 목소리로 중얼거리더니 다시 일어났다.

"남편한테 전화해서 차로 간다고 하고, 카논이랑 함께 있다는 것도 얘기하고 올게. 전화가 안 되니까 미나토 씨도 걱정하고 있을 것 같아."

"아, 응."

나고야에 도착하면 핸드폰 배터리를 사야지. 유즈가 바로 돌아와서 말했다.

"미나토 씨한테 전해준대. 지금, 분담해서 찾고 있으니 근처에 있진 않다는 것 같지만."

"응."

"전화 너머 빗소리가 엄청났어. 샤워기 아래에 있는 것처럼."

도쿄에 있을 터인 유즈가 나와 함께 나가노에서 나고야로 향하는 열차에 타고 있다는 걸, 후지노에게 어떻게 설명했는지에 대해서는 물어볼 수 없었다. 가만히 핸드폰을 보는 유즈 옆에서 나는 잠자코 비를 거슬러 느릿느릿 나아가는 열차에 실려 있었다.

삼십 분 늦게 나고야에 도착해서 유즈가 예약해 둔 렌터카에 탔는데 이번에는 정체가 기다리고 있었다. 신칸센 운행 시간도 다 엉망인 상황이니까 어쩔 수 없다. 내가 운전할 생각이었지만 유즈가 "우선 미나토 씨한테 연락해"라고 우겨대서, 매점에서 산 배터리를 꽂고 조수석에서 미나토에게 전화를 걸었다.

'여보세요.'

미나토의 목소리는 호통을 치는 것 같았지만 초조함이나 분노 때문이 아니라 빗소리가 시끄럽기 때문이었다. 이런 상황이라면 아이들이 구조를 요청하는 목소리를 내더라도 들리지 않을지도 모른다고 생각하니 정말이지 간담이 서늘해진다. 길도 잘 모르면서 그 아이들은 어디로 갔을까? 애당초, 뭘 위해서.

"미안해, 배터리가 없었어. 아이들 찾았어?"

'아니.'

"몇 시가 될지는 모르겠지만 어쨌든 차로 가니까, 무슨 일 있으면 바로 전화해."

'알았다.'

전화를 끊자 유즈가 앞을 본 채로 중얼거린다.

"기시멘 국수도 못 먹고 장어덮밥도 못 먹었네."

"응."

정말이지 이런 상황 탓에 허기도 다 사라져 버렸다.

"다음 기회에 가야겠네"라는 말을, 유즈 스스로가 믿지 않는다는 걸 알 수 있었다. 내가 운전하겠다고 말하려다, 뭔가를 하

는 편이 편하겠다는 생각에 관뒀다. 길이 막히니까 마구 빨리
몰 수도 없고.

앞 유리를 어지럽게 오가는 와이퍼가 음악실 메트로놈을 연
상케 했다. 그날도 비가 내렸지. 스콜 같은 소나기. 비구름이 급
하다는 듯 지나간 뒤 무지개가 나왔고, 그것만 가지고도 야단
법석을 떨었다. 그립다.

우리는, 계속 이런 식일지도 모른다. 잠깐의 소소한 행복과
이별을 되풀이하는 「캐논」. 그렇다면 다음 음표의 위치는 이미
정해져 있다. 앞서가는 차의 타이어가 바닷물을 내뿜듯 물을
튀겼다. 도회의 네온과 신호등은 얄은 강이 된 노면에 색을 떨
어뜨렸고, 그 무질서한 색채를 보며 예배당의 스테인드글라스
와 미사 시간을 떠올린다. 하지만 신을 향해 딸이 무사하기를
기도할 마음은 안 든다. 왜냐하면 기도하면 할수록, 그게 이뤄
지지 않을 거라는 생각이 들어서.

욧카이치四日市의 인터체인지를 지난 부근에서 드디어 차의
흐름이 원활해졌다. 평소라면 신구까지 아마 세 시간 정도 걸
리겠지만 이런 상황이면 전혀 알 수 없다. 비는 약해지지도 않
고, 우리의 핸드폰은 울리지 않는다.

"우린, 뭘까?"

유즈가 말한다.

"남편한테 전화할 때 죄책감이 들었어. 근데 그건 거짓말을
하고서 나왔다는 것보다, 왜 거짓말을 했는지를 잘 설명할 수

없다는 게 미안하다는 생각이 들어서였어."

"응."

"내 눈에 비치는 카논을 똑같이 그대로 보여줄 수 있다면 설명이 빠를 텐데, 만약에 그럴 수 있다 해도 아마 싫을 것 같아. 아무도 몰랐으면 좋겠고, 공감하지 말았으면 좋겠어… 미안, 이런 얘기를 할 상황이 아닌데."

태어나서 하루도 떨어져 본 적이 없는 딸이 갑자기 눈앞에서 없어지다니 믿기지가 않는다. 하지만 마음 어디에선가 '역시'라는 생각도 든다. 황록이도, 치사 씨도, 유즈도, 좋아했었던 것들과는 모두 헤어져 버렸다. 제제에게 무슨 일이 생긴다면 미나토 또한 떠나갈지도 모른다.

창문으로 보이는 하늘과 산은 모두 암막처럼 온통 까맣고, 멀리 있는 건물의 빛은 어쩐지 쓸쓸하고 희미하다. 영원히 이어지는 밤과 비의 터널 속에서 빠져나갈 수 없다는 느낌이 들었다. 심장 소리가 작고 빨라서 새가 콕콕콕콕 쪼는 것 같았다.

무릎 위에 둔 핸드폰이 울리기 시작하고 몇 초 지나 유즈에게도 전화가 왔다. 유즈는 브레이크를 꾹 밟더니 차를 옆으로 빼서 댄다. 바로 뒤에 차가 없어서 다행이었다. 좁은 차내에서 동시에 얘기하면 소리가 잘 안 들릴지도 모르니 나는 "밖에서 얘기할게"라고 말한 뒤 서둘러 문을 연다. 순간, 빗소리가 귀로 들이닥쳤다.

"여보세요?"

한쪽 귀에 손가락을 넣고서 목소리를 높이자 미나토가 말했다.

'찾았다.'

"진짜? 둘 다?"

'어. 남자애는 다리를 좀 삔 거 같은데 제제는 건강하다.'

"그렇구나."

마음이 놓임과 동시에 이제 와서 다리가 후들거리기 시작해서, 그 자리에 주저앉지 않도록 차에 기댔다.

'여기, 제제.'

다음 순간에는 제제의 '엄마!'라는 목소리가 들렸다.

"제제, 어디 다친 데는 없어? 안 아파?"

'응. 엄마, 미안해. 나오 오빠랑 도쿄에 가려고 했었어.'

"왜?"

'유즈 선생님 만나러.'

생각지도 못한 이유였다.

'제제가 가자고 했어. 그러니까 나오 오빠 혼내지 마.'

"알겠어. 나오는 거기 없어?"

'나오 오빠만 경찰차 타고 갔어.'

제제가 불안한 듯 호소한다.

'나오 오빠 잡혀간 거야? 나오 오빠는 잘못한 거 없어.'

"괜찮아. 잘 얘기하면 사람들도 이해해 줄 테니까. 걱정하지 마. 제제는 지금 어디에 있어?"

'큰아빠 차.'

"뭐?"

무슨 큰아빠?라고 물으려는데 미나토가 다시 건네받아 대답했다.

'행님 차다. 이 동네에서 길을 잃었다고 하니까 같이 찾아주대.'

"그랬구나."

미나토는 절연을 선언한 지 이틀 만에 가족에게 도움을 요청하고, 미나토의 가족은 그 요청을 받아들여 주었다. 양쪽 다 제제를 위해. 나는 내심 기뻤다.

'이제 본가에서 욕실 빌려 쓸라고. 흠뻑 젖었고 옷도 진흙투성이라가지고… 이제 좀 있으면 도착할 것 같으니까 다시 연락하께.'

"응, 고마워."

5분도 채 되지 않은 짧은 통화였지만 긴장감에 나도 온몸이 흠뻑 젖어버렸다. 차로 돌아오자 유즈도 이야기가 끝났는지, 바닷속에서 막 나온 듯한 모습의 내게 수건을 내민다.

"어서 몸 닦아. 갈아입을 옷은? 가방에 없어?"

"1박이고 해서 팬티밖에 안 가져왔어. 금방 마를 테니까 괜찮아."

얼굴과 머리만 대강 닦고는 자리 위에 깔고 앉았다.

"무사히 찾았다는 전화였어. 제제도 괜찮은 것 같고. 유즈는?"

"나도 그런 전화였어. 지금 경찰서에 간다고. 남편은 아직 나오랑 합류하지 못한 것 같아."

"그렇구나. 제제 얘기니까 정확하지 않을지도 모르지만, 유즈를 만나러 도쿄로 가려고 했던 것 같아."

"어? 왜?"

"자세한 건 몰라. 근데 제제는 나오 오빠를 혼내지 말라고 했어. 적어도, 그 아이가 싫어하는 제제를 억지로 끌고 간 게 아니라는 건 분명해."

유즈는 얼굴을 확 일그러뜨린 뒤 핸들에 푹 엎드려 긴 숨을 내뱉었다.

"다행이다…."

모기가 우는 듯한 목소리. 하지만 바로 벌떡 일어나 "가야지" 하고 단호히 앞을 본다.

"신구로 가면 되는 거지?"

"글쎄. 난 미나토네 본가에는 못 가니까 집에서 기다리는 편이 나을지도 몰라."

"어쨌든 방향은 같으니까, 또 연락이 올 테니 일단 가자."

마쓰사카松阪를 막 지났을 뿐, 갈 길은 아직도 멀다.

"운전, 교대할까?"

"괜찮아. 에어컨 줄일게."

"신경 쓰지 마."

"안 돼, 감기 걸려. 갑자기 뛰어나가서 깜짝 놀랐어."

"좁은 데서 둘이 동시에 얘기할 순 없잖아."

"내가 나가도 되는 거였고, 물어나 보고 나가지."

그럴 여유는 없었던 것 같지만 "주의할게"라고 대답했다. 그러고 보니 고등학교 때도 '남자처럼 행동하지 않아도 된다'고 주의를 받았었나? 딱히 남자 흉내를 내고 싶은 게 아니다. 남자처럼 널 만지고 싶은 게 아니다. 나는 언제나 나일 뿐이다.

그다음으로 유즈의 핸드폰이 울린 것은 오와세尾鷲로 접어들었을 즈음이었다. 유즈는 차를 세우더니 "응"이라든가 "알았어"라고 짧게 대답하고는 간단히 전화를 끊고서 차를 다시 출발시켰다.

"뭐래?"

"음, 나오가 말이지, 경찰서에서도 '누나랑 얘기하고 싶다'는 말만 하는 모양이야. 집에서 천천히 얘기 나눠보라고 해서, 데리고 집에 들어간다고."

"그럼, 유즈도 집으로 바로 가겠네."

"응."

누나랑 얘기하고 싶다, 이퀄, 다른 사람에게 이야기할 마음이 없다는 것. 나오의 마음은 나오만 안다. 나도 제제의 상태가 신경 쓰여서 미나토에게 전화를 걸자 신호음이 한 번 울린 후에 받았다. 유즈에게도 들리도록, 스피커폰으로 바꾼다.

'마침 전화할라 했는데.'

"제제는?"

'형수님이 목욕시켜 주셔가지고 지금 밥 먹고 있다. 햄버그랑 이것저것 차려주셨고, 조카들도 처음 만나서 난리도 아이다.
벌써 이래 늦었으니까 오늘은 여기서 자께.'

"그래. 그럼 집에서 기다릴게."

'…맞다.'

"왜 그래?"

'아니, 제제랑 그 남자애 있다이가, 신구에 있는 신사 뒤편에
있더라. 신전이랑 바깥 울타리 사이에 있는, 숲처럼 나무가 억
수로 우거져 있는 데. 남자애가 넘어져서 발목을 삐어가지고
움직일 수가 없었다 하대. 어두컴컴하고, 우산 하나 아래에서
제제가 안 젖게 안고서 웅크려 앉아가지고, 제제는 비 때문에
우리 목소리도 안 들렸다 하대.'

"어떻게 찾은 거야?"

버저, 하고 미나토가 말했다.

'카논이 쥐어줬던 방범 버저를 울려가지고 있는 데를 알았다
이가. 쓸만한 물건인데.'

응, 하고 대답하는 내 목소리는 조금 흥분해 있었는지도 모
른다. 전화를 끊자 눈물이 나왔다. 유즈가 잠자코 브레이크를
밟아 다시 차를 세우고 내게 손을 뻗는다. 유즈의 눈도 촉촉해
져 있었다. 우리는 상체를 비틀어 부자연스러운 자세로 끌어안
는다. 유즈의 몸은 따뜻했다. 유즈는 내 몸을 차갑다고 느꼈겠
지. "다행이다"라고 말하자 유즈도 "다행이야"라고 대답했다. 우
리는 서로가 서로의 부적이었다. 만날 수 없을 때도, 각자의 생

활로 벅차서 추억조차 잃었을 때도. 그것을 제제가 증명해 준 느낌이 들었다.

카논을 '부케' 앞에서 내려주고 헤어질 때, 뭐라고 말하면 좋을 지 알 수 없었다.

"유즈, 미안, 수건 이대로 두고 가도 돼?"

"응."

잘 자? 내일 봐? 미안해? 고마워? 카논의 눈을 바라본 채 할 말을 잃은 내게, 카논이 말했다. "고생했어."

"…진짜 그렇네."

이 얼마나 적절한 표현인가 싶어 약간 웃는다. 나는 분명 몹 시 지쳐있었다. 벌써 밤 열두 시가 다 됐다. 이렇게 쏜살같은 당 일치기 여행이 될 줄은 생각지도 못했고, 원래대로라면 지금쯤 나고야의 호텔에서 카논과 느긋하게 쉬고 있을 터였다. 저녁 식사도 목욕도 다 마치고, 침대에 엎드려 누워 걷잡을 수 없는 이야기를 나누고, 내일 집에 갈 때까지 뭘 할까 하면서 우리들 만의 시간을 보내고 있었을 것이다. 하잘것없는, 꿈 같은 밤.

그치지 않는 비를 뚫고 당분간 드라이브는 하기 싫겠다고 생 각하며 집에 가니, 남편이 마중 나와 주었다.

"어서 와, 고생 많았지?"

"당신이야말로. 폐를 끼쳐서 정말 미안해."

머리를 숙이자 찡그린 얼굴로 나를 말린다. "무슨 그런 말을 하고 그래."

"나오는?"

"샤워하고 밥 먹고, 지금은 방에 있어. 아마 자고 있진 않을 걸. 발목 삔 건 심하진 않지만, 일단 내일 병원에 데리고 가자. 그리고 찾으러 다녀준 소다 씨랑 오카바야시 씨한테도 감사 인사를 해야 돼."

"응."

"당신도 뭐 먹을래? 얼굴색이 안 좋아."

"아니, 너무 늦었으니까 안 먹을래. 먼저 나오랑 얘기해야지."

계단 앞에서 남편을 돌아보며 다시 사과했다.

"거짓말해서 미안해. 나오 일로, 엄마랑 꼭 이야기할 게 있었거든. 근데 혼자서는 무서우니까 카논이랑 같이 갔어. 우리, 옛날에 친한 친구였거든."

"괜찮아. 연락도 안 닿는 상태로 행선지를 속인 것도 아니고, 나도 당신한테 숨기는 게 없지는 않아."

"그래?"

"물론."

남편이 검지를 세우며 웃어서 분명 내 기분을 가볍게 하기 위한 농담일 거라고 생각했다.

"하나만 가르쳐줬으면 해. 같이 가주는 사람이, 나라면 안 되는 거였어?"

"응."

"그렇구나 ― 그렇게 주저 없이 딱 잘라 말하니, 물고 늘어질 수가 없네."

다시 미안해, 라는 말이 입에서 나올 것 같았지만 무의미하니 참았다.

2층으로 올라가 나오를 방 밖에서 불렀지만 대답이 없어서 나는 "들어갈게"라고 말하고는 문을 열었다.

"나 왔어."

"…다녀왔어?"

침대에 앉은 동생은 막 자고 일어난 것처럼 어딘가 갈피를 못 잡는 모습이었다. 이 아이도 피곤하겠지. 오른쪽 발목에는 커다란 찜질용 천이 붙어 있다.

"발목은 어때?"

"걸을 때 좀 아프지만 괜찮아."

"무리하지 않게 조심해. 밥은 뭐 먹었어?"

"매형이 파스타 만들어줬어."

"그렇구나."

나는 책상에서 의자를 끌고 와서, 정면에 앉으면 스트레스를 줄지도 모르니 나오의 바로 앞이 아닌 살짝 옆에 둔다.

"미안해."

일단 사과하자, 동생은 혼난 것처럼 몸을 움찔거렸다.

"제제랑 둘이서 없어졌다고 들었을 때, 난 네가 제제를 억지로 끌고 간 건 아닐까 상상했어. 그리고 도쿄로 간다고 했던 건 거짓말이고 엄마를 만나러 갔었거든. 나오가 해준 얘기를 확인하려고. 근데 어떻게 될지를 알 수가 없었으니까, 사실이 확실해진 뒤에 얘기해주려고 했었어."

나오는 고개를 숙인 채 묵묵부답이다.

"나를 만나러 도쿄에 갈 생각이었던 거야? 제제가 그렇게 말했다던데."

반바지 아래로 보이는 동생의 무릎은 나무의 옹이처럼 툭 불거져 있다. 그 표면을 무료한 듯 어루만지는 손가락을 잡아줘야 하는지, 만지지 않는 편이 나을지 모르겠다.

"제제는 나오 오빠를 혼내지 말아달라고 했대. 그래서 나는 혼낼 생각은 없어. 무슨 일이 있었는지, 네 입으로 직접 얘기해줬으면 좋겠을 뿐이야."

나오는 고개를 숙인 채 입술을 꽉 깨물면서 무릎 위로 주먹을 쥔다. 나는 그 입술이 풀리기를 가만히 기다린다.

"…학교에서."

드디어 나오가 말하기 시작했다.

"제제가 유즈 선생님은 왜 안 왔냐고 물어서, 여행 갔다고 대답했어. 그랬더니 '우리 엄마도'라고 해서, 분명 같이 있을 거라고 생각했어. 돌아오지 않을 생각일지도 모른다고. 이제 누나를 만날 수 없을지도 모른다고 하니까 제제는 내가 쓸쓸해한다고 생각했는지 '그럼 데리러 가면 되잖아'라는 거야… 진짜로 도쿄까지 갈 생각은 아니었어. 그래도 가만히 있을 수가 없었어."

"잠깐."

무심코 끼어든다.

"내가 왜 제제네 엄마랑 같이 있다고 생각한 거야? 심지어 돌아오지 않을지도 모른다고?"

"들었으니까."

나오는 처음으로 나를 올려다보았다.

"토요일 밤에 제제가 소파에서 잠들어버려서 담요가 어디에 있는지 물어보려고 누나 방 앞에 갔더니, 둘이서 얘기하는 게 들려서… 엄청 심각하게 돌아와 라든가, 이제 사라지지 말아줘 라든가. 무슨 뜻인지는 잘 몰랐지만, 방해하면 안 된다는 건 알았어. 그러고서 몰래 1층으로 돌아오니까 누나랑 제제 엄마가 나왔고, 누나 입술에 립스틱이 묻어 있었어… 누나랑 제제네 엄마는, 여자끼리 사귀다 헤어진 거지?"

도저히 동요를 감출 수 없었고 시선이 흔들렸다. 경솔함을 후회해도 때는 이미 늦었다. 사귄다거나 그런 게 아니라고 말하고 싶었지만, 어떻게 설명한들 이해하지 못할 것이다.

"그래도 내 얘기를 열심히 들어줬다는 게 고마워서, 아무한테도 말하지 않겠다고 결심했어. 근데 그런 직후에 미리 짜고서 여행을 떠나다니, 나랑 매형을 남기고 사랑의 도피를 하는 거라는 생각밖에 안 들었어. 누나는 나한테 거짓말을 했어. 버림받을지도 모르는데 오늘은 아빠랑 둘이 보낸다며 천진난만하게 이야기하는 제제를 보니까 분했어."

무언가를 꼭 쥐어서 뭉개려는 것처럼, 나오는 다시 주먹을 꼭 쥔다.

"그래서 '제제네 엄마도 같이 있는 것 같다'고 제제한테 말하고는 학교를 나왔어. 아빠한테는 내가 얘기할 테니까 괜찮다고 거짓말하고. 역까지 걸어가는 도중에 비가 오기 시작해서 비닐 우산을 하나만 사가지고 전철을 탔어. 전철이 신구에서 멈추고 어떻게 할지 고민하면서 역 앞을 어슬렁거리는데, 스쳐 지나간 사람이 빤히 쳐다본 것 같아서 갑자기 무서워지더라. 커다란 신사를 발견해서 울타리 안 수풀로 나아가는데 넘어져서 움직일 수가 없었어. 이런 데서 뭘 하는 걸까 싶고, 이제 전부 될 대로 되라는 심정이었어. 제제한테 걱정 끼치는 걸 알면서도 우산을 쓴 채로 잠자코 가만히 있었더니 그 애가 갑자기 '아, 맞다' 하고 주머니에서 꺼낸 방범 버저를 울려서 도움을 요청했어."

"그랬구나."

나는 여전히 혼란스러웠지만, 가까스로 "얘기해줘서 고마워"라고 말할 수는 있었다. 동생이 나를 신뢰하지 않았다는 게 충격이기는 했지만, 그건 나도 마찬가지다. 우리는 서로를 전혀 이해하지 못하고 있었다.

"잘 알았어. 내가 제대로 이야기하지 않은 탓에 불안하게 해서 미안해. 아까도 말했지만, 나가노에 있는 엄마한테 다녀온 거야. 제제네 엄마 — 카논은 미덥지 못한 나랑 함께 가준 것뿐이고. 결론부터 말하자면, 네 친아버지가 아빠인지, 다른 사람인지는 몰라. 엄마는 아빠 말고 다른 남자가 너의 친아버지라고 믿고 있지만, 증거가 있는 건 아니거든. 그 사람에 대해서는 나도 어렸을 때 몇 번 얼굴을 본 게 전부라 이름도 모르고 핏줄도 몰라. 나오가 꼭 알고 싶다면 엄마한테 물어봐서 연락을 취할 수 있을지도 모르지만, 솔직히 긁어 부스럼이라고 생각해. 내가 알게 된 건 이게 다야."

어느새인가 나오는 고개를 들어 나를 보고 있었다.

"어떻게 받아들일지는 네 마음이지만, 토요일에도 말했지? 절대로 나오를 내쫓는 일은 없을 테니, 그것만큼은 믿어줘."

대답은 없고 끄덕이지도 않았다. 그럴 만도 하다. 나는 일어나면서 말한다.

"어쨌든, 오늘은 푹 쉬어. 내일은 병원에 가자. 잘 자."

의자를 넣고 문고리에 손을 가져간 순간, "누나" 하고 불러 멈춰 세웠다. 돌아보니 나오가 침대에 앉은 채 매달리듯 몸을 쑥 내밀고 있다.

"누나는, 불륜 같은 거 안 하지?"

조금 전의 '사랑의 도피'도 그렇지만, 이런 어린애 입에서 '불륜'이라는 말이 나오니 헐렁헐렁한 옷을 입은 것 같아서 안 어울린다. 하지만 나오의 표정은 진지했다.

"엄마 같은 사람이랑은 다르지? 매형을 배신한다거나 그러진 않지?"

나는 눈을 한 번 감았다가 천천히 떴다.

"난 엄마가 아냐. 그건 당연한 거야. 피가 같든 어떻든 엄마와도 나오와도 다른, 완전 별개의 사람이야. 만약에 나한테 남편 말고 좋아하는 사람이 있다 치면, 그것만 가지고 나오는 내가 엄마랑 똑같다고 생각해? 믿음이 안 가는 배신자가 되는 거야? 발뺌하고 싶은 건 아냐. 그저 네가 앞으로 만나게 될 많은 사람에 대해서, 단편적인 요소만 가지고 단정 짓지 말았으면 해. 나오는 내 가족이지만 그렇다고 해서 내 인생에 대해 모든 걸 털어놓을 생각은 없어. 그건 엄마도 똑같을 거고, 너한테도 당연히 너 혼자 소중히 생각하는 거랑 비밀이 있을 거야. 마음속의 집에 누구를 어디까지 들일지는, 나오가 정해도 돼."

나오는 불만스러운 듯 보였고, 납득하지 못하는 게 명백했다. 하지만 설득하고 싶은 게 아니다. 맞춰줄 필요도, 맞추게 할 필요도 없다. 마지막으로 다시 한번 말했다.

"고마워. 카논에 대해서 아무한테도 말하지 않은 건 날 배려해서 그런 거지? 난, 나오의 상냥한 점이 좋아."

방을 나와 뒤편으로 문을 닫자 작게 흐느끼는 소리가 새어 나왔다. 계단 아래에서는 남편이 걱정스러운 듯 올려다보고 있다.

"안 자고 기다려준 거야? 고마워."

"수고했어."

헤어질 때 카논이 한 말과 똑같은 대사에, 문득 웃음이 난다.

"당신이 더 수고했지."

"차 우릴게, 카페인 없는 걸로."

"카페인이 들었어도 바로 잠들 것 같아."

소파에서 남편과 나란히 따뜻한 루이보스 티를 마시자 장시간 운전으로 딱딱하게 굳은 근육이 드디어 풀려가는 걸 느꼈다.

"얘기는 잘했어?"

"응. 내가 도쿄로 가서 집에 돌아오지 않을 거라고 생각했던 모양이야. 제제를 끌어들인 건 잘못이지만, 원인은 나한테 있고 나오는 잘못이 없어."

"그런가?"

불충분한 설명에도 남편은 꼬치꼬치 따지려 하지 않고 나를 안아주었다. 토요일에 나오가 한 고백과, 엄마와 만난 일의 전말에 대해(수면제 얘기는 생략하고) 이야기하자 "엄청난 모험이었네"라고 하며 야단스럽게 위로한다.

"나오가, 힘들겠다. 나도 젊었을 때는 부모님 결정에 등지면 인생이 끝나는 것 같았어. 어느 정도 어른이 되면 전혀 그렇지 않다는 걸 알게 돼. 그래도 지금 그런 상황에 놓인 아이한테 '이다음에 크면 부모를 신경 쓸 일 따위 없어진다'고 말한다고 해서 그게 아이에게 희망을 주진 않아. 오히려 그 반대라고 생각해."

"응."

그때, 그 순간을 사는 아이에게 시간의 효능을 설명하는 건 잔혹한 일이다.

"나오는 앞으로 어떻게 하면 좋을까? 이대로 여기에서 지낸다 치고 폐를 끼쳐버린 이상, 소다 씨가 아무리 허락해 준다 해도 이제 소다 씨 학교로는 못 보내겠어."

"으음… 도쿄로 돌아가서 원래대로 살든가, 제3의 선택지가 있을까? 차라리, 아무도 나오를 모르는 곳이라든가."

"기숙사제 학교나 해외? 아빠한테 말하면 수속은 해줄 테지만 쫓겨났다고 생각할지도 몰라."

"본인한테 어떻게 하고 싶은지를 물어봐야지. 이제 자자. 피곤한 머리로 이것저것 생각해도 좋은 아이디어는 안 나와."

"응."

기진맥진한 상태인데도 막상 침대에 눕자 빗소리가 귀에 들어와서 좀처럼 잠들지 못했다. 나는 카논 생각을 하지 않을 수 없다. 벌써 자고 있을까? 미나토 씨와 제제가 모두 없는 집에서 어떻게 지내고 있을지 생각하면 가슴이 옥죄여왔다. 남편 옆에서, 남편의 숨소리를 곁에서 느끼며. 이것도 배신일까?

그러고 보니 혼자서 살아본 적이 없다. 혼자 자고 일어난 건 할머니가 돌아가시고 나서 미나토가 찾아오기 전까지, 그 잠깐 사이였다. 목욕도 하지 않고 이불도 깔지 않은 채 바닥에 아무렇게나 누워 곯아떨어져, 깨서 한동안은 내가 어떤 상황에 놓여있는지 알 수 없었다. 제제는 어디 있지? 지금 몇 월이지? 나, 몇 살이지?… 희미한 의식이 또렷해지면서 현실이 덜컥 와 닿는다. 아아, 그랬지. 나가노로 가서, 그리고….

손을 더듬어 배터리를 끼워두었던 핸드폰을 찾아 끌어당겨 시간을 보니 아직 여섯 시 전이었다. 다시 자는 것도 내키지 않아서 재빨리 목욕을 했는데 배가 꼬르륵거려서, 1층으로 내려가 인스턴트 라면을 끓이기로 했다. 머리가 젖은 채로, 편수 냄비로 먹는 라면은 무척 맛있었다. 유즈가 본다면 분명 예절에 어긋난다며 화낼 것이다. 만약 둘이서 산다면, 그런 일로 세세하게 부딪히는 건 쉬이 상상할 수 있다. 하지만 평범한 일상의 균열이나 상처 또한 함께 보완하고, 복원을 반복하면서 나이를 먹어 간다면 — 이런 생각도, 안이한 꿈에 지나지 않을지도.

카운터 안쪽에 선 채로 건더기 없는 라면을 후루룩 먹는데 뒷문이 열리면서 미나토가 들어왔다. 나의 대단한 식사 풍경에 눈이 동그래졌지만 딱히 뭐라고 하지 않고 "벌써 일어나 있었나"라는 말만 했다.

"응, 눈이 떠져서. 미나토야말로 빠르네?"

"어."

"라면 먹을래? 끓일까?"

"아니."

혼자서 다 먹고 냄비를 다 씻자 늘 앉던 자리에 앉아 보고 있던 미나토가 말한다.

"산책 안 갈래?"

"좋아."

바깥에는 어젯밤의 큰비가 다 짜이고 남은 찌꺼기 같은 미세한 안개비가 내려서, 우산 없이 해수욕장까지 걷자 머리카락과 피부가 촉촉하게 젖었다. 바다를 뒤덮은 구름은 칙칙한 상아색을 띠고 있다.

"제제는 아직 자고 있어?"

"어. 어제 흥분해서 늦게까지 못 잤다이가."

물을 흠뻑 머금은 모래사장을 저벅저벅 소리 내며 걷자, 발목에 모래 알갱이가 튀어서 간지러웠다. 미나토가 멈춰 서서 가만히 바다를 바라본다.

"왜 그래?"

"억수로 넓구나, 싶어서."

"새삼?"

"갑자기 생각한 기다."

"가끔 그럴 때 있지."

"어."

끄덕이고는 그 자리에서 움직이려고 하지 않는다. 규칙적으로 밀려오는 파도가 운동화 발끝을 적셔도, 무언가에 마음을 빼앗긴 듯 눈을 가늘게 뜨고 있었다. 그리고 문득 중얼거린다.

"제제는 행님이 찾아준 기다."

소리 없는 비에 부옇게 보이는 등은 나보다 훨씬 건장한데, 어쩐지 이대로 사라질 것처럼 미덥지 않게 느껴졌다.

"'딸이 없어졌다'면서 본가로 달려갔는데 '알게 뭐고, 돌아가라'라고 할 줄 알았거든. 근데 형이 바로 비옷을 꺼내가지고 오만 데 전화 걸고 같이 찾아주고, 제제를 발견하고 나서는 '다행이데이, 다행이데이' 하고 울대. 어머니 장례식에서도 안 울었는데, 와 그랬는지 모르겠네. 제제는 아무것도 모르니까 어리둥절해 있었고."

쓴웃음을 짓는 미나토에게 말했다.

"다행이네. 정말 다행이야."

"어."

돌아본 미나토의 얼굴은, 무표정은 아니지만 조용히 가라앉아 감정을 읽을 수 없었다.

"어젯밤에 아무 꿈도 안 꾸고 푹 잤다. 밤에 잘 자가지고 이래 편할 수가 있나 하고 깜짝 놀랐다이가. 아마 내가 카논을 포기해서 그런 걸 끼다. 카논이 어데 내 손이 안 닿는 데로 가버리면 어짜지 하는 불안을 놔버렸으니까. 그런 짓까지 했는데, 다 버리고 왔는데, 하면서 좀스럽게 생각하는 내가 계속 싫대. 카논이 갑자기 여행을 간다는 말을 꺼냈을 때, 아아 드디어 올게 왔네 생각했다."

"난 학이 아냐."

내가 말했다.

"날 수도 없고, 달리 갈 데도, 돌아갈 곳도 없어."

"아이다. 카논은 자유롭데이, 처음 만났을 때부터. 늘 마음은 여기 없다는 얼굴 해가지고 누구한테 무슨 소리 들어도 꿈쩍도 안 하고, 그런 카논이 좋았데이."

"꿈쩍도 안 했던 건 아냐. 나를 닫고, 몰라, 관계없어 하고 무시하지 않으면 못해먹겠으니까 그랬을 뿐이야."

"어. 내랑 있을 때도 제일 깊은 데는 계속 닫고 있었지."

그렇지 않아, 라고 말할 수는 없었다. 좁쌀만 한 비가 눈 속으로 들어가서, 손가락으로 비비고 미나토를 보니 울면서 웃는 듯한 표정을 짓고 있었다.

"카논, 내랑 헤어져 도. 나는 다시 한번 내 고향에서 살고 싶다. 내 인생을 다시 시작하고 싶다."

파도 소리와 겹친 탓인지 무척 다정하게, 사랑의 고백처럼 들렸다. 미나토의 목소리에 비장함은 없고 이미 결정했다는, 온화하면서도 흔들림 없는 의사만이 느껴진다.

"알겠어."

나는 끄덕였다. 미나토가, 미나토의 인생만큼 내 인생을 위해 말해주는 거라고 느꼈으니까. 버리는 건 늘 약한 쪽, 그렇지 않다. 미나토는 줄곧 상냥한 사람이었다. 마지막 상냥함으로 내 손을 놓아주려 하고 있다.

"아무것도 필요 없으니까 제제만 내한테 줘라."

"제제는 물건이 아냐."

"그래도 내가 원했으니까 낳아준 거다이가. 안 그랬으면 애를 가져야겠다는 생각도 안 했을 거잖아."

미나토가 아이를 원한다고 확실히 이야기한 적은 없다. 하지만 길에서 스쳐 지나가는 가족을 볼 때마다 그리고 손님이 아이 사진을 보여줄 때마다 미나토는 어렴풋이 쓸쓸한 듯 눈을 가늘게 떴다.

"카논이 떠나가는 게 무서워가지고 애만 있으면 싶었는데. 그래도 막 태어난 제제를 안았을 때는 도구처럼 생각했던 내가 부끄럽대."

"응."

당신이 딸을 얼마나 사랑해 주었는지 내가 가장 잘 안다. 몸 상태와 기분이 나쁘면 바로 태도에 드러내는 나와 달리, 미나토는 언제나 진지하게 제제를 대했다. 아버지를 모르고 자란 내게는 신선하고, 조금 부러운 광경이었다. 미나토가 제제를 안아 올린다, 목마를 태운다, 걷잡을 수 없는 얘기에 '응, 응' 하며 귀를 기울인다.

"제제를 낳은 거, 후회하지 않아."

"어… 누구를 따라갈지, 제제한테 물어보는 거는 잔인하겠제? 만약에 물어본다 해도 가는 '아빠'라고 대답할 거 같다."

내가 더 겁쟁이니까, 라고 하면서 미나토는 머리를 긁었다.

"겁쟁이라고 생각하진 않지만… 맞아, 제제는 분명 '아빠랑 같이 있고 싶다'고 할 거야."

미나토를 본다. 미나토 뒤에 펼쳐진 바다를, 아득한 수평선을 본다. 장례식날 밤, '셋이서 어데 먼 데로 가까?'라는 말을 듣고 내가 대답하지 못한 그 시점에서, 미나토의 마음은 반쯤 정해져 있었을지도 모른다. 남은 건, 밀물이 차듯 그때를 기다리는 것뿐.

"행님들한테는 아직 얘기 안 했지만 허락해 줄 끼다. 친척들한테 둘러싸여서 산다고 해도 엄마 한 명에는 못 미친다는 거는 알지만은 애는 써보께."

"엄마라고 해서 그렇게 대단하진 않아."

내가 말했다.

"옆에 있으면서 밥 먹이고 애정을 쏟는 건 누구든 상관없어. 낳은 인간이 하는 것만 특별히 고귀하진 않은 것 같아."

"그런가?"

아무 데도 안 가고 계속 미나토랑 있을래, 라고 한다면 다시 원래대로 돌아갈 수 있을까? 유즈가 오기 전처럼 지내고, 언젠가 제제가 독립하더라도 나는 가게에 선다. '옛날에는 미인이었다'는 얘기를 듣고 그럭저럭 손님이 오고, 드넓은 바다와 산 경계에 있는 이 마을에서, 평범하고 온화하게. 전혀 나쁘지 않다, 정말로 그렇게 생각하는데, 내 입에서는 미나토를 붙잡을 말이 안 나온다. 아무것도 가진 게 없는 나를 위해 모든 걸 버려준 미나토가, 내가 아닌 미래를 택하려 하고 있다.

"즐거웠어."

아무래도 과거형으로 말하게 된다.

"미나토랑 제제랑 함께 지내는 거, 정말 즐거웠어."

"나도 그렇다."

미나토가 웃는다. 옛날에 자주 봤던, 수줍어하는 그리운 미소. 저 멀리 구름이 개어 하늘이 하얗게 빛난다. 그 사진과 꼭 닮았다. 합성한 하늘과 바다, 그건 나와 유즈가 아니라, 나와 미나토였다. 비뚤어진 인연으로 누덕누덕 기우듯 이어진 우리가, 흩어진다. 마음 어딘가가 '드디어' 하고 안심이 된다. 미나토도, 분명.

"제제 만날 거가?"

"아니, 이제 안 만날래. 나에 대해선 어떻게 말하든 상관없어."

"뭐 전해줄 말 있나?"

"됐어. 아무것도 없어."

정확히는, 너무 많아서 정리가 불가능했다. 밤에 자기 전에 제제가 없는 것, 아침에 일어났을 때 제제가 없는 것, 제제의 웃음소리와 울음소리, 떼쓸 때 뾰로통한 얼굴, 그 모든 것을 놓아버리면 쓸쓸하고 슬퍼서 얼마나 몸부림치게 될까. 같은 고통을 딸에게도 줘버린 건가 생각하면 심장이 뒤틀려 끊어지듯 아팠다. 아무것도 해주지 못해서 미안해. 네가 너의 발로 날 떠나가는 걸 배웅해 줘야 했는데. 신께는 기도하지 않는다. 미나토와,

미나토 주위 사람들에게 기도한다. 그 아이를 지켜주세요. 나라는 엄마가 있었다는 것 따위 잊어버릴 만큼, 아주 행복하게 살게 해주세요.

"고맙데이, 카논."

나는 잠자코 미나토를 바라보았다. 무슨 말을 하면 울어버릴 것 같았다. 내 남편이 마지막으로 보여준 미소를 잘 새겨두고 싶었다. 그 사진보다 선명하고 소중하게.

다음 날 아침, 조금 부은 눈으로 일어난 동생은 확실한 목소리로 "좋은 아침"이라고 말하더니 토스트 두 장을 펼쳤다. 대화를 나누지 않아도 그런 거동의 사소한 부분부터가 나오 나름대로 내 말을 받아들여 주려 하는 것임을 알 수 있다. 함께 사는 사람들끼리만 읽을 수 있는 사소한 신호를 몇 겹이고 쌓아올리며 파이처럼 '가족'이 완성되어 가는 거겠지.

전화 한 통을 걸고 나서 나오를 병원으로 데려갔고, 그러고 나서 학교, 오카바야시 씨네 가게, 이렇게 둘이서 여기저기를 돌며 머리를 숙였다. 소다 씨는 "저희들이야말로, 감독을 똑바로 못했습니다"라고 하면서 미안해했고, "진정되면 다시 온나"라고 나오에게 말했다. 오카바야시 씨는 "싫은 일이 있으면 언제든 잠수하게 해줄게"라고 하며 어깨를 두드렸고, 아무도 '왜 그런 짓을 했느냐'며 꾸짖지 않았다. 그 배려는 시종일관 온순한 표정을 짓고 있던 나오에게 전해졌을 것이다.

"잠깐 쉬고, 점심 먹을까?"

오후에는 신구新宮에 있는 경찰서에 사과하러 갈 예정이었다. 원래는 미나토 씨네 집에도 가고 싶었지만, 남편이 형편을 물으니 '오늘은 좀 바빠서예'라고 말하며 부드럽게 거절했다고 한다. 제제가 그러기를 바라기도 하니 나오를 혼낼 생각은 전혀 없다고는 해도 네 그렇군요, 하고 모른 척할 수는 없다.

역 근처에 있는 다랑어 차즈케*가게에 들어가자, 나오는 "미안해"라고 하면서 어깨를 늘어뜨렸다.

"응?"

"아침부터 계속 사과만 하게 해서."

"괜찮아 딱히⋯ 괜찮지는 않은가. 그래도 일하면서 늘 사과하며 지냈으니까 익숙해."

"그래?"

"선생님이라는 건 그런 직업이야. 제 지도력이 부족했습니다, 죄송합니다 하고 몇백 번을 반복했을까? 나이 많은 선생님한테 사과하고, 지위가 높은 선생님한테 사과하고, 보호자들한테 사과하고. 내가 어리석은 탓도 있지만."

---

• 밥과 고명에 뜨거운 찻물을 부어 완성하는 음식.

"관두고 싶진 않았어?"

"당연히 관두고 싶었지. 하루에 백 번 정도 생각했어. 그래도 백일에 한 번 정도, 그걸 웃도는 즐거운 일이 생기니까."

마침 좋은 기회라는 생각에, 나오에게 앞으로의 계획에 대해 말을 꺼냈다.

"근데 있지, 난 이제 대안학교 봉사 활동은 그만둘 거야."

"내 탓이야?"

"그런 이유도 있어. 근데 애당초 어쩌다 보니 하게 되었던 것 뿐이고, 원래 하던 일은 아니니까. 꽤 오랫동안 쉬었지만, 이제 돌아가야지."

아무 일 없이 대안학교에 계속 다녔다면 흘러가는 대로 선생 님을 관뒀을지도 모른다. 그런 점에서는 나오에게 고마울 지경 이었다.

"그러니까 난 머지않아 도쿄로 돌아갈 생각이야. 만약에 나오가 여기에 남아 살고 싶다고 해도 그렇게 해 줄 수가 없어. 넌 아직 어리고 지금은 여러 가지를 선택할 수 없다는 걸, 어쩔 수 없다고 생각하면서 포기하는 수밖에 없어."

"…응."

"물론, 나오가 원하는 걸 가능한 한 하게 해주고 싶다는 생각 은 해. 도쿄 집으로 돌아가든가, 도쿄에서 나랑 살든가, 아니면 오빠 있는 데로 가든가."

세 가지 선택지에 나오는 눈을 크게 떴다.

"오빠가 규슈 외딴섬에 있는 보건소에서 일하는 건 알지? 나오를 맡아줄 생각이 있는지 전화해서 물어봤어."

의외로 오빠는 '괜찮지' 하고 단박에 받아들여 주었다.

— 벌써 중2지? 뭘 돌봐주거나 하는 건 전혀 안 하겠지만. 그냥 집에 두기만 하는 거라면 딱히.

— 진짜?

— 어, 그래도 얹혀사는 동안 드는 모든 경비는 아빠 유산 나눌 때 정확히 빼달라고 할 거니까.

— 그런 돈은 내가 낼 게.

나는 목소리를 높여 말했다.

— 천박한 얘기 하지 마. 나오 앞에서 그런 소리 하면 용서 못 해.

— 아아, 알았어 알았어.

오빠는 귀찮다는 듯 대답하더니, 그러고는 "너 뭔가 달라졌네"라고 하며 소리 없이 웃었다.

— 그래?

— 씩씩해진 느낌이 들어. 뭐, 너도 이런저런 일 겪었으니까.

어린 내게 "너도 고생이 많네"라고 말했을 때와 같은 따뜻함을 느꼈다.

"오빠는 괜찮다고 해줬지만, 뭐, '좋은 사람'은 아니고 아빠랑 마찬가지로 기본적으로는 남한테 무관심하니까, 추천은 못 해주겠어. 거기 말고는 기숙사가 있는 학교라든가…"

얘기가 끝나기 전에 나오는 "형 있는 데로 갈래"라고 대답했다.

"지금 정하지 않아도 괜찮은데, 좀 더 시간을 들여서 생각해보지 그래?"

"아냐… 형은, 날 좋아하지도 않고 싫어하지도 않으니까. 지금은 그게 딱 좋다는 느낌이 들어."

"그래?"

"누나는, 날 싫어했지?"

이런 걸 직설적으로 묻는 아이가 아니었기에, 약간 당황하며 대답했다.

"싫어하는 거랑은 달라. 하지만 복잡한 기분이긴 했지."

"좋아하지 않는다는 건 알고 있었어. 아빠한테서 누나가 먼데로 이사 갔다는 얘기를 들었을 때, 너무하다고 생각했어. 난아무 데도 못 가는데, 누나만 어른이니까 좋을 대로 할 수 있다니… 그러니까, 싫어하는 줄 알면서도 와서 미안해. 그런데도이렇게 친절하게 대해줘서 고마워. 이제 괜찮으니까."

나오의 눈은 단호한 결의에 차 있어서 더 이상 참견할 필요가 없을 것 같았다. 분명, 눈 깜짝할 새 어른이 되어 나오 스스로의 인생을 선택해 갈 것이다. 그 과정을 옆에서 볼 수 없다는게 처음으로 약간 쓸쓸하게 여겨졌다.

가게를 나와 카논에게 '너네는 좀 진정이 됐어?'라고 메시지를 보내자 '응, 괜찮아'라는 답장이 왔다. 전화를 걸까 망설이다가 이런저런 일들을 처리하던 중 눈 깜짝할 사이에 날이 저물고, 밤 열 시쯤이 되어 갑자기 미나토 씨가 집으로 찾아왔다.

"밤 늦게 미안합니더, 딸을 재우고 오니까 이런 시간이 돼 버렸네예."

현관 앞에서 미나토 씨가 깍듯이 고개를 숙여서 나와 남편은 당황했다.

"아니, 죄송하다고 말해야 할 사람은 저희인데요."

오늘도 여러모로 어지러울 만큼 바빴던 탓인지 나오는 자겠다면서 방으로 들어간 뒤였다. 깨워야 할까, 하고 남편과 얼굴을 마주 보는데 "괜찮습니더" 하고 미나토 씨가 선수를 친다.

"동생분한테는 신경 쓰지 말라고 전해 주이소. 제제랑 잘 놀아준 거 같아서 고맙습니더."

"저기, 제제는 아직 신구에 있어요?"

"그게예⋯."

미나토 씨는 왜인지 말을 흐리다가 남편을 언뜻 보더니 말했다.

"잠깐 후지노 선생님이랑 밖에서 얘기할 수 있을까예? 5분 정도면 끝납니더."

남편이 끄덕였기에 나는 당황하면서도 샌들을 신고 밖으로 나간다. 저녁내 내리던 가랑비는 멎어 있었고, 스팀 속에 있는 듯한 무더위였다.

"카논이랑은 이혼하게 됐습니더."

스며 나오던 땀이 단숨에 멎는다.

"네?"

"신고는 벌써 했습니다. 제제는 이대로 제 본가에서 살게 할 생각이고예."

이 사람이 무슨 소리를 하는 걸까. 나는 따라갈 수가 없어서 "네? 네? 잠깐만요" 하고 허둥거렸다.

"무슨 말씀이세요? 그렇게, 갑자기. 저기, 이번 일은 저한테 책임이 있고요, 여행도 제가 말을 꺼낸 거고, 카논은 아무것도."

"그런 게 아입니더."

미나토 씨는 나와는 대조적으로 매우 침착했다.

"그냥, 이미 정한 거고, 둘이서 납득한 결과니까예."

"왜 굳이 저한테 이야기하시는 건가요?"

"그거는 후지노 선생님이 더 잘 알지 않습니꺼."

분노도 질투도 엿볼 수 없는, 담담한 말투에 아무런 말도 할 수가 없다.

"저랑 카논은 서로 반씩은 죽은 거나 마찬가지였습니다. 가고 싶은 데도, 하고 싶은 일도 없이, 거의 죽은 사람끼리 나름 잘살고 있었지예. 제제가 우리를 하나로 붙여주었습니다. 후지노 선생님하고 카논 사이에 뭔 일이 있었는지는 모르지겠만은, 후지노 선생님을 만나서 카논의 반은 숨결을 되찾았습니다. 그런 카논을 보고서 저도 되살아나고 싶어졌습니다. 말로 설명하면 이런 겁니다. 죄송합니다, 표현을 잘 못 해가지고."

미나토 씨가 가볍게 인사하고서 걷기 시작한다. 차 소리가 멀어져도, 나는 망연히 서 있었다.

"…유즈?"

남편의 망설이는 듯한 목소리에 정신이 퍼뜩 돌아와서, 현관 키 고리에 걸려있던 차 키를 거머잡았다. 낮에 보낸 '괜찮아'라는 메시지 따위 터무니없는 거짓말이었구나.

"왜 그래?"

"카논네 집에 다녀올게."

그대로 곧장 밖으로 돌아서려는데, 남편이 키를 빼앗아 들었다.

"바래다줄게."

"괜찮아, 근처니까."

"아니야, 어쩐지 흥분하고 있으니 걱정스러워."

"알았어, 그럼, 부탁해."

말싸움할 시간도 아까워서 그 말을 따랐는데, 남편은 차를 '부케'와 반대 방향으로 몰고 갔다. "잠깐만, 왜?" 조수석에서 항의한다.

"조금만 돌아서 가게 해줘."

"농담이라면 그만해, 급하니까."

"농담 아냐, 중요한 일이야."

진지한 옆얼굴에 입을 다물었다. 카논도 그렇고 이 사람도, 모르는 것투성이다. 곶의, 등대 근처 주차장에 차를 세우더니 겨우 평소의 남편으로 돌아와 "그립네"라고 중얼거렸다.

"이 동네로 처음 왔을 무렵에, 여기서 카논 씨랑 이야기했어."

"뭐?"

"숨기는 게 없진 않다고 했었지?"

나는 남편이 카논과 면식이 있었던 것, 그 시작은 고교 시절까지 거슬러 올라간다는 이야기를 처음으로 들었다. 카논이 나를 지키기 위해 남편을 덫에 빠뜨리려 했던 것도. 미나토 씨의 이야기도 그렇고, 연이어 뇌를 얻어맞은 것 같아 어질어질하다.

"말도 안 돼. 왜 계속 입 다물고 있었어?"

"그건, 그 사람이 절대로 말하지 말라고 했으니까."

유즈, 하고 남편이 상냥하게 말한다.

"왜 그렇게 잘해주는 거냐고, 전에 물어봤었지? 늘 당신 뒤로 카논 씨를 보고 있었으니까 그래. 당신한테 상처를 주면 용서하지 않겠다고, 온몸으로 무작정 나를 향해 오던 그 아이 모습을 떠올리면 뭐랄까, 몸이 굳는달까… 그 사람 얼굴을 제대로 쳐다보지 못할 짓은 하지 말아야겠다고 생각했어."

남편의 눈에 비친, 내가 모르는 카논은 어땠을지를 상상하니 조금은 분했다.

"어쨌든 강렬했거든, 임팩트가."

"뭔지 알겠어."

남편은 웃으며 "그럼" 하고 안전벨트를 풀었다.

"유즈도 진정이 된 것 같고, 집에는 걸어서 갈게."

"소우."

무심코 결혼 전 호칭이 나왔다.

"하하, 그것도 그립네."

"당신한테 감사해. 당신을 존경해. 당신한테 불만 같은 거 하나도 없어."

"그건 상냥한 거짓말이네."

도어록을 풀고, 다른 한 손으로 내 머리를 쓰다듬었다.

"내가 그 아이가 아니라는 것만 빼고, 겠지? …집에서 기다리고 있을 테니까, 다녀 와."

남편이 차에서 내린 후에 나는 운전석으로 옮겨 앉았다. 시동을 건다. 남편의 모습은 사이드미러 속에서 순식간에 작아지고 눈 깜짝할 새 사라졌다.

우유 소비기한이 얼마 남지 않았다. 코코아라도 만들까 생각하는데 갑자기 누군가 부엌 뒷문을 쿵쿵 두드린다. 취객인가 싶어 식칼을 들고서 "누구세요?" 하고 묻자 "나"라는 대답이 돌아왔다. 당황하며 문을 연다. 유즈는 식칼을 보고서 작은 비명을 질렀다.

"아, 미안해, 수상한 사람인가 해서."

"깜짝이야… 아냐, 밤중에 누가 오면 경계하는 게 당연하지,

미안해."

유즈는 숨을 헐떡이고 있었다.

"무슨 일이야?"

"무슨 일이냐니. 미나토 씨한테서 이혼 얘기 들었어."

"아, 응. 그렇게 됐어."

"그렇게 가볍게 말해도 괜찮은 거야?"

"무겁게 말한다고 해도 소용없잖아. 근데, 혹시 책임감 느껴서 그래? 유즈 탓이 아냐. 올 때가 왔다는 느낌. 그대로 질질 끌고 살았으면 서로 더 괴로웠을 테니까, 이걸로 됐어. 제제한테는 미안하지만⋯. 결국 나, 제대로 된 '엄마'는 되지 못하고 끝났네."

"그렇지 않아."

유즈가 세차게 고개를 젓는다.

"그런 식으로 말하지 마."

"걱정돼서 온 거야?"

"걱정이랄까⋯ 또 어딘가로 가버릴까 봐."

그럴 리가, 하고 나는 웃어넘겼다.

"가게도 있고, 처리할 일도 남아있으니까."

"다행이다."

유즈는 빈손에 거의 맨얼굴이었다. 정말로, 부랴부랴 달려 와 줬구나 싶어 기뻤다.

"선 채로 얘기하기도 그렇고, 올라가지 않을래? 제제 짐 정리하고 있어서 어질러져 있긴 하지만."

"그래도 돼?"

"물론이지."

2층으로 올라가자, 유즈는 좁은 실내를 두리번두리번 둘러보더니 "어쩐지 그립다"라고 중얼거렸다.

"단지에서, 카논네 집에 갔을 때가 떠올라."

"허름한 게 비슷할지도 모르지. 근데, 옷장 정리하다가 좋은 거 발견했어."

나는 유아용 미니 피아노를 꺼내어 유즈 앞에 놓았다. A4용지보다 약간 큰 크기에 뚜껑은 안 열리지만 그랜드피아노 모양이고 다리까지 달려있다. 귀엽다, 하고 유즈가 들뜬 목소리로 말했다.

"미나토가 사 온 건지 손님이 준 건지는 까먹었는데, 그때 제제가 흥미를 전혀 안 보여서 처박아 둔 채로 잊고 있었어."

"아이 키우는 사람은 공감할 만한 얘기네."

"한번, 쳐봐."

"너무 작다."

말은 그렇게 하면서도, 유즈는 두 손으로 미니어처 건반을 신중히 두드린다. 퉁, 퉁, 하고 울림이 없는 딱딱한 소리가 났다.

"신기해라, 소리 잘 나네."

"나긴 해도, 손가락에 쥐 날 것 같아."

"힘내."

"남의 일이니까 그렇게 말하지."

"맞다, 코코아 만들려고 하려던 참이었는데. 유즈 것도 만들어올게."

1층에서 우유를 끓이는 동안, 가루를 녹이는 동안, 계속 희미한 「캐논」이 들렸다. 처음에는 자꾸 끊겼지만, 이내 비법을 터득했는지 거미줄에 빗방울이 이어지듯 멜로디가 막힘없이 흐르기 시작한다. 이렇게 들으면 확실히 음표가 술래잡기하는 것 같아서 '돌림노래'의 의미가 잘 와 닿는다. 달콤한 냄새에 휩싸여 귀를 기울이며, 이게 바로 행복이구나 싶었다.

머그컵 두 개를 들고 올라가자, 유즈는 고개를 숙이고 팔꿈치 밑에 방석을 깔고서 피아노를 치고 있었다.

"버릇없이 이렇게 해서 미안해, 이래야 치기 쉬워서."

"이 정도로 버릇없다고 하다니 한참 멀었네."

"무슨 그런 걸로 잘난 척을 해?"

유즈가 웃으며 일어나 뜨거운 코코아를 한입 마시고는 말했다.

"달다."

"미안, 설탕을 너무 많이 넣었나 봐."

"아냐, 코코아는 달아야지."

우리는 나란히 벽에 기대어, 다리를 뻗고 코코아를 후후 불어가며 마셨다.

"…도쿄로, 돌아가려고 해."

유즈가 말했다.

"그렇구나."

"안 놀라네?"

"어쩐지 그런 느낌이 들었어. 그러려고 하는 게 아니라, 이미 정한 거지?"

"응. 아무래도 일을 내팽개쳐둔 채로 있기는 싫으니까, 다시 한번 열심히 해보고 싶어."

뒷일은 알 바가 아니라며 내버려두는 나와 달리, 유즈는 정말이지 착실했다.

"나오는?"

"그게 말이지, 오빠가 있는 데로 간대. 본인이 원해."

"어머."

"놀랐어?"

"응."

"더 놀라운 얘기해도 돼?"

"응."

"남편한테서 들었어, 카논에 대해서."

"이 녀석이…."

바로 혀를 차더니 유즈는 발을 바동거리며 큰 소리로 웃었다.

"왜 여태 말 안 해줬어? 가르쳐줘도 상관없었을 텐데."

"말 못하지, 창피해서."

"뭐가?"

"전부. 아무것도 못 하는 주제에 우쭐해서는 남자는 어차피

다 뻔하다는 생각에 후지노 씨를 깔봤어. 하지만 그 사람은 나 같은 사람보다도 훨씬 어른이고 공정했어. 그때를 떠올리면 부끄러워서 분하니까 태도가 나빠져."

"공정하다니, 음, 그렇네, 남편한테 딱 맞는 말이야. 그래도 그 사람은 내 뒤로 카논이 보여서 성실하게 지낼 수 있었대."

"뭐야 그게, 내 원령이라도 쓰인 거야?"

"무서운 소리 하지 마."

"후지노 씨는 지금 뭐 해?"

"기다리고 있어."

유즈는 무릎을 바짝 접으며 대답했다.

"날 기다린대."

후지노, 진짜 바보 같은 놈. 돌아오기를 바란다면 쓸데없는 소리는 하지 않아도 되는데. 그런 점을 당해낼 수가 없으니, 나는 늘 후지노를 좋아할 수 없다.

하지만 유즈 곁에 있는 사람이 당신이라 다행이다.

코코아를 다 마시고 유즈에게 다시 피아노를 쳐 달라고 졸랐다. 유즈는 하는 수 없지 하는 느낌으로, 하지만 아무 말도 없이 「캐논」을 쳐 주었다. 나는 눈을 감고 가만히 경청했다. 오후의 단지, 개학식 날의 강당, 예배당, 도서실, 음악실, 알바 끝나고 집으로 돌아가던 밤길도, 가로등 아래 웅덩이도, 모든 것이 음표와 함께 먼 데로 올라가는 기분이 들었다. 완전히 손이 닿지 않게 되면, 후회도 초조함도 없이 사랑할 수 있다.

이윽고 끝없이 원을 그리듯 계속되던 캐논이 서서히 어그러지기 시작한다. 음이 벗어나거나, 빠지거나, 리듬이 흐트러지거나. "어머"라든가 "미안" 하고 초조해하는 유즈의 목소리에 눈을 떴다.

"피곤해?"

"아니… 어, 잠깐, 왜."

유즈가 건반 위에 손가락을 놓고, 무거운 듯 고개를 흔든다. 내가 빈 머그컵을 들고 일어서자, 한쪽 눈을 감으며 "말도 안 돼"라고 말했다.

"약 탔지?"

"일단, 유즈네 어머니 때보다 적게 넣었어."

"웃기지 마."

혀가 애매하게 돌아가는 말투로, 그래도 필사적으로 잠을 물리치려 하는 것을 알 수 있다.

"미안해, 결심이 무뎌질 것 같아서, 아무래도 바로 출발하고 싶었거든."

"그러면."

"같이 가자고 할 생각이었어? 그런 느낌이 들어서 약을 넣은 거야."

"왜."

"여러 속박들을 잘라내고 둘이서 새 출발을 한다 한들, 유즈는 분명 잊지 못할 테니까. 제제랑 후지노 생각을 하면서 죄책감으로 괴로워하는 처지가 될 거야. 유즈는 그런 사람이거든. 유즈가 그런 사람이라 좋아."

빛이 있는 곳에 있어줘, 라고 말했던 내가, 유즈에게 그림자를 떨어뜨릴 수는 없다.

"그런 건…"

무언가 말하려 했던 유즈를, 무섭거든, 하고 가로막았다. 어쩌면 나, 내 생각만큼 강하지 않았을지도.

"헤어지는 게. 우리는 이제 어른이니까 이번에는 다른 누구 탓도 아니고, 내 손으로 부숴버리는 거 아닐까 하고. 견딜 수가 없어. 그러니까 언젠가 또, 약속도 없이 만날 날이 오기를 기다릴 거야. 다음은 삼십 년 뒤쯤일까?"

"그런 거 싫어."

"미안해."

"카논."

"깨면, 후지노한테로 돌아가. 빛이 있는 곳에 있어줘."

"가지 마."

마지막 한마디는 기력을 쥐어짰는지, 유난히 확실하고 큰 목소리였다. 그 직후, 숨이 끊어진 것처럼 방석으로 꺼진다. 설마 하니 질식하지는 않을 테지만 만일을 위해 똑바로 눕히자 유즈는 항의하듯 "으음" 하고 작게 신음했다. 이런 상황이 아니라면 자는 얼굴을 천천히 보고 싶었는데.

깊게 잠든 유즈 옆에서, 하다 만 제제 짐 싸기와 정리를 계속

한다. 말은 이렇게 해도 상자에 다 집어넣을 뿐. 가진 물건이 별로 없다고 생각했었는데, 막상 정리해 보니 꽤 많은 양이었다. 할머니의 배두렁이와 엄마의 블라우스 같은 것도 발굴되어 아주 잠깐 침울해하다가 '불필요' 상자로 던져넣었다. 그러던 중밖은 밝아지기 시작했고, 피곤해서 다 끝내지 못하고 미나토에게 맡기기로 했다. 오늘 중으로 가지러 올 것이다.

'미나토에게, 제제 짐을 정리했어. 다른 건 전부 처분해 줘. 부동산에 해약통지서를 보내둘 테니, 미안하지만 남은 수속을 잘 부탁해. 만약에 유즈가 자고 있으면 깨워줘.'

피아노 위에 염치없기 그지없는 메모를 테이프로 붙이고서 머그컵을 씻고, 나가노에 가져갔던 손가방만 들고 집을 나섰다. 아직 전철이 다니지 않으니 편의점에서 산 캔맥주를 한 손에 들고 해안까지 걸었다. 사람이 드문드문 있는 모래사장에 그냥 앉아 맥주를 꿀꺽꿀꺽 마신다. 육체노동을 하고 난 뒤라 맛있었다.

장마 기간 중 쉬는 시간인지, 오랜만에 흑백이 아닌 하늘이 펼쳐져 있다. 내가 좋아하는 새벽의 엷은 핑크. 날개를 펼친 새 모양의 구름이 몇 개나 무리를 지어 수평선을 향하고 있다. 아아, 배 같기도 하다. 장밋빛 배가, 아침의 맑은 하늘을 건너간다. 저쪽에는 황록이가 있다. 치사 씨가 있다. 할머니, 엄마, 내가 만나고 헤어진 후로 이젠 만날 수 없는 사람들. 나는 일어나 손을 크게 흔들었다.

방심했다. 카논이 거짓말쟁이라는 걸 잊고 있었다. 하지만 카논도 실수를 했다. 약의 양을 줄인 것이다. 휴직 전후로 나도 정신과에서 수면제 처방을 받고 있었기에 약간 내성이 생겼는지 이른 아침에 어떻게든 의식을 되찾을 수 있었다. 벽걸이 시계는 7시가 조금 지난 시간을 가리키고 있다. 고치 안에서 흐물흐물해질 듯한 짙은 졸음과 싸우며 일어난다. 비틀거리며 부엌에 이르러서는 개수대에 매달려, 머리를 수도꼭지 바로 아래로 들이밀었다. 수도꼭지를 다 열어 물을 맞는다. 그리고 성분이 조금이라도 옅어지도록 물을 머그컵에 따라서 꿀꺽꿀꺽 마셨다. 여기에 들어있던 코코아에 당했다고 생각하니 화가 난다.

차는 미나토 씨가 타고 있었으니, 이 동네를 떠난다면 역에 있을지도 모른다. 뛰어갈지 차로 갈지 망설였지만, 차로 결정하고 서둘러 주차장으로 갔다. 스트랩이 없는 샌들 때문에 뛰기가 힘들어서 그것도 화가 난다. 전부 짜증 난다. 머리카락에서 방울져 떨어지는 물방울도, 이른 아침부터 피부를 찌르는 햇살도.

제멋대로 결정하고, 제멋대로 이런 짓을 하고. 갑자기 없어져서 나를 슬프게 하지 말라고 불과 며칠 전에 말했는데, 내 말을 전혀 듣지 않았다. 나를 얕보는 거겠지. 눈을 뜨면 남편에게 가서 위로받고 얌전히 원래대로 같이 살 게 분명하다고. 웃기고 있네. '그런 사람'이라고 일방적으로 단정 짓지 마. 증명해 줄 테니까, 잘 봐.

끈덕진 졸음에 질 것 같아서, 나는 차에 올라타자마자 주먹을 꼭 쥐고 내 미간을 힘껏 후려갈겼다. 콧잔등과 손이 둘 다 아프고, 더불어 눈두덩이 안쪽으로 불꽃이 튄 덕분에 꽤 개운해졌다. 좋아, 하고 기합을 넣고 역으로 향한다. 차를 로터리에 바싹 붙여 구르듯이 빠르게 모는데 개찰구 너머로 특급열차가 정차하는 게 보였다. 카논의 뒷모습이 빨려 들어간다.

"카논!"

젖은 머리를 마구 흩날리며 힘껏 외쳤다.

"가지 마. 내일도 같이 있어줘. 앞으로 어떻게 할지 둘이 함께 생각하자."

카논이 돌아본다. 그 순간 눈앞에서 문이 닫힌다. 차에서 내려 달려갔다. 자동개찰이 아닌 덕분에 역 안으로 들어갈 수 있었지만, 때는 늦었다. 열차는 눈 깜짝할 새 멀어졌고, 나는 승강장 한가운데서 무릎을 꿇고 거친 호흡을 내뿜는다.

"이봐라, 뭐 하는 짓이고."

깜짝 놀란 얼굴로 내게 다가온 역무원이 몸을 구부리고 모자챙을 들어올리며 말했다.

"이봐라, 괜찮나?"

"네?"

고개를 들자 입안에 미적지근한 것이 흘러 들어왔다. 맛없어.

"어지럽나? 코피 나는데."

좀 전의 펀치 탓일 것이다. 턱에서 떨어진 피는 콘크리트로 똑 떨어져, 바닥에 있던 물방울을 만나 곧바로 옅어진다. 후, 하고 웃음이 차올랐다. 코피라니, 몇 년 만이지?

"죄송합니다. 괜찮아요."

나는 일어나 손등으로 코밑을 쓱 문질렀다.

깜짝 놀랐다. 아직도 두근두근하다. 설마 여기까지 올 줄은 몰랐다. 출발이 1분만 늦었어도 따라잡혔을 것이다 ─ 아니, 기뻐서 열차 밖으로 뛰어내렸을지도 모르지. 의지가 이렇게 약하다니 한심하다.

바다 쪽 자리에 앉아 밖을 내다본다. 완전히 떠오른 태양에서 새하얀 빛이 가차 없이 내리쬔다. 몇 정거장을 통과하자 선로가 해안선에 한층 더 가까워졌다. 나는 핸드폰을 꺼내어 메시지 앱을 열고 후지노에게 보낼 내용을 입력한다.

'부케'로 유즈를 데리러 와줘.'

단 한 문장인데, 손가락이 잘 움직이지를 않아서 시간이 걸렸다. 내가 놔두고 온 주제에 '송신'을 누를 결심이 안 선다. 보내면 다 끝이다. 미나토도 제제도 유즈도 모두 놓아버리고 앞으로 어떻게 하면 좋을까? 내일이 오는 게 무섭다. 나약한 말을 다 씹어 부수겠다는 듯 이를 악물었다. 괜찮다. 어떻게든 된다. 이제까지도 그랬잖아? 언젠가 다시 만날 수 있을지도 모른다, 그런 종잡을 수 없는 희망 하나로 살아갈 수 있다.

핸드폰 화면이 햇빛에 반사되어 반짝여서 이제는 아무것도 안 보였다. 커튼을 닫으려 고개를 들었을 때 창밖에 무언가가 시야에 걸렸다. 해안선을 따라 뻗은 국도를 달리는 차 한 대로 시선이 쏠린다. 흰 프리우스. 여기서는 차 번호도 운전자도 보이지 않지만 어쩐지 알 수 있었다.

유즈의 차다.

끝내 얌전해졌던 심장이 다시 날뛰기 시작한다. 정차 역에 먼저 가 있을 생각이구나. 다음은 어디에 서는 거였더라? 어쩌지.

무섭지만, 이러면 안 되지만, 두근거린다. 뛰쳐나가고 싶은 마음을 억누르고 창문에 이마를 갖다 댄다. 더 이상 다가갈 수 없다는 게 안타깝다. 유즈, 나 보여?

바다가 빛나고 있었다. 파도도 빛나고 있었다. 하늘도 빛나고 있었다. 유즈 차의 보닛도 앞 유리도, 모든 것이 빛 속에 있었다.

# 어떤 관계는
# 이야기로만 설명할 수 있다

   이 책을 쓴 이치호 미치는 일본에서 2007년부터 BL<sup>Boys' Love</sup> 장르를 중심으로 약 50여권의 저서를 발표하면서 BL 애호가들의 압도적인 인기를 얻으며 'BL 장인'으로 손꼽히게 된 작가다. 이치호 미치라는 이름은 평소에 회사원으로 일하는 작가의 활동명이며, 작가는 동인지에 2차 창작*소설을 쓴 것이 편집자의 눈에 띄어 BL 소설가로 활동하게 되었다고 한다. 그리고 그 재능을 눈여겨 본 또 다른 편집자가 일반 문예도 써보지 않겠느

---

* 기존의 만화나 애니메이션에 그려진 캐릭터와 설정을 차용하거나 변형, 각색한 창작물.

냐고 권유하여 쓰게 된 첫 일반 소설집 『스몰 월즈』(고단샤, 2021년)와 이듬해 나온 이 책 『빛이 있는 곳에 있어줘』(문예춘추사, 2022년)는 모두 나오키 상 3위, 서점대상 3위에 오르며 큰 인기를 모았다. 또한 작가는 올해 7월 코로나바이러스의 유행 속에서 뜻하지 않게 범죄에 휘말리는 군상들을 그려낸 소설집 『쓰미데믹ツミデミック』(고분샤, 2023년)으로 BL작가 출신으로는 최초로 나오키 상(제171회)을 수상하게 되어, 다시 한번 그 재능을 입증하며 큰 화제가 된 바 있다.

BL에 대한 지식이 전혀 없는 독자들을 위해 간단히 설명하자면 BL<sup>Boys' Love</sup>이란 남성끼리의 친밀한 관계나 연애를 테마로 하는, 주로 이성애자인 여성을 타깃으로 하는 만화나 소설 등을 일컫는다. 이 장르는 70년대 소녀만화지에 게재되던 소년애 소재의 만화에서 그 기원을 찾을 수 있고, 80년대 만화인 『캡틴 츠바사』의 2차 창작 붐으로 시작된 '야오이' 등의 역사를 거쳐 90년대에 이르러 하나의 상업 장르로 완전히 성립되었을 정도로 그 역사가 길고 방대하다. 그 스토리에는 일정한 법칙이 있는데, 남성 등장인물 두 명이 공수攻·受의 역할을 분담하며 결말은 반드시 '연애의 성취(대부분의 경우는 성애 묘사)=해피엔딩'으로 맺어져야 한다는 것이다. 한 마디로 BL은 이성애자 여성을 위한 성적 판타지로 소비되는 장르라고 할 수 있는데, 그런 이유로 프로 BL작가의 대다수가 여성이며 독자(소비자)

또한 거의 여성이라는 점 또한 이 장르의 큰 특징이다.

한편 BL의 대척점에 있는 것이 여성끼리의 친밀한 관계를 그리는 '백합'이라는 장르다. 일본에서는 1930년대에도 에스エス라고 불린, 소녀나 여학생끼리의 친밀한 감정을 그린 소설이 소녀 잡지를 중심으로 유행한 적이 있지만, 지금의 백합 트렌드를 만들어낸 것은 곤도 오유키의 『마리아 님이 보고 계셔』(슈에이샤, 1998~2012년 연재)라는 여성 대상의 라이트노벨로 알려져 있다.

『마리아 님이 보고 계셔』도 그렇지만, 백합이라는 장르에는 BL에 있는 것과 같은 절대적인 규칙이 존재하지 않는다. 그래서 여성끼리의 동성애 관계를 그린 작품도 있는가 하면, 어디까지나 이성애 규범을 일탈하지 않는 선에서 이성애 관계와 양립 · 병존하는 여성끼리의 친밀함을 그린 작품이 오히려 더 많으며, 결말이 반드시 연애 관계의 성취로 그려질 필요도 없다.• 꼭 연애 관계가 아니더라도 여성끼리의 어떤 친밀성이 그려져 있다면 백합으로 취급하는 오타쿠의 습성 탓에 명확한 정의도, 장르의 경계도 딱히 없어 보이는 애매함이 BL과는 대조적인 백합의 특징이다.

오타쿠의 동인 문화를 선도하는 두 축인 BL과 백합을 이렇

---

• 여성끼리의 친밀한 관계 이상의 동성애 관계를 다룬 백합은 '진정한 백합ガチ百合' 내지는 'GLGirls' Love', 그렇지 않은 애매한 관계를 다룬 백합은 '일상계 백합'으로 분류하기도 한다.

게 설명해두는 이유는, 번역 의뢰를 받고서 이 소설을 읽자마자 'BL 장인이 쓴 극강의 백합 서사'라는, 일부 오타쿠들의 심금을 울릴만한 (심지어 누가 시키지도 않은) 띠지 문구가 떠올랐기 때문이다. 오타쿠 출신 창작자의 엘리트 코스를 걷고 있는 작가 이치호 미치가 일반 문예를 써 달라는 편집자의 의뢰에 두 여자의 운명적인 인연을 다룬 이야기, 한 마디로 '백합'을 선택했다는 점은 그 자체만으로 오타쿠(특히 스스로를 후조시, 비엘러, 백합러 등등으로 칭하는 분들)의 흥미를 끌 수밖에 없지 않나, 하는 생각을 했다는 얘기다.

이 소설의 집필 계기에 대하여 이치호 미치는 한 인터뷰에서 이렇게 말한다.

"코로나 사태가 어느 정도 진정되었을 무렵에 친구랑 어떤 온천에 갔었습니다. 둘이서 바다가 보이는 넓은 욕조에 들어가 있으면서, 문득 여기에 동성 연인이랑 오면 얼마나 즐거울까 싶더라고요. 온천은 남탕이랑 여탕이 나뉘어있으니 남녀 커플이라면 가장 아름다운 풍경을 따로따로 보게 되잖아요. 여자끼리 여기에 와서, 화장품이나 스킨 케어 이야기를 하면서 꺅꺅거리며 데이트하는 커플이 있으면 귀엽겠다고 생각했습니다."

"소설 속 두 사람은, 누구나 가질 수 있지만 이름을 붙이기는 힘든 감정을 서로에게 느끼는, 이름 붙일 수 없는 관계로 그렸습니다."

작가의 말대로 『빛이 있는 곳에 있어줘』는 두 여성, 유즈와 카논이 7세, 15세, 29세에 운명적인 만남과 이별을 반복하면서 뭐라 규정할 수 없는 관계를 이어나가는 이야기다. 소설은 유복한 가정에서 태어나 사립 초등학교에 다니며 여러 학원에 다니는 유즈와, 한국으로 치면 임대아파트의 편모가정에서 자라면서 옆집 앵무새를 훔쳐보는 것이 취미인 카논이 일곱 살 때 운명적으로 만나면서 시작된다. 그 둘의 가정 환경은 너무도 다르지만, 공통점이 있다면 제대로 된 사랑을 받지 못하면서 자란다는 것이다.

유즈는 의식주에 아무런 문제가 없이 보살핌을 받지만 늘 냉담하기만 한 엄마의 태도에 불안을 느끼고, 카논은 강압적인 엄마의 '오가닉, 자연파' 식품과 물건에 대한 고집을 따를 수밖에 없다. 학대 아닌 학대를 받으며 자라는 두 여자아이는 운명적으로 그 상처를 알아보고 서로에게 이끌린다. 일주일에 단 한 번, 유즈가 카논이 사는 단지에 들를 때 둘은 서로를 만나기만을 기다리며 애틋한 마음을 품게 되지만, 어린이들의 감정은 어른들의 사정 아래 묵살되고 둘은 곧 만날 수 없게 된다.

일곱 살의 유즈와 카논이 단순히 서로 끌리기만 했다면, 사춘기에 접어든 후에 다시 만난 둘의 관계 양상은 조금 더 복잡해진다. 어려운 입시 과정을 거쳐 유즈가 다니는 사립 고등학교에 들어간 카논은 유즈 주변의 친구들 때문에 유즈에게 선뜻 다가서지 못하고, 유즈 또한 카논의 갑작스러운 출현에 놀라면서도 반가움보다 두려움을 느낀다. 엄마와 함께 단지에 다녔던 일은 떠올리고 싶지 않았던 기억이라, 그 기억을 들춰낼 것만 같은 카논이 두려웠던 것이다.

그래서 자신을 향한 카논의 올곧은 감정을 부담스러워하며 속으로만 카논을 의식하던 유즈는, 늦은 밤 학원을 마치고 집으로 가던 중 카논을 만나 이야기를 나누면서 카논의 딱한 사정을 알게 되고 다시 마음을 쓰게 된다. 유즈 또한 숨 막히는 엄마의 태도와 집안 분위기에 계속 힘들어하던 중이고, 그 힘겨운 마음을 털어놓을 상대는 오로지 카논뿐이다.

그렇게 서로 마음을 터놓다가 어른(카논의 엄마)의 사정으로 또다시 헤어지게 된 둘은 각자 가정을 꾸리고 살아가는 어른이 되어 재회한다. 하지만 원하는 대로 살 수 있을 거라 생각했던 '어른'이 된 그들에게는 새로운 사정과 속박이 더해져 있다. 저마다의 속사정을 품은 그들은 서로를 의식하면서도 쉽게 다가서지 못하지만, 카논의 딸 제제와 유즈의 동생 나오의 친분을 계기로 다시 마음을 터놓는다. 서로에게 유일한 안식처가 되어주던 그때, 카논은 다시 이별을 예감하며 이런 생각을 한다.

'우리는 계속 이런 식일지도 모른다. 잠깐의 소소한 행복과 이별을 되풀이하는 「캐논」. 그렇다면 다음 음표의 위치는 이미 정해져 있다.'

작품의 테마곡이라고 할 수 있는 「캐논 변주곡」의 선율처럼 만남과 헤어짐을 반복하는 둘의 이야기는, 사실 만남과 헤어짐의 얼개만으로는 그 특징이 제대로 드러나지 않는다. 작가의 가장 큰 특기는 인물의 심리나 풍경을 정성스러우면서도 장황하게 느껴지지는 않게끔 세세하게 묘사하면서 이야기를 잘 엮어 나가는 재주에 있기 때문이다. 그래서 가까워졌다가도 금세 멀어지고, 멀어졌다가도 금세 가까워지는 두 사람의 마음이 눈앞에서 일어나는 일처럼 애절하면서도 설득력 있게 느껴진다.

예를 들어 이 소설의 제목이자 소설 각 장의 마지막을 장식하는 '빛이 있는 곳에 있어줘'라는 대사는 둘이 멀어질 수밖에, 혹은 가까워질 수밖에 없는 상황의 정경과 그 마음을 상징한다. 구름 틈새로 비쳐 나온 햇살에 작게 생겨난 양지, 비 내리는 밤의 어둠 속 가로등 불빛 아래, 그리고 빛나는 바다와 하늘 아래 빛나는 자동차까지. 인생의 세 시기, 두 주인공 모두 녹록지 않은 위기 상황을 맞으며 그 대사의 정경은 점차 변해가지만 '따뜻한 곳, 안심할 수 있는 곳, 희망이 있는 곳'이라는 의미와 서로가 그런 곳에 있기를 바라는 마음에는 변함이 없다. 그리고 그 정경과 두 인물의 마음속 변화는 작가의 연출 아래 물 흐르듯 자연스럽게 이어진다.

두 주인공의 시점이 교차되면서 작가의 말처럼 '규정할 수 없는' 둘의 관계가 겹겹이 쌓여나가는 가운데, 작가의 시선은 두 주인공의 친밀감에서 비롯된, 성적 지향이 흔들리는 듯한 경계의 순간들을 계속 포착한다. 심지어 두 주인공 모두 이성과 결혼한 이후로도 말이다. 이런 애매모호함, 규정 불가능성에서 우리는 진한 '백합'의 향기를 느낀다. 예를 들면 이런 부분.

카논은 내 우산 안으로 반걸음만 들어오더니, 고양이가 코를 살짝 붙이는 듯한 키스를 했다.
"왜냐하면 내가 유즈라면, 유즈를 좋아할 수 없으니까."

카논이 무슨 말을 하려고 했다. 아마도 그렇지 않아, 같은. 나는 그 입술을 살짝 막는다. 고양이의 인사보다는 제대로 된 키스였다.
"…립스틱이 너무 짙어서, 이걸로 딱 좋아졌다."

이렇게 카논과 유즈는 서로의 감정을 신체적으로 표현하는 데도 스스럼이 없다. 유즈가 배우자 옆에 누워 카논 생각을 하면서 '남편 옆에서, 남편의 숨소리를 곁에서 느끼며. 이것도 배신일까?'라는 생각을 하며 죄책감을 느끼는 장면이 있는가 하면, 카논도 '수조 속에 사는 물고기를 들여다보듯, 손을 뻗으면 닿을 거리여도 멀게만 느껴졌다'라는 식으로 남편 옆에 누워 유즈 생각에 잠긴 채 남편과 거리감을 느낀다. 예전의 퀴어 서사였다면 자신의 성적 지향에 대해 고민하거나 자기를 증명하기에 바빴을 법한 장면에서도, 그런 고민은 전혀 없이 오로지 자신의 감정만을 문제 삼는 것이다.

한편 작가는 인터뷰에서 둘의 관계에 대해 다음과 같이 말한다.

"둘 사이에는 서로가 상처받으면서 살아왔다는 사실을 서로만이 알고 있다는, 서로 위로하는 마음 같은 게 있을 것 같습니다. 카논은 유즈가 일견 무척 성실하고 침착하지만 사실 쉽게 상처받는 사람이라는 걸 알고 있고, 유즈는 카논이 일견 억센 듯하면서 사실은 고생을 많이 겪어왔는데, 자신에게 당연히 주어졌던 것들이 카논에게는 하나도 없었고, 그래도 그런 환경에서 열심히 살아왔다는 걸 알고 있습니다. 그에 대한 존경 비슷한 것도 분명 있겠지요."

작가의 말을 읽지 않더라도 작품을 보면 우정과 사랑, 연대의식을 모두 포함한 듯한 뭐라 규정하기 어려운 애틋한 마음을 만들어내는 것은, 가족이라는 관계가 주는 속박과 그로부터 오는 불안이다. 어쨌든 그것은 분명한 사건의 축적을 근거로 한 감정이기에 설득력을 지니며, 상대를 생각하는 마음은 각자의 인생에서 너무나 소중한 것으로 자리 잡아 다른 무엇과도 대체할 수 없는 것이다.

앞서 말했듯 일본에는 라이트 노벨 이전부터 오랜 백합의 전통이 있고 그와 비슷한 분위기의 소설도 있었지만, 최근 들어

일반 소설가가 쓰는 백합 소설도 눈에 띄게 많아지고 있으니°
이런 서사의 원동력을 단순히 BL작가 출신 특유의 유연한 사
고로만 귀결 지을 수는 없지 않나 하는 생각도 든다. 속된 말로
다된 백합에 헤테로(이성애자) 끼얹기, 다된 헤테로에 백합 끼얹
기 식으로 등장인물의 성적 지향을 유동적인 것으로 그리는 서
사가 영화나 만화, 드라마, 소설 할 것 없이 전 세계적으로 많이
나오고 있기 때문이다.

카논과 유즈의 관계를 '백합'이라고 느끼는 이유는, 그것이
딱히 뭐라 규정하기에는 애매한 친밀함을 아우르는 장르이기
때문이다. 사실 사람 간의 관계는 성애적인 이해로만 결론지을
수 있는 것도 아니고, 심지어 일대일의 관계로만 이해할 수도
없으며 만남과 헤어짐을 거듭하면서 계속 변화해간다.

그런 의미에서 카논과 유즈의 '다음'을 생각해 본다면, 그들
은 캐논 변주곡의 선율처럼 다시 만나 소소한 행복을 잠시 나
누다 이별하기를 되풀이할지도 모른다. 그렇게 그들만의 이야
기를 한 층 한 층 더 두터이 쌓아가면서 그들의 마음은 더 확실
한 무언가가 될 수도 있고, 그냥 이렇게 규정할 수 없는 상태에

---

• 인상 깊게 본 것으로 예를 들자면, 다와다 요코의 『헌등사』(고단샤, 2013)(국
  역본: 남상욱 역, 자음과모음, 2018)중 「끝도 없이 달리는」, 야마자키 나오코
  라의 『운명적 만남의 극단적 사례』(이스트프레스, 2015)(국내 미번역), 와타
  야 리사의 『처음부터 내내 좋아했어』(슈에이샤, 2019)(국역본: 최고은 역, 비
  채, 2022)가 있다.

머무를 수도 있다. 그런 식의 결말과 상관없이 떠나는 카논을 뒤쫓아 이마에 피를 흘리며 질주하던 유즈의 모습과, 달리는 기차 창문에 이마를 바짝 대고 자신을 따라오는 유즈의 자동차를 바라보던 카논의 눈부신 잔상은 이 책을 읽은 우리의 마음속에 새겨져 지워지지 않을 것이라 믿는다.

# 빛이 있는 곳에 있어줘

**1판 1쇄 인쇄** 2024년 11월 11일
**1판 1쇄 발행** 2024년 11월 20일

**지은이** 이치호 미치
**옮긴이** 최혜수

**발행인** 양원석 **책임편집** 이현진
**디자인** 조윤주, 김미선 **영업마케팅** 조아라, 박소정, 한혜원, 김유진, 원하경

**펴낸 곳** ㈜알에이치코리아
**주소** 서울시 금천구 가산디지털2로 53, 20층 (가산동, 한라시그마밸리)
**편집문의** 02-6443-8856    **도서문의** 02-6443-8800
**홈페이지** http://rhk.co.kr
**등록** 2004년 1월 15일 제2-3726호

ISBN 978-89-255-7424-0 (03830)